나의 비타

나의 버지니아

버지니아 울프와
비타 색빌웨스트
서간집

1923-1941

나의 비타
나의 버지니아

The Letters of Virginia Woolf
and Vita Sackville-west

박하연 옮김

일러두기

1. 이 책은 〈The Letters of Vita Sackville-West and Virginia Woolf〉(Louise A. DeSalvo·
   Mitchell A. Leaska, Cleis Press, 1984)에 실린 편지를 옮긴이가 선별해 엮은 것이다.
2. 본문의 주는 옮긴이 및 편집자의 것으로 원주를 참고해 수정 및 보충하였다.
3. 맞춤법과 외래어는 국립국어원 표기법에 따랐으며 등재되지 않은 언어권의 경우 로마자 발
   음에 맞춰 한글대조표에 따라 표기하였다.

차 례

1부

만남

1923 - 1925

1922년 12월 14일 런던에서 처음 만난 비타 색빌웨스트와 버지니아 울프는 비타가 리치먼드의 호가스 하우스를 방문한 후 급격하게 가까워진다. 비타는 버지니아의 지적 능력과 문필가로서의 재능에, 버지니아는 비타의 아름다움과 귀족적인 아우라에 매료되었다. 1924년 3월 울프 부부가 블룸즈버리 타비스톡 광장으로 이사하면서 두 사람이 설립한 호가스 출판사도 함께 이전한다. 버지니아는 비타에게 출판을 제안하고, 비타는 《에콰도르의 바람둥이》를 써 보낸다. 비타는 이 책을 버지니아에게 헌정한다.

1923년 3월 26일

런던, 에버리가 182번지

울프 부인께

27일에 스페인에 가신다고 했던 것 같아 떠나시기 전에 여쭈고자 오늘 밤 이 편지를 씁니다. P.E.N.* 클럽 위원회는 당신이 클럽에 참여해주시기를 간절히 바라고 있습니다. 위원회의 요청에 따라 제가 당신에게 제안을 드렸었지요. 이제, 다른 이유가 없다면 저를 봐서라도 P.E.N. 클럽에 당신과 함께하는 친절을 베풀어주시겠어요? 1년에 1기니면 되고, 사람들이 아주 기뻐할 거예요. 한 달에 한 번 식사를 하는데, 제법 재밌답니다. 부디 회원이 되어 개성 강한 외국 작가들과 함께하는 5월 저녁 모임에 와주세요. 위원회 사람들은 당신 이야기가 나오자 환성을 터뜨렸고, 골즈워디는 벌떡 일어나서 절까지 했답니다(말이 그렇다고요).

스페인에서 재밌게 지내다 오시길 바랍니다. 그곳은 제가 아는 나라 중 최고예요. 두 분이 꼭 롱반에 와 머물러주시기를, 그리고 저와 함께 놀Knole에도 가주시기를 바라니, 돌아오시면 부

---

* 　국제적인 문학가 단체로 1차세계대전 후 런던에 설치되었다. 초대회장은 영국의 작가 존 골즈워디이다.

디 소식 주세요. 소식을 전해주지 않으시면 저로서는 당신이 언제 돌아오시는지 알 길이 없답니다.

진심을 담아,

비타 니컬슨

1923년 3월 30일, 굿 프라이데이*

마드리드, 잉겔스호텔

니컬슨 부인께

(그나저나 나를 '버지니아'라고 불러주면 좋겠군요.) 보내주신 편지
는 리치먼드를 떠날 때 받았어요. P.E.N. 클럽으로부터 회원이
되어달라는 요청을 받으니 기쁩니다.

기꺼이 그렇게 하고 싶지만, 회원이 된다는 게 어떤 의미인지
모르겠습니다… 연설을 하거나 정기적으로 방문하거나 발표문
을 읽어야 하나요? 이렇게 멀리 살다 보면 저녁 식사에 참석하
기가 어렵고, 연설에도 재주가 없어서요…

*   부활절 전 금요일.

1923년 4월 8일

세븐오크스, 윌드, 롱반

친애하는 버지니아,

(제가 얼마나 쉽게 설득되는지 보셨죠? 저도 편하게 불러달라고 부탁드려도 될까요?)

연설만 하지 않으면 P.E.N. 클럽에 함께하겠다고 말씀하시니 기쁩니다. 그건 제가 약속드릴 수 있어요. 클럽 규칙 중 하나가 연설 금지거든요. 제일 비슷한 거라고 해봐야 클럽장이 한마디 하는 정도랍니다. 원치 않으시면 저녁 모임에 나오지 않으셔도 되고요. 발표문도 읽지 않아요. 그냥 내키실 때 저녁 모임에 나오세요. H. G. 웰스 옆자리에 앉을지, 여드름투성이의 애송이 무명 기자 옆자리에 앉을지는 운에 맡겨야 하지만요.

이 편지가 당신에게 닿을 것 같지 않네요. 어떤 편지든 목적지에 이르는 일은, 아무튼 제게는 늘 경이로운 일이거든요. 그렇지만 편지에 관해서 할 수 있는 이야기는 당신이 이미 전부 했다는 사실이(혹은 썼다는 사실이) 문득 떠오르네요. 그러니 경쟁은 않겠습니다.

스페인에 계시니 얼마나 부러운지 말로 다하기 힘들어요. 저도 당신과 함께 있고 싶네요. 하지만 여성용 작업복을 입고 울

타리 옆을 지키는 일도 나름대로 아주 근사한 데다, 제 튤립도
피어나기 시작했답니다.

깊은 진심을 담아,

비타 니컬슨

이 종이는 잉크를 압지처럼 먹네요.

1923년 4월 15일
스페인, 무르시아

니컬슨 부인께

P.E.N. 클럽의 총무님께서 회원으로 선출되었다는 편지를 제게 보내셨습니다. 거절할 수밖에 없어 대단히 안타깝습니다. 클럽 회지를 보니 클럽은 완전히 만찬 모임이더군요. 그리고 제 경험에 의하면 리치먼드에 살면서 만찬 모임에 참석하기는 어렵습니다. 만찬 모임에 두 번 참여했는데 완전히 재앙이었거든요. 하지만 정말로 유감입니다. 클럽 회원들도 알고 싶고, 당신도 보고 싶었는데 말입니다.

그래도 마지막 소망은 다른 방식으로 이룰 수 있겠지요…

1924년 7월 16일
이탈리아, 트레크로치, 카도레

친애하는 버지니아

저는 감당할 준비가 안 된 도전은 전에도 앞으로도 받지 않기를 바라죠. 당신이 제게 소설을 한 편 써달라고 하셨죠. 산봉우리에서, 초록 호수 옆에서, 저는 당신을 위해 소설을 쓰고 있어요. 용담꽃의 푸른빛에도, 봄맞이꽃의 산홋빛에도 눈을 감고, 강의 떠들썩함에 귀를 닫고, 솔 내음에도 코를 막고, 제가 쓰는 이야기*에 집중하고 있습니다. 당신은 '정중한 출판인'일 테니 "호가스 출판사는 유감스럽게도 동봉한 원고를…" 하고, 제 이야기를 돌려보낼지도 모르죠. 당신이 즐겨 쓰는 표현이 뭔지 모르겠지만요. 그렇다 해도 저는 억울하게 여기지 않겠습니다. 봉우리와 초록 호수, 그리고 도전에는 그만한 가치가 있을 테니까요. 그리고 이 작품은 오롯이 당신에게 바칩니다. 그러나 물론 진짜 도전은 (결국은 단지 '상업적 제안'에 불과한) 이 소설보다 편지를 쓰는 일이겠지요. 당신은 제가 편지를 인간미 없이 냉랭하게 쓴다고 하셨지요. 흠잡을 데 없이 장엄한 두 바위 봉우리가 창문 바로 밖에서 하늘로 치솟고, 산봉우리가 만든 원형경기장

---

* 《에콰도르의 바람둥이》.

이제 시야를 가리고 걸음을 막는 이런 곳에서는 어쩌면 다르게 쓰기가 어려운지도 모르죠. 오늘 저는 만년설 지대까지 올랐다가 빙하에도 태풍에도 꿋꿋이 맞서는 연노란색 양귀비꽃을 발견했답니다. 꽃의 용기를 보니 제가 부끄러워졌지요. 게다가 벌레들도 이 봉우리에 올랐대요, 지층을 하나하나 거쳐서요. 하지만 당신이 이 봉우리들을 직접 본다면 벌레가 아무리 부지런해도 이렇게 하늘 가까이 오를 시간을 산다고 믿을 수 없을 거예요. 결과적으로, 당신도 이해하시겠지만, 인간을 아득히 벗어난 기분, 아주 보잘것없어진 기분이 든답니다. 제가 제 발로 걸어서 얼마나 높은 고도까지 올라왔는지 몰라요. 순수한 육체적 에너지와 건강함을 느끼는 일에 온 지성이 삼켜진 것만 같았습니다. 저는 이게 사람이 마땅히 느껴야 하는 감정이라고 확신해요. 로프와 얼음도끼에 의지하는 젊은 등산가들을 떠올리면, 오직 그 사람들만이 삶을 어떻게 살아야 하는지 제대로 알고 있다는 생각이 들어요. 당신도 언젠가 한 번쯤은 블룸즈버리 모임이나 문화생활을 거르고 저와 여행을 떠나지 않으실래요? 아뇨, 물론 안 그러시겠지요. 언젠가 제가 스페인에, 어느 누구보다 당신과 가고 싶다고 말했었죠. 당신은 어리둥절한 표정을 지었고, 그래서 저는 결례를 범했구나 싶었어요. (실은 너무 친한 척이었죠.) 그러나 이 제안에 담긴 제 진심은 여전하고, 당신을 꾀어내기 전에는 충분히 만족하지 못할 거예요. 온갖 국적의 집시들이 성모마리아 등등을 보러 연례 순례를 가는 장소가 있는데, 내년에 가지 않으시겠어요? 이름은 잊어버렸네요. 아무튼 바스크 지방 근처 어딘가에 있는 장소예요. 제가 늘 가고 싶었던 곳인데, 내년에 진짜로 **가게 됐답니다**. 함께 가시면 정말 좋을 거예요. 물론 그걸 복제품으로 보셔도 되겠지만 — 제 생각에 당신은 모든 것을 그렇게 보시는 것 같거든요. 인간관계를 포함해서요. 아, 맞아요. 당신은 마음보다 머리로 사람들을 좋아해요 — 제가 틀렸다면 용서하세요. 물론 예외도 있겠지요. 예외는 언제나 있으니까요. 하지만 일반적으로 그렇다는 거예요…

그러고 보니 저는 자신이 속한 환경 속에서는 다른 사람을 결코 이해할 수 없다는 생각이 드네요. 멀리 떨어져야, 작은 끈들과 습관의 거미줄에서 분리되어야 알 수 있지요. 롱반, 놀, 리치먼드, 그리고 블룸즈버리. 모두 지나치게 익숙해서 우리를 옭아매요. *내가 집에 있을 때, 당신은 이방인이죠. 반대로 당신이 집에 있을 땐, 내가 이방인이고요.* 그러니 어느 쪽도 진짜 본질적인 자신일 수가 없고, 그 결과 혼란이 일어나요.

하지만 바스크 지방에서, 집시 무리 사이에서, 우리는 둘 다 동등하게 이방인이고 똑같이 진실하겠죠.

이모저모 다 생각해봐도, 당신이 휴가를 내 떠나자고 결심한다면 훨씬 좋겠어요.

비타

1924년 8월 19일

서식스, 루이스, 로드멜, 멍크스하우스

친애하는 비타,

돌아왔어요? 책*은 마쳤나요? 언제쯤 우리가 받을 수 있을까요? 보세요, 이 모든 질문으로 당신을 귀찮게 하네요.

돌로미티 산맥에서 당신이 보낸 친밀한 편지를 읽으며 즐거웠어요. 상당히 고통스러웠답니다. 이 고통이 친밀함의 첫 단계임을 의심하지 않지만요. 친구도 없고, 심장도 없고, 무심한 머리만 있다고요. 신경 쓰지 마세요. 저는 당신의 독설을 상당히 즐겼으니…

하지만 정말로 친밀한 편지를 쓰지는 않을래요. 그러면 당신이 더욱, 지금보다도 더욱 저를 싫어하게 될 테니까요.

하지만 책에 관해서는 알려주시길 바랍니다.

---

* 《에콰도르의 바람둥이》.

1924년 8월 22일

세븐오크스, 월드, 롱반

친애하는 버지니아

내게 무례하려고 그러시는 건가요? 당신을 "상당히 고통스럽게" 만들 만한 구절이 대체 제 편지 어디에 있었는지 머릿속을 샅샅이 뒤졌어요. 아니면 그저 저를 들쑤시려는 당신만의 표현일 뿐인가요? 어쨌든, 그건 제 의도가 아니었고, 당신도 아마 아시겠지요. 그 말이 진심이긴 했어요? 진심을 말하신 거 맞아요? 아니면 조심스레 다가오는 사람을 당황하게 만드는 일이 즐거웠나요?

제 소설이 혹시라도 정신 나간 짓은 아닐까요. 언제까지 소설을 타이핑하고 제본해서 보내드리면 될지, 당신이 가혹한 날짜를 주셔도 저는 아주 고분고분하게 복종하겠습니다. 다음 주까지 받아야 한다고 말씀하시면 밤새 앉아 끝내도록 하지요. "아무 때나 좋아요"라고 하시면, 소설을 하루에 한 번씩 역겨워하며 흘낏 쳐다보고 한 단어도 더하지 않은 채 다시 서랍에 던져둘게요. 4분의 3은 이미 썼고, 당신 편지가 자극제가 되었어요. 최종 명령을 내려주시길.

"더욱, 지금보다도 더욱 저를 싫어하게 될 테니까요"라고요.

비지니아, (그녀는 편지를 테이블 위에 놓으며 말했다) 제가 당신을 엄청나게 좋아한다는 걸 아주 잘 아시면서. 제 친구라면 그 누구든 당신에게 그 사실을 증언할 수 있을 거예요. 하지만 당신은 당신을 좋아하는 사람들에게 심드렁하겠지요. 아니, 사실 당신은 그렇지 않아요. 방금 전 말은 취소할게요.

지난 일요일 브라이턴에 가서 어머니를 뵙고 돌아오던 길에 거의 당신을 만나러 갈 뻔했는데, 당신이 좋아하지 않겠다는 생각이 들었어요. 강풍이 불고 비가 퍼붓는 몹시 끔찍한 날이기도 했고요.

이제 소설을 마저 쓰러 가는 게 좋겠네요.

비타

1924년 8월 26일

서식스, 루이스, 로드멜, 멍크스하우스

친애하는 비타

당신의 소설에 대한 입장은 이렇습니다. 원고를 9월 14일까지 받을 수 있으면, 이번 가을까지 출판할 수 있도록 노력하겠습니다. 더 늦는다면 내년 초까지 출간이 상당히 어려울 것 같습니다…

하지만 정말 옳은 말씀을 하셨어요. 무엇이었는지 정확히 기억할 수는 없지만, 제가 제 모든 친구를 복제품으로 만들고, 머리로만 신경을 쓰며 마음은 쓰지 않는다는 취지의 이야기였지요. 말씀드렸다시피, 저는 잊겠습니다. 그러니 없던 일로 간주해도 되겠지요…

1924년 10월 4일

W. C. 1, 타비스톡 광장 52번지

막 돌아왔어요. 거실 테이블에서 발견한 한 통의 편지에서 아래 구절을 인용합니다(나 자신을 정당화하고 당신을 부끄럽게 할 셈으로요).

"물론 그걸 복제품으로 보셔도 되겠지만―제 생각에 당신은 모든 것을 그렇게 보시는 것 같거든요. 인간관계를 포함해서요. 아, 맞아요. 당신은 마음보다 머리로 사람들을 좋아해요" 등등.

자, 여기 있네요. 와서 용서를 받으세요. 《에콰도르의 바람둥이》는 마치 무당벌레처럼 아주 아름답습니다. 하지만 제목은 범퍼스 서점의 나이 지긋한 신사들을 다소 긴장하게 만들겠네요.

1924년 11월 6일 목요일

W. 1, 마운트가 66번지

친애하는 버지니아

오늘 타비스톡 광장에 갔어요. 위층에 가서 당신 집 벨을 눌렀고, 또 아래층에서 당신 집 벨을 눌렀죠. 어둡고 음침한 계단만이 절 맞이하더군요. 그래서 저는 암담한 기분으로 떠났습니다. 저는

　(a) 당신이 보고 싶었고,

　(b) 우리를 이어주는 자식*이 약간이라도 팔렸는지, 팔렸다면 얼마나 팔렸는지 물어보고 싶었고,

　(c) 광고 전단을 좀 더 추가해달라고 요청하려 했고,

　(d) 제 어머니가 방금 사 오신 당신 책 두 권에 사인을 해달라고 할 생각이었고,

　(e) 용서받고 싶었어요.

이 모든 소망을 이루지 못한 채 떠나야 했죠.

이제 놀로 다시 거처를 옮길 12월 1일까지 제 진창으로 돌아

* 《에콰도르의 바람둥이》.

깁니다.

책의 리뷰들을 다소 걱정하는 마음으로 기다리고 있습니다.

레이먼드 모티머*에게 친절한 편지를 받았어요.

늘 당신의

비타

---

* 레이먼드 모티머는 블룸즈버리그룹의 일원으로 영국의 평론가이다.

1924년 11월 9일 일요일

W. C. 1, 타비스톡 광장 52번지

친애하는 비타

전화도 없이 이곳에 오다니 당신의 죄가 하나 늘었네요. 바람이나 좀 쐬려고 주변을 거닐고 있었건만, 알았다면 집에 꼭 붙어 있었을 것을. 당신이 무척 보고 싶어요…

…사인은 레이디 색빌이 원하시는 만큼 해드리죠. 아뇨, 저는 당신을 용서하지 않을 겁니다. 하루 늦게 올 수 있을까요? 그리고 미리 좀 알려주지 않겠어요?

1924년 11월 13일

세븐오크스, 월드, 롱반

친애하는 버지니아

당신의 출판사로부터 깜짝 소포를 받았는데, 청구서가 들어 있더라고요. 전 이 책 중 무엇도 주문한 적이 없고, 다른 사람에게 갈 소포 같으니 곧바로 알려주세요. 아무튼 책은 가지고 있을게요. 크리스마스에 《에콰도르의 바람둥이》 일곱 권은 쉬이 나눠 주겠다 싶었는데 두 권 더 생겼으니 잘됐네요.

급하게 씁니다.

이제 12월까지는 못 갈 텐데, 그때는 미리 전화를 드릴게요! 제가 사람들을 전화로 귀찮게 하는 걸 하도 싫어해서 그랬어요.

신문 광고는 아주 감사하게 생각해요. 눈에 확 띄게 430부가 늘면 좋겠네요.

죄:

1. V. W.가 친구들을 복제품으로 본다고 말함.

2. 전화 없이 방문.

또 뭐가 있죠?

오늘 받은 편지의 구절을 전함으로써 마음을 좀 풀어드릴까요. 《제이콥의 방》을 다시 읽고 있습니다. 이 책이 이 시대의 첫 번째 책 중 하나라고 생각해요. 다른 모든 책을 진부하고 흔한 것으로 만드는 책입니다. 내 책이 끔찍하고 상스럽게 보이네요."

자, 이거 봐요. 당신을 칭송하려고 제단에 향을 바치고 있어요.

비타

〈옵서버〉에 리뷰 원고가 넘어갔겠지요? 가빈*이 한 편 받고 싶다고 편지를 보냈던데요.

* 〈옵서버〉의 편집자다.

1925년 5월 26일

세븐오크스, 윌드, 롱반

친애하는 버지니아

《댈러웨이 부인》*에 관해 감사 편지를 쓰는 일을 미룬 것은 끔찍한 태만이지만, 당신에게 "너무도 보고 싶어 고대하던 당신 책을 보내주시다니 당신이 얼마나 멋지신지 모르시지요" 운운하는 편지를 쓰고 싶지는 않았어요. 그래서 그 책과 《평범한 독자》 모두 다 읽을 때까지 기다렸다 쓰자고 생각했고, 이제 다 읽었다고 말하게 돼서 유감스럽네요. 유감스러운 이유는 내가 두 책을 다시 읽을 수 있고 또 읽을 것이지만, 낯선 길을 따라가는 첫 흥분이 이제 끝나버렸기 때문이고, 흥분의 자리를 빼앗는 데 익숙해지는 것만큼 재빠른 것도 없기 때문입니다. 그럼에도 《평범한 독자》의 구절 중에 외워야겠다 싶은 부분이 있답니다. 정말 뛰어나요. 더할 말이 없더군요. 제가 이보다 더 좋아하는 책, 혹은 더 자주 읽을 만한 책을 하나도 떠올릴 수가 없어요. 《댈러웨이 부인》은 달라요. 이것은 소설이죠. 이 작품의 아름다움은 주로 탁월함에 있습니다. 이 소설은 혼란스럽게 만들었다가,

---

* 《댈러웨이 부인》은 5월 14일, 《평범한 독자》는 4월 23일에 호가스 출판사에서 출간되었다.

빛을 비춰주고, 숨겨진 것을 드러내죠.《평범한 독자》는 읽어 가면서 점차 안내자, 철학자, 친구로 여겨지지만,《댈러웨이 부인》은 허상으로, 눈부시고 사랑스러운 지인으로 남죠.《댈러웨이 부인》은 제게 영원히 영향을 미칠 한 가지를 남겼어요. 런던에 다시 갈 필요가 없어진 것인데, 6월의 런던이 당신의 첫 스무 쪽에 빠짐없이 들어 있기 때문이에요. (이제 겨울의 런던도 만들어주시면 안 될까요? 안개와 골목 모퉁이마다 타오르는 불꽃, 푸른 어스름, 가로등, 잘 닦인 도로 같은 거요.)

당신의 영어가 얼마나 부러운지. 영어를 프랑스어처럼 맑게 만들면서도 특유의 정신이 깃든 깊이를 보존하는 비법이 뭐죠?

여기는 언제 오시나요? 주말에 오시나요, 아니면 주중에 오시나요? 당신을 만나려면 누구에게 물어보면 될까요? 여름에 오시기로 하셨던 거 기억하시죠? 당신 집의 지하 출입문 계단에서 한 약속으로 당신을 옭아맬 수 있다면요. 저는 성령강림절에 떠나 있을 예정이지만, 그 외에는 몇 달간 꼼짝없이 여기 있을 작정입니다. 저는 글재주가 없으니 닭이나 치려고요.

부디 와주세요. 안 오시면 더 이상 당신을 '친절한 사람'이라고 생각할 수 없을 거예요.

늘 당신의

비타

1925년 5월 27일 수요일
W. C. 1, 런던, 타비스톡 광장 52번지

친애하는 비타

하하! 당신이 《댈러웨이 부인》을 좋아할 리 없다고 생각했어
요.

한편 《평범한 독자》는 좋아할 거라고 생각했는데, 당신이 정
말 좋았다고 하니 기쁘네요. 특히 로건 P. 스미스가 그 작품이
아주 실망스럽다고 전한 직후라 더 기뻐요. 그런데 친구들이란
늘 얼마나 당황스러운 존재인지요! 생각해보니, 부분적으로는
두 권을 동시에 써서 벌어진 일인 것 같아요. 저는 불쾌한 의견
을 무시하거나 친구들의 의견에 따라서 소설과 비평서를 경쟁
붙이려고 애쓰는 중이에요. 때로는 《댈러웨이 부인》이, 때로는
《평범한 독자》가 앞섭니다.

1925년 8월 25일

세븐오크스, 윌드, 롱반

친애하는 버지니아

지난 금요일 자정에 당신의 언덕 꼭대기*에 서서 새카만 등성이를 내려다보며 당신이 자고 있는 로드멜은 어느 골짜기에 있는지 알아내려 애썼어요. 그리고 이제서야 도착한 당신 편지를 보니, 아마 당신은 고통 속에 깨어 있었을 거라 생각이 드네요. 하지만 그때는 아무것도 몰랐기 때문에 언덕을 가로질러 미친 듯이 내달리던 개들을 불러 모아 차에 태우고, 서식스와 켄트의 잠든 마을들을 지나 텅 빈 거리를 달려오면서 마음속으로 생각했어요. 당신은 아무것도 모르지만, 나는 당신을 방문했고, 토요일에 레너드가 대접한 차 한 잔보다 만족감은 적을지 몰라도 더 낭만적이라는 생각이었죠.

나와 에디**가 양조용 큰 통 안에서 춤추는 모습을 아주 떠들썩하게 그려낸 당신의 묘사가 몹시 마음에 들어요. 손가락은 얼룩지고 이스트엔드의 사람들***이 제멋대로라는 진실을 당신에게

---

*   석세스 지역의 기이하고 험준한 고지대를 일컫는다.

**   에디 색빌웨스트는 비타의 사촌이다.

*** 홉 따는 사람들을 말한다.

알려주지 않을래요. 그러나 한 페이지 뒤에 당신은 자신의 문장에 우아하게 반론을 제기하면서 가장 산문적인 글일수록 정밀해야 한다고 강력하게 요청하죠. 이상하게도, 당신은 우연히 내시(전혀 아름답지는 않지만)가 다룬 바로 그 주제들을 건드려요. 그나저나 정보만 있다면 당신도 작은 텃밭을 가꿀 수 있어요. 내가 당신에게 정확히 언제 어떻게 건초를 베고 곡식과 콩을 거둬야 하는지 알려주죠. 건초더미를 쌓는 법, 이엉을 이는 법, 탈곡하는 법을 알려줄게요. 솜진디, 꽃바구미, 사과잎벌을 잡으려면 과수원에 약을 어떻게 쳐야 하는지도 알려주고요. 공인된 당신의 취향에도 꽤 까다로울crabbed 거예요. 이 이야기를 하다 보니까 모렐 부부*의 집에서 크래브Crabbe**를 출발점으로 삼아 우리가 벌였던 논쟁이 떠오르네요. 논쟁의 세 번째 당사자는 당신의 사랑스럽고 어린 신, 라일랜즈***였죠. 그 이후로 우리가 만나지 못해서 아쉽네요. 하지만 제 시로 돌아가(제가 얼마나 자기중심적인지 보셨죠), 더 이상 미사여구로만 된 시를 위한 자리는 없다고 결론지을 수밖에 없군요. 산문적인 시나 (나름의 아름다움이 있는) 지적인 시를 위한 자리만 남았죠. 썩 좋은 정의는 아니

---

*   예술가와 지식인을 후원하던 레이디 오토라인 모렐과 그의 남편 필립 모렐을 말한다.

**   조지 크래브는 영국의 시인으로 농촌의 비참한 생활상을 주로 썼다.

***   조지 대디 라일랜즈는 연극 감독이자 문학자로 '대디Dadie'로 불렸다. 1925년에 호가스 출판사에서 시집을 출간했다.

지만, 제가 말하고자 하는 바를 당신은 이해하실 거예요. 미사여구는 우연히 만들어질지 몰라도, 거름을 듬뿍 준 토양에 뿌리를 튼튼히 내리고서야 가능하답니다. 오래된 불꽃이 사그라들 듯 내가 쓴 시에 관심을 잃던 참이었는데, 당신이 잉걸불에 부채질한 덕에 이제 제법 활활 타오르고 있어요.

왜 다른 사람들의 원고에 그토록 많은 수고를 쏟으시나요? 런던에서 당신은 당신의 머릿속에 적어도 여섯 편의 소설이 들어 있지만, 로드멜에 갈 때까지 자중하고 있다고 하셨죠? 이제 로드멜에 계신데, 여섯 편의 소설은 어찌 되었나요? 오토라인, 거트루드 스타인, 그리고 당신이 기절할 것 같다던 여자들 사이에서 버지니아를 위한 시간은 언제 나나요? 게다가 〈보그〉며 그 비슷한 잡지들의 사교 모임까지 쫓아다니니 말이에요. 물론 이 모든 일들 사이에서도 《평범한 독자》를 써냈고, 특히나 겐지를 관찰한 바를 쓴 부분은 정말 마음에 들지만요. 하지만 저는 〈보그〉에 관해서는 로건과 마찬가지로 슬슬 반감이 생기는데, 특히 당신 생각을 하면 더 그래요. 도대체 돈은 토드가 버는데, 고생은 왜 당신이 해야 하죠? 차라리 모든 문학지를 다 없애버리면 좋겠어요, 물론 〈네이션〉은 늘 예외죠.

혹시 괜찮으시면 제가 로드멜에 가서 당신을 데려올게요. 브라이턴에 어머니를 뵈러 다녀서 가는 길도 훤하거든요. 눈을 감고도 달릴 수 있을 정도예요. 당신을 데리고 갈 만한 장소도 여럿 생각해낼 수 있어요. 앰벌리, 보디암, 롬니마시.

《에콰도르의 바람둥이》1백 부 값을 수표로 동봉할게요. 오늘 책에 관해 전보를 보냈어요. 그걸 원하는 엉뚱한 열혈 팬*에게서 되찾아 올 생각입니다. 그리고 레너드에게 제가 홉 수확에 대한 글을 써보겠다고 전해주시겠어요? 대략 2주 안에요. 괜찮다면요. 좌골신경통이 드디어 절 떠났어요. 레너드도 같은 상태면 좋겠네요.

꼭 건강 잘 돌보세요.

비타

---

* 비타의 어머니 빅토리아 색빌웨스트를 말한다.

1925년 9월 1일 화요일

서식스, 로드멜, 멍크스하우스

친애하는 비타

당신에게 또 다른 편지를 받아서 얼마나 좋은지, 더 좋은 건
당신을 만나는 것이겠지만요. 그러자고 하지 못한 이유는 이번
두통이 너무 성가셔서 또 한 주를 침대에 누워 지내야 했기 때
문입니다. 하지만 이제는 레너드조차 내가 나아졌다는 사실을
인정하고 있어요.

내가 바라는 건, 당신이 차를 몰고 들러 당신이 원하는 대로
차를 마시거나 저녁을 먹으면서 수다를 좀 떠는 거예요. 다음
주에 하루 괜찮을까요? 나는 아주 얌전히 굴 거고, 내가 간절히
바라는 일은 감히 제안하지 않겠어요. 앰벌리로 드라이브 가는
거 말이에요. 하지만 내가 건강해지면, 그렇게 되겠지만, 실제로
갈 수도 있겠지요?

침대 속에서 나는, 내가 시인 크래브를 좋아하는 게 공인되었
다는 당신의 건방진 말에 발끈하고 있어요. 장담하건대 내 용돈
으로 직접 책을 샀을 때 당신은 젖을 떼지도 않았을걸요. 게다
가《피터 그라임스》라면 아마도 10년 동안 여섯 번은 읽었을 거
예요. "그러나 그는 무덤 속에서 어떤 동정심도 느끼지 않았네."

이 구절이 거기 나오죠. 그 시에는 부들 사이로 부는 바람을 묘사한 훌륭한 구절도 있는데, 당신이 여기 오면 보여줄게요. 하지만 크래브는 놀랍게도 거의 언제나 사람에 관해 쓰더군요. 시는 무엇인가를 말하지 않음으로써, 심지어는 정반대의 것을 말함으로써 의미를 전달할 수 있느냐로 시험받죠(당신도 동의하나요?). 그러므로 나는 언제나 소택지를, 습지를, 조약돌을, 동부 해안을, 몇 척의 배가 떠 있는 강을, 잡초의 거친 냄새를, 파란 저지스웨터를 입고 개를 붙잡고 있는 남자들을, 간단히 말해 풍경 전체를 마치 모두 그 작품에서 읽은 것처럼 생각한답니다. 그러나 크래브의 책을 펼치면 그런 것은 아무것도 없지요. 묘사라고는 여기 한 단어, 저기 한 단어, 그게 다예요. 그러니 만약 당신 시*가 당신 말대로 전부 숨진디 이야기라면, 저는 별과 남양南洋을 꿈꾸며 저 멀리 떠나렵니다. 하지만 서둘러요, 어서 써요.

여기서 그만 줄여야겠네요. 아니면 이제 왜 나는 환상을 품어도 되고, 당신은 엄밀해야 하는지 설명하기 시작할 테니까요. 나는 산문을 쓰고, 당신은 시를 쓰죠. 시는 둘 중에서 더 단순하고, 더 투박하고, 더 기본적이면서 운율과 음보로 우연한 매력까지 갖추었지만, 산문이 전달하는 아름다움을 전달할 수 없어요. 우쭐거릴 건 없답니다. 당신은 말하겠죠, 아름다움을 정의하라고.

하지만 싫어요, 전 자러 갈래요.

---

*   《대지》.

1925년 9월 2일
세븐오크스, 윌드, 롱반

친애하는 버지니아

당신 편지를 받으면 얼마나 좋은지.

편지를 받으면 하루를 얼마나 활기차게 맞이하게 되는지.

당신 편지를 받는 일이 너무 좋아서 아침 우편물을 열 때면 가장 마지막까지 남겨두곤 해요. 아이가 마지막 초콜릿 조각을 남겨두듯이.

하지만 당신이 일주일간 아팠다는 부분을 읽으니 좋은 마음이 좀 식네요. 내가 정원 가꾸기나 테니스 치기 같은 별 볼 일 없는 것들을 좇으면서 원기 왕성하게 잘 보낸 매 순간에 죄책감이 들어요.

다음 주에 하루 어머니를 뵈러 가야 해요. 돌아오는 길에 저녁을 먹으러 로드멜에 들러도 될까요? (하지만 이게 따분한 제안이라면 관두고요.) 어느 요일인지는 나중에 알려줄게요. 어머니에게 달렸거든요. 주초가 되지 않을까 싶어요. 어머니에게 월요일이나 화요일을 제안하려고요. 앰벌리는 당신이 좋을 때 언제라도 가요 — 내가 강조한 데서 당신의 계획을 위해서라면 다른 어떤 약속이라도 내던질 준비가 되었다는 걸 알아차리셨겠죠.

하지만 당신은 정말 이상한 소리를 하시네요. 내 빌어먹을 시한 부분보다 백 퍼센트는 더 시다운 것이 《댈러웨이 부인》(당신이 내가 싫어할 거라고 생각한) 한 쪽에 들어 있어요. 그리고 파머* 씨에 관해서 말하자면! 맞아요, 당신이 그를 기쁘게 했을지는 몰라요. 하지만 단지 그 사람만 기쁘게 했어요. 그의 독자가 아니라요. 저는 파머 씨―데즈먼드**의 새끼 암양, 그의 비둘기―를 위해서라도 데즈먼드를 용서할 수 없어요.

지금 방 안에서 두 사람이 이야기를 나누고 있어요. 두 사람 대화의 파편들이 제 귀에 들어와―분노로 불을 때―몹시 흥분해서 이탤릭체로 당신에게 편지를 쓰게 만드네요. 제 편지가 통일성이 없고 신경질적으로 보인다면, 이 일 때문이라 여기고 용서해주세요.

당신이 크래브를 좋아할 게 자명하다는 제 말에 당신이 화를 내서 얼마나 당황스러웠는지 몰라요. 당신이 "공인되다"의 의미를 잊은 게 아닐까 하는, 가당치도 않은 생각까지 들더군요! 아니면, 내가 당신이 그 사실을 지금까지 감추다가 이제야 드러낸 줄 안다는 의미로 쓴 거였나요? 편지의 나머지 부분에 관해서 답하자면, 어떤 사람이 의식적으로 어떤 이야기를 하면서 다른 내용을 전달할 수 있다면 그 사람은 시의 비밀 절반을 깨우

---

*   영국의 작가 허버트 에드워드 파머는 《구원의 노래》, 《죄와 풍자》를 호가스 출판사에서 출간하였다.

**   데즈먼드 매카시는 문학 평론가이자 블룸즈버리그룹의 핵심 멤버이다.

쳤다고 할 수 있어요. 그걸 어떻게 하는 걸까요? 어떤 암시의 공식, 모음 혹은 자음 소리를 통해서요? 파랑이 빨강을 암시하는 경우라든지, 또 뭐가 있으려나, 그런 반대를 암시하는 순수한 어떤 소리를 통해서요? 어째서 "텅 비고 폐허가 된 성가대"*는 그토록 섬세한 느낌을 줄까요?

그리고 이 힘과 더불어 다른 사람들이 쓰고 싶은 마음을 갖도록 그 열망에 불을 붙이는 능력도 작동하죠. 적어도 저는 그렇더라고요. 내 안에서 불꽃을 일으키려면 책장에서 어떤 책을 꺼내야 할지 딱 안답니다, 그렇지 않나요? 아니면 당신은 부싯깃인 동시에 부싯돌인가요? 그럴 것 같네요.

레너드가 아주 짜증 낼 만한 메시지를 좀 전해줄래요? 사과도요. 이거예요. 존 드링크워터 리뷰는 못 쓰겠어요. 그 사람을 너무 잘 아는데, 기분을 엄청나게 상하게 하지 않고는 쓸 수 있는 말이 아무것도 없네요. 레너드가 어떻게 하고 싶은지 알려주면, 그가 원하는 사람 누구에게라도 존 드링크워터의 책들을 보낼게요. 이런 게 편집자를 괴롭히는 전형적인 시험 중 하나일 거란 생각이 드네요.

낡은 돌구유에 조그마한 알프스 정원을 만들고 있어요. 정말 즐겁답니다. 봄이 기대돼요. 내 원예 취향은 점점 더 맨눈으로 보기 힘들 정도로 작은 꽃들로 기울어져요. 당신을 위해 더 작은 걸 하나 만들까요? 파종분에, 소인국 크기의 바위를 넣어서

* "bare ruined choirs." 셰익스피어 소네트 73번의 내용을 인용하였다.

요. 나음 주에 가져갈게요. 꼭 잘 돌뵈주고, 버려두기 없기예요.
(이 단락에서 내가 쓴 내용을 보니 시골에 살면서 꽃을 좋아하는 사람
들은 선하다는 통설이 진짜인가 봐요.)

늘 당신의

비타

1925년 9월 7일 월요일

서식스, 루이스, 로드멜, 멍크스하우스

친애하는 비타

음, 당신이 왜 나에게 편지를 안 쓰는지 모르겠지만, 아마도 이번이 내 순서인가 보지요. 저보다는 당신이 편지를 쓰기에 더 좋은 상황이긴 하지만요. 당신의 방에는 두 사람이나 있고, 그들이 이야기하는 것도 들을 수 있잖아요. 내 방에는 개 한 마리가 있을 뿐, 그 외에는 책, 종이, 베개, 우유가 담긴 잔과 내 침대에서 흘러내린 누비이불 같은 것들밖에 없어요. 그래서 두 사람이 무슨 이야기를 하는지 듣고 싶은 마음이 무럭무럭 자라 당신에게 들려달라고 조를 수밖에 없네요… 당신이 누구를 봤는지 이야기해줘요. 그 사람들에 대해 내가 전에 들은 적이 없다 해도, 그렇다면 오히려 더 좋을 테니까요. 당신을 마음속에 만들어내려고 해봤는데, 내가 손에 쥔 거라고는 잔가지 두 개와 지푸라기 세 가닥뿐이라는 사실을 깨달았어요. 당신을 보는 느낌을 만들어낼 수는 있어요. 머리카락, 입술, 피부색, 키, 때로는 눈과 손도요. 하지만 정원으로 걸어가거나, 테니스를 치거나, 땅을 파거나, 앉아서 담배를 피우며 이야기를 나누는 당신을 상상하려 하면 당신의 모습은 희미해지고, 당신이 할 만한 말을 전혀 생각해낼 수 없어요. 이것이 증명하는 바는, 내가 길게 쓸 수 있는 문제인데, 우리는 그 누구도 잘 모른다는 것, 움직임과 몸짓들만 알 뿐, 연결되고 연속적이고 심오한 것은 알지 못한다는 사실이에요. 하지만 간청하건대, 내게 힌트를 주세요.

…"공인되다"는 단순한 단어였는데, 이제 "항의받은 불성실한 언행"이라는 뜻을 지니게 되었네요. 적어도 내게는, 그러니까 죄악 속에서 시들어가고, 인정하건대 좋은 영어에 원래 없는 의미를 전가하는 내게는 그래요. 하지만 변치 말고 당신의 애정 어린 악당에게 편지를 보내주시길.

1925년 9월 8일 화요일
세븐오크스, 윌드, 롱반

친애하는 버지니아

내가 정말 미안해요…

흘러내린 누비이불 이야기는 내 심장을 정말이지 저미게 했어요. 그리고 오늘 저는 당신이 있는 언덕을 지나 브라이턴에 갈 건데, 당신에게 줄 컵 받침에 꾸민 정원과 함께 이 편지를 현관 계단에 놓고 가야겠네요. 정원이 지금은 재미없어 보이겠지만, 봄이 되면 당신에게 꽃을 선사할 거예요. 물을 충분히 주셔야 해요.

내가 있던 방의 두 사람은 사실 불독 드러먼드Bulldog Drummond와 벵자맹 콩스탕Benjamin Constant*였어요. 그들은 이 사실을 모르고, 전혀 다른 이름으로 바삐 일하고 있었지만, 아무튼 그들이었어요. 여러 쟁점에서 두 사람이 일치를 못 본 걸 당신이 상상할 수 있을 텐데, 나는 자꾸 두 사람 모두에게 동시에 동의해서 짜증이 났죠. 동시에 모두에게 반대하는 마음도 들었

---

* '불독 드러먼드'는 H. C. 맥닐의 소설 속 주인공이며, '벵자맹 콩스탕'은 작가이자 정치인이다. 제프리 스콧의 《제리드의 초상》을 읽고 있던 비타의 마음에 두 인물이 공존한다는 뜻이다.

죠. 드러먼드는 불독처럼 고집스러워서bulldoggery, 콩스탕은 일관
되지 않아서inconstance 싫었지만, 두 사람에게 각각 상대의 단점
을 조금씩만 주사하고 싶었어요. 하지만 영국인의 성격상 어림
없는 일이죠.

저는 홉을 따고 왔고, 레너드에게 줄 기사를 반 썼어요. 오늘
이나 내일 끝내도록 할게요. 안 그랬다간 이 글이 〈네이션〉에 도
착할 즈음 홉이 다 발효되어 맥주가 되어 있을 테니까요.

내 스패니얼이 새끼를 일곱 마리 낳았어요. 내 고양이는 다섯
마리를 낳았고요. 스패니얼이 새끼 고양이를 훔쳐서 입에 아주
조심스럽게 물고 나르더니 강아지 바구니에 넣어놨어요. 그러고
나서 산책을 나갔는데, 새끼를 찾던 고양이가 바구니 속에 몸을
말고 들어가 강아지들에게 젖을 먹였죠. 스패니얼이 돌아와서
고양이를 쫓아내고는 바구니 안에 몸을 말고 들어가 새끼 고양
이들에게 젖을 물렸어요. 이 상황을 대체 어찌해야 할지 모르겠
네요. 고양이들은 짖고 강아지들은 야옹거리고, 이게 앞으로 벌
어질 일이잖아요. 하지만 현재로서는 아주 사랑스러운 가족을
이룬 따뜻하고 보드랍고 어린 털뭉치들이랍니다.

당신이 잘 지냈으면 좋겠고, 당신을 만날 수 있으면 좋겠어
요. 얼핏 듣기에는 이기적인 것 같겠지만, 그렇지는 않답니다. 내
게 돌아오는 게 없더라도 그 무엇보다 당신이 잘 지내기를 바
라니까요. 내가 구할 수 있는 것 중에 당신이 갖고 싶은 게 있을
까요? 책들이요. 하지만 그 하녀의 엄마가 말했듯 "그녀는 책을

갖고 있죠". 무력한 기분이 들지만, 당신을 기쁘게 해주고 싶어
요. 그러니 말만 하세요.

　당신 집 앞에 멈추면 정말 애가 탈 것 같아요. 초인종을 누르
지 않을 테니, 레너드가 집을 나서면서 정원에 발이 걸릴지는 운
에 맡겨보지요.

　　　　　　　　　　　　　　　　　　　　　　　　비타

1925년 9월 15일 화요일
서식스, 루이스, 로드멜, 멍크스하우스

아, 이런 가증스러운 악당 같으니라고! 집까지 와놓고 달아나 다니! 요리사가 당신 편지와 당신의 꽃과 당신의 정원을 들고 나타나서, 어느 숙녀가 마을에서 남자아이를 세워두고 이것들 을 줬다는 이야기를 전했을 때, 어찌나 화가 났는지 잠옷 차림 으로 당신을 쫓아 뛰어나갈 뻔했어요…

1925년 9월 18일

세븐오크스, 윌드, 롱반

친애하는 버지니아

당신은 정말, 정말 대단한 사람이에요. 물론 저는 늘 그걸 알
고 있었죠. 알아차리기 쉽거든요. 〈데일리 엑스프레스〉도 그걸
알고 있고요. 〈다이얼〉도 알고요. 매체는 다양해요. 〈데일리 해
럴드〉는 당신을 저주받은 문제, 즉 워즈워스와 식사를 하기 위
해 차도를 건널 것이냐 같은 논란의 여지가 있는 질문에 당신
을 권위자로 인용했죠. 하지만 저는 오늘에서야 당신이 실제로
얼마나 대단한 사람인지 철저하고 완전하게 깨달았다는 생각
이 강하게 드네요. 봐요, 당신은 정말 많은 일을 해냈어요. 당신
은 끝없이 되풀이되는 하나의 **성취**죠. 그럼에도 당신은 무한한
여가를 누리는 듯한 인상을 줘요. 누군가 당신을 보러 가면, **당
신은 시간을 내어 두 시간 동안 이야기할 준비가 되어 있어요.**
누군가 건강 문제로 당신을 보러 갈 수 없다면, 당신은 네 쪽이
나 되는 훌륭한 편지를 써 보내죠. 당신은 두꺼운 원고를 읽어
요. 식료품점 직원들에게 조언을 하고요. 아이어머니들에게 간
접적으로 후원을 하고요. 누군가의 침대 맡 책장에서 제럴드 맨
리 홉킨스와 성서 옆자리를 차지할 책들을 쓰죠. 당신은 〈타임

스 문예 부록)의 우중충한 풍경에 빛줄기를 쏘아요. 당신은 사람들의 삶을 바꿔요. 당신은 전형을 만들어내죠. 누군가의 시를 읽고 비평을 해주죠. (당신이 이 단어에 부여한 의미에서) 비평이란 다른 비평가들의 관행과는 달리 완전히 기를 죽이는 게 아니라 시를 명료하게 하는 것이지요. 어떻게 이걸 다 하죠? 당신이 시간을 낭비하지 않는다는 사실만 짐작할 수 있을 뿐이에요. 나는 이제 여기, 한밤중에 홀로, 내 하루를 돌아보면서(요 몇 주 사이에 처음으로 평화롭게 보낸 하루예요) 내가 하루 동안 뭘 했는지 자문해봅니다. 레너드를 위해 홉 따기 글을 마쳤고, 봉투 한 장과 우표 한 장을 찾아 글을 보냈지요. 구근을 백 개쯤 심었고요. 아들과 테니스를 쳤어요. 백일해에 걸린 다른 아들을 즐겁게 해주려고 애도 썼지요. 그리고 농담과 화운和韻을 구분하려 해봤어요. 욕조에서 추리소설 한 편을 읽었고요. 목수와 이야기를 했어요. 시를 다섯 줄 썼네요. 그래서 이 모든 게 무엇으로 이어지나요? 아무것도요. 그냥 시간 낭비죠. 그래도 오랫동안 내가 보낸 날보다 나은 날이었답니다. 집중이 비결인가요? 계획이 비결인가요? 그 비결을 알고 싶은 마음이 간절해요.

단언하건대, 당신 마을의 이름 모를 꼬맹이를 불러 세워 사자使者로 삼아 당신의 요리사에게, 그리고 그 요리사로 하여금 다시 당신에게 전해달라고 하는 일은 고통스러웠어요. 전혀 이기적이지 않지요, 안 그래요? 그리고, 솔직히 말해, 레너드도 무섭고요. 내가 그 집에 나타나면 레너드가 싫은 표정을 지을 거 알아요. 내가 얼마나 좋아하는지 모를 테니 한층 더 싫은 얼굴이 겠죠. 그러니까, 그가 당신을 잘 보살펴줘서 말이에요. 로드멜에 도착해서 전혀 길이라고 부를 수 없는 길을 갔어요. 말하자면, 길로 시작해서 풀밭으로 녹아 없어지더니, 마지막 5마일은 말 그대로 다운Down 지방답게, 울퉁불퉁한 길이었어요. 종달새는 참 많았지만요. 파란 자동차가 수십 마일 이어진 초지 한가운데 불쑥 나타나자 양치기 하나가 수상쩍은 듯이 쳐다보더군요.

그래요, 당신에게 내 농경시를, 더 일관성을 갖춰서 보낼게요. 지금으로서 여기에는 거미, 저기에는 새끼를 낳은 암돼지 ― 전혀 연결고리를 이해할 수 없는 상태예요. 염치없지만 당신의 제안을 기꺼이 받아들여 도움을 받을게요. 하지만 여전히 당신이 모든 걸 어떻게 다 해내는지 궁금하네요.

집 전체가, 그리고 바깥세상이 어둠 속에 잠겨 있을 때, 방 하나에만 불이 켜져 있는 느낌을 좋아해요. 불빛 하나만 내 종이 위로 떨어지는 느낌, 집중력과 내밀함을 만끽하게 해주죠. 편지란 얼마나 안 좋은 수단인가요. 당신은 이걸 햇빛 아래서 읽을 테고, 그러면 모든 것이 다르게 보이겠죠. 당신이 인간 존재가 분리되었다고 느끼는 만큼 나는 밤을 절절하게 느낀다고 생각해요. 너무나 개인적이고, 너무나 날카로워서 아릿한, 그런 확신 중 하나죠. 나는 해가 지고, 별이 뜨고서야 숨쉬기 시작하는 것 같아요.

비타

1925년 9월 23일 수요일
서식스, 루이스, 로드멜, 멍크스하우스

친애하는 비타

계속 그렇게 해줘요. 내가 뭔가를 성취하고 있다고 믿어줘요. 6주나 침대에 누워서 우유를 마시고 단 한 통의 편지를 이따금 뒤적이다가 답장을 쓰려니, 당신의 환상이 온전히 필요해졌다고 확실하게 말할 수 있어요. 우리는 금요일에 돌아가요. 내가 뭘 이루었나요? 아무것도요. 거의 한 단어도 쓰지 못했고, 쓰레기나 다름없는 것들을 한 무더기 읽었고, 당신도 못 만났죠. 하지만 30분 보겠다고 당신을 오라고 했다가 떠나는 모습에 화를 내는 게 무슨 득이 있겠어요? 고맙게도 두통은 가셨지만, 감기에 걸리거나 논쟁을 격하게 벌이면 다시 돌아오죠. 하지만 지금은 전에 어느 때보다도 두통 없는 상태가 오래 지속되고, 수다가 줄 기쁨을 뿌리칠 수만 있다면, 나는 영원토록 건강하겠지요. 하지만 내가 하려던 말은 더 환상을 품어달라는 간청이었어요. 당신이 나를 만들어내면, 나도 꼭 당신을 만들어줄게요…

이 편지는 끔찍한 낙서, 나태의 거품이네요. (식사 시간을 기다리고 있어요) 하지만 런던에 가면 활기를 찾을 거예요. 그렇다고 해도 나는 오소리의 삶을 이어가며, 야행성에 비밀스럽고, 외

식도 다니지 않고, 신나게 쏘다니지도 않고, 구석진 굴속에 혼
자 있을 거예요. 그러면 당신은 그리로 와서 나를 만나요. 부디
그러겠다고 해줘요. 런던에 오면, 내게 알려줘요. 지하에서 조용
히 수다를 떨면 얼마나 재밌을까요! 그러고 나서 올겨울에는 한
달에 한 번 거대한 행사를 열 거예요. 작업실에는 촛불을 밝히
고요…

1925년 10월 11일 일요일

세븐오크스, 월드, 롱반

친애하는 버지니아

당신이 런던으로 돌아간다고 적은 편지를 받기 전에 로드멜로 편지를 썼어요. 간단히 셈을 해보니 당신이 편지 두 통을 동시에 받겠더라고요. 아니면 이 편지가 다른 편지보다 먼저 도착할 수도 있고요. 로드멜 우체국에 달렸네요. 그러므로 내 여행의 목적지를 숨겨두겠어요. 다른 편지가 그 사소한 소식을 빼앗지 않게요. (비록 그 소식은 사람들이 편지에서 기대하거나 보고 싶어 하는 것은 아니지만요.) 리비에라나 이탈리아, 아니면 이집트가 아니라 더 거칠고, 아름답고, 투박한 나라라는 것만 알려줄게요. 거리상으로는 아니지만, 시간상으로는 중국보다도 더 먼 곳이에요. 이상적인 여행 편지는 주소를 안 적어야 한다고 생각해요. 방주로부터 날아온 비둘기처럼 도착하겠죠. 어디서 왔는지 아무런 실마리도 담지 않으면, 풍경을 낭만적이고도 아름답게 그려내지만 지리적으로는 두루뭉술하겠죠. 당신에게 편지를 쓰는 일이 얼마나 즐거울까요. 잉크가 유일한 소통 수단임을 체감하며 얼마나 가슴이 미어질까요. 부재중인 친구에게 편지를 쓰는 부담을 당신에게 지우는 나는 얼마나 무자비한가요.

이 모든 것으로 당신은 내가 여행을 재밌어한다고 생각하겠죠. 그렇지 않아요. 지금 관심 있는 것이라고는 조그맣게 달궈진 송곳으로 내 머리에 구멍을 뚫고 있는 치통뿐이랍니다. 세상은 거기에 집중되어 있고, 다른 건 중요하지 않죠. 당신의 두통이 이와 비슷한 느낌인가요? 성취로 가득할 뻔한 6주를 그렇게 망친 당신의 두통은 얼마나 잔인한지. 완전히 외부적인 요인에 방해를 받았으니, 성취를 이루지 못했다고 말하는 건 당신에게 공정하지 못해요. 나는 여전히 당신을 기념비라고 생각할 거예요. 게다가 당신은 날아드는 나방에 둘러싸인 불빛인걸요. 이모든 걸 이루려면 시간이 걸리죠. 여전히 당신이 어떻게 해냈는지 모르겠어요. 당신 안에는 적어도 여섯 가지의 전일제 직업이 합쳐져 있어요. 소설가, 저널리스트, 출판인, 출판사 고문, 친구, 연인. 하나하나가 그 자체로 직업이죠. 그중 무엇도 적당히 하지 않고요. 거기다가 이제는 한 달에 한 번 안주인이 되어 파티까지 열겠다고요! 나도 한 번 가야겠어요. (물론 당신이 초대해준다면요) 유령과는 상반되는 존재로요. 그게 뭐냐고요? 돌아오는이가 아닌 곧 떠날 이죠.

비타

1925년 10월 13일 화요일
런던, 타비스톡 광장 52번지

친애하는 비타

하지만 얼마나 오래요?

영원히?

나는 질투와 절망으로 가득 찼어요. 페르시아를 본다는 생각에, 당신을 다시 못 본다는 생각에.

의사가 나를 침대로 보냈어요. 글을 쓰는 건 절대 안 된다고 합니다. 그러니 이게 내 백조의 노래*예요. 하지만 와서 나를 만나요.

* 화가나 음악가 등의 마지막 작품을 일컫는다.

1925년 10월 13일
세븐오크스, 윌드, 롱반

친애하는 버지니아

아뇨, 영원히는 아니에요. 바로 가는 것도 아니고요. 해럴드가 다음 달에 가고, 나는 1월에 따라갔다가 5월에 돌아와서 내년 10월에 다시 가요. 그러니 한참은 더 오고 가며 만날 수 있어요. 당장은 당신이 더 걱정됩니다. 당신이 분명 잘 지내지 못한다는 사실도 걱정이고요. 내가 얼마나 안타까워하는지 모를 거예요. 당신이 정말로 사람들을 만나도 된다고 허락받으면 나야 당연히 만나러 가죠. 레너드가 편지를 보냈는데, 감동해 울 뻔했어요. 레너드에게 이 말 꼭 전해줘요, 그 편지의 힘으로 내 농경시를 마흔 줄이나 썼다고, 고맙다고요. 보고 싶을 거라는 말을 들으니 좋네요. 레너드에게도, 내가 그에게 도움이 될 수 있도록 엘리자 페이*가 되어서 사막의 꽃을 피우겠노라고 해줘요.

답장은 기대하지 않아요. 당신이 글을 쓰면 안 된다는 걸 아니까요.

당신이 해럴드의 짐을 봤어야 했는데, 반은 열대, 반은 북극이에요. 모피 코트 여러 벌, 햇볕 가리개 여럿, 스케이트와 카키색 반바지 등. 내가 '문장 잇기 게임'처럼 보이게 입혀놨어요. 사

---

* 18세기 여행가이자 서신집 작가이다.

막에서 산길로 올라가면시 1천 피드마다 새로운 옷을 덧입히는 거예요. 레너드와 당신도 테헤란에 오면 좋겠어요. 하지만 이 소망이 이뤄질 가능성은 별로 없어 보이네요. 아주 힘든 길이기도 하고요.

　제발, 제발, 어서 나아요. 자신을 좀 경계하고요. 그렇게 오래 앓았으니 정말 기진맥진하겠어요. 내가 당신을 보러 가도 된다면, 4시 30분부터 5시 30분까지 1분도 넘기지 않고 시간을 지킬게요. 그렇게 한다 해도 죄책감은 들겠지만요.

비타

1925년 10월 23일

세븐오크스, 월드, 롱반

친애하는 버지니아

전에 집에 왔을 때《기억의 인형극》*이 없어진 걸 알고 당신 앞으로 보내달라고 주문했어요. 책이 나타나면 좋으련만.

다른 사람들은 지금 "당신이 어서 떠나길 바란다"는 취지의 말을 무심코 흘렸었죠. 쉴 곳이 필요하면, 여기로 올래요? 해럴드가 떠나면 저 혼자 있을 테고, 근심하거나 흥분하거나 방해받는 일은 없을 거라고 약속할게요. 레너드가 방문하기도 쉬울 테고요. 원하면 하루 종일 침대에 누워 있어도 돼요. 글을 쓰고 싶으면 쓰고, 이야기하고 싶으면 하고.

우정에 관한 몇 가지 이론이 떠올랐는데, 코감기에 걸려서 다른 날 설명해줄게요. 솜뭉치가 된 기분이에요. 약도 못 먹었어요. 이런저런 생각이 들지만 무엇보다 시간을 정해두는 건 위험 천만해요. 원하는 건 목적 없이 불쑥 시작되는 대화니까요. 읽던 책에서 시선을 들어 올리자 두 개의 침묵 사이에서 토론에 불이 붙는 그런 것이요. 시간을 정해두는 건 즉흥적으로 떠오른 논평을 보청기에 대고 들려주는 일과 크게 다를 바가 없어요.

* 영국 작가 모리스 바링의 자서전이다.

이 모든 건 당신이 롱반을 요양원으로 생각하게끔 하는 소리
예요.

레너드가 마음에 들어 할지 모르지만 시 한 편 동봉해요.

내가 당신을 피곤하게 만든 건 아니길 바라요. 그랬을까 봐
걱정이네요. 여기 오면 방치하다시피 내버려 둘게요. 내 책임을
다해야 하니까요.

비타

1925년 10월 26일

런던, 타비스톡 광장 52번지

내 소중한 비타. 하지만 이건 비난의 의미예요.

당신에게 M. B.를 **빌려달라고** 했더니, 내게 그걸 **줘버렸네요.**
아주 좋아요. 다시는 당신에게 신발 단추 하나 빌리지 않겠어요.

아무튼, 당신 선물은 시간에 딱 맞춰 도착했어요. 금요일 종
일, 저녁 6시까지 숨 돌릴 틈도 없이 앓았어요(내 잘못이죠. 양
갈빗살을 먹으면 나아질 거라고 한 의사 말을 안 믿었거든요. 먹었더
니 바로 나았어요). 그 공포 속에서 거의 사라질 뻔한 찰나, 당신
선물이 온 거예요. 나는 갈빗살을 먹고 되살아나서, 잠들 때까
지 그 책을 읽었어요. 무엇도 이보다 더 적절할 순 없었을 거예
요…

L.이 당신 시가 마음에 든다며 출판하겠대요. 나도 마음에 들
어요. 당신이 몇 시간의 고문을 감내할 수 있다면, 이유를 말해
줄게요. 당신은 나를 피곤하게 만들지 않았어요. 황홀하게 만들
었죠. 다음번에는 당신을 위해 침묵도 좀 준비할게요…

1925년 10월 31일 토요일

세븐오크스, 월드, 롱반

친애하는 버지니아

그래요, 나는 혼이 좀 나야겠네요. 제 계획은 어쨌거나 제법
훌륭했어요. 집에 돌아와 누군가가 내 《기억의 인형극》을 훔쳐
간 것을 발견하기 전까지는요. 그래서 한 권을 더 주문하고, 가
게에서 사 온 것임을 당신이 모르기만 빌면서 한 권을 더 주문
했죠. 이 변명으로 용서를 구할 수 있기를, 그래서 혹시 필요하
게 되면 내 신발 단추까지도 당신 것처럼 여길 마음이 다시 생
기면 좋겠어요.

시빌*에게 당신이 다시 아프다는 이야기를 듣고 괴로웠어요.
당신을 깜짝 방문할 생각이었는데, 그 소식을 듣고 마음이 바뀌
었죠. 정말 나아지면, 그래서 갈빗살 더 안 먹어도 되면, 다음 주
화요일 5시에서 6시 사이에 당신을 잠깐 찾아가도 될까요? 작
별 인사를 하러 가는 해럴드를 태워줄 건데, 당신이 사는 낭만
적인 동네에 갈 때 잠깐 들를 수 있어요. 에버리가 182번지로 엽
서 보내세요. 월요일에는 거기 가니까, 내가 받아 볼 수 있을 거
예요. 하지만 당신 몸이 괜찮아지지 않는다면 말고요.

* 　시빌 콜팩스는 영국의 저명한 실내 장식가이자 사교계 명사였다.

여기 오는 일은 당신 편할 때 정해요. 나는 12월 20일까지 여기 있을 거예요. 당신이 오면 너무 좋을 거예요. 당신도 알겠죠. 이 이상은 표현할 수가 없네요.

늘 당신의

비타

1925년 12월 8일 화요일

롱반

친애하는 버지니아

나는 정말 이상하고 기이한 일을 하고 있어요. 아니, 그 자체로는 어쩌면 이상할 것도 기이할 것도 없지만, 아주 이상하고 기이한 감각으로, 그러니까 내가 당신에게 편지를 써야 한다는 감각으로 나를 채우는 일이라고 하면 맞을까요. (그렇지만 이건 온전히 당신과 연결된 거라, 그 무엇도 내가 이 일을 하지 못하게 억지로 막을 수는 없을 거예요.) 게다가 마침 편지를 쓰기에 적절한 때이기도 했고요. 지난 금요일에 가서 당신을 보려고 했는데, 안개가 끼고 여기저기 아파서 갈 수 없었어요. 너무 화가 났죠. 다음 날 아침, 일찍 집에 돌아와야 했거든요. 차를 몰아서 내려왔어요. 모든 것이 새하얗더군요. 산울타리는 마치 밤새 나이를 더먹은 듯 보였어요. 모든 것이 반짝이고 고요했죠. 동네 전체가 숲속의 공주가 잠든 공원 같았어요. 이제는 전부 사라지고 진창만 남았지만.

21일 월요일에 당신을 보러 가도 될까요? 내가 런던에 갈 수 있는 가장 가까운 날짜예요.

나는 절대로 당신이 잔인하다고 말한 적이 없어요. 당신이 내게 쓴 편지는 분명 다른 누군가의 편지에 가야 할 답장일 거예요. (나는 당신에게 수십 명의 편지 상대가 있다고 의심하죠.) 내가 '존경한다'고는 했었죠. 하지만 내 말의 의미는 '사랑한다'였어요. 난 그냥, 무시당할까 봐 겁이 났나 봐요. 당신이 내게서 진실을 알고 싶다면 짜증만 좀 내면 된답니다.

내 엉성한 글을 당신의 학구적인 글과 비교하니 부끄럽네요.

너무 따분하네요, 나란 사람은. 적어도 겉보기에는 따분해요. 바보 같고 우중충하죠. 그래도 내면은 따분하지 않아요. 일주일 간의 고독이 내가 사람이라는 느낌을 되살려줬어요. 다른 사람이 막 골라잡아도 되는 넝마 더미가 아니라요.

오늘 아침에 당신 손으로 주소를 적은 광고물을 받았는데, 충격이었죠. 그게 편지인 줄 알고 뒤집었는데, 보니까 그냥 엽서인 거예요. 그것도 인쇄된 엽서. 대체 왜 광고를 보냈어요? 광고에 최면이라도 걸렸나요? 당신이 이런 짓을 해야 할 다른 이유는 생각이 안 나네요.

탄광 하나가 내 친구들 발밑에서 폭발해 그들을 전부 하늘 높이 날려버린 후 솜씨 좋게 여기저기 흩뿌린 것만 같아요. 하나는 수마트라에, 하나는 멕시코에, 하나는 인도에, 나는 페르시아에. 모든 일이 너무 갑작스럽게 일어났어요. 나와 레이먼드가 시리아 언덕에 함께 있는 게 상상되나요? 당연히 안 가겠죠. 하지만 그렇게 될 거예요. 나는 여행에 취해서 세상을 다 아는 척하는 속물이 되겠죠.

덕분에 내가 여기서 보낼 마지막 닐을 더 열심히 옴미히게 됐어요.

나도 여학생들과 함께 당신에게 책 읽는 법 강의를 들어도 될까요? 프루스트를 읽고 싶은 기분이거든요.

당신의

비타

1925년 12월 9일 수요일

타비스톡 광장 52번지

내 사랑 비타

의사가 멀리 가도 된대요. 20일 이전에, 당신이 혼자 있다면,
하루나 이틀쯤 집에 가도 될까요? 너무 늦은 이야기, 너무 어려
운 이야기일 듯하지만. 혹시나 해서 물어봅니다…

1925년 12월 10일

타비스톡 광장 52번지

내 사랑 비타

당신은 화요일 오후 괜찮아요?

금요일이나 토요일까지 머물러도 될까요?

레너드가 와서 나를 데려가도 될까요?

드레스 가운을 한 벌만 가져가면 당신이 싫어할까요?

침대에서 아침을 먹으면 귀찮게 구는 걸까요?

1925년 12월 15일

세븐오크스, 롱반, 윌드

내 사랑 버지니아

당신을 수요일까지 못 만나게 되어서 너무 유감인데, 일하는 사람 하나가 아파요. 내일이면 다 괜찮아질 거예요. 전에 말한 기차를 타고 오나요? 세븐오크스에 4시 18분에 도착하는 차였던 거 같은데.

아뇨, 당신이 원한다면 아침, 점심, 저녁 다 침대에서 먹어도 돼요.

아뇨, 드레스 가운은 한 벌만 가져와요.

그럼요, 레너드는 언제고 좋을 때 오면 돼요.

당신이 일요일까지 있을 수 없어서 어찌나 안타까운지. 내가 일요일 아침에 올라가니까 당신을 태워주면 좋을 텐데.

당신이 오면 정말 즐거울 거예요. 당신이 누구 방해도 받지 않게 내가 훌륭히 모시도록 하죠.

늘 당신의

비타

1925년 12월 22일 화요일
타비스톡 광장 52번지

장갑을 사러 가야 해서 급히 써. 나는 침대에 몸을 바로 세우고 앉아 있고, 아주아주 매력적이지. 그리고 비타는 사랑스럽고 복슬복슬한 양치기 개야. 그게 아니면 포도를 목에 걸고, 핑크빛 진주를 걸치고, 윤기가 흐르는 모습으로 촛불 불빛을 받으며 세븐오크스 포목상 문가에 서 있을까. 네사에게 찰스턴 행사를 토요일에 할지 일요일에 할지 물어보고 놀로 편지 보낼게. 하지만 자기 마음속에 타오르는 냄새 고약한 수지 촛불을, 더 정확히 말하면 불쌍한 버지니아를, 그리고 개 그리즐을(내 침대 아래에서 바닥을 긁고 있어) 꺼버리지는 마. 이제 사우샘프턴로路로 버스를 타러 가야겠다.

아, 하지만 비타와 함께면 좋겠네.

1925년 크리스마스이브

켄트, 세븐오크스, 놀

버지니아, 소중하고 사랑스러운 사람,

토요일이 좋겠어. 그날은 다른 일정이 없거든. **만약** 우리 어머니가 그날 사람들에게 점심을 먹자고 하는 불쾌한 상황이 벌어진다면, 점심은 먹고 가야 할 거야. 이러면 너무 불행하겠지만, 불행할 만큼 이렇게 될 가능성은 별로 없어. 어머니에게 편지를 보내 여쭤보긴 할 건데, 감사하게도 크리스마스까지 답장을 못 받을 게 분명해. 1시쯤 갈게. 그리고 부디 당신 가족들이 나를 매우 불안하게 한다는 걸 기억해줘. 클라이브*를 제외하면 말이야. 클라이브는 피난처지.

당신을 다시 보면, 아, 정말 너무 기쁠 거야. 얼마나 기쁘냐면, 지금 당신에게 편지를 쓰기도 어려울 지경이야. 긴 편지를 쓰든지, 아니면 점심을 먹으러 가겠다고 말하는 메모를 쓰든지 해야겠어. ("제길, 비타, 그럴 거면 왜 긴 편지를 쓰지 않고?")

V.

---

* 클라이브 벨은 블룸즈버리그룹의 일원으로 버지니아에게 비타를 소개해주었다. 버지니아의 언니 버네사 벨의 남편이기도 하다.

2부

사랑

1926 - 1933

　런던에서 자주 만나면서 비타와 버지니아는 점차 서로에게
끌린다. 연애가 시작된 것이다. 그들은 서로의 책에도 애정이 각
별했다. 비타는 외교관인 남편 해럴드를 따라 여러 나라를 여행
하며 버지니아에게 편지를 쓰고 책을 집필한다. 버지니아 역시
비타와 꾸준히 서신을 교환하며 여러 작품을 출간한다. 두 사람
의 많은 대표작이 이 시기에 탄생했다. 특히 문학적 완성도가 높
다고 평가받는 버지니아의 《올랜도》는 비타를 모델로 한 소설
이다. 하지만 《올랜도》 출간 이후 비타의 마음은 조금씩 변했고,
각자의 생활 환경이 바뀌면서 두 사람 관계에 거리가 생긴다.

1926년 1월 1일

베이싱스토크, 셰필드온로든, 셰필드코트

내 사랑 버지니아

극도로 동요한 상태로 편지를 써. 만나면 왜인지 말해줄게.

불시 습격을 당했어.*

새해 이른 아침에 일어난 일이야.

제대로 된 편지를 쓸게, 하지만 지금은 속이 상해서. 클라이브

때문이야.

집 안이 아이들과 소음으로 가득하다.

얼떨떨한 당신의

비타

* 비타는 셰필드코트에 있는 도티의 별장에서 새해 전날을 보냈다. 함께 파티
  에 초대되었던 클라이브 벨은 비타에게 버지니아와 비타가 함께 잤는지 물
  었다.

1926년 1월 3일
베이싱스토크, 셰필드온로든, 셰필드코트

당신 생각을 이렇게 많이 하면서 당신 이야기를 이렇게 조금만 해야 한다는 게 처음에는 너무 이상하게 보일지도 몰라. 어쨌거나 내 곁에는 클라이브가 있잖아. 당신 형부로서만이 아니라, 젊은 시절 당신을 사랑했던 권위자로서. 하지만 그의 존재를 이용하지 않기로 했어. 뭔가가 날 말리더라고. 그리고 지금은 기회를 놓친 걸 물론 후회하고 있지. 아냐, 사실은 그렇지 않아. 후회 안 해. 지난 사흘을 다시 살아도 똑같이 할 거야.

난 스스로 탐험하는 편을 선호하는 것 같아. 부당한 이득을 취하고 싶지도 않고.

그래도 역시 내가 지각이 없었어.

지난밤 대화는 자유로웠어. 당신이 있었다면 어떻게 생각했을지, 무슨 말을 보탰을지 모르겠어. 몇 번인가 궁금했지. 클라이브가 혹시 당신에게 전한다면, 무슨 말을 전할지도 궁금했어. 수요일에 만날 수 있을까? 오후에? 5시에 예방접종(젠장) 예약을 잡긴 해야 하는데. 최대한 늦춰볼게. 아마 맞고 나서는 바로 집으로 가야 할 것 같으니까, 그렇지? 쓸데없는 접종 때문에 화가 나.

시끄러운 애들이 여기에 어쩌나 많은지, 온 집 안을 쿵쿵거리고 다녀. 애들 때문에 머리가 빙빙 돈다.

봉투에 넣을 회람용 편지 좀 더 챙겨줘. 당신 집 바닥에서 그 일 할 때 즐거웠거든. 괜찮으면 수족관에 가서 물고기를 보는 것도 좋겠다, 친구들과 의외로 닮았거든.

그리고 다다음 주 수요일이면 나는 페르시아로 떠나. 우울감이 내려앉는군. 하지만 어쩌면 좋은 일일지도 몰라. 내가 떠나는 게 당신에게 어떤 영향을 미칠까? 그리즐처럼 매력이 덜해져서 당신 사랑을 더 받게 될까?

그러길 바라, 아니라면…

V.

1926년 1월 5일 화요일

타비스톡 광장 52번지

그래, 내 소중한 존재, 내일 와, 최대한 일찍… 그러면 우리는 우표를 붙이거나 물고기를 볼 거야. 하지만 당신이 왜 동요했는지, 왜 그런 혼란 속에서 편지를 썼는지, 당신에게 불을 붙인 대화가 무슨 내용이었는지, 아, 그 외에도 여러 가지를 알아야겠어. 근데 지금은 좀 급하다. 그레이스인 거리에 사는 수의사에게 방금 그리즐을 데려다줬고, 이제 서둘러 가봐야 해. 아, 당신이 영원토록 내게 사랑받고 싶으면 당신의 등에 반점이 생겨야 할 텐데…

1926년 1월 7일 목요일
타비스톡 광장 52번지

그냥 어떻게 지내는지 물어보려고 쓰는 편지야… 비참한 기분에, 반쯤 잠에 취한 채 차와 토스트를 조금 먹고, 그리고 나니 아마도 저녁이 다가와서 무척 선명하면서도 아득하고, 무책임해지네. 이 모든 일이 쫄 한가운데 있는 방 안에서 일어나고 있어… 사방의 화랑과 연회장에서 어떤 일이 일어나고 있는지 궁금해. 비타의 머릿속에서는 무슨 일이 벌어지는지도. 아라스 직물이 걸린 어느 방에 누워 있을까, 커다란 견과류 안의 자그마한 알맹이처럼?

당신 기분이 어떤지 말해줄래? 아파? 누가 크누트*와 크누트의 아내, 버지니아 중에 누가 제일 좋으냐고 물어본다면 뭐라고 할래?

우비 한 벌, 크리스털로 만든 자, 1905년 일기장, 브로치, 온수포병 하나를 어딘가에 두고 왔어. 롱반 아니면 찰스턴이겠지. 그리고 작년 말 당신의 완전한 나체를 간절히 떠올리고 있어.

---

*　비타의 엘크하운드 사냥개이다.

1926년 1월 8일 금요일

롱반

편지를 쓰다니, 당신은 천사야. 그리고 아픈 몸에 대한 당신 표현도 마음에 들어. "선명하면서도 아득하다"고, 대부분의 사람은 "덥고 끈적이다"라고 할 텐데 말이야. 팔이 욕 나오게 쑤셨지만(지금도 쑤셔), 그것만 아니라면 아시아의 전염병을 못 즐길 것도 없었을 거야. 나는 어마어마한 침대에 누워 있고, 천장에는 난로 불빛이 어른거리고, 어느 신지론자가 쓴 책을 읽고 있지. 이 사람 말에 따르면 피라미드와 스톤헨지는 쿠푸 왕조 사람들이나 드루이드가 만든 게 아니라 기원전 11500년에 아틀란티스가 완전히 사라진 후에도 살아남은 그 섬의 비술 계승자들이 사이코메트리로 만든 거래. 그러면 그들이 기계처럼 역겨운 것을 하나라도 썼느냐? 아니지! 그들은 야만적인 이집트인들의 기중기와 지렛대도 안 썼어. 나일강 옆에, 혹은 솔즈베리 평원 한가운데 선 채 대리석 덩어리나 삼석탑에 최면을 걸어 무게를 빼앗는 손쉬운 방식으로 옮겼지. 쉽게 말해 공중에 띄웠다고. 그러니 다음번에 스톤헨지에 가면, 아틀란티스 열성분자들이 자그마한 무리를 이뤄 꼼짝 않고 서 있는 모습을, 그리고 엄청나게 무거운 바위가 서서히 저절로 떠올라 깃털처럼 허공을 날아 마침내 꼿꼿이 서서 먼저 기다리던 바위 위에 안착하는 모습을 마음속에 그려봐.

에디가 유령처럼 쇠약해져서는 내 방에 비틀비틀 들어왔다가 다시 비틀비틀 침대로 돌아갔어. 기운을 쏙 빼놓는 톰린이 찾아왔었거든. 톰린을 만나면 버지니아도 기가 죽을까? 버지니아는 정확히 얼마나 예민하지? 정말 꼭 좀 알고 싶다. 아, 삶에 잡다한 일이 어찌나 많은지. 우체부들 줄 크리스마스 상자, 정원사에게 줄 급료, 그리고 오늘 밤 보이스카우트까지, 맙소사. 까만 아기*는 여전히 여기 있어. 그 아이를 영영 데리고 있어야 하는 거 아닐까 했는데 내 생각이 맞았지. 그리고 이 온갖 잡다한 일들 사이에 시가 들어갈 자리가 어디 있겠어? 게다가 손을 베여서, 내 손수건은 피범벅이고, 나는 코도 풀 수가 없어.

삶의 이 진창 속에서 밝고 변함없는 별이 되어줘. 삶의 등대로 남은 것은 몇 안 돼. 시, 당신, 그리고 고독. 내가 몹시 감상적이란 걸 알겠지. 내가 이럴 줄 알았어?

맙소사, 접종한 데가 어찌나 가려운지. 시원하게 긁을 수만 있으면 뭐든 내놓겠어.

놀로 돌아가야 해. 여기에 살고 있다는 착각이 들기 시작해. 거실도 똑같고, 다른 이도 아닌 늙은 루이즈가 부산을 떠니까. 인간이란 하수도를 따라 떠내려가는 지푸라기에 불과하다는 사실을 곧잘 잊곤 하지.

---

*   비타가 입양한 유기견을 가리킨다.

난 왜 셰익스피어만 읽을까? 셰익스피어는 나랑 페르시아에 가. 전집을 가져가거든.

온수포병: 여기 없음.

일기장: 여기 없음.

브로치: 놀에 있는 하녀에게 물어볼게.

우비: 여기 없음.

크리스털 자: 여기 없음.

이탈리아제 공책: 여기 있어서 구출했고, 화요일에 데려가겠음.

누군가가 벤에게 크리스마스 선물로 무삭제판 《걸리버 여행기》를 보냈어. 내가 발견하기도 전에 거의 다 읽었더라. 아이 책처럼 위장되어 있었거든. 어째야 하지?

아, 내 사랑. 가봐야겠다. 성가셔라.

V.

불쌍한 크누트. 내가 당신 질문에 솔직하게 대답하면 크누트가 심하게 상처받을 거야. 크누트의 충직함을 봐서라도 그건 못 하겠네. 18일에 클라이브의 송별 파티에 올 거야?

1926년 1월 9일 토요일

타비스톡 광장 52번지

정말 화나는 상황 아냐? 독감에 걸린 채 침대에 누워서, 당신에게 열병의 기쁨에 관해 쓰는 이 순간에도 기침을 하고 있다니. 덥고 끈적인다는 말이 적절한 묘사겠네…

하지만 몸이 안 좋을 때 당신을 생각하면 큰 위안이 돼. 왜인지 모르겠어. 더 좋은 건, 더 나은 건 당신을 보는 일이지. 그러니 화요일에는 희망을 가져볼게.

오늘 아침 당신에게 아주 다정하면서도 말재주 없는 편지가 왔어. 보이스카우트 이야기 좀 해줄래?

1926년 1월 11일 월요일
롱반

아, 불쌍한 내 사랑. 또 아파서 그 소설*도 중단됐겠네. 얼마나 답답할까. 할 이야기가 많아. 우선 내가 유행성 감기에 걸리거나 말거나 주사 따위 조금도 신경 안 써. 당신을 못 보느니 이 집트까지 열병의 고역을 달고 가겠어. 그러니 그런 가능성은 제쳐둬. 두 번째로 세상 전부를 줘도 당신을 피곤하게 만들 일은 안 해. 그러니 당신이 비참하게 이불에 혼자 파묻혀 있고 싶다면, 말만 해. 오찬 시간에 전화를 걸 테니까, "와"라고 하든 "내버려 둬"라고 하든 당신이 끌리는 대로 해. 세 번째로, 당신이 섬세하지 않다니 다행이야. 아니면 내 마음이 우중충하다고 생각했을 테니까. (막 점심을 먹고 왔어. 루이즈가 아주 멋지게 요리한 송아지 고기 커틀릿과 양배추를, 무릎에 《댈러웨이 부인》을 펼쳐 놓고 먹었고, 그 결과 지적인 면에서 굴욕감을 느꼈지.) 네 번째로, 에디를 보러 왔던 톰린은 그의 형제더라. 다섯 번째로, 내 편지는 말재주가 없는 게 아니라 요란한 거야. 편지를 읽을 줄 모르는 건 당신이야. 그런데 당신이 여학생들에게 이 주제로 강연을 한다니! 여섯 번째로, 편지란 아주 골치 아픈 문제야. 아인슈타인을 무시

* 《등대로》.

하고 시간처럼 잘못된 것에 굴종하니까. 다시 말해, 당신이 페르시아에서 내게 편지를 써서 학질에 걸렸다고 말한다면 내가 글로 유감이라고 답장을 쓰는 건 아무 소용이 없지. 왜냐하면 편지를 받을 즈음에 당신은 벌써 다 나았을 테니까. 반면에 만약 내가 월드에서 '당신은 여전히 몸이 안 좋겠지'라고 쓰면 당신이 그 편지를 받았을 때 내 위로는 약간이라도 쓸모 있을 거야. 하지만 내 감정은 페르시아에 있건 월드에 있건 똑같을 거야. 일곱 번째는 오늘 밤 내가 세븐오크스에서 강의를 해야 하는데 강의 원고를 **잃어버렸다는** 거야. 여덟 번째로 버지니아가 중요한 부분을 차지하는 삶이란 이러나저러나 깊이 빠져들 수밖에 없는 거란 걸 깨달았어, 고통 역시 기쁨 못지않게 말이야…

보이스카우트는 사랑스러웠어. 맨살을 드러낸 분홍빛 무릎이며, 반짝이는 눈빛이며. 보이스카우트 나이프도 벨트에 꽂고.

할 일이 정말 많아. 그리고 나는 내가 이걸 안 하고 슬그머니 도망쳤다가 5월에 돌아와 산 위에 또 산처럼 쌓인 일을, 버려진 의무들이 연어처럼 왕성한 번식력을 발휘한 꼴을 마주하리란 걸 너무 잘 알지.

할 이야기가 더 많았는데 잊어버렸다.

당신은 그렇게 흥미진진하게 지내면서 어떻게 차분할 수가 있어?

이제 가서 정원사랑 이야기를 해야겠다. 그 사람은 바다코끼리처럼 콧수염을 길렀어.

에디와 난 지난밤 1시까지 깊은 대화를 나눴어.

당신 건강이 나쁘지 않다니 기쁘다(그게 사실이라면). 내일 통화할 때는 솔직하게 굴 거지?

V.

1926년 1월 17일

놀

눈은 내게 정말 특별한 의미가 있어. 눈은 내게 지붕에 쌓인 눈을 삽으로 퍼 아래에 있는 마당으로 던질 때 들리는, 둔탁하고 부드러운 푹푹 소리를 의미해. 사슴에게 먹이를 주려고 '이리 와' 하고 부를 때 묘하게 우수에 젖은 소리, 공원의 모퉁이에서 사슴들을 불러 모으는 그런 소리를 의미해. 이런 것들은 누군가의 방 시계의 똑딱거리는 소리가 무엇인가를 의미하듯 내밀한 방식으로 의미를 지니지. 이것은 개인의 일부야.

나는 내일 저녁 외식을 하려고 했어. 하지만 꽤 냉소적으로 그 계획을 집어던졌고, 그래서 당신과 (정확히는 클라이브도 함께) 아이비에서 식사할 수 있어. 그러니까 당신 보기에 내 편지가 말주변이 없을지 몰라도, 내 행동만큼은 그렇지 않아. 내 행동은 당신과 함께하고 싶다는 나의 소망을 실천으로 입증하지. 클라이브에게는 당신이 말해줄래? 에디는 클라이브의 파티에 갈 생각에 걱정이 태산이야. 레이먼드와 함께 머물려고 해. 그래도 될까? 내가 물어봐주겠다고 했거든.

클라이브의 생각이 나와 사실상 다르지 않길 바라. 아니면 둘 중 하나가 제9계명을 어기고 있는 게 분명하니까. 그나저나 당신 대답은 나랑 달랐어? 아, 부디 아니길.

여긴 정말 야단법석이야. 짐에는 전부 라벨을 덕지덕지 붙였어. 물건들이 방 안 온 사방에 흩어져 있어. 그리고 에디는 내가 뭘 싸야 하나 떠올리는 동안 조잘거리지. "톰 엘리엇 알아?" "아니, 몰라. 코닥 필름, 아스피린, 모피 장갑, 가루 치약." "《우울의 해부》에 실린 목판화 정말 끝내주지!" "아냐, 에디, 내 생각엔 끔찍한 수준이야. 내 승마 부츠 여행 가방에 넣지 마, 배 위에서 말 탈 일 없으니까." "거실을 분홍색이나 노란색으로 꾸밀까?" 계속 이런 식이야. 내 짐 싸기는 이렇게 진행되고 있어. 바깥에 비계가 있는 버지니아의 조용한 방은 어디 갔담?

내일 거기 가서 잠깐 숨어 있으려고, 4시 30분쯤? 하지만 화요일에도 갈 거야. 부디 좀 더 오래 머물 수 있길. 혹시 당신이 바쁘거든 빅토리아 5194로 메시지 남겨줘. 그러면 내가 안 가든지, 시간을 바꾸든지 할게. 에버리가(즉 빅토리아 5194)에 10시 45분에 잠깐 들를 거야.

아, 욕 나와. 사람들이 와서 여기서 멈춰야겠어. 우편이 일찍 가거든. 당신을 보고 싶은 마음이 *간절해*. 언젠가 당신에게 당신이 내 마음속에서 어떤 의미인지 편지로 전부 말해줄게. 그래도 되지?

V.

1926년 1월 20일

발함, 아카시아로 21*

아, 좋지 않아. 기차가 너무 흔들려서 괜찮은 척 할 수가 없어. 나는 기차에 탔고, 내 짐에는 아주 눈에 띄는 라벨이 붙어 있어. 상황이 그렇게 됐어. 안개 낀 런던 저녁, 현관문 옆에 선 버지니아를 두고 정말 떠나왔어. 그리고 언제 다시 만날지는 신만이 아시지. 당신이 말한 한 가지가 나를 아주 기쁘게 했어. 뭐냐면, 내가 돌아올 때 프랑스에 있지 않도록 노력하겠다는 말. 내가 당신 인생에서 중요한 존재라는 기분이 제대로 들었거든. 상냥한 사람.

당신의 자그마한 포프 시집은 내 주머니에 들어 있는데, 벌써 여권 대신 그걸 내밀어. 가는 내내 이럴 거 같아.

아, 자기야, 여기까지 오는 길은 전부 너무 불쾌했어. 뒤죽박죽인 감정 말인데, 온갖 감정을 다 겪고 살아남은 것 같아.

사라졌지, 학鶴이 있던 조용한 방이.

안녕, 내 사랑. 당신에게 축복을.

당신의 비타

* 이 주소는 비타가 임의로 쓴 것이라 추정된다.

1926년 1월 21일 목요일
밀라노[*]

나는 버지니아를 원하는 일 외에는 아무것도 못 하는 미물로 전락했어. 잠 못 이루는 밤의 악몽 같은 시간에 당신에게 아름다운 편지를 한 통 썼는데, 어디론가 사라져버렸네. 그냥 당신이 보고 싶어, 여느 인간 존재라도 느낄 법한 단순하고 절박한 심정으로. 당신, 말주변 좋은 당신은 편지 어디에도 이렇게 기초적인 문장은 절대 안 쓰겠지. 어쩌면 당신은 이런 감정을 전혀 느끼지 않는지도 몰라. 그래도 당신이 빈자리를 조금은 느낄 거라고 믿어. 하지만 당신이라면 그 감정에 너무나 아름다운 표현을 입혀 현실감을 다소 잃어버리게 하겠지. 반면 내 경우에 이 심정은 상당히 혹독해. 당신이 꽤 그리우리라고 마음의 준비를 했음에도, 스스로도 믿지 못할 정도로 당신이 보고 싶어. 그래서 이 편지는 고통에 차서 지르는 단말마의 비명이나 다름없어. 당신은 내게 믿기 어려울 정도로 중요한 사람이 됐어. 당신은 이런 말을 하는 사람들에게 익숙하겠지. 빌어먹을 당신, 제멋대로인 존재. 당신에게 이렇게 나를 드러낸다고 해도 당신이 날 더 사랑하게 되진 않겠지. 하지만, 아, 사랑하는 사람아, 나는 당신에

[*]   이 편지는 트리에스테에서 보냈다.

게는 영리하고 냉정하게 굴 수가 없는걸. 그러기에는 당신을 너무 사랑해. 지나치게 진심이지. 당신은 내가 사랑하지 않는 사람들에게 얼마나 냉정해질 수 있는지 모를 거야. 예술의 경지에 이르도록 갈고닦았지. 하지만 당신은 내 방어를 무력화시켜. 그리고 그게 정말이지, 전혀 분하지도 않거든.

하지만 더는 당신을 지루하게 만들지 않을래.

우리는 다시 출발했고, 기차도 다시 흔들려. 역에 설 때마다 써야겠다. 다행히도 롬바르디아 평원에는 정차역이 많아.

베니스.

정차역이 많긴 했는데, 역들에 서지 않는 오리엔트 특급열차일 줄은 몰랐네. 우리는 이제 베니스에 도착했는데 겨우 10분 정차한대. 뭔가 쓰기엔 형편없는 시간이지. 이탈리아 우표를 살 시간도 없어서 트리에스테에서 보내게 생겼네.

스위스의 폭포는 딱딱하게 얼어붙어 무지갯빛 얼음 커튼처럼 바위에 걸려 있었어. 얼마나 아름다웠는지. 이탈리아는 온통 눈으로 뒤덮였고.

다시 출발한다. 트리에스테에 도착할 내일 아침까지 기다려야겠네. 이런 우울한 편지 보내는 나를 용서해줘.

V.

1926년 1월 26일, 화요일

타비스톡 광장 52

당신이 트리에스테에서 보낸 편지가 오늘 아침 도착했어. 하지만 당신은 어째서 내가 감정을 느끼지 않거나 표현들을 지어낸다고 생각해? 당신은 '사랑스러운 표현들'이 사물들에서 현실감을 빼앗는다고 했지. 그 반대야. 언제나, 언제나, 언제나 나는 내가 느끼는 대로 말하려고 애써. 그러면 당신이 지난 화요일 떠난 이후, 정확히 일주일 전에, 내가 손풍금을 찾으러 블룸즈버리 빈민가를 돌아다녔다는 걸 믿어주려나? 그래도 기운이 나진 않더라… 그리고 그 이후로, 중요한 일은 전혀 일어나지 않았어. 어째서인지 따분하고 축축해. 나는 침울해졌고, 당신이 보고 싶어. 정말 보고 싶어. 앞으로도 보고 싶을 거야. 그래도 당신이 이걸 못 믿는다면, 당신은 칡올빼미에 멍청이야. 사랑스러운 표현이지?

하지만 (당신 편지로 돌아와서) 물론 당신의 냉정함은 익히 알고 있었어. 다만 나는 스스로 친절함을 고수하자고 다짐했을 뿐. 이걸 지키기 위해서 나는 롱반에 갔다 왔지. 당신의 저지 스웨터 첫 단추를 끄르면, 무엇보다도 호기심이 많은 습성을 지닌, 안쪽에 자리 잡은 사랑스러운 다람쥐를 발견할 수 있을 거야. 여전히 귀여운 존재지.

1926년 1월 31일 일요일
타비스톡 광장 52, 호가스 출판사

이것 봐, 내가 편지 쓰려고 출판사용 편지지를 훔쳐 왔어. 지금은 일요일 아침 11시 반쯤 됐고, 오늘 아침에는 글을 쓸 예정이란 편지를 이미 모두에게 보내놨지… 내가 오늘 아침 침대에서 지어낸 편지를 써도 될까? 전부 나에 관한 이야기야. 지난 나흘 동안 내가 얼마나 비참했는지, 그리고 왜 비참했는지 설명할 수 있을지 궁금했어. 뭔가에 관해 생각하면 상황을 둘러대거나 연결하거나 설명하거나 변명할 수 있지. 그걸 적으면, 그 생각은 더 분리되고, 너무 작아지거나 커지고, 그래서 현실감을 다소 잃어버리지. 하지만 여학교에서 할 강의의 원고를 써야 한다는 사실이 떠올라서 《등대로》를 쓰는 건 중단해야 했어. 그게 내 비참한 기분의 시작이었지. 내 인생 전부가 갑자기 좌절된 느낌이었어. 내 삶엔 모래와 자갈뿐이야. 그럼에도 이 감정, 죄책감이 만들어낸 비참함은 진실이고 다른 것은 환상에 불과하다고 되뇌었지…

그래, 당신이 보고 싶어. 당신이 보고 싶다고. 자세히 설명하지는 않을래. 왜냐하면 당신은 내가 혹독한 심정이 뭔지, 말주변 없는 사람들이 뭘 느끼는지 모른다고 했으니까. 그게 썩어

빠진 헛소리인 걸 당신도 알지, 사랑하는 비타. 사랑스러운 표현이라는 게 결국 뭔데? 진리를, 머금을 수 있는 만큼만 훔쳐낸 것이지.

1926년 1월 23일
토요일 밤

그리스 해안 어딘가에 있는데, 꽤 불쾌해. 바다는 아주 거칠고, 배는 낡은 욕조처럼 돌고 있어. 갑판에 층이 너무 많아 결과적으로 상부가 무거워졌거든. 당신에게 묻고 싶은 게 많아. 단락을 강조할 수 있는 새로운 타자 방법을 개발하진 않았는지, 구두법 체계를 새로 만들어내진 않았는지, 나는 침대차에서 상단 침대를 선호하는데 (나는 이게 인간 본성이라고 생각해) 당신도 그런지, 식당차에 가는 길에 프랑스인과 몸을 부딪치는 걸 싫어하는 것도 나와 똑같은지, 언젠가 나와 함께 여행을 떠날지? (도티*는 내가 괜찮은 여행 상대래.) 하지만 폭풍우가 이 모든 생각을 머릿속에서 지워버렸어. 좁은 이층 침대에 내가 45도 각도로 앉아 있고, 여행 가방은 바닥에서 이리저리 미끄러지고, 물건들은 죄다 침대 아래로 숨어버리는 모습을 부디 떠올려줘. 배가 휘청거릴 때마다 식기가 달그락거리는 소리가 여기저기서 울려. 그런데 나는 당신에게 편지를 쓰기 위해 애쓰고 있지. 하지만 여기

---

*   편지에서 주로 '도티'라고 불리는 도로시 웰즐리는 영국의 시인이자 사교계 인사다. 1922년 비타와 연애하면서 남편과 아이들을 떠났다. 비타와 헤어진 후에는 힐다 매시선과 사귀었다.

서는 한 사람의 가치 체계가 전부 바뀌어서 오직 균형 잡기만이 중요하다는 거, 당신도 이해하겠지.

일요일 밤. 도무지 쓸 수가 없어서 편지 쓰는 걸 멈춰야 했어. 그리고 지금 내 눈앞은 온통 갑자기 뜬 무지개로 감동적이게 아름다운 크레타섬의 모습뿐이야. 그러나 바다는 여전히 제법 거칠고, 오늘 어느 시점에는 자매선이 지난 항해에 그랬듯 이 배가 뒤집힐 것 같아. (이 희망찬 정보는 동료 승객에게 얻었어.) 당신이 상상할 수 있는 것보다 훨씬 보카치오를 닮은 젊은 이탈리아인을 발견했는데, 황금빛 머리에 그레이하운드를 닮았어. 부시르에서 시라즈와 이스파한을 지나 테헤란까지 이동한다는데, 마르코 폴로 같지. 정말 낭만적인 젊은이인데, 가엾게도 배멀미를 엄청 해. 맑은 4월 아침, 테헤란으로 들어가는 저이를 보길 기대하고 있어.

크레타섬을 본 적 있어? 본 적 없다면, 꼭 봐.

소중한 사람, 카이로에서 편지할게. 도무지 못 쓰겠다. 게다가 저녁도 먹으러 가야 해.

V.

트리에스테에서는 당신에게 정신 나간 편지를 쓰고 말았네.

1926년 2월 3일

타비스톡 광장 52

카이로에서 온 편지, 그러니까 그리스 해안에서 온 편지가 오늘 아침 도착했어. 말주변 없는 편지야. 하지만 읽는 요령이 생기고 있지. 마음에 들었어. 어제 당신에게 편지를 써서 바그다드로 보냈는데, 우편을 따라잡으려면 지금 써야 테헤란으로 가겠더라고. 새로운 소식은 없어. 게다가 당신은 아주 신나고 행복하겠지. 나를, 그 방과 학을 잊겠지. 테헤란에 비하면 우리야 아주 보잘것없는 볼거리일 테니까…

금요일에 (하지만 이건 벌써 몇 주나 지난 일이겠지) 우리는 로드멜에 갈 거야. 세상에서 제일 소중한 당신, 한두 달 안에 당신이 거기로 오면 얼마나 좋을까. 어제 예상치 못하게 20파운드를 벌어서, 당신을 대신해 화장실을 고치는 데 쓰겠다고 맹세했어. 하지만 테헤란은 내게 너무 흥미진진해. 지금 이 순간, 타비스톡 광장이 아닌 테헤란에 있는 것 같아. 어째서인지 아비시니아의 황후처럼 긴 코트에 바지 차림으로 헐벗은 언덕을 활보하는 당신이 선해. 하지만 무엇보다 여행이 어땠는지, 나흘간의 눈밭 여행과 카라반이 정말 궁금해. 편지에 그 이야기를 들려줄래? 그나저나 다정한 편지, 그건 언제 와?

1926년 1월 29일
룩소르

내가 이집트에 관해 쓸 유일한 방법은 몰리 매카시*가 크리스마스에 관해 쓴 방식을 따르는 거야. 알파벳 순서란 소리야.

아몬Amon, 미국인Americans, 설화 석고alabaster, 아랍인Arabs, 진정제bromides, 물소buffaloes, 거지beggars, 브롱크스Bronx, 낙타camels, 악어crocodiles, 거상colossi, 쿡스Cook's, 당나귀donekys, 먼지dust, 다하비아dahabeeahs, 아랍 통역사dragomen, 데르비시dervishes, 사막desert, 이집트인Egyptians, 에비앙Evian, 모자fezzes, 노동자fellaheen, 펠러커 배feluccas, 파리flies, 벼룩fleas, 독일인Germans, 염소goats, 화강암granite, 호텔hotels, 상형문자hieroglyphics, 후투티hoopoes, 호루스Horus, 매hawks, 이시스Isis, 꺼져imshi, 관개 시설irrigation, 무지ignorance, 말jibbhas, 연kites, 키네마Kinemas, 코닥Kodaks, 화장실lavatories, 연꽃lotus, 레반트 사람Levantines, 미라mummies, 진흙mud, 백만장자millionaires, 누비아 왕국Nubia, 나일강Nile, 눈병ophthalmia, 오시리스Osiris, 흑요석obsidian, 오벨리스크obelisks, 종려나무palms, 피라미드pyramids, 잉꼬parrakeets, 채석장quarries, 람세스Ramses, 폐

* 매리 매카시는 블룸즈버리그룹의 일원으로 '몰리'로 불렸다. 저널리스트 데즈먼드 매카시와 부부이다.

허ruins, 일몰sunsets, 석관 sarcophagi, 기선steamers, 수soux, 모래sand, 방아두레박shadoofs, 악취stinks, 스핑크스Sphinx, 사원temples, 관광객tourists, 전차trams, 투탕카멘Tut-ankh-amen, 우간다Uganda, 독수리vultures, 버지니아Virginia, 물소 송아지water-bullocks, 무사마귀warts, 크세르크스세스 왕Xerxes, 크세노폰Xenophon, 야우트yaout, (나 자신의)열정zest.* 이렇게 하고 나니, 달리 이야기할 게 없는 것 같아. 로버트 히친스 씨가 이 호텔에서 지내고 있고, 내가 오늘 사나운 아랍 종마를 타러 갔다가 그 사람을 만났다는 거를 빼면 말이야. 아니, 사실은 이야기할 게 훨씬 더 많은데, 표현을 못 하겠어. 카르나크의 위대하고도 어수선한 황량함, 테베 언덕이 만들어내는 달에나 있을 산 모양 지형 같은 거. 나중에 테베 언덕에 갈색 진흙으로 집을 짓고 삶을 마무리할까 봐. 그리고 엄청 부유한 미국인 몇몇과 식사를 했는데,《평범한 독자》가 그 사람들 거실에 있더라. 충격이었어. 당신 이름이 식탁 위로 불규칙하게 돌아다녔지. 그 사람들은 막 티베트에서 도착한 참이었는데, 거기서 이노베이션 트렁크 마흔일곱 개에 더 작은 짐 스물다섯 개를 야크에 싣고 히말라야 산모퉁이까지 끌고 갔대. 나는 지금까지 히말라야가 벨록의 이야기책에만 존재하는 줄 알았건만. 그들은 《평범한 독자》와 티베트 여행을 함께했는데, 곧 당신의 모든 작품을 사들이겠더라고. 그 사람들은 그때도, 그리고 지금도 내가 당신을 안다는 사실을 모르니까, 이건 전적으로 자발적

* 원본에 따라 알파벳순으로 번역하였다.

인 칭찬이었어.

또 뭐가 있지? 당신이 지독히도 보고 싶어. 그게 아니라도 당신이 여기 올 수만 있다면 이 나라에서 정말로 대단한 걸 만들어낼 수 있으리라는 생각이 들어서 시도 때도 없이 분해. 그러니까 당신이 꼭 와야 해. 근데 이 문장은 꼭 내가 쓸 법한 편지를 당신이 패러디해서 쓴 것 같으니까, 이 말은 참을래.

봄베이에 도착하기 전까지는, 그러니까 최소한 앞으로 두 주는 더 당신 소식을 들을 수 없단 생각에 너무 낙담했어. 당신에게 카이로 주소를 줬다면 좋았을걸. 당신이 아프거나 무슨 일이 있을 수도 있잖아. 이렇게 차단되어 있다니 이상한 감각이야. 심지어 시간도 달라. 우리는 바다에 30분씩 계속 빠뜨리고 있어. 사람들이 자신들의 존재에서 빠뜨린 이 가엾은 부유물들은 무엇이 되는 걸까? 내가 떨군 것들은 지금쯤 아드리아해 어딘가에 떠밀려 가 있을 거야.

실크로 만든 옷과 햇볕에 그을린 피부가 당신의 질투를 불러일으킬까? 아니겠지, 못된 사람, 당신은 예의 그 안개 낀 글룸즈버리*와 당신의 런던 광장들을 더 좋아할 테니까. 버지니아를 훔치고 싶은 소망이 나를 집어삼켜. 그녀를 훔쳐 와, 그녀를 데리고 도망가, 그리고 위의 알파벳 순서대로 말한 사물들에 둘러싸인, 태양 아래로 그녀를 데려오자. 그리스가 당신 마음에 들었던 건 당신도 기억하잖아. 당신이 스페인을 좋아한 것도 알지.

---

* '우울한 블룸즈버리'를 의미하는 말장난이다.

자, 그럼? 내가 아프리카와 아시아에 갈 수 있다면 당신이라고 못할 건 뭐야? (하지만 나와 가, 제발.) 당신에게 오늘 사진엽서를 보냈는데, 약 오르라고 보낸 거야. 그게 말이야, 미라의 관이 있는 가장 깊은 곳까지 내려갔다 왔거든. 그냥 매끈매끈한 나무더라. 내관은 카이로에 있고(나는 봤지), 단단한 금으로 되어 있어. 왕가의 계곡은 정말 세상에서 가장 놀라운 장소야. 황갈빛 엄준한 언덕 사이로 좁은 길이 나 있어. 새고, 도마뱀이고, 생명체라고는 전혀 없어. 수 마일 위로 시체를 뜯어 먹는 솔개만이 날아다니고, 발견되지 않은 왕들이 황금에 쌓인 채 누워 있지. 그리고 햇볕 가리개를 쓰고 검게 칠한 안경을 쓴 영국 독신녀들이 있었지. 하지만 나는 독신녀들에게서 떨어져 나왔고, 아무도 없는 곳으로 올라가 아래를 내려다보니 한편에는 골짜기가, 다른 편에는 나일강이 흐르는 게 불모와 비옥이 훌륭한 대비를 이뤘어. 심장이 터질 것 같았지.

봐, 나는 정말 쉽게 감동한다니까. (당신이 내 마음속에 무슨 일이 일어나는지 알고 싶다고 해서 말해주는 거야.) 만약 내게 인간 존재가 자연물의 반만큼이라도 흥미로웠다면, 당신이 런던에 사는 걸 좋아하는 이유를 정말로 납득할 수 있을 것 같아. 나는 대체 왜 자연에 그렇게 빠져드는지를 설명할 수가 없어. 인간에게 왜 매료되는지는 어느 정도 알겠어. 하지만 누런 산맥, 아니면 내가 점심을 나눠 먹은 싯누런 떠돌이 개는? 내가 소중하게 여기는 몇 안 되는 사람들한테는 나도 기꺼이 마음을 써. (버지

니아한테는? 아, 내 소중한 사람, 버지니아한테는 **물론**이고말고), 날
위해 이 수수께끼를 풀어줘.

나는 이제 카르나크에 가. 만월이고, 어떤 곳일지 생각하면 제
법 겁이 나. 빌어먹을, 당신이 여기 없다니.

당신의

V.

1926년 2월 17일

타비스톡 광장 52

첫 글자 순서로 편지를 써 놓고 말주변 없는 문제를 해결했다고 생각하다니 이 교활한 여우 같으니라고.

…나는 나이 든 사람들과의 관계가 엄청 걱정이야. 예순 정도된, 나이 지긋한 신사 셋이 버네사가 덩컨 그랜트와 동거하는 걸 알아냈어. 내가 《댈러웨이 부인》을 썼다는 것도, 그리고 그건 동거 못지않지. 그 사람들이 찾아와서는 버네사에게 그림을 한 점이라도 팔아본 적 있냐는 등, 나에게는 최근에 정신병원에 간 적이 있냐는 등 물으며 경멸을 표시하더라. 그러고는 자기들이 버클리 광장이나 아테네움에서 어떻게 살고 누구누구와ㅡ나는 누군지 모르겠더만ㅡ식사를 하는지 떠들더니 휑하니 가버렸어. 이 이야기가 당신을 화나게 할까?

…어제가 당신이 떠난 지 4주째였다는 거 알아? 그래, 나는 자주 당신 생각을 해. 소설 생각은 안 하고 말이야. 여름에 당신을 데리고 강가 목초지를 걷고 싶어. 당신에게 들려줄 수백만 가지 일을 생각해. 나를 여기 남겨두고 페르시아로 사라지다니 당신은 악마야!… 그리고, 소중한 비타, 우리는 수세식 화장실을 두 군데 만들 거야. 하나는 '댈러웨이 부인'이 지불하고, 다른 하

나는 어느 '평범한 독자'가 내는 거야. 둘 다 당신에게 헌정했지.

1926년 2월4일

홍해, S. S. 라즈푸타나호

내 사랑 버지니아

당신에게 긴 편지를 써야 할 것 같은 기분이야. 끝없는 편지.
넘겨도, 넘겨도 끝이 없는 편지. 근데 할 말이 너무 많아. 감정이
너무 복잡하고, 이집트도 지나치고, 흥분도 지나쳐. 그리고 이
모두가 완벽하게 단순한 단 하나의 사실로 귀결돼. 당신이 여기
있으면 좋겠어.

당신이 타비스톡 광장에 앉아서 내면을 들여다보는 일은 정
말 쉽겠지. 하지만 시나이 해안을 보면서 동시에 내면을 들여다
보는 일은 내게 너무 어려워. 그리고 내면을 들여다보면서 사방
에서 버지니아의 형상을 발견하는 동시에 시나이 해안을 보는
일도 아주 어렵고.

이 조합 때문에 내 편지가 평소보다 말주변이 없는 거야.

당신은 마음을 더 깔끔하게 정리하고 상황을 더 잘 다스리지.
작은 칸 하나는 출판사, 다른 작은 칸은 메리 허친슨*, 또 다른

---

* 단편소설 작가이자 사촌인 리턴 스트레이치와 덩컨 그랜트의 소개로 블룸
즈버리 그룹과 교류하기 시작했다. 버지니아의 가까운 친구였고, 비타와도
짧게 연애했다.

칸은 비타, 다른 칸은 개 그리즐, 다른 칸은 런던의 안개, 또 다른 칸은 웨일스 공, 다른 칸은 등대. 아냐, 내가 틀렸다. 등대는 다른 모든 것 위로 빛을 비추며 장난을 쳐도 된다고 허락받았지. 그것들의 유일한 공통분모는 당신이 어느 칸을 들여다보기로 선택하든 거기에 쏟아붓는 감수성이지. 하지만 내게는 이 모두가 수프에 든 것처럼 전부 뒤죽박죽이 되어버려.

영국을 떠난 이래 나는 줄곧 진탕 마셔 취한 사람 같은 상태야. 날 취하게 한 칵테일은 진과 베르무트 대신 흥분과 비참, 모험과 향수로 만들어졌지만. 그래서 당신에게 정연한 편지를 쓸 수가 없어.

사람들도 너무 많아. 갑판 테니스를 치고 싶어 하는 젊은이라든지. 판쓸기 게임 입장권을 갖고 싶어 하는 아가씨라든지. 내가 자기 테이블에 합석하길 바라는 대위도 있어. (여태까지는 잘 피했지. 하지만 순전히 끼니를 거르며 식사에 불참한 덕분이었어. 그리고 포위된 도시가 그렇듯 이제는 항복 직전이지.) 여기 내 짐들도 죄다 있어. 내 소지품을 원래 들어 있던 상자에 다시 쌀 수가 없어서 계획보다 더 들고 왔지. 거기다가 미국인 백만장자가 축음기와 냉장고도 한 대씩 줬고 말이야. 그리고 또 이미 본 것들의 풍경이, 아무렇게나 서랍 속에 처박혀 앨범에 들어갈 날을 기다리는 사진들이 그렇듯, 오래된 사진들처럼 감도를 터무니없이 높여 현상된 모습으로 존재하고. 또 아직 보지 못한 것, 인도, 아그라, 바그다드, 설산의 사진들, 아직 현상되지 않은 음화陰畵들. 이 모든 게 아주 혼란스러워. 그리고 확실하고 익숙한 영국에서의 삶, 즉 내가 계속 떠들어대는 삶과 실제로 아득하게 먼 아라비아의 해안처럼 환상적인 상상도 있지.

우리는 불이 난 열차를 타고 룩소르에서 카이로로 돌아왔어. 식당칸이 우리 뒤에서 혜성의 꼬리처럼 신나게 타올랐지. 아무도 신경 쓰지 않는 것 같았어. 자기 방어를 위해 내가 잠자리에 들기 전까지, 늦도록 내가 묵는 객실 칸을 확인하며 돌아다니던 아름다운 베두인족 직원을 제외하면. 버지니아가 보면 좋았을 광경이었지. 길고 늘씬한 기차가 밤에 멈춰서고, 불꽃이 차량 아래서 널름거리고, 어두운 사람들 한 무리가 양동이로 물을 끼얹었지. 나는 기관사에게 말을 걸었어. 자그마한 흑인인데 터번을 쓰고 있었지. 그는 이게 단선철도고 예정된 다른 기차가 있으니 우리가 충돌할 거라고 했어. 그는 또 강도들이 철로에 바위를 자주 놓는다고, 하지만 그런 건 전혀 신경 쓰지 않았다고, 최고 속력으로 달렸다고, 멈춰서면 그가 강도들과 공모했다는 혐의를 썼을 게 분명하다고 말했어. 나는 사우스이스턴철도가 그리워졌어.

2월 6일. 내 뇌는 이제 없어. 녹아내렸어. 머리부터 발까지 끈적거려. 나는 페르시아어 전문가인 어느 파시교도를 사귀었는데, 그 사람이 봄베이에 도착하기 전까지 내가 페르시아어를 능숙하게 해야 한다고 잘라 말했어. 그래서 나는 비참한 시간을

보내고 있지. 학교 다니는 아이처럼 공부에 붙잡혀 있지만, 공부할 머리는 없어. 하지만 별이 점점 커지고 오묘해지는 밤하늘과 물속의 인광체는 마음에 들어.

나머지 시간에는 프루스트를 읽었어. 배에 프루스트를 들어본 사람은 하나 없어도, 제목을 해석할 만큼 프랑스어를 아는 사람은 많아서 갑판에 늘어놓은 《소돔과 고모라》를 보고 미심쩍어하는 눈초리를 많이 받았지.

그런데 프루스트는 왜 열 단어로 할 수 있는 이야기를 열 쪽이나 쓴 거람?

아덴 근처. 당신의 충실한 타우저Towser*는 매우 끈적끈적한 상태야. 정말 싫은 날씨야. 푹푹 찌고, 아주 늘어지고, 뜨거운 바람이 강하게 불어.

나의 파세교인은 알고 보니 인도 파세교 대사제로 임명된 사람이고, 대사제직을 수락하러 귀국하는 길이더라. 그 사람이 나를 아덴 해변에 데려다준대서 거기서 이 편지를 부치려고. 그 사람 여동생이 훨씬 좋아. 올리브색 피부에 눈은 가젤을 닮았어. 하지만 상황은 이래. 대사제는 세속의 마지막 나날을 최대한 즐기려고 작정하고 나를 졸졸 따라다녀.

---

* '커다란 개'라는 의미의 '타우저'는 비타가 자신을 빗대어 쓰는 표현이다. 반면 버지니아는 자신을 '포토'라고 하는데, 포토는 실제로 키우는 개 이름이면서 두 사람 사이의 애칭이다.

아, 나의 소중한 버지니아. 런던이란 곳이 정말 존재해? 거기 당신이 있고? 아니면 내가 유령 도시를 생각하며, 유령에게 편지를 쓰고 있는 걸까? 아프지 마. 성가신 사람들에게는 딱딱하게 굴어. 소설은 어때? 뜨거운 강풍이 불어서 나는 한 단어도 못 쓰겠어. 하지만 남십자성 아래서 내 작은 저장고가 채워지면 좋겠다. 봄베이에서 당신 편지를 받지 못한다면, 실망해 죽고 말 거야.

레너드에게 사랑한다고 전해줘.

V.

1926년 3월 1일

타비스톡 광장 52

그래, 사랑하는 타우저. 블룸즈버리가 썩은 비스킷이고, 내가
바구미라는 거, 그리고 페르시아는 장미이고, 당신은 산누에나
방인 거 다 좋아. 제법 공감해. 하지만 당신은 전에 없던 영국의
사랑스러운 봄을 놓쳤지. 우리는 이틀 전에 옥스퍼드주를 가로
질러 자동차 여행을 다녀왔다고…

　우리를 데려간 사람들은 레너드의 형과 그의 아내야. 나는 즉
시 사랑에 빠졌는데, 형이나 그 아내가 아니라 주식중개인들과
있다는 사실에, 그 사람들이 단 한 권의 책(로버트 히친슨을 빼면)
도 읽은 적이 없다는 사실에, 로저나 클라이브, 아니면 덩컨이나
리턴의 이름을 들어본 적이 없다는 사실에 반한 거였어. 아, 이
게 사는 거지, 나는 계속 되뇌었지. 블룸즈버리가 뭐람, 또 롱반
은 어떻고, 그저 뒤틀림, 임시로 묶은 매듭에 불과하지. 그리고
대체 나는 왜 인류를 가엾이 여기고 조롱하는 걸까? 대부분의
사람들이 완전히 평화롭고 행복한데 말이야…

　5월 10일에 돌아올 수 있도록 우리의 프랑스 자동차 여행을
조정했어. 그러니 부디 당신이 그 날짜에 돌아오도록 고려해줘.
당신이 배에서 쓴 사랑스럽고도 말주변 없는 편지는 토요일에

도착했어. 나는 당신 편지에서 조금씩 많은 것을 발췌했지. 더 길게 쓸 수 있었을 텐데, 사랑을 더 표현할 수도 있었을 텐데. 하지만 당신의 요지는 알겠어. 삶이 너무 흥미진진하지…

1926년 2월 23일

바레라호, 영인기선주식(유한)회사

지금 이 순간 당신이 나를 볼 수 있다면, 당신 입술은 얼마나 섬세하고 유쾌한 곡선을 그리며 치아가 보이도록 활짝 웃을까 (그리즐처럼). 나는 발루치스탄 앞바다 어디쯤에서, 사흘간 시달린 열에서 새롭게 일어나, 내 축음기에서 나오는 음악 소리에 맞춰 춤추도록 다른 승객들(다섯 명이야)을 말 그대로 서로의 품으로 떠밀었지. 그 사람들은 정말 말도 못 하게 음울했어. 뭐라도 해야겠더라고. 그래서 내 이층 침대에서 축음기를 힘겹게 끌어냈고, 이제 이 사람들 모두 귀뚜라미처럼 흥겨워. 이들은 카라치 경찰서장(C.I.E.*, 명심하라고), 모술 출신의 **소령**, 바그다드에서 온 철도 기술자 아내, 그리고 직업 불명의 연인 한 쌍이야. 있지, 나는 내가 결국은 죽어 영국 국기에 싸여 수장되지 않을 거란 걸 알게 되어서, 그리고 적당히 살이 붙어서 너무 신난 나머지 내 동행인들에게 인정이 넘쳐. 아주 단순히 누군가 내게 신참들은 이 지역에서 열병에 걸리기 쉽다고 말만 해줬더라도, 나는 내 선실에 사흘이나 혼자 누워서 (1) 디프테리아 (2) 이질 (3) 페스트 (4) 선홍열이 아닐까 상상할 필요 없었을 거야. 그런데 내 편

---

* 인도 주재 영연방 고위직Companion of the Order of the Indian Empire.

협한 식견으로는 갑자기 별다른 이유 없이 열이 39도까지 오를 리가 없거든. 그러나 여기서는 그런가 보더라고. 나는 "버지니아가 어쩌면 조금은 슬퍼하겠지"라고 생각했어. 사실 당신에게 편지를 썼어. 증상이 막 시작됐다고 생각했을 때였던 거 같아. 얼마나 감동적인 전보를 썼는지, 그걸 보내면 안 된다는 걸 깨달았을 때 심히 실망했을 정도였지. 거의 루퍼트 브룩이 오만만에서 배 밖으로 던져지기 전에 쓴 것 만큼이나 잘 썼다고 생각했는데. 이게 내 책 판매고를 올려줄지 궁금했어. 아닐까 봐 걱정이었지.

이제 나는 다시 기운을 차렸고, 새 책*을 여섯 쪽이나 쓰기까지 했어. 두서없고, 산만한 종류의 글이야. 그래서 당신의 사랑스러운 책을 떠올리게 되고, 절망하지.

왜 비평가들은 스타일이나 말의 형태적 질감에는 별로 주의를 기울이지 않는 걸까? 좋게든 나쁘게든 거의 언급되는 걸 본 적이 없어. 작가가 스타일에 열중하건 그렇지 않건 간에. 러시아 작가들은 아닌 거 같아. 내가 어째서인지 원작의 방식을 꽤 정확하게 재현했다고 느꼈던 번역을 기준으로 평하자면 말이야. 하지만 만약 신경을 썼다면, 인정을 받아야 하잖아. 당신은 (오, 그래, 내가 페르시아만을 오르는 버지니아를 쓰겠다고 했던 거 알아.) 내가 아는 현대 작가 누구보다도 적확하게 쓰지. 이 분야에

---

*　《테헤란으로 가는 여행자》.

서 내가 내놓을 수 있는 유일한 경쟁자는 맥스*야. 당신은 알맞은 단어를 찾으려고 고민을 많이 하거나 고생하는 편이야? 아니면 제우스의 이마에서 아테네가 솟아나듯 완전무장한 상태로 튀어나오는 거야? 당신이 골치 아파하는 모습을 상상하기 힘들어(당황한 당신이라니!). 왜냐하면 당신 편지가 그렇거든. 분명히 편지의 초고를 쓰지 않을 텐데도, 갈겨쓴 구절이라고는 한두 문장도 찾을 수가 없지.

("당신이 만약 수-지를 안-다면, 내가 아는 것만큼 안다면…"** 아, 하느님, 대체 나는 왜 축음기를 갑판에 가지고 나왔을까?)

하지만 수지는 내버려 두고 버지니아에게 돌아가자. 신이 주신 그녀의 스타일 말고 버지니아 본인에게로. (스타일은 여성일까 Le style c'est la femme?) 재밌는 건 당신이 내가 유일하게 제대로 아는, 삶의 통속적이고 즐거운 면에 무심한 인물이라는 거야. 그리고 나는 궁금해, 그게 득일까 실일까? 당신에게 득일 거야, 당신에게 말이야, 버지니아, 왜냐하면 당신은 마음속에 흥미로운 일들을 충분히 쌓아놨고, 완결된 독립체니까. 물론 굳이 다른 누구에게 득이 되어야 하는 건 아니지만. 나는 프루스트의 말에 공감해. "그 과거를 지나가야만 한다Il faut avoir passe par la." 당신은 그랬다고 말하겠지. 하지만 내가 말하는 건 그 방식이 아냐. (당신은 내가 끊임없이 당신을 고매한 지위에서 끌어내리려 한다고 생

---

*　맥스 비어봄은 영국의 풍자화가이자 수필가이다.

**　〈당신이 수지를 안다면〉은 1925년에 발표된 곡이다.

각하겠지만, 나는 진심으로 당신이 그 위에 있을 때가 제일 좋아. 단지 당신을, 고매한 지위와 그 모든 걸, 딱 한 번만 옮겨 심어보면 정말 재밌을 텐데…)

아냐, 진심으로 한 말은 아니야. 내가 정말 원하는 일은 당신을 말도 안 되게 낭만적인 어딘가로 데려가는 거야. 헛된 꿈이지, 맙소사! 레너드와 출판사는 어쩌고. 게다가 내가 낭만적이라는 데는 틴타절이나 케르가르네크가 아니라 페르시아나 중국이야. 아, 얼마나 재밌을까. 버지니아의 눈은 점점 더 휘둥그레지다가 탄산수 병에서 흘러나온 물처럼 아름다운 거품으로 변하겠지.

하지만 난 허튼소리를 적고 있고, 아무튼 이 편지는 바그다드에 가기 전까지 부칠 수 없어. 그러니 당신은 두 통을 한 번에 받을 텐데, 그럼 재미가 없겠지.

잘 자, 사랑스럽고 아득한 버지니아.

V.

*성서에서 정액을 바닥에 사정한 사람(그 나이 든 숙녀가 자기 카나리아 이름을 여기서 따왔잖아)은 오난이 아니라 오만이야.

1926년 3월 16일

런던, 타비스톡 광장 52

… 적확한 **단어**에 관해서라면 당신은 아주 잘못 알고 있어. 스타일은 아주 단순한 문제야. 리듬이 전부지. 일단 그걸 깨치면, 잘못된 단어를 쓸 수가 없어. 하지만 그 이면에는 이렇게 아침나절이 지나도록 앉아서, 아이디어와 상상 등등으로 머리가 가득 차 있으면서도 적절한 리듬을 찾지 못해 머릿속에서 내보내지 못하는 내가 있지. 리듬의 문제는 아주 심오하고, 단어보다 훨씬 깊이 들어가지. 풍경 하나, 감정 한 조각이 마음속에 이 파동을 만들어내는데, 이 과정은 알맞은 단어를 만들어내기 한참 전에 일어나. 그리고 쓸 때 (현재 내가 믿기로는) 파동을 다시 포착해서 재생시키면 (그리고 이 과정은 필시 단어와는 아무 관계가 없어) 그 이후에 마음속에서 파동이 이리저리 요동치면서 단어를 부합시키지. 하지만 내 생각은 내년이면 또 달라질 게 확실해. 그리고 내 성격 말이야. (내가 얼마나 자기중심적인지 알겠지. 나 자신과 관련된 질문에만 답을 하니 말이야) 내가 통속적으로 즐기는 부분이 부족한 건 맞아. 하지만 내가 어떻게 컸는지를 생각해봐! 학교도 안 가고, 혼자 아버지 책들에 묻혀 멍하니 시간을 보내기만 했지. 학교에서 일어나는 일이라고는 무엇이든 알 기

회조차 없었어. 공 던지기, 장난, 비속어, 저속한 짓이나 난동, 질투 중 그 무엇도. 내 이복형제들에게 분노하거나 아버지 손에 이끌려 지칠 때까지 서펜타인 호수를 돈 게 전부지. 이게 내 변명이야. 나도 통속적 즐거움을 너무 모른다는 사실을 자주 의식하지만, 프루스트가 이런 길을 지나오길 했나? 아니면 당신이? 당신이 식탁을 가득 채운 장교들을 놀릴 줄은 알아? …

그래, 너무나 소중한 비타. 당신이 보고 싶어. 당신 생각을 해. 수많은 일이 있지만, 당신에게 빠져 있어 할 이야기가 많지 않네.

1926년 2월 28일

바그다드

나는 여전히 절뚝거리면서 아시아를 가로질러 멋진 로맨스의
도시에 도착했어. 하지만, 내 말 믿어. 우리가 하산에서 본 것과
는 전혀 달라. 당나귀, 자동차, 아랍인, 개, 모래, 택시, 낙타가 유
쾌하게 뒤섞여 있을 뿐이야. 채찍이 날아다니고, 소년들은 소리
를 지르고, 권총이 발사되고, 차들은 진창 속에 박혀 나가질 못
하고, 어마어마한 짐 더미가 조그마한 당나귀들의 등에서 떨어
져 길에서 터지곤 해. 아무것도 문제가 되지 않나 봐. 진흙은 영
국의 평범한 농장용 수레도 몰고 가기 주저할 만한 상태인데,
그럼에도 차들은 게처럼 옆으로 미끄러지며 명랑하게 달려. 만
약에 바퀴가 빠지면 모두가 밀어주고, 그러면 해결이야. 정말이
지 유쾌하고도 태평한 삶이야.
　자, 보자. 지난번에 편지를 쓴 이후에 내가 뭘 보고, 뭘 하고,
뭘 느꼈더라? 걸프만에서는 열이 떨어지질 않아서 비참했지. 그
러고 나서 바스라항에서 영사에게 인도되어 그 집의 일상에 24
시간 동안 내던져졌어. 친절한 사람들이었고, 스코틀랜드인이
고, 그늘진 커다란 집에 살지. 베리 부인이란 사람의 집인데, 언
젠가 현지 부족들이 반란을 일으켜서 사나운 아랍인들이 영사

관을 급습해 죽이려고 달려드는 와중에도 그 부인은 빨래 걷을 시간이 없다는 데만 신경을 썼대. 이 일화만 봐도 이 부인이 삶을 어떻게 대하는지 알 수 있지. 나는 이 동네 소문은 다 알게 되어서 이제 몰리 브라운과 미라벨 커낸더에 대해서라면 몰라도 되는 것 빼고는 다 알아. 하지만 내가 아무 목적 없이 순례하는 중은 아니라, 다음 날 개들과 모든 게 있는, ("우리는 그때만 해도 좀 지적이어서 개들 이름을 읽고 있던 책을 따서 지었어요. 타잔과 빈들이라고요.") 이 친절한 새 집을 떠나 다시 이라크를 가로질러야 했지. 근데 이라크가 에덴동산이라는 게 사실이면 *자기*를 쫓아내는 데 화염검은 필요 없었을 거라는 토미의 말에 동조하지 않을 수 없겠더라. 동물 해골로 뒤덮인 누런 평야. 지평선 위에 솟은 혹 하나, 칼데아인의 우르. 또 다른 혹 하나, 달 아래 바빌론. 그러고 나면 이른 아침의 바그다드가 나오는데, 정거장 내에는 사소하고 목가적인 삶이 매력적으로 흘러가지. 염소 한 떼가 철로 사이의 종잇조각을 뜯어 먹고, 텐트 두어 개가 설치되어 있고, 메어 두지 않은 말도 있어. 그다음엔 티그리스강이 나오고, 구불구불한 길을 지나면 벽이 하나 나오고 문이 나 있어. 정원, 비둘기들, 잠든 개들, 베란다, 시원한 방, 따뜻한 물, 커피, 거트루드 벨.

그녀는 정말 친절해. 우리는 국왕과 차를 마시러도 다녀왔고, 레이디 콜팩스가 저녁을 들러 왔었지. 아니었을지도 모르지만 뭐든 별 차이는 없잖아. 그리고 낮에는 대륙횡단 우편이 도착해서 나에게 글씨가 인쇄된 악랄하게 생긴 봉투를 전해줬지. 사무 변호사의 독촉장인가 했는데, 버지니아에게서 온 커다란 편지 두 장을 내 무릎 위에 쏟아냈지 뭐야. 그렇지만 당신은 내가 2월 2일 무렵에 이집트에서 편지를 못 썼다고 비난해선 안 돼. 거기에 26일에나 도착한 걸 상기해줘. 이 문제를 굳이 들추는 건 당신이 가여운 편지도 여행을 해야 한다는 것, 거리가 점점 더 벌어지고 있다는 걸 감안하지 않는 사람 중 하나일까 봐 불안해져서야.

내 심장은 모자, 매트리스와 사생활이 없는 환경을 넘어 당신을 향하고 있어. 나는 계속 이런 상태에서 지내. 그렇지만 조심해. 이게 사람을 미치게 만들더라고. 내 삶에 독이 되고 있어. 이에 관해서 최소한 세 사람과 말다툼을 벌였어. 이 문제에 있어 내 생각은 아주 확고해. 당신이 묘사한 바로 그런 자포자기의 최저점을 찍었지. 가게가 문제가 아냐, 내가 가게들을 좋아하긴 해도. 사생활이 문제지. 이건 내 삶을 설탕 덩어리처럼 조각조각 쪼개고 있어. 아니, 그조차도 못 되지. 이건 직육면체의 품위조차도 없거든. 그냥 조각, 토막에 불과해. 게다가 사람들은 내가 글을 쓰길 기대하지. 나한테 방해 없이 이틀이 주어졌다고들 하는데, 그 시간 동안 나는 잡동사니 가방, 휴지통, 쓰레기 더미라도 된 기분이었거든.

런던에서 테헤란으로 여행하는 게 런던에서 세븐오크스로, 혹은 타비스톡 광장에서 토트넘코트로의 힐즈 백화점에 가는 것보다 신경을 훨씬 덜 갉아먹어.

집주인을 위해 《평범한 독자》를 주문하려고. 《제이콥의 방》은 벌써 가지고 있더라. 아침 식사 중에 그 책의 노란 얼굴이 친근하게 내게 인사를 보내더군.

개를 한 마리 입양했어. 이곳 정원은 잠정적으로 내 것이 될 개들로 가득해. 다들 사막에서, 아랍인들에게 속아서 목줄에 매여 온 애들이야.

입양한 개는 우아한 걸작이야. 다리는 길고, 발끝으로 갈수록 날렵하게 빠졌어. 목은 당신 손목 정도 굵기밖에 안 돼. 오늘 밤 우리는, 슬루기* 강아지와 나는 높은 곳으로 눈을 보러 가.

내가 보고 싶다던 당신의 말이 따뜻한 석탄 조각처럼 마음속에서 타올라. 아, 당신이 너무나 그리워. 어느 정도인지 당신은 절대 믿지도 알지도 못하겠지. 하루의 매 순간이 그래. 고통스러우면서도 무척 기뻐. 내 말이 무슨 뜻인지 당신이 알려나. 그러니까, 누군가에게 이렇게 예리하고도 지속적인 감정을 느끼니 좋다는 거야. 살아 있다는 징표니까. (말장난은 의도한 게 아냐.)

V.

---

* 살루키. 이집트에서 가젤을 사냥하는 개의 품종이다.

1926년 3월 29일
런던, 타비스톡 광장 52, 호가스 출판사

…이제 당신이 친구의 행운에 관심 있는 척을 좀 해야겠어. 당신에겐 너무 동떨어지고 바보 같은 일이겠지만. 〈네이션〉이라는 신문을 당신은 잊었겠지. 레너드가 한동안 문학 편집자로 있었는데, 수요일부터는 아니야. 우리 사임했어. 신이시여, 감사합니다. 정말 은총이야. 더 이상 사무실에 나가서 교정을 보거나 누구한테 원고 청탁을 할지 머리를 쥐어뜯지 않아도 돼. 1년에 5백 파운드를 벌어야 하겠지만… 자유를 향해, 또 외국을 여행하고, 자동차로 영국을 느긋하게 돌아다니는 일을 향해 첫걸음을 내딛는 셈이야. 우리가 10년은 젊어지고, 극도로 무책임해진 것 같아. 그리고 소중한 비타, 부디 해럴드에게도 일을 그만두라고 해…

당신이 페르시아에 나가 있는 지금, 뭐가 당신의 흥미를 끌 수 있을지 떠오르지가 않아…

로즈 매콜리의 집에서 끔찍한 파티가 있었어. 의미 없는 말의 소용돌이 사이에서 오도너반 씨가 "전 해안The Whole Coast"이라고 말한 걸 내가 '성령Holy Ghost'이라고 듣고는 "성령이 어디 있는데요?"라고 물었다가 "어디건 바다가 있는 데요"라는 대답을 들었지. "제가 미친 건가요, 아니면 이거 농담인가요?" "성령이라고요?" 내가 되물었어. "해안이라고요!" 하고 그가 외쳤고, 계속 그런 식으로 대화가 오가면서, 분위기는 질 나쁜 치즈 냄새처럼 불쾌해졌어. 혐오스럽지만 아주 흥미로웠지… 그러다 레너드가 모든 걸 끝내버렸어. 그이가 굴드 부인의 냅킨인 줄 알고 집어 든 것이 그녀의 생리대였고, 이 저급한 문학 명사 모임의 토대를 (모든 신사는 하얀 조끼를 입고 여자들은 썩 잘 자르지 않은 단발머리였어) 뿌리까지 뒤흔들었지. 나는 계속 "비타가 이걸 좋아하겠다"라고 되뇌었어. 어때, 마음에 들어?

1926년 4월 17일

테헤란

지난번에는 진주에 눈이 멀어 당신을 두고 가버렸지. 이제 열흘이 지났어. 즉 대관식을 보러 산에서 내려와 야생 조랑말을 타고 거리를 행진하는, 실크나 모피로 만든 거대한 터번, 요셉의 코트를 닮은 넓은 허리띠, 은으로 장식한 온갖 종류의 무기로 공작 깃털을 흉내 내 차려입은 이방인들로 테헤란이 서서히 채워지고 있어. 모두가 15세기에서 하루도 더 벗어나지 않았어. 그리고 당신 편지가, 홍수 때문에 늦게 도착했지. (바그다드는 가까스로 무사해) 긍정적인 의미에서 새로운 소식을 터질 듯이 담고서. 〈네이션〉은 그만뒀고, 어쩌면 출판사도 그만둘 수도 있다고. *제발, 두 번째는 그러지 마.* 출판사가 위험하다는 이야기를 듣기 전까지 내가 출판사에 얼마나 애정이 깊은지 몰랐어. 게다가, 그게 당신을 런던에 붙잡아 두잖아. 그게 사라지면, 당신도 같이 사라지거나 떠나버리겠지. 아, 페르시아 말고 어디든. 전부 흥미진진한 소식이고, 레너드의 무모한 결정을 축하해. 해럴드가 내년에 똑같이 할 수 있게 당신이 영향력을 좀 발휘해줘.

내일 이스파한에 갈 예정이지만, 도착할 수 있을지는 하늘만 알아. 가는 길이 전부 홍수에 잠겼다고 하거든. 탁류에 다리가 쏟려버렸대. 그리고 이게 내 마지막 편지가 될 거야. 당신이 다음에 내 소식을 접할 땐 내가 직접 걸어 들어가 그리즐을 예뻐 해줄 때거든. 아, 가는 길에 내가 러시아 감옥에라도 갇힌다면 또 모르지만.

내가 뭘 하고 지냈더라? 페르시아식 차 모임에 다녀왔어. 여자들이 기가 막히게 아름다웠지. 아몬드 모양 눈에 붉은 입술, 작은 새처럼 조잘거리다가 작은 소리라도 들리면 매번 베일을 잡아 둘렀지. 아주 바보 같지만, 어쩌나 사랑스럽던지! 당신의 주식중개인들보다 훨씬 낫지. 그리고 시어머니라는 늙은 괴물 하나가 비둘기 떼 위의 매처럼 이들을 위협했어.

해럴드의 《스윈번》은 봤어? 출간됐어. 당신이 그 사람에게 리뷰를 해주겠다고 말했나 보더라. 당신은 잊었을지 모르지만, 그이는 잊지 않았어. 우리는 아직 못 받았어. 아주 애태우고 있지. 나도 꽤 썼는데*, 전부 영 별로고 (한 뭉치를 이 우편으로 레너드에게 보내) 당신의 풍부한 어휘가 부러워. 스코틀랜드 서안 특징인가? 당신을 데리고 그곳에 가는 게 좋겠어. 파란 차에 태워서.

에디에게서 길고 역겨운 편지를 받았는데, 딱 부러지게 말하기 힘든 심리적인 이유로 답장을 쓸 엄두를 못 내겠어. 에디가 당신을 꾀어서 같이 식사를 했던 저녁만큼 "자기 삶에서 그렇게 즐거웠던 적이 없"대. "천박하게 굴지 않으면서도 당신에게 찬사를 보냈고, 그것은 단순한 바람둥이가 할 수 있는 것 이상"이

* 《테헤란으로 가는 여행자》.

었다더군. 우리는 나와 레이먼드, 혹은 해럴드와 편지를 주고받는 사람들을 통해 세 관점으로 당신이 있는 런던에서의 사건들을 거의 빠짐없이 듣고 있고, 서로 다른 설명을 맞춰보며 행복한 저녁을 보내곤 해. 일어난 일을 실제로 보는 것보다 훨씬 재밌어. 상상력 훈련이지. 하지만 우리 중 누구도, 아아, 시빌에게는 소식을 받지 못했어.

신기한 사실. 거의 모든 편지에 적어도 *하나*는 짜증 나는 구절이 있는데, 당신 편지에는 절대 없어. 당신이 쓴 편지들은 내가 실제보다 더 똑똑하고 매력적이고 바람직한 존재가 된 것 같은 기분만 남겨줘.

당신이 문학 전체를 요약할 150쪽을 썼길 바라*. 그게 사람들 머릿속의 쓰레기 더미를 깔끔하게 정리해주겠지. 특히 내 머릿속을. 그리고 제발 출판사는 포기하지 마.

내 머릿속은 정말 쓰레기 더미야. 너무 괴로워.

이 편지는 바보 같지만, 이 편지가 가고 일주일 후면 나도 도착할 거야. 그동안 나는 (우리가 여기서 쓰는 표현을 빌리자면) 당신의 제물이야. 나는 당신에게 하피즈**를 암송해주고, 실크와 향수를 가져가고, 사람들이 좋아할 만하게 행동하도록 하지. 당

* 초고에 〈애넌Anon〉이라는 제목이 붙은 이 에세이를 버지니아는 1940~1941
년에 본격적으로 집필하기 시작했지만 완성하지 못하고 세상을 떠났다.
** 비타는 코란을 전부 암기한 사람을 의미하는 '하피즈'를 '코란'으로 잘못 알
고 오용한 것으로 보인다.

신이 원하면 비올라*의 색인을 만들어줄게. 아니면 뭐든 다른 거라도, 그래서 당신을 가능한 모든 방법으로 타락시키겠어. 스페인 와인을 한 통 주문했으니까 와서 그거 마시면 되겠다. 벨록처럼. 이 사람이 방금 버건디를 한 병에 2.5펜스에 2천 병이나 사들였다고 했어. 당신은 나한테 아주 잘해줘야 될걸? 내가 트리에스테에서 얼마나 비참한 편지를 썼는지 당신도 알 텐데, 당신을 다시 보면 딱 그만큼 기쁠 거야.

V.

---

*   비올라 트리의《허공의 성: 내 노래하던 시절의 이야기》는 1926년 4월에 호가스 출판사에서 출간되었다.

1926년 4월 13일
타비스톡 광장 52

…지리적 거리가 마음에 불러일으키는 영향이란 얼마나 이상한지! 당신이 돌아온다니 나는 벌써 전과 다르게 쓰고 있어. 슬픔의 감정이 누그러진다. 당신이 멀리 떠날 때는 수평선 너머로 가라앉는 것처럼 애처로웠어. 이제 당신이 떠오르니, 나는 다시 기쁘네.

1926년 6월 7일 월요일

타비스톡 광장 52

새로운 소식은 별로 없어. 시무룩해서, 편지나 한 통 받으면 좋겠어. 정원이나 하나 받으면 좋겠어. 비타가 오면 좋겠어. 꼬리를 자른 강아지 열다섯 마리, 비둘기 세 마리, 가벼운 수다. 시트웰가의 파티는 끔찍한 실패였어. 당신이 시골뜨기가 된 기분을 좀 느껴보라고 그 이야기를 한 거고, 실제로 그렇게 느꼈다니까 다른 사람들의 파티가 늘 자기 파티보다 신비롭고 매력적이라는 내 관점이 맞는 셈이지. 시는 쓰고 있어? 그렇다면, 시의 감성과 산문의 감성이 어떻게 다른지 알려줄래? 당신이 시에는 끌리는데 산문에는 안 끌리는 이유가 뭐야? …

1926년 6월 17일, 목요일
세븐오크스, 윌드, 롱반

친애하는 울프 부인

귀하와 보낸 주말이 얼마나 즐거웠는지 꼭 말씀드려야겠군요.

사랑하는 버지니아, 내가 얼마나 행복한지 모르지.

당신이 내가 약았다고 생각하니 속상해. 난 내가 두 배는 더 약아야 한다고 생각하는데.

산문과 시, 그리고 그 차이에 관해서. 콜리지*를 존경하기는 하지만, 나는 그 사이에 차이가 있다고 생각하지 않아. 단지 마음속에 떠오른 단어들을 다른 모양으로 빚어내는 문제일 뿐, 어느 한쪽이 났다거나 어느 한 쪽이 맨정신인 게 아냐. 산문과 시를 구분하는 관행 때문에, 일상적으로 괜찮은 언어로 쓰였다면 얼굴을 붉힐 만한 허튼소리도 행을 나눠 놓으면 인쇄하기 적당하다고 착각하게 만드는 경우가 너무 많아. 이것만 봐도 실제로는 아무런 차이가 없다는 게 분명해. 어떤 정의도 들어맞지 않아. 매슈 아널드는 시란 고정된 것이 아니라 흐르는 것을 묘사한다고 했지만, 산문이라고 그러지 않을 이유가 어디 있어?

시빌의 집에서 열린 모임은 근사했어, 당신이 놓쳐서 안타까

* 새뮤얼 테일러 콜리지는 영국의 시인이자 평론가이다.

워! 아가일 저택의 응접실은 광이 나더라고. 내 생각에는 시빌이 당신에게 답답하게 굴고 있어. 분명히 자기 창공에서 별을 하나 빼앗아서 골이 난 거야. "버지니아가 런던에 당신을 보러 올 수 있었다면, 오늘 여기도 올 수 있었을 텐데" 하고 딱딱거리지 뭐야. 나는 당신이 얼마나 몸이 약한지 감동적으로 묘사했는데, 시빌은 코웃음을 치더군. 몰리 매카시가 재미있어했어.

이제, 당신이 뭘 놓쳤는지, 당신이 시빌 마님에게 얼마나 미움을 샀는지 알려줘서 당신을 짜증 나게 했으니(내가 바라기는), 내가 얼마나 재미 없었는지 말할 차례네. 지하 저장고의 샴페인 전부를 내주고, 모두를 발로 차 날려버려서 로드멜의 물 한 잔이라도 마실 수 있으면 그렇게 하겠어. 시빌은 내가 페르시아 이야기를 하게 만들려고 애썼어. 나는 부루퉁한 표정을 지어서 날 끌고 다니지도, 재차 묻지도 못하게 하고, 올더스 헉슬리가 저 혼자만 그곳을 여행하고 온 것처럼 실컷 주절거리게 놔뒀어. 그러고 나서 다음 날 여기로 내려왔는데, 오는 길에 소녀 대원들에게 들려줄 아주 아름다운 연설을 썼지. 그런데 막상 도착해서 보니 소녀 대원들이 아니라 여점원들이더라고. 즉흥 연설을 할 수밖에 없었어. 스위트피가 잔뜩 있었고, 메리 공주가 된 기분이었어. 원하지도 않는 걸 잔뜩 사야 했고, 놀로 돌아와서는 정원에서 벌어진 〈실수 연발〉*을 봐야 했지. 그리고 집에 오니 아주 우울했는데, 당신을 못 보게 됐고, 어머니에 대해 나쁜 소식도

* 셰익스피어의 초기 희극이다.

돌았기 때문이야. 그래서 개를 최대한 많이 모아 같이 잠자리에 들었지. 그리고 쥐들이 밤새 비둘기들을 잡아먹었어.

하지만 오늘 아침 당신이 최선을 다해 글을 쓰고 있으리란 생각을 하니까 위안이 됐어. 이게 사실이길, 내 생각이 맞겠지?

혹시라도 내게 편지를 쓰고 싶으면, 베이싱스토크 셰필드온로든 셰필드코트로 보내. 토요일에 출판인 80명을 따라 거기로 가거든. 당신이 클라이브와 날 위해 골칫거리를 좀 준비해놨기를 기대할게.

데즈먼드가 갑자기 "클라이브가 테헤란 공사로 간대"라고 했어. 내가 아는 클라이브는 하나인데, 내 세계가 휘청거렸지.

내가 로드멜로 돌아가 있으면 좋을 텐데. 당신이 여기 오고 있으면 좋을 텐데. 당신한테 그래주겠냐고 하면 좀 나아질까? (내가 낙담에 빠진 기분인 걸 알겠지.) 여기는 아주 좋아. 당신도 알겠지만. 하지만 당신은 바쁘겠지. 그래도 당신이 런던에서 도망치고 싶다면 여긴 괜찮은 피난처이고, 내가 당신을 차에 태워 올수도 있어. 아무튼 금요일에는 볼 수 있을까? 빌어먹게도 한참 남았다. 바보 같은 편지인가? 로드멜에서 당신이 내 버릇을 버려놨어. 죽을 만큼 행복했는데. *당신이 어떻게 지내는지 알려줘.*

V.

1926년 6월 18일 금요일

타비스톡 광장 52번지

···맞아, 내가 때로는 끝내주게 잘 쓰지. 하지만 요즘은 아니야. 저주받은 기사를 쓰느라 질척거리고 있거든. 그리고 우울한 쓰레기 너머로 저 멀리서 축복받은 섬처럼 반짝이고 있는 내 소설*을 보고 있어. 하지만 뭍에 닿을 수가 없네.

---

* 《등대로》.

1926년 6월 20일

베이싱스토크, 셰필드온로든, 셰필드코트

당신에게 일요일에 관해서 쓰라는 주문을 받았으니, 뭘 쓰면 좋을까?

하지만 일단, **좋아**, 목요일에 기회가 된다면 와줘. 그날 내가 어머니(어머니는 낮 공연에 정말 이상하게 열광하는데, 늘 모자를 안 벗어서 뒤에 앉은 사람과 싸움이 나. 그래서 이제는 검은 베일을 쓰고 다니시는데, 어머니에게 근사하게 어울리지)와 낮 공연을 보러 런던에 가야 해서 끝난 다음에 당신을 차에 태워 올 수 있으니 딱 좋아. 게다가 금요일에 당신을 데려다줄 수 있으니 기차나 역에서 당신이 성가실 일도 없을 거야. 그러니 소식 보내줘. 롱반으로.

어제 무서운 일이 있었어. 정원 일을 잘하고 있는데 누가 나를 부르더라고. "당신에게 긴 전보가 왔다는 전화가 왔어요. 멍크스하우스에서요." "맙소사! 버지니아에게 무슨 일이 생겼나 봐" 하고 생각한 나는 서둘러 나는 듯이 달려갔어. 숨을 몰아쉬며 도착했지. 그런데 막상 가보니 오크햄튼에 사는 멍크라는 성을 가진 사람들이 강아지를 사고 싶다고 보낸 전보더라고. 나는 1기니나 불렀어. 그 사람들한테 앙갚음하려고.

클라이브의 첫인상은 퍽 적절했어. 클라이브가 화장실에서 단추를 채우면서 나오는 걸 보고 달려갔지. 하지만 클라이브는 못마땅해하면서, 내 환영의 미소를, 내가 내민 손을, 아니지, 안으려고 벌린 팔을 무시하고 돌아서서 잰걸음으로 안으로 들어가더니 옷매무새를 고치고 다시 나타났어. 그러고도 나를 보고는 눈곱만큼도 기뻐하지 않았지. 나는 풀 죽고 상처받았어. 24시간이 흐르는 사이 그는 제정신을 차렸고, 다시 다정해졌어. 어찌나 다정해졌는지 우리는 저녁을 먹고 안개 낀 따뜻한 저녁에 해자를 돌면서 이야기를 나눴는데, 그러다 그가 내 허용 범위를 넘어서는 못된 실수를 저질렀지. 클라이브는 당신이 대개 무관심하다는 둥 책임감이 없다는 둥 하는 소리를 해서 교묘하게 나를 자극했고, 내 화는 미끼를 문 송어처럼 솟구쳤어. 그래도 당신을 심각하게 곤란하게 만든 것 같지는 않아. 그리고 클라이브도 어찌 되었건 재밌었어. 그다음에 아서 경을 데즈먼드에게서 구해줘야 해서, 아니면 데즈먼드를 아서 경에게서 구해야 했던 건가. 아무튼 우리는 흩어졌어. 아마도 다행이었던 것 같아.

에디가 가싱턴에서 당신을 만날 예정이라던데. 이제 나는 에디를 상당히 용서했어. 나 대신 놀을 상속했다든지 하는 거. 하지만 이건 아니야.

이 편지는 상심 속에서 썼어.

누가 당신에게 사랑을 고백했어? 웰스는 뭐라고 말했어? 결국 내게 말할 거면서, 뭘 그렇게 숨겨?

클라이브에게 기차에서 이 편지를 열어 보지 말라고 해야겠어. 클라이브 주머니에서 이 편지가 타올라 구멍을 낼까 봐 걱정이야. 아무튼 클라이브는 귀염둥이고, 나는 그에게 따뜻한 감정을 느껴. 클라이브와 시시덕거렸어야 했는데, 안 그래? 하지만 잊어버렸지. 당신을 너무 열심히 방어하느라. 당신은 정말이지 방해 요소라니까!

당신에게 축복이 있길.

V.

1926년 6월 22일 화요일

타비스톡 광장 52번지

사랑하는 니컬슨 부인,

목요일에는 이런 이유로 못 가지 싶어. 글을 마저 써야만 하는데, 당신이랑 있으면 유혹이 너무 강렬할 테고, 가싱턴에서 (내 생각에는) 이틀 밤은 보내야만 할 것 같거든…

덧붙이자면, 목요일에 공연 보고 우리 집에서 단둘이 볼까? 혹시 몰라서 시빌과의 약속을 미뤄놨어. 금요일에 일찍 와. 타자기가 본능적으로 당신을 사랑하는 니컬슨 부인이라고 불렀군…

물론, 당신이 시빌을 만나고 싶다면 말만 해. 부엌에서 나와 단둘이 래디시 먹을래?

1926년 7월 15일

타비스톡 광장 52번지

친애하는 니컬슨 부인,

이것은 사업상 편지고, 연애 편지는 아닙니다. 귀하가 저를 만나러 오실 것 같지 않군요. 그러니 부디, 애인으로서 제게 다음을 보내주시길 바랍니다(아, 하지만 물론 직접 가져오시면 훨씬 더 좋고요).

(1) H. N. 이 쓴 《테니슨》*

(2) 《베니스인의 유리 조카》. 저자**가 "정말요! 내 책 중 아무것도 안 읽었다니요!" 하고 심각하게 말했음. 아, 정말 굉장한 저녁이었어. 네 명의 남편을 홀린 여성, 골수 게이조차 홀릴 만한, 기가 막히게 아름답고 하늘하늘한 잠자리 같은 여자를 기대했거든. 세이렌, 달콤한 목소리의 싱싱한 님프. 나는 이걸 기대하고 까치발로 살금살금 방에 들어갔건만 다부진 대장부가 기다리고 있더라고. 공격적인 성격에, 창백하고, 목소리는 심술궂고, 비쩍 마르고, 늙고, 애국심이 깃든 콧소리를 내는 다리가 굵은 미국인이었어. 저녁 내내 그녀는 반박할 수 없는 진실을 설파하고,

---

*   비타의 남편 해럴드 니컬슨의 책이다.

**   엘리노어 와일리. 미국의 시인이자 소설가이다.

우리 판매고를 논했어. 당연히 그 사람 책이 내 책보다 세 배는 잘 팔렸겠지. 그러다 마침내, 아, 하느님, 감사하게도 그녀가 의자에서 들썩거리며 떠나려는 듯 우아하게 자기 입장을 접는 것처럼 보였어. 그렇지만 이게 우리가 간청해서 그런 건 아니란 걸 믿어줬으면 좋겠어. 계단을 올라가려는 찰나 그녀가 이렇게 중얼거린 순간 내가 느꼈을 슬픔을 상상해봐. "제가 원하는 건 따로 있어요. 아이를 가지려고 노력하고 있거든요. 저기 들어가도 되나요?" 그리고 화장실로 사라졌다가, 다시 쌩쌩해져서 나타났어. 그녀는 택시를 돌려보내고 한 시간은 더 머물며 우리를 조각조각 다져놓았지. 그래도 난 그 사람 책을 읽어야만 해.

1926년 7월 16일 금요일
세븐오크스, 윌드, 롱반

가엾은 타우저는 안타깝게도 집중할 수가 없고, 털이 곤두서 있어. 글도 못 쓰고, 전화 메시지 때문에 계단을 오르락내리락 뛰어다니기만 해. 어머니가 와 계시는 기간이 길어졌어. 내가 어머니를 아끼긴 하지만 와 계시는 게 문학 활동에는 방해가 되네. 28일까지는 런던에 못 가는데, 당신은 로드멜로 떠났을까? 그 대신 27일 저녁에 가면 나랑 식사할 수 있어? 그게 안 되면 당신 부부와 클라이브가 같이 오는 거 말고는 대안이 안 떠올라. 그것도 아주 좋을 것 같아. 당신만 오는 것만큼 완벽하진 않겠지만.

1) 《테니슨》은 오늘 당신에게 보냈어.

2) 《베니스인의 유리 조카》는 웰즐리가 빌려 갔는데, 당신에게 바로 보내라고 했어. 그 사람 시를 어떻게 생각해?

3) 그 왕관은 영국 후작의 관인 것 같아. 동봉한 삽화를 봐. 쿠션만 빼면 나머지는 똑같아. 하지만 물론 프랑스 후작 관일 수도 있는데, 그걸 알려줄 책이 나한테 없네. 아니다, 있어. 그리고 달라. 다 찾아봤지만, 정교政敎나 무기는 현존하는 영국 후작

가문 어디와도 일치하지 않아. 하지만 사라진 가문일 수도 있어. 동봉한 엽서도 확인해봐. 영국 가문들의 정교에 관한 두 권의 책 제목이 적혀 있어. 나는 모두 가지고 있지 않은데, 어쩌면 런던 도서관에 있을지도? 대영박물관이나?*

4) 시빌은 뭐가 문제야? 편지에 수수께끼 같은 소리를 썼더라고. "E. G.의 메시지를 버지니아에게 전하다니 정말 못됐구나." 이 문장을 보고 완전히 얼떨떨하다가 에드먼드 고스와 그 사람이 당신 아버지에 대해 했던 이야기가 떠올랐어. 내가 나쁜 짓을 한 거야? 그러려던 건 아니었어. 시빌의 말이 뭘 뜻하는지 모르겠지만, 좌우간 내일 그녀와 빌어먹을 미국인을 놀로 데려와야 해서 만날 거야. 그들은 지난 주말에 결국 여기 안 왔어. 내가 어머니 때문에 약속을 미뤘거든.

지난밤 피핀**이 사냥을 나갔다가 집에 돌아와서 경기를 일으켰어. 나는 평소처럼 능숙하게, 스트리크닌을 먹은 거라고 판단하고, 새벽 2시에 세븐오크스로 수의사를 만나러 달려갔어. 우리는 피핀에게 모르핀 주사를 맞혔고, 피핀은 금방 엄청난 양을 토해낸 끝에—정말 인상적이더라—목숨을 건졌지. 하지만 정

* 버지니아는 대고모인 줄리아 캐머론에게 받은 왕관의 그림을 비타에게 보내 출처를 알아봐달라고 했다. 버지니아는 왕관이 줄리아 캐머런의 조부인 프랑스 귀족 가문에 속한 것이기를 바랐으나 비타는 영국 후작의 것이라고 알렸다.

** 비타의 반려견이다.

말 극적으로 서둘렀다니까. 엑스에서 겐트로* 희소식을 전하러
가는 사람이라도 된 기분이었어.

이틀 전에 뉴질랜드 젊은 시인 하나가 왔었어. 시는 최악이었
는데, 사람 자체는 흥미롭더라. 빈털터리인데 밥벌이 삼아 자기
시를 6펜스에 팔면서 영국을 떠돌아다닌대. 그러니 당신만 작가
들과 알고 지내는 건 아니란 말씀.

아, 자기야, 당신이 너무 보고 싶다.

V.

* 로버트 브라우닝의 시 〈그들은 어떻게 엑스에서 겐트로 좋은 소식을 가져
오는가〉에서 인용하였다.

1926년 7월 19일

타비스톡 광장 52번지

　당신은 천사야. 하지만 그렇게 고생시키려고 했던 건 아니었는데. 후작인지 뭔지 누가 알겠어. 아마도 프랑스에서는 다 다르게 하겠지. 그 사람이 어느 후작의 아들이거나 조카였을 수도 있고(그런 전설이 있었던 것 같아), 그리고 좌우간 나는 두루뭉술하게 '귀족적'이라고 말하면 그만이니, 이 문제는 접어둘래. 이모 할머니의 뿌리와 귀족 혈통을 입증하고 싶었나 봐. 그녀의 특이한 면모에 잘 어울렸거든. 그녀에 관해서라면 평생을 쓸 수 있겠어. 하지만 후작에 대해서 속속들이 알고 있을 이복 오빠한테 갈 자신은 없어. 《테니슨》은 아직 안 왔어. 하지만 올 거야. 난 그렇게 믿어. 《베니스인의 유리 조카》 때문에 주눅 들어. 그 메마른 사막*과 다시 만날 생각을 하니 속이 메스껍다…

　…당신이 오는 거 말인데, 급히 쓰는 중이야, 당신이 들으면 좋아할 거야. 내가 하디를 상습적으로 찾아가거든. 토요일에는 돌아올 수 있을 것 같아. 하루 머무르면서 차도 한잔할 건데 너무 긴장해서 바닥에 차를 엎을 것 같아. 무슨 말을 하지? 무슨 말이긴, 무미건조한 헛소리나 하겠지. 하지만 귀한 기회인 것 같

*　엘리노어 와일리.

아…

　…나는 이 순간 구멍이 난 낡은 실크 패티코트를 입고 앉아 있는데, 입고 있는 또 다른 드레스 상의도 구멍이 나 있고, 바람이 숭숭 들어오고, 나는 드퀸시를, 리처드슨을, 다시 드퀸시를 읽다가 다시 드퀸시를 읽는데, 왜냐하면 한창 그에 관해 쓰고 있기 때문이고,* 맙소사, 비타, 혹시 산문과 시의 근본적인 차이가 뭔지 알면 전보 좀 줄래. 그 생각으로 가여운 내 머리가 깨질 것 같거든.

---

*　《열정적인 산문》. 버지니아 울프가 영국의 소설가이자 비평가인 토머스 드 퀸시에 대해 쓴 비평이다.

1926년 7월 21일 수요일

세븐오크스, 윌드, 롱반

그렇게 해줘, 부디. 월요일에 오면 아주 좋을 것 같아. 당신이 토요일에 온다면 더 좋겠지만, 그럴 생각 없는 게 제법 분명하니까.

하지만 화요일 아침에 런던에 올라갔다가 그날 점심에 로드 멜로 다시 내려오지 말고, 내가 화요일에 당신을 로드멜로 태워다주면 어때? 그러면 당신이 곤란하거나 피곤할 일도 없을 것 같은데. 하지만 이 문제는 당신이 와서 결정해.

당신이 마침내 로드멜에 간다니 기뻐. 이렇게 신나는 일들이 많으면 당신에게 좋지 않을 게 분명하지만.

그리고 늙은 하디!* 이런, 이런. 당신이 조지 무어, 브리지스 등등 기념비적인 인물들을 만나면 늘 그렇듯이, 거의 개종해서 올걸. 당신의 동시대인들은 싫어하지만.

레이먼드가 돌아왔고, 토요일에 여기 올 거야. 당신이 레이먼드를 만날 수도 있겠지만, 예의 바르게도 숙모를 뵈러 간다고 했으니 아마 없을 거야.

레너드가 거트루드 벨의 책을 출판한다니 기뻐. 교정본은 최

---

*   토마스 하디는 영국의 소설가이자 극작가이다.

대한 빨리 보낼게. 나는 비아드에게 당신이 그 책*을 받을 거라고 알려주려고 편지를 썼어. 그 사람이 광고로 이 사실을 처음 접하면 짜증 낼 테니까. 그 사람은 아무래도 신경질을 내겠지만, 오지**에게 베니스에서 그를 달래주라고 해놨어.

오지가 시빌과 이탈리아에 자동차 여행을 갔다 왔다는 거 알았어? 우리 모두의 평판에 뭐가 남게 될지!

---

* 《테헤란으로 가는 여행자》.
** 버지니아의 절친한 친구 바이올렛 디킨스의 형제 오즈월드 디킨스를 가리킨다.

1926년 8월 4일

베이싱스토크, 셰필드온로든, 셰필드코트

내가 당신에게 보낼 글을 쓰지 않은 건 당신을 위한 글을 쓰고 있었기 때문이야. 이 폭군, 악덕 고용주, 대체 내가 어떻게 하면 열흘 안에 2만 단어를 쓸 수 있을지, 말 좀 해보시죠? 나는 모든 간청에 귀를 막았어. 테니스 치러 갈래요? 배 타러 갈래요? 먹 감으러 갈래요? 아뇨, 아뇨, 아뇨, 울프 부인을 기억하시나요? 그 사람에게 줄 책을 마감하고 있어서요, 그러니 자기들, 저리 가세요. 그리고 나면 나는 다시 이스파한으로 가지요. 그동안 버지니아는 강가 목초지에 앉아 헤브리디스제도the Hebrides를 생각하고. (근데 남자The hebrides - 신부he-bride라는 게 정확히 뭐지? 레이먼드 모티머가 쓴 《동성애의 변호》*를 봐. 레이먼드 모티머는 여기서 일주일간 머물렀어. 뼈아픈 말이 상당히 나와서 제법 힘든 시간을 보냈지만, 대체로 행복해.)

여기까지 써야겠다. 아직 두 장章이나 더 써야 하고, 마무리할 장은 그보다 더 남았고, 걱정돼서 제정신이 아니거든. 도티가 내가 지루하대. 그녀에게 그건 당신 탓이라고 했지. 내가 지루한 사람인 거, 나도 알아. 그리고 글을 쓰는 책상 근처에는 나 말고

---

* 레이먼드 모티머가 호가스 출판사를 위해 쓴 책이지만 출판되지 않았다.

는 어느 누구도 못 들어와. 아이들에 관해 말하자면, 그 아이들의 울프 부인을 향한 열정은 급속히 감소하고 있어.

내 열정은, 아아, 그렇지 않지.

V.

1926년 8월 8일 일요일
로드멜, 멍크스하우스

그래, 우리가 날 좋은 날에 당신을 내내 코 박고 글만 쓰게 해서 힘들었겠다. 하지만 당신이 누릴 영광을 생각해봐. 우리가 거둬들일 이익도. 당신 강아지가 내 치마에 이빨로 구멍을 뚫어 망가뜨리고, L의 교정본을 먹어치우고, 카펫에도 할 수 있는 최대의 손실을 입힌 덕분에 이제 이 소득이 꼭 필요해졌거든. 하지만 이 아이는 빛의 천사야. 레너드가 이 아이 덕분에 신을 믿게 됐다고 진지하게 말하더라. 심지어 강아지가 자기 방바닥에 하루 동안 여덟 번이나 실례를 했는데도 이런 소리를 했다니까.

1926년 8월 19일

로드멜, 멍크스하우스

수요일에 올래? 1시에 점심 먹으러? 레너드가 1박으로 런던에 갈 거야. 클라이브에게 물어보는 게 좋을까? 그렇다면 알려줘. 자고 가.

평소보다 더 불편하겠지만.

내 말은, 내가 살 테니 (사과주 말고) 와인 두 병을 가져다줘.

구할 수가 없거든.

1926년 8월 20일 금요일

세븐오크스, 월드, 롱반

당신이 내게 보낸 이 급박한 초대장은 뭐야?[*] 당신은 안 가는 걸로 알게. 그리고 나는 당신 비호를 받으며 간다 해도 가기가 너무 겁나.

애들 데리고 노르망디에 일주일간 다녀올 거야, 하지만 수요일에 브라이턴에 돌아와. 당신을 만날 수 있을까? 수요일에 자고 가는 걸로? 아님 목요일 점심? 이 사진들이랑 다른 세부 사항들도 정해야 해. 이 책을 《테헤란으로 가는 여행자》라고 부르려고. 내 생각에는 기준을 전부 충족하는 것 같아. 1) 너무 지루하지 않고, 2) 너무 로맨틱하지 않고, 3) 명확하고. 아무튼 더 나은 제목은 생각할 수가 없어. 완성본은 수요일에 가져갈게. 좀 늦어서 걱정이야. 하지만 어머니가 와 계시는 바람에 계산이 아주 어그러졌어. 아니었다면 2주 전에 당신 손에 넘겼을 텐데. 정말 별로지. 부끄럽다. 하지만 잘 팔릴지도 몰라.

종교 질문지를 채우고 있는데 재밌어. 그리고 결과를 교회에서 성경을 낭독하는 가정교사에게 보여주려고.

다음 주에 어떤지 알려줘. 수요일 밤에 머무는 게 가장 좋지

[*] 버네사 벨과 덩컨 그랜튼이 찰스턴 집으로 초대했다.

만, 당신이 편한 대로 해.

V.

1926년 8월 22일 일요일

로드멜, 멍크스하우스

응, 완벽하겠다. 수요일에 나 혼자 있을 것 같거든. 일찍 와서 나와 점심 간단히 들지 않을래?

제목은 아주 좋아 보여. 아니, 최고야. 세 개의 원고를 읽고 있지만, 당신 원고를 어서 읽고 싶어. 당신에게 대단한 고백을 하나 하자면, 당신이 그렇게 열심히 일했다고 해서 가책을 느끼고 있어. 하루에 7시간이라니, 맙소사···

노르망디에 가다니, 당신 나쁘다. 나는 에설 샌즈*의 집에 놀러 가는 것도 글 써야 한다고 거절한 참인데.

하지만 해협을 건너는 일을 마다할 정도로 내 글쓰기에 가치가 있나? 이 순간 내가 간절히 바라는 일이 그건데. 우리 9월에 갈까?

---

*   미국 태생의 영국인 에설 샌즈는 동시대 예술가들의 후원자이자 화가였다.

1926년 9월 15일
로드멜, 멍크스하우스

    방금 두 번째 교정본 묶음을 받았고, 나는 한입에 삼켜버렸지. 그래, 나는 이게 끔찍이도 좋다고 생각해. 난 계속 '이 여자 정말 알고 싶다'라고 중얼대고, 그다음에 '하지만 알잖아'라고 생각하다가 '아니, 모르지. 이걸 쓰는 여자까지 아는 건 아냐' 하고 생각을 고쳐. 당신의 섬세함은 정도를 모르겠어. 용감한 태도—에메랄드, 층계, 예속된 레이먼드—이야기라면 충분히 익숙해. 하지만 교활하고, 음울하고, 이지적이며 애매하게 말하는 그 사람은 아니야. 책 전체가 구석진 곳과 모퉁이로 가득해서 탐험하는 재미가 있어. 하지만 때로는 손에 촛불 하나 들려 있으면 해. 그것 말고는 비판할 게 없어. 당신은 (아마 서두르느라) 아른아른 어슴푸레한 장소를 한두 군데 남겨뒀지…

1926년 9월 17일

세븐오크스, 윌드, 롱반

당신 편지를 받아서 오늘 밤 너무 행복해. 근데 손가락은 어쩌다 그랬어? 볼은 어쩌다 베였고? 그래, 그리즐이 그런 일을 당할 줄 알았지. 게다가 다 당신 잘못이야. 그리즐이 자기보다 두 배는 큰 개와 짝짓기를 하면 어떤 결과가 나오겠어? 맙소사! 괴물이 따로 없지!

나는 당신이 그 책을 좋아해서 *진심*으로 기뻐. 사실 당신도 알다시피 급하게 쓰기는 했어. 그러니 아른아른 어슴푸레한 장소가 남아 있대도 놀랄 건 없지. 당신이 나를 알고 싶어 한다는 사실도 기뻐. 울프 부인, 다음에 제가 런던에 갈 때, 우리는 만남을 주선할 공통의 친구를 찾아야 해요. 당장은 10월에 런던에서 강연을 해야 한다는 생각에 짓눌려 있어. 다른 건 아무것도 생각할 수가 없고, 그 강연에 대한 공포뿐이야. 내가 바보였지. 그걸 받아들이다니, 아주 무모한 바보였어.

당신은 그 지도*가 이해돼? 나는 이해가 안 가고, 미치광이들의 세상에 홀로 남은 단 한 명의 멀쩡한 인간이 된 기분이야. 다른 사람들은 모두 지도 제작자의 왜곡된 상상에 자연스럽게 빠

---

* 《테헤란으로 가는 여행자》에 삽입할 지도였으나 결국 인쇄하지 않았다.

져드는 것 같아. 아, 당신이 교정본을 좋아하니까 정말 기쁘다. 당신이 교정본을 읽지도 않고 바로 보냈길래 얼마나 불안했던지. 아니, 물론 《대지》는 아직 안 나왔어. 나왔으면 당신이 벌써 한 부 받았겠지. 다음 주나 그다음 주에 나올 예정인데, 언제인지는 잊었다. 방금 듣기론 9월 30일이래. 나는 지금 약간 정신이 없어. 1) 《대지》가 곧 나오고, 2) 강연을 해야 하고, 3) 버지니아가 내 책을 좋아한다. 이 세 가지가 내 머릿속을 빙글빙글 돌면서 철로 위의 기차 바퀴 같은 소리를 만들고 있지.

윗줄을 쓰다가 잠이 나를 덮쳐서 자러 갔었어. 지금은 토요일 아침이고, 지도에 관한 레너드의 편지가 왔어. 결국 내가 아주 바보는 아니라는 사실을 알게 되어서 안심이야. 그에게 내 말을 전해줘. 지도는 찢어버리고, 계속 진행하라고. 이 일로 벌써 책이 지연된 게 아니면 좋겠다. 나는 지도 만든 사람에게 맞는 비율을 줬는데, 왜 그 사람이 그걸 무시했는지 모르겠다고 L에게 말해줘. 앨범을 찾으러 갈 때 그 짜증 나는 물건도 찾아올게. 어서 책이 나오기를 고대하고 있어. 언제가 될까?

당신이 오늘 받을 수 있으려면 빠른우편 시간에 맞춰야 해. 보내야겠다.

V.

1926년 9월 21일

루이스, 로드멜, 멍크스하우스

10월 초에 나오길 바라고 있어. 카드 보낼 사람들 있어? 있으면 알려줘. 당신 강연은 뭐에 관한 거야? 언제인데? 어디고? 가도 돼? 박수 쳐줄게. 그리즐은 또 다른 개를 꾀었어…

1926년 11월 18일 목요일 저녁

에버리가 182

나의 소중한 버지니아,

당신이 아프다고 해서 정말 속상해. 나아지지 않으면 내일 나와 만나는 건 취소해.

어쨌든 나는 내일 오후에 탈출할 거야. 그리고 우리는 큐로 출발할 거야. 나와 만나는 걸 취소하는 메시지를 보내고 싶으면 전화 연결해달라고 해. 메모는 남기지 마. 내가 어디 가는지 안 알리고 갈 생각이지만 점심은 확실히 여기서 먹을 거거든.

당신이 두통을 겪는 게 너무 싫다. 가여운 내 사람…

V.

1926년 11월 19일

타비스톡 광장 52

편지 안에 다른 편지를 쓰다니, 당신은 정말 기발해. 그 생각은 해본 적이 없는데. 당신을 만나서 답을 줄게, 초대장 말이야. 아, 자기야, 시빌 때문에 머리가 아파. 편지도 못 쓰고 정말 지루해, 당신은 제외하고. 나는 의자에 누워 있어. 그렇게 나쁘진 않아. 괜히 당신의 동정심을 얻으려고 이야기하는 거야. 당신에게 보호본능을 불러일으키려고. 사람들이 야금야금 내 삶을 갉아먹는 이 끝없는 상황을 멈출 수 있도록 무슨 방법이라도 생각해보라고 당신에게 애원하려고. 시빌, 아서 경, 대디가 번갈아가면서 그래. 이걸 왜 당신에게 떠넘기냐고? 심리적으로 필요해서 아닐까 싶어. 사람이 내밀한 관계에서 본능적으로 행하는 일 중 하나겠지. 나는 허리에 느껴지는 이 통증에는 아주 겁쟁이야. 당신은 영웅 같을 텐데…

하지만 당나귀 웨스트, 당신은 조만간 나에게 질릴 테니(내가 나이가 한참 더 많잖아) 약간의 예방조치를 해야겠어. 그게 내가 감정보다 '기록'에 방점을 찍는 이유야. 하지만 당나귀 웨스트는 자기가 다른 누구보다 성벽을 많이 무너뜨렸다는 걸 잘 알지. 그리고 당신 마음에도 잘 모르겠는 부분이 있지 않아? 당신 마음 어딘가 전혀 진동하지 않는 부분이 있지. 의식적인 걸지도 몰라. 당신이 그렇게 두질 않는 거지. 하지만 다른 사람들에게도, 나에게도 그렇다는 건 알아. 뭔가 감춰둔 것, 소리 죽인 것, 뭔지는 신만이 아시겠지만… 그런데, 그거 당신 글에도 있어. 내가 핵심을 찌르는 명쾌함이라고 부르는 것, 그게 때로 글에서도 당신을 배신하지…

1926년 11월 21일 일요일

세븐오크스, 월드, 롱반

동봉한 건 당신 편지의 힘으로 쓴 형편없는 시야. 당신은 마녀이거나 심리적 맥을 찾는 힘이 있는 것 같아. 분명 그럴 거야. 당신을 더 존경하게 됐어.

있지, 내일 밤에 발레 보러 갈 생각이 있으면(레너드도) 12시 전에 전화해서 그렇다고 말해줄래? 〈불새〉 초연 날이고, 표를 구할 참이라 그저 제안하는 거야. 나는 가고 싶은데, 당신이 간다고 해야 갈 거야.

나는 당신이 무척 보고 싶고, 어제오늘 내내 그런 상태야. 어제 거의 종일을 침대에서 보냈어. 그래서 다음 주 주말은 이보다는 나을 거라고 말한 거야. 나는 기분이 언짢았고(당신이 아니라 나 자신에게), 시골 구석구석을 여행하면 좋겠다 싶었어. 내일 결국 당신을 보러 가지 못하면 여행 갈 방법을 찾아야겠어. 당신은 시빌에게서 벗어났어? 당신에게 두통을 안기다니 그 여자한테 화가 치밀어. 전체적으로 나는 분노 상태야.

나는 2시 반이나 그즈음에 지하실로 갈게. 하늘에 감사해.

V.

1926년 11월 27일 토요일 밤

마운트가 66

내 사랑스러운 버지니아, 당신이 지치고 우울해 보여 걱정 돼. 왜 그래? 그냥 피곤했던거야? 당신을 여기 오게 한 내가 짐승 같아. 그냥 적리赤痢* 때문이었어? 당신을 오지 못하게 했어야 했어. 당신이 지금 느낄 고통, 귀찮음, 피로, 짜증을 막기 위해서라면 내가 못 할 일이 없다는 거 알아? 그래놓고 가서 당신에게 이 먼길을 오라고 하다니! 나 자신을 발로 차고 싶어. 제발 날 용서해. 내 유일한 위안은 당신이 차를 가지고 갔다는 거야. 내 소중한 사람, 당신에게 지난 주말을 보상하도록 노력할게. 이 편지를 쓰는 대신 당신에게 전화해서 말할 수도 있겠지만, 내가 그렇게 하지 않는 이유는 뻔하지. 토요일에 식사 후 당신을 태워 올게. 세상에서 가장 소중한 사람, 당신이 보고 싶어. 월요일에는 볼 수 있을까? 월요일 2시 30분에 전화할게. 마음속에서 당신이 떠나질 않아. 당신이 앉았던 소파 모서리를 볼 때마다 당신이란 존재를 계속 떠올리고, 집 전체가 당신으로 가득 차 있어.

당신의 V.

---

*   급성 전염병인 이질의 하나이다.

1926년 11월 30일

에버리가 182

어제 당신이 피곤했다는 사실을 알게 되어서 기분이 안 좋아, 내 사랑. 내 꾸중 좀 새겨들어! 너무 사교적으로 지내지 마. 그러다 시빌 콜팩스처럼 될 거야. 새로운 손님을 찾아 눈에 반짝반짝 불을 켜겠지. 오늘은 더 나빠지지 않으면 좋으련만. 당신에게 전화를 걸고 싶지만 방해하기 싫어. 그래서 편지를 써.

브라이턴으로 곧 출발한 건데, 당신 덕분에 별로 기대는 안 돼. 못 위를 맨발로 걷는 것 같은 기분이 싫어.

당신 부부가 목요일에 오는 걸로 알고 있을게. 이틀 밤을 머물진 못하겠지? 안 되겠지, 안 될 것 같아.

메리가 혼신의 힘을 다해서 우리를 키친 씨의 파티에 데리고 갔어. 나는 다시는 절대 파티에 가지 않겠다고 결심했지. 클라이브를 봤는데, 심란하고 산만해 보이더라.

그럼, 출발해야겠다. 착하고, 마음 굳세게, 당신 자신을 보호해야 해. 당신이 지쳐서 쳐지는 게 싫어. 정말 상처가 되거든. 축복이 있기를, 달콤한 사람.

V.

1926년 12월 1일 수요일

타비스톡 광장 52

소중한 존재, 당신 편지를 받아서 아주 좋아. 어제는 사람들 때문이 아니었어. 로드멜을 지나오다 비에 젖어서 오한이 났거든. 그게 다야. 침대에 들어가서 아스피린을 먹고, 뜨거운 물주머니를 안고 자서, 믿기 어려울 만큼 졸린 걸 제외하면 오늘은 꽤 괜찮아졌어. 하지만 당신 말에는 동의해. 사람들은 골칫거리지…

게다가 당신도 할 말은 없어. 점심은 워킹에서, 차는 버지니아와, 칵테일은 레이먼드의 집에서, 만찬은 메리와, 야식은 키친의 집에서. 그때 나는 뜨끈뜨끈한 침대에 누워 있었는데, 파티가 지독하게 실패했다는 이야기를 들어서 기뻐. 그리고 이제 당신이 브라이턴으로 떠나버렸으니 하늘이 당신을 돕기를! 당신이 그런 하루를 보내는 대신 여기 들러서 나와 이야기나 했다면 좋았을 텐데. 여기서 나는 가스난로 앞에 앉아서, 아니, 거의 누워서 완벽한 평화를 누리고 있거든.

1926년 12월 1일 수요일

세븐오크스, 윌드, 롱반

내 사랑, 이거 당신 거야? 어쨌건 이건 내 둥지 안에 있는 어린 뻐꾸기이고, 언젠가 내가 당신에게 빌려 온 것 같아.

어젯밤 나는 아주 일찍부터 침대에 누워 《댈러웨이 부인》을 읽었어. 아주 이상한 기분이더라. 당신이 방 안에 있는 느낌이었어. 하지만 방에는 내 누비이불 아래로 굴을 파려는 피핀뿐이었지. 밖에서는 밤이, 방 안에서 듣기에 아주 익숙한 소리를 내고, 집은 전부 고요했지. 나는 어머니와 다퉈서 매우 불행했고, 당신 덕분에 매우 행복했지. 그래서 그건 마치 서로 다른 두 사람이 동시에 존재하는 것만 같았고, 1) 당신이 방 안에 있다는 확신과 2) 당신이 창조한 그 많은 사람과 접촉하는 일로 인해 이 느낌은 더 복잡해졌어. (소설이란 얼마나 기이한 것인지.) 나는 침대 아래로 가라앉는 동시에 아주 가벼워진 느낌이었어. 열이 있을 때처럼 말이야. 오늘 나는 다시 단단해졌고, 내 부츠는 진흙투성이지. 부츠 때문에 몸이 무거워. 하지만 평소만큼 단단하지는 않아. 그렇게 미련하지 않다는 거야. 왜냐하면 내 마음 뒤편에 (내 머리 꼭대기 약간 위로 솟아) 은은한 불빛이, 일종의 성운이 내내 따라다니기 때문이야. 그건 내가 자세히 들여다보려고 할 때만 모양을 갖추고 안정되지. 다른 무엇인가를 생각하는 순간 안개 너머의 태양처럼 잔상을 남기며 다시 흩어져. 그러면 내가 다시 그쪽으로 다가가려고, 그걸 손으로 잡아 윤곽을 느끼려고 하면 이내 다시 선명해져. "버지니아가 토요일에 온다." 오늘 밤 나는 놀에 저녁을 먹으러 가서 석유 재벌과 그 아내를 만날 거야. 하지만 성운은 내내 나와 함께 있을 거야. "버지니아가 토요일에 온다"는, 막연한 희망.

하지만 안 올걸, 안 올 거라고! 뭔가가 벌어질 거야. 당연히 무슨 일인가 벌어지겠지. 내가 뭔가를 너무 열정적으로 원할 때면 늘 무슨 일이 벌어지니까. 당신이 수두에 걸리거나 내가 볼거리에 걸리거나, 토요일 아침에 집이 무너지겠지. 그 사이 층계참 너머에서는 소 세 마리가 빤히 쳐다보고 있어. 케이크를 기다리는 거야. 저들의 마음속에도 성운이 하나 있는 거지. "4시에 우리는 케이크를 먹는다." 그리고 저들에게는, 저 행복한 짐승들에게는 아무 일도 일어나지 않아. 하지만 내게는 인간이 가진 가능성 전부가 있지.

당신이 수두에 안 걸리려는 노력을 언젠가 한 번이라도 할 거라면 지금 해. 당신이 시빌 콜팩스 때문에 두통을 얻지 않으려고 애쓸 생각이 있다면 지금 해. (나는 당신이 금요일에 그 여자와 차를 마시기로 했다고 말했던 걸 불길한 기분으로 떠올렸어.) 부디 아무 일도 일어나지 않게 당신의 모든 힘을 쏟아 노력해줘. 당신이 도착한 이후에는 내가 당신을 책임질게. 그러니 부디 오기만 해.

(기차 시간은 내일 알려줄게.) 일거리를 가져와, 방해 안 할게. 당신이 여기서 행복하길 간절히 바라. 어떤 면에서 나는 시계를 1년 전으로 돌릴 수 있으면 좋겠어. 당신을 다시 깜짝 놀라게 하고 싶어, 그때는 당신이 놀랐었다는 걸 난 몰랐지만.

V.

아니, 난 못 가. 그리즐에게 습진이 옮았어. 머리카락이 뭉텅이
로 빠져. 쉴 새 없이 몸을 긁어. 당신에게 위험할 거고, 더 큰 문
제는 강아지들에게도 위험할 수 있다는 거야. 당신 생각을 할게.
그게 우리 둘을 위로해줄 거야.

농담은 끝. 좋아, 세븐오크스에 5시 22분에 도착할 거야.

내가 끔찍하게 더러운 건 사실이야. 감은 머리는 풀어헤쳤고,
치마는 얼룩져 있지, 신발은 구멍이 나 있지. 불쌍한 버지니아를
가여워해줘. 오늘 오후에 시빌에게 끌려가서 칼럼 한 편 때문에
〈스탠더드〉에서 날 매도한 아널드 베넷을 만났거든.

아, 차 마시고 식사하고 읽고 쓰고 하는 일이 전부 너무 질려.
그래, 당신을 만나는 것만 빼면. 인정할게. 맞아, 좋을 거야. 그
래, 그렇게 될 거야. 그리고 당신, 내게 아주 친절하게 대해줄 거
지?

1926년 12월 8일 수요일
세븐오크스, 윌드, 롱반

핑커와 나는 서로를 위로하려 애쓰고 있어. 핑커는 내 침대 위에서 자는데, 낯설고 어쩌면 적대적인 세상에 상대적으로 익숙한 유일한 존재인 내게 꼭 붙어 있어. 내가 런던에서 돌아왔을 때 나를 보고 기뻐했지만, 곧 냄새를 맡고 돌아다니면서 울프 부인을 찾았지. 울프 부인은 런던에 살고, 독립된 생활이 있다는, 스패니얼 강아지에게만큼 나에게도 불쾌한 사실을 설명해야만 했고, 그래서 핑커는 나를 당신 대용으로 삼았어. 나는 모든 이가 빠르건 늦건 너를 배신한다고, 보통은 다른 사람에게 너를 넘겨준다고, 그리고 그걸 어떻게든 극복할 수밖에 없다고 설명했어. 핑커에게 벌레*를 소개해줬지만, 벌레가 핑커를 너무 무서워했어. 핑커가 벌레 위에 발을 올려놓았거든. 그래서 벌레는 자신의 정당한 주거지로 살금살금 돌아가버렸지.

그래서 이게 롱반의 적막한 가족 전부야.

하지만 당신을 여기서 맞이한 일은 특별한 선물이었어. 아직도 거기서 벗어나지 못할 만큼, 좋은 선물이었지. 내 반만큼이라

---

* 비타가 가장 좋아하는 반려견 피핀의 별명으로 버지니아가 비타를 부르는 데 사용되기도 했다.

도 당신이 행복했었다고 생각할 수 있으면 좋으련만. 내가 아주 친절하고, 당신에게 아주 좋은 사람이라고 생각하지 않아서는 아니니까, 보다시피 거짓으로 겸손한 건 아니야. 이제 나는 놀을 생각하고 있어. 이 문제에 어떻게든 납득할 수가 없는데, 이렇게 까지 뭘 원해본 적이 한 번도 없다는 단순한 이유 때문이야. 놀에서의 모임은 놀이 사라지기 전에 내가 대접하는 마지막 식사가 될 거야. 영영 사라지기 전에. 당신은 올 거지, 안 그래?

내 사랑, 당신은 올 거지?

V.

아차, 우리 어머니에게 《댈러웨이 부인》 보내기로 한 거 기억하지? 브라이턴 근방 로딘 화이트로지야. 안에 메시지를 적어주면 좋아하실 것 같아. 귀찮게 해서 미안. 하지만 어머니가 어떤지 알잖아. 계산서(동봉)에 7실링 6펜스를 더했어. 월요일 이른 오후에 갈게. 아널드 베넷에겐 여전히 화가 난다. 캐머런 부인* 책은 잘 팔렸어?

---

*   줄리아 마거릿 캐머런은 영국의 사진작가로 1926년 호가스 출판사에서 사진집을 출간했다.

1926년 12월 8일

타비스톡 광장 52

세상에서 가장 소중한 비타

(내가 왜 그 이야기를 했더라?) 그래, 월요일, 이른 오후인 2시 30분에. 부디 와서 나를 다시 평온 속에 담가줘. 맞아, 나는 완전하고도 오롯하게 행복했지…

하지만 대체 왜 내 사랑하는 N 부인, 고결한 N 부인은 놀을 고집하시죠? 분이 벗겨지고, 머리핀이 떨어진 우스꽝스러운 나를 보려고? 그러고도 둘만 있을 때 단 한마디도 하지 않으려고요?

1926년 12월 11일 토요일
세븐오크스, 윌드, 롱반

지난밤은 재앙이었어. 핑커가 장난치고 싶은 마음에 내 책상에 뛰어 올라와서 잉크스탠드를 엎는 바람에 잉크 두 줄기가(하나는 붉고, 하나는 푸른) 소파 등을 따라서 넘쳐흘렀지. 피핀은 파란 잉크에, 강아지는 빨간 잉크에 흠뻑 젖었어. 오늘 피핀은 멍이 든 듯 퍼렇고, 강아지는 사고 그 자체야. 당신이 이 장면을 보면 재밌어했을 텐데. 당신에게 피핀을 돌려줄 1월 1일까지 피핀이 제 색깔로 돌아갔으면 좋겠네.

아, 그리고 당신이 내게 전화를 했었지. 그거 좋았어. 하지만 당신은 물론 수사슴에게 양동이로 밥을 주고 싶겠지? 놀에서 좋은 시간을 보내게 될 거라고 약속할 수 있어. 그리고 사적인 대화가 없다고 하니 말인데, 바보 같긴, 왜 그렇겠어, 우리는 온종일 사실상 단둘이 있을 거야. 파우더는 ＊＊＊[*]로, 머리핀은 맹꽁이자물쇠로 딱 붙여놓으면 되지.

우리 어머니에게 편지를 써주겠다니 당신은 친절해. 어머니가 그런 걸 좋아하셔. 그나저나 어머니가 당신 광고에 감사를 표하고 싶다고 캐머런 부인의 책을 두 권 주문했어. 이제는 어머

---

[*] 편지가 손상되어 원문을 알아볼 수 없다.

니 자신을 아프게 하는 게 나라는 소리를 하시더라. 이건 좀 아팠어. 내가 어머니와 잘 못 지낸다고 아무에게도 말하지 말아줘. 사실 나도 이 일에 대해서는 이러쿵저러쿵 떠들면 안 되는 거지, 안 그래? 당신에게라도. 하지만 마음에서 떠나질 않아. 그래도 역시 내가 어머니에게 잘못하는 거겠지. 좋은 사람은 못 돼.

하지만 그럼에도 버지니아에게는 다정한 사람이지.

V.

1926년 12월 16일 목요일
세븐오크스, 윌드, 롱반

방황하는 나의 버지니아, 도티가 그 근친상간 자료를 읽어주겠다고 당신에게 월요일 밤에 저녁 식사를 하자고 했다던데. 당신이 가면 좋겠어. 나는 거기 있을 거야. 레너드에게는 물어보지 않았는데, 도티가 그 자료들을 제정신으로 읽어줄 재간이 없어서 *그에게* 안 물어봤대!

우리 어머니는 나를 거의 용서하셨는데, 당신 글이 아주 아름다워서래. 이 논리를 따라갈 수는 없지만, 아무튼 그래. 당신이 어머니와 편지를 주고받으니 나는 되려 불안해. 어머니가 당신을 귀찮게 하진 않으셔? 그 엽서 좀 더 갖고 싶다고 하시는데, 남은 게 있을까?

강아지는 아주 건강하고 행복해. 어제 신발 한 짝을 다 먹었는데도 말이야.

내가 월요일에 당신 보러 가기로 했지? 그런데 말이야, 당신 시간을 낭비하긴 싫거든. 내가 할 일을 좀 마련해줘. 구석에서 얌전히 할게. 당신을 빈둥거리게 하는 건 진짜 스트레스라.

우리 사라져버릴까? 그럼 우리 책이 엄청나게 팔릴 텐데. 하지만 해러게이트의 스파에는 가지 말자.* 당신이랑도 싫어. (그래도 가겠지만.)

　정말 끝내주는 날이야. 나무 위에서 물방울들이 반짝여. 사람들은 대체 어떻게 그럴 필요가 없을 때도 도시에 살지?

당신의 V.

---

*　작가 애거서 크리스티가 실종되었다가 약 2주 만에 해리케이트의 한 호텔에서 발견된 사건이 있었다.

1926년 12월 17일 금요일

타비스톡 광장 52

비타에게,

18세기식 문체로 답장을 주신 당신 어머니 편지가 여기에 있어. 아냐, 그분은 정말 도움을 주시고 마음을 편하게 해주셔… 응, 당신은 월요일 이른 오후에 올 거야. 맞아, 나는 도티와 식사를 할 거야. 오늘 무슨 일이 일어났는지 알아? 벨벳 코트를 사러 급히 어느 가게에 들어갔는데, 어떤 여자가 "얼룩 제거하실 거 없나요?" 하는 거야. 맙소사, 그 순간에 얼룩이 적어도 열두 군데는 있었거든. 그래서 그녀가 파는 연고를 샀고, 내 얼룩들은 전부 눈 녹듯 사라졌어. 그래서 나는 쓸데없이 깨끗해졌고, 삶은 다시 홍조를 띠기 시작했고, 모든 일이 가능할 것만 같아. 사실, 한 가지만 빼고. 충치를 하나 때워야 하거든. 지금 내 입술과 볼은 온통 곪고 물집이 잡혔어. 내가 치과의사에게 "제게 왜 이러시는 거예요?"라고 하자 그가 "울프 부인, 당신 피부가 런던에서 제일 예민해서 그래요" 그러더라고. 그래서 나는 우쭐해졌지만, 레너드가 피부에 발라준 아연 연고를 내가 핥아 먹었고, 아마도 이건 독이고, 난 죽고 말거야…

1926년 크리스마스

놀

나는 유행성감기에 걸려 크리스마스를 침대에 누워 보내고 있어. 아주 쾌적해. 나는 따뜻하고, 다들 추워서 새파랗게 질린 채로 나를 만나러 와. 시즌에 어울리는 익살스러운 분위기가 응접실을 가득 채우고 있는 것 같아. 그리고 나는 면제지. 친절한 사람들이 내게 포도를 가져다줘. 버지니아의 사진도 한 장 가지고 있지. 아주 좋은 사진은 아니지만, 아무것도 없는 것보단 나아. 나는 침대에 누워서, 천장에 어른거리는 난롯불 빛을 바라보고, 시계 초침 소리를 듣고, 당신이 여기 머무르러 오면 얼마나 기분이 좋을까 상상해. 나는 헤이든의 작품과 《이익을 위한 살인》이라는 크룩섕크스러운* 훌륭한 책도 읽고 있어. 아스피린이 불러온 기분 좋은 꿈도 꿨어. 에디와 식사하는 꿈이었는데, 일행은 에디, 샬롯 브론테, 당신과 나였어. 에디는 짜증 나고 불안해 보였고, 저녁을 먹은 후 나를 구석에 데리고 가더니 "비타, 이런 따분한 파티를 나 때문에 참고 견디다니, 당신은 내가 아주 매력적이라고 생각하나 봐"라고 말하더라. 전체적으로 크리스마스를 보내는 훌륭한 방법이고, 당신에게도 추천해.

*   조지 크룩섕크는 영국의 풍자 화가이자 삽화가이다.

당신은 지금 삽을 들고 코니시 해변을 가로지르는 중일까? 내려가니까 행복해? 아니면 오히려 아쉬워? 언제 돌아와? 그렇지만 내 사랑,《밤과 낮》은 보내지 말지 그랬어. 다른 사람들한테 누설하고 싶잖아! 하지만 받아서 기쁘고, 에디가 그걸 다시 가져오는 대로 읽을게. (펜에 잉크가 떨어져간다.) 아직은 브라이턴에 갈 수가 없어. 내가 셰필드에서 돌아오는 길에 당신을 보는 거 맞지? 다음 주 월요일에? 그날 오후에는 아이들을 어떻게든 할 수 있거든.

바보 같은 편지야. 유행성 독감의 마법에도 불구하고 정말 기분이 좋지는 않거든. 당신이 아주 많이 그립고, 당신이 여기 오길 기대하는 중이라 기뻐. 그렇지 않았다면 너무 우울했을 거야. 나는 누운 채로 밝은 불빛에 환하게 빛나는 사랑스러운 계획들을 짜고 있어. 내 침대는 폭이 최소한 2.7미터는 되고, 나는 〈공주와 완두콩〉에 나오는 인물이 된 기분이야. 완두콩은 없지만. 네 모서리에 기둥이 달린 침대인데, 모두 다 마음에 들어. 와서 직접 봐.

V.

1926년 12월 29일 수요일
세븐오크스, 놀

오, 하느님! 당신이 제노에서 내 편지를 받아야 할 텐데. 수 세기는 걸리는 것 같네.

내일 브라이턴이지…

나는 와들와들 떨고 있어.

금요일에 셰필드, 그리고 클라이브, 음담패설, 거기서 당신에게 편지를 보내도 될까?

막 롱반에 내려왔는데, 핑커가 어찌나 반기던지, 살면서 이런 환대는 받은 적 없네, 심지어 버지니아에게도. 아, 하지만 버지니아가 정말 너무 보고 싶고, 이제 한 달만 있으면 만날 수 있어. 삶이 얼마나 정신없는지, 크리스마스트리인지 뭔지와 유행성감기, 아이들에게 감사 편지를 쓰게 하는 일… 다음 할 일은 당신이 여기 왔을 때 편히 지내게 하는 건데, 그게 가장 중요하지.

방 안에서 너무 많은 사람이 떠들고 있어. 국제연맹에 관한 이야기는 아니지만.

지도에서 제노를 찾아봤어.

당신이 그리워.

1926년 12월 29일 수요일

타비스톡 광장 52

내 소중한 존재에게

오늘 아침에야 당신 편지를 받아서, 무뚝뚝한 집사에게 전화를 걸었고, 에디가 아프지만 니컬슨 부인은 나아졌다는 이야기를 들었어. 정말 그렇기를 바라. 에디가 아프길 바란다는 게 아냐. 당신이 독감에 걸린 게 싫다고…

…말할 게 하나 있는데, 놀에는 못 갈 것 같아. 이런 이유 때문이야. 가시금잔화 덤불에 옷이 전부 해졌는데, 더 구할 수도 없고, 당신 집사에게 내 시중을 들게 할 수도 없고, 가림막 뒤에서 식사하는 것도 교양 있는 처신이 아니니, 구멍투성이 옷에 머리를 고정할 핀과 신을 스타킹도 없이 내가 어떻게 놀에 갈 수 있을지 모르겠어. 당신이 망신스러울 거야. 당신이 유감스러워할 만한 일들을 말했었지. 하지만 다음에 닥칠 일을 잘 읽어봐. 이거야.

나 미국에 가.

어때, 신나지 않아?

1926년 12월 30일

타비스톡 광장 52

미국 –

〈트리뷴〉이 봄에 한 달 동안 뉴욕에서 기사 네 편을 쓰는 조
건으로 내게 교통비, 호텔 체류비, 그리고 120파운드를 제안했
어. 계획들을 조정해보고, 일이 너무 많지 않으면 그렇게 하겠다
고 했지…

놀

반쯤은 그냥 놀려본 거야. 촌스럽거나 더럽거나 허름하거나
코 빨간 중산층이거나 해도 신경 안 써. 언제 어떻게 가느냐가
문제일 뿐이지. 당신이 정말 보고 싶어. 정말, 정말이야.

1927년 1월 2일 일요일
베이싱스토크, 셰필드온로든, 셰필드코트

그러니까 당신은 화요일에 로드멜에 가는구나. 아주 좋아. 그렇다면 내가 내일(월요일) 지하실로 찾아가면 된다는 결론이 자연스럽게 도출되는군. 이제 다시는 내가 당신을 사랑하지 않는다는 말 하지 마. 당신이 지독하게 보고 싶으니까. 그게 전부야.

핑커. 핑커는 로드멜로 보낼게. 바구니에 담아 세븐오크스에서 기차로 가면 아주 쉽게 보낼 수 있어. 핑커를 사랑하지만, 당신에게 돌려줄 수밖에 없어. 더 이상 내가 롱반에 머물지 않고, 핑커가 쉬이 떠돌이들을 쫓아가는 탓에 잃어버릴까 봐 겁에 질리곤 했거든.

사람들은 정말 지루해, 안 그래? 내 말은, 입을 열기도 한참 전에 그들이 무슨 말을 할지 정확하게 알겠단 거지. 여기 사람들이 모두 친절하지 않다는 소리는 아니야. 그리고 에설이 하우스파티에서 에디와 춤추는 모습을 보는 건 무척 좋았어. 우리는 제인 오스틴이 살았던 스티븐턴에 갔어. 그리고 하루 저녁 내내 당신에 관해서 이야기했는데, 비타는 한 단어도 보태지 않았지.

그리고 나서 데라메어, 프로망탱, 드랭에 관해서도 논했고, 온갖 고색창연한 어휘가 다 튀어나왔어.

이제 내가 버지니아와 살든지 아시아로 돌아가든지 해야 할 시간인데, 전자를 할 수 없으니 후자를 해야만 해. 단것을 너무 많이 먹은 사람이 느낄 법한 기분을 맛보고 있어.

하지만 〈옵서버〉에 실린 드링크워터 씨의 헌사는 아주 잘 빠졌더라. 위로가 되어서 마음이 편해졌어.

긴 산책에 나서야겠어, 혼자.

그럼 내일까지, 내 사랑, 아주 착하게 지내기야. 나에게도 잘 해줄 거지? 나도 당신에게 잘할게. 그리고 놀에 언제 갈지도 정하자. 당신을 붙잡아 둬야겠어.

당신의 V.

1927년 1월 4일

타비스톡 광장 52

집에 와서 해럴드가 보낸 편지를 발견했어. 당신에게 예방접종을 맞겠다는 약속을 받아내달라고 내게 애원하더라. 그러니 당나귀처럼 고집부리지 말고 맞겠다고 약속해. 아니면 놀에 안가. 접종은 꼭 필요해. 겨우 10분 귀찮은 거 피하려고 죽거나 장티푸스에 걸리거나 버지니아를 잃을 위험을 감수할 까닭이 있어?

해럴드가 우리에 관해서 썼더라. 질투하지 않겠다고…

1927년 1월 6일 목요일

세븐오크스, 놀

분노한 핑커를 보냈어. 바구니에 넣었다고 화가 났지. 근데 바구니는 돌려받을 수 있을까? 다음 주중 브라이턴 가는 길에 멍크스하우스에 들러서 가져오면 되니까 당신이 귀찮을 일은 없을 거야.

해럴드가 당신에게 (1) 접종에 관해 (2) 질투에 관해 편지를 썼다니까 너무 재밌다. 물론 나는 접종을 할 거야. 물론 그는 질투를 안 할 거고. 하지만 그렇게 말하려고 편지를 쓰다니, 정말 웃긴다니까. 아니다, 당신이 그이에게 답장할 거면 아래 주소로 보내.

페르시아, 테헤란

영국 공사관

앞으로 2주간은 우편 가방이 출발하지 않거든. 그이에게 당신이 날 얼마나 좋아하는지 말해줘. 왜냐하면 당신은 날 좋아하니까, 그렇지?

아이들과 물건 때문에 집이 난리야. 평화를 찾을 수가 없어. 모든 상황이 삶을 산산이 부수는 쪽으로 공모하는지, 아무런 연속성도 남아나지 않을 지경이고, 난 점점 더 기막혀 하는 중이야. 마지막 남은 이 몇 주가 이렇게 그냥 흘러가고, 당신을 보지 못한다는 생각이 날 날카롭게 만들어. 우리가 어디 있는지 알아차리기도 전에 난 사라지고 없을 거야. 아무튼 나는 월요일에 갈게. 그리고 제발, 제발 27일과 28일에 내가 런던에 있다는 걸 기억해줘. 그냥 그때 꼭 당신을 봐야 해. 29일이 내가 떠나는 날이거든. 20일에 여기 올 거야? 근데 자기야, 몇 가지 이유로 그날은 별로야. 빌어먹을. 대신에 주말인 16일에 오는 쪽으로 생각해보면 안 될까? 하지만 이 문제는 월요일에 이야기하자.

당신의

V.

소식란, 계속.

오늘날의 지루하고 어리석은 서신 작가들이여, 그대들은 수치심을 느끼고 머리를 조아려라. 오늘은 역사상 가장 사랑스러운 셰비네 부인이 돌아가신 날이니.

"환심 살 권리야

당신도 있지만,

오늘은 우리를

웃게 해주시네"

S. C.

시빌 콜팩스가 이렇게 셰비네 부인의 열렬한 팬인지 몰랐어.

당신이 나에게 느끼는 감정을 잘 요약하는 표현 같은데?

1927년 1월 15일 토요일

놀

당신이 머물렀으면 하는 방에 당신을 확실히 배정하기 위해 내가 어떤 음모를 꾸미고 있는지 당신은 상상도 못 할 거야. 나는 뻔뻔하게 거짓말을 늘어놓고, 올리브*가 한 번도 머문 적 없는 방으로 그녀를 쫓아내고, 그녀의 옷도 옮겨버리고, 관리인에게 뇌물을 먹이고, 하녀들을 매수했지. 당신은 나를 상당히 부도덕하게 만드는 신기한 재주가 있어. 장애물을 뛰어넘는 거대한 힘으로 날 바꿔놓지. 다 잘되어가고 있어. 당신은 5시 18분에 와? 아니면 언제? 세븐오크스 146번으로 전화해서 알려줘. 하지만 가능한 한 빨리 와줘, 제발. 백조의 노래처럼 기다리고 있는걸. (영원한 백조의 노래 말고, 그냥 일시적인 백조의 노래.)

우리 어머니는 천사였어. 어머니를 정말 사랑해.

나는 당신에게 아주 많은 돈을 보내.

에디가 지난밤에 당신을 봤다고 말하더라, 요 귀여운 돼지 같으니. 아주 방탕하고 꽤 매력적인 꼴을 하고 돌아왔어. 내일 에

---

* 올리브 루벤스는 비타의 아버지 라이어널 색빌웨스트경과 불륜을 오래 지속했다. 올리브의 남편이 죽자 라이어널은 그녀와 결혼하려 했지만, 레이디 색빌이 이혼을 거부했다. 후에 비타와 올리브는 라이어널의 임종을 함께 지켰다.

디와 영화 동호회에 갈 예정이야. 당신을 보러 갈 수 있으면 좋을 텐데, 당신은 다른 일로 바쁘겠지.

사랑스러운 만월(혹은 거의 만월)을 당신에게도 보여주고 싶다. 방금 바깥으로 나와 안마당을 보고 있어. 이제 자정이야. 흉벽에 달빛이 비치고 서리가 내린 광경이 좋아. 화요일 밤에도 자고 갈 거지, 맞지? 그럼 내가 수요일 아침에 당신을 런던까지 태워다 줄게. 내가 당신을 다시 보기 전까지 무시무시하게 긴 시간을 보내야 한다는 걸 기억해줘.

그나저나 나는 왜 당신이 저녁에 온다고 생각하고 있나 몰라. 아무 때나 올 수 있는 시간에 와.

난 월요일까지 여기 있을 수 있을 것 같은데, 확실히는 모르겠어.

당신의

V.

에디 마시*가 말하길 여든 살 이하 살아 있는 시인 중에 내가 최고래. 설마.

---

*   에드워드 마시는 영국의 시들을 엮어 5권으로 된 선집 《조지안의 시》를 편집했다. 제 5권에 비타의 시 일곱 편이 수록되었다.

1927년 1월 28일

핌리코, 에버리가 182

사랑하는 버지니아, 떠나기 전 마지막 작별 인사야. 천 개의 조각으로 갈가리 찢겨진 기분이야. 피투성이야. 당신을 떠나기가 얼마나 싫은지 말할 수조차 없어. 당신 없이 어떻게 지낼지 모르겠어. 사실 내가 해낼 수 있을 것 같지 않아. 당신은 내게 정말 중요한 존재가 됐는걸. 기차 안에서 편지할게. 내 사랑, 당신에게 축복이 있기를, 내 사랑스러운 버지니아.

당신의 비타

당신에게서 소식을 듣기까지 셀 수 없는 날들이 지나야겠지! 부디 빠른 시일 내에 편지를 보내줘. 아니, 즉시 보내줘. 당신의 말 한마디도 오래 기다릴 수 없어. 제발, 제발. 편지 보낼 때 '자기야'라고 써줘.

나의 당신, 계속 나를 사랑해줘. 나는 너무 비참해. 날 잊으면 안 돼.

1927년 1월 28일
런던-도버

내 사랑, 너무 흔들려서 거의 쓸 수가 없어. 우리는 나의 광야를 쏜살같이 가로지르고 있어. (《테헤란으로 가는 여행자》 제2장 여러 곳에 나와.) 1년 간격을 두고 같은 감정을 전부 다시 경험하다니 정말 이상한 기분이야. 하지만 당신에 관해서라면 그때보다 더 심해. 정말이지 이 고통에 욕을 퍼붓고 있어. 그렇지만 다른 무엇을 준대도 이 감정을 없애고 싶지는 않아. 파란 앞치마를 하고 서서 손을 흔들던 당신이 생각날 거야. 아, 젠장, 버지니아, 당신을 이렇게까지 사랑하지 않았으면 좋으련만. 아니, 그랬다고 해도 좋지 않았겠지. 저 말은 사실이 아냐. 내가 당신을 사랑해서 기뻐. 당신에게 작별 인사를 하자니 마음이 몸에서 찢겨 나가는 것 같다는 점만 제외하면, 무슨 말을 할 수 있을까. 어제가 있어서 감사해. 신이 주신 진정한 선물이었지. 아, 내 사랑, 당신은 나를 너무나 행복하게 만들었고, 그러니 당신에게 진정 축복이 있기를. 그리고 나는 이제 그만 투덜거려야겠지, 안 그래? 하지만 정말로 비참한 기분이야. 당신은 이 편지를 읽을 수 없겠지. 빅토리아에서 당신에게 전보를 보냈어…

1927년 1월 31일 월요일

모스크바

기차 안에서 당신에게 편지를 쓰려고 했는데, 너무 흔들리는
바람에 절망 속에서 포기했지. 아, 머릿속이 소용돌이쳐. 독일에
서는 작은 땅들이 눈에 덮여 있었고, 폴란드에서 눈이 많아지더
니, 러시아는 온통 눈뿐이야. 어두운 전나무 숲이 눈으로 짓눌
렸어. 양피를 입은 농부들, 썰매. 흰 가루로 뒤덮인 녹색의 강은
얼음이 되어 멈춰 있어. 이 모든 게 아주 아름답고, 무한한 우수
를 불러일으켜. 이런 나라에 사는 걸 상상해봐. 중국까지 뻗친
평탄한 설백의 한가운데 자그마한 검은 점이 된 기분으로 말이
야. 그다음에 눈 위로 금색, 초록색, 빨간색, 파란색 지붕이 솟은
모스크바가 나오고, 밤에는 셀프리지 백화점의 석조 기둥들처
럼 아래로부터 조명을 받은 진홍색 소비에트 국기가 크렘린 위
로 둥둥 떠 있었지. 그리고 모든 교통수단이 얼어붙은 강 위를
길이라도 되는 듯 오갔어. 사방에 썰매가 다니고 마부들은 옷
안에 짚단을 채우고 다녔지. 오늘 밤에 레닌을 보러 다녀왔어.
그는 방부 처리된 채, 적기赤旗 바로 아래 진홍색 무덤에 누워 있
었고, 군중이 유리관 주변을 둘씩 짝지어 빙 돌아 걸었지. 내 바
로 뒤에서 한 여자가 히스테리를 일으켰어. 짐승처럼 소리를 지

르고, 흐느끼고, 다시 소리를 질렀어. 아무도 신경 쓰지 않더라. 그리고, 하느님 맙소사, 오늘 밤에 스물두 명이 참석하는 디너 파티가 열리는데, 레닌 묘에서 데니스 트레퓨시스*를 맞닥뜨렸어. 그가 만찬에도 올까? 내가 그 사람 옆에 배정됐을까? 그다음에는 연주회가 있을 예정이야. 내가 바라는 건 침대와 잠뿐인데. 하마터면 당신에게 전보를 보낼 뻔했지만, 당신이 바보 같다고 생각할 거 같았어. 다 쓴 다음에 찢어 버렸지. 당신이 바보 같다고 생각했을까? 아니면 기뻐했을까? 당신은 내가 어디 있는지 알까, 아니면 셈을 놓쳤을까? 궁금하네. 여기는 7시지만, 런던은 이제 겨우 5시겠지. 그러니 당신은 지금 이 순간 나 대신 시빌과 차를 마시고 있겠다. 시빌은 바닥에 앉지도, 내 사랑스러운 버지니아라고 말하지도 않을 테고, 당신도 시빌의 머리를 헝클지 않겠지. 그리고 그렇게 좋지도 않겠지. 당신이 나를 그리워하면 좋겠다. (허영심으로라도) 내가 당신을 그리워하는 만큼 당신도 그러길 바라는 일은 거의 없어. 그러면 너무 아플 테니까. 하지만 내가 어떤 공백을 남기고 왔으면, 그리고 내가 돌아갈 때까지 채워지지 않으면 하는 마음은 진심이야. 다른 사람들과의 우정에 아무 감흥 없게 만든 당신이 원망스러워, 이건 너무하잖아…

아, 맙소사, 당신에게 편지나 계속 쓰고 싶은 이 순간에 욕을 세 배는 퍼붓고 싶은 이놈의 만찬 때문에 옷을 차려입으러 가야

* 1929년 프랑스에서 비타와 달아난 바이올렛 트레퓨시스의 남편이다.

한다니. 당신이 여기 없다는 사실이 나를 얼마나 화나게 하는지, 그리고 내가 내내 당신을 얼마나 갈망하는지. 빌어먹을. 시간이 지나도, 거리가 멀어져도 나아지질 않아. 그리고 앞으로도 그럴 것 같지 않고, 아주 오랫동안 당신에게 한마디도 들을 수 없을 테지. 아, 젠장, 젠장, 젠장. 내가 얼마나 신경을 쓰는지 알면 당신이 기뻐할 텐데…

1927년 2월 2일 수요일

로스토프나도누

 사랑하는 버지니아, 눈 덮인 대초원 지대에서 이틀을 보냈어. 밀폐된 창문과 난방을 과하게 땐 기차에서 지내다 보니 여기 살고 싶은 욕망이 무뎌졌지. 그래서 나는 코르크스크루로 유리를 깼어. 가늘고 날카로운 한 줄기 얼어붙은 공기가 달려 들어와 우리를 되살리고, 목을 뻣뻣하게 만들었어. 하지만 이 청량한 바람은 기둥에서는 회반죽이 떨어지고, 창백한 푸른빛 조각하늘이 욕실에 누워 있는 사람을 곁눈질하던 겨울의 롱반(당신이 이걸 눈치챈 적 있는지 모르겠네)을 떠올리게 했지. 나는 보즈웰이 쓴 《헤브리디스제도 여행기》를 읽으며 헤브리디스제도에 대한 보즈웰과 당신의 이해 사이에 있을 법한 차이를 기분 좋게 헤아려봤지.[*] 기차는 쾌적하게 느린 속도로 비틀비틀 나아가고 있어. 눈 덮인 우크라이나, 아조프해, 그다음엔 로스토프. 로스토프에서는 리가 플랫폼에서 하일랜드 플링[**]을 춰서 카자크인 군중들을 아주 기쁘게 해줬어. 그 사람들은 우리를 바싹 둘러싸고 계속 '위스키'를 찾았지만, 수중에 한 병도 없었어. 그래도 카자크

[*]   버지니아 울프는 《등대로》를 헤브리디스제도에서 썼다.
[**] 스코틀랜드의 춤이다.

인은 우리 기차가 역을 빠져나가 이 지루하고 유유한 여행의 새로운 구간으로 들어설 때 손 키스를 날려줬어. 식사는 이상한 시간에 나와. 점심은 3시, 저녁은 5시지. 우리는 캐비어와 보드카로 아주 멋지게 대응하고 있어. 쳅 양은 사교성이 아주 좋아. 쾌활한 아가씨야. 짐칸에 한 손으로 매달려 움직일 수 있지. 엘굿 양은 덜 사교적이지만, 싫은 소리를 할 줄 몰라. 우리를 위해 물건을 가져오거나 날라주고, 삶의 모든 것에 기준이 딱 하나뿐인지 '좋아요' 아니면 '별로 좋지 않네요' 뿐이야. 더 늦기 전에 리가 쳅 양에게 프로포즈할 것 같아. 벌써 그러라고 했어. 그리고 리도 더 나은 사람이 없다는 데 동의했고. 하지만, 오, 주여, 내가 이 나라에 살지 않아서 다행이야. 끝없는 평야를 뒤덮은 눈 속에 고립된 자그마한 카자크인 마을들이 어찌나 쓸쓸한지 말로 표현하기 힘들어! 존슨 박사*는 믿기 어려울 정도로 훌륭해. 데즈먼드와는 거의 모든 면에서 통할 것 같아. 다만 그 사람은 데즈먼드보다 백 퍼센트는 더 활력이 넘쳐서, 데즈먼드가 얌전해져 세련된 매너 그 자체가 되기 전, 눈 위의 발자국이 새로 내린 눈에 지워지듯 존재감이 희미해지기 전에도 그 사람만큼 활력이 넘쳤던 적은 절대 없었을걸.

그 외에는 긴 여행에 적응하는 평범한 생활이야. 세면도구 가방도 제자리를 찾았고, 미네랄워터 한 병, 연필을 깎기 위한 주머니칼, 책들, 그리고 여행용 가방과 평소와는 다른 방식으로 뒤

---

* 《헤브리디스제도 여행기》에 등장하는 인물이다.

섞이는 생각. 뇌의 절반은 창밖을 보는 데 집중하거나 표나 여권이나 돈을 잃어버리지 않도록 신경을 쓰고, 다른 절반은 아주 맹렬하게 뒤에 남겨두고 온 삶에 집중하지. 리는 무슨 생각을 할까? 도티는? 젭 양은? 엘굿 양은? 박물관 생각? 셰필드? 로어슬로운가? 허스트먼주? 그리고 나는 뭘 생각하게? 파란 앞치마를 입고 타비스톡 광장의 문설주에 기대 손을 흔드는 버지니아를 생각하지. 그 사이 가스난로 앞에서는 따듯해질 기미가 없는 우유병이 금세 뿌옇게 변하고, 탁자 위에는 기싱의 책이 놓여 있어. 그게 내가 생각하는 거야, 여기 대초원 지대에서, 비틀린 마음과 향수병이 일으킨 통증에 시달리고, 놀에서 보냈을 두 번째 밤을 아쉬워하며. 이제 그 밤은 5월에 롱반에 돌아갈 때까지, 가시덤불에서 나이팅게일이 울고 해가 지고 다시 뜨는 사이 아이리스가 꽃봉오리를 맺을 그때까지 보상받을 수 없지. 내 사랑, 내가 돌아갈 때 당신은 영국에 있을 거지, 그렇지? 그리고 내가 가면 런던에서 당신을 제일 먼저 볼 수 있는 거지? 보다시피, 나는 벌써 그런 생각을 하고 있어. 앞으로 석 달 동안 이런 생각을 하겠지.

1927년 1월 31일 월요일

타비스톡 광장 52

내 소중한 자기,

당신 전보와 편지를 받아서 좋아. 가능한 한 많이 써줘. 활력소가 돼. 내게 벌어진 유일하게 좋은 일은 당신이 떠난 순간 내가 일련의 전화, 편지, 클라이브와 메리가 빚어낸 극적인 장면 등의 일부가 되었다는 거야. 전부 다 몹시 감정을 자극해서 화나고, 기분이 더럽고, 격분한 나는 아득하고 아름답고 고요한 당신을 생각하는 것 말고는 아무것도 할 수 없는 상태가 되었지. 당신은 깨끗한 물에 떠 있는 등대야… 클라이브가 메리에게 샴페인 파티를 열어준대. 나는 메리가 나에게 뒤집어씌운 몇 가지 혐의를 들으면 당신이 얼마나 화를 낼까 생각하며 기분 좋아했었지. 맙소사, 당신이 여기에 있다면 정말 재밌었을 텐데.

하지만 제일 좋은 일은 내가 내내 바빴다는 거야. 나는 불안하고 산만해. 수면제를 복용할 때와 비슷해. 당신 생각을 밀어내려고 최선을 다하고 있어…

…나처럼 거세된 남자인 양 살면 얼마나 좋은지 알아? 그러니까, 치마의 어느 쪽이 앞인지도 모르고 사는 거 말이야. 여자들은 내게 속 이야기를 털어놔. 나는 여성들의 분노를 식힐 그

늘을 드리우지. 그러면 여성들 사이에 있는, 몹시도 흥미로운 모든 세세한 무늬와 결들이 드러나. 나는 여기 내 동굴 속에서, 눈부시게 아름다운 당신들이 내뿜는 영광의 빛에 눈이 흐려져 보지 못하는 많은 것을 보지.

미국에는 안 가게 됐어. 그 사람들이 만찬은 접대하지만 호텔 비용은 지불하지 않는다고 편지에 썼더라. 그 돈이면 내 소득 전체를 쏟아부어야 할 것 같아서, 거절하고 그리스나 가기로 했어…

코감기에 걸린 건 아닌데, 당신에게 편지를 쓰려고 앉으면 모든 것이 뒤죽박죽이라 코감기에 걸리기라도 한 것 같아. 왜인지 모르겠지만 소진되고 방향을 잃은 기분이 들어… 그리고 당신은 멀리 가버렸지. 나는 사람들에게 휘둘리고, 감정에 휘둘리고, 외롭고, 자기 욕구를 표현할 줄 모르는 한심한 존재가 된 기분이야. 당신이 나를 얼마나 의기소침하게 만들었는지. 한때 나는 충실하고 강직한 여성이었다고. 그리고 쓰는 게 소설이 아닌 것도 문제야. 신문에 실릴 잡문을 쓰는 일은 가늘고 길게 부담을 주고, 계속 뚜껑을 열어 굼뜬 물고기가, 그러니까 새로운 책이, 수면 위로 떠오르지 않나 내 마음속을 들여다봐야 해. 없군. 당장은 아무것도 없어.

당신이 좋은 시를 쓰면 좋겠어. 헤어지면서 내가 한 잔소리는 별로 정연하지 않았지. 그 감정, 그 아이디어가 다른 뭔가가 되기 전에 그 자체에 다가가고 싶었어. 전통이나 모든 단어에 당

신이 지닌 감각은, 물론 그건 신이 준 선물이지만, 그것들을 너
무 쉽게 존재하게 만든다는 점에서는 위험하지…

1927년 2월 5일 토요일

런던, 타비스톡 광장 52

소중하고 소중한 당신,

당신이 웨스트팔리아[*]의 눈을 가로질러 달려 나간 이후 편지가 없네. 그러니까 월요일부터 아무 소식이 없는 셈이야. 이게 도둑들이 당신을 잡아먹었다거나 당신이 만신창이가 되었다거나 조각조각 찢겼다는 뜻은 아니길 바라. 소식이 없으니 나는 상당히 울적해. 당신이 멀리 떠나 있는 게 점점 더 힘들어져. 온갖 수면제와 자극제의 효과도 점점 떨어져서 나는 당신을 끈질기고, 우울하고, 충실하게 갈망하는 상태에 정착하고 있어. 이게 당신을 기쁘게 하면 좋겠네. 나에게는 빌어먹게 불쾌하다고 분명하게 말할 수 있지만. 악마를 속이고, 내 머리를 내 날개에 파묻은 채 아무 생각도 하지 않으면 어떨까 같은 생각이 들어. 하지만 안 먹히겠지. 전혀 안 먹힐 거야. 이번 주 토요일에 어느 때보다도 당신이 더 보고 싶으니 이 상태가 계속되겠지만.

몹시 지저분한 내 방에 가스난로를 끼고 앉아 있어. 나는 왜 더러운 방 안이 아니면 글을 못 쓸까? 롱반의 당신 방에서라면 나는 한 단어도 못 쓸 거야. 사람들이 앉을 수 있는 가구는 사

---

[*] 독일의 '베스트팔렌'의 영어식 표기이다.

람들의 존재를 환기시키는데, 나는 완벽한 고독을 바라니까. 내 마음속 깊숙이 그런 생각이 있어서 나는 어지르고 또 어지르지. 《출항》은 상대적으로 화려한 장소*에서 썼어. 하녀도 하나 있고, 카펫과 벽난로도 있었지. 《등대로》는 당신도 잘 아는 환경에서 썼고. 그러니 다음 책을 쓰려면 헛간이 필요하겠어. 지금 내 기분에 딱 맞아. 나는 파티 초대에 문을 쾅 닫고, 눅눅하고 우울한 구덩이 속에 나를 파묻었지. 여기서 읽고 쓰는 것 외에는 아무 일도 하지 않아. 나에게는 동면의 계절이야…

---

*   피츠로이 광장을 말한다.

1927년 2월 23일
테헤란

어제 러시아 우편이 도착했어. 적어도 절반은 왔지. 페르시아인들은 러시아에서 온 우편물을 한번에 전부 운반하지 못하고, 그러기를 기대하는 우리를 엄청나게 비이성적이라고 생각하기 때문에 사흘에 걸쳐서 조금씩 도착하고 있어. 하지만 어제는 정확히 편지의 반이 와서 당신에게서 온 편지 한 통(다정하고, 길고, 나를 그리워하는 편지)이 그 안에 들어 있었어. 나는 아침 11시부터 공식적으로 날 호출해서 몹시 당황스럽게 만든 모하메라 왕자를 즐겁게 해주고 있었지. 검은 수염을 대단히 훌륭하게 기른 초로의 아랍인인데, 살면서 본 가장 아름다운 손에(당신 손은 빼고) 커다란 에메랄드 반지를 껴. 어려운 대화를 반 시간 나누고서 차를 끝도 없이 마신 뒤 그 사람이 떠났고, 나는 자유의 몸이 되어 내게 온 편지를 읽을 수 있었지. 한 통은 레이먼드에게서, 한 통은 당신에게서 왔더라. 나는 당신에게 전보를 치지 않은 일로 절망과 자기 비난의 구렁텅이로 빠져들었지. 전보를 치고 싶었어. 하지만 레너드가 받아서 열어보고 짜증을 낼까 봐. 그리고 어머니가 작년처럼 당신에게 알려주시지 않을까 했지. (내가 말하길, 나는 이 일로 3년째 여기 머무는 건 못 견딜 거예요. 하지만 해럴드는 아주 공격적이고 진취적인 사고방식을 갖고 있거든. 그이를 여기서 빼내려면 엄청난 재주가 필요할 거야.)

편지를 읽고 당신을 여기로 데려오면 어떨까 하는 긴 상상을 했어. 오는 길에 당신이 기진맥진할까? 여행은 좋아해? 끊임없이 "어머, 저거 봐!"라고 외치는 유형의 여행자야? 아니면 모든 걸 당연하게 여기는 편? 여기서 뭘 제일 마음에 들어 할까? 사람들을 보는 것만으로도 너무 즐거워서―그냥 인간으로서 말이야―장소를 둘러볼 에너지가 남지 않는 편이야? 지금 이 방에 당신이 앉아 있다면 어떨까? 익숙한 환경에서 떨어뜨려 놓으면 사람들은 아주 달라지게 마련이야. 잘 아는 상대라도 어떻게 반응할지 예측할 만큼 잘 알지 못했다는 사실을 알게 돼. 예를 들면 도티. 편의가 자동적으로 제공되는 영국에서 만날 땐 도티가 이렇게 사치스러운 애인지 몰랐어. 도티는 전깃불이 없고, 욕실도 드문 테헤란이 야만적이라고 생각해. 가령 도티가 바흐티아리 탐험에 따라왔다면, 얼마나 화를 냈을까? 한편 리는 이곳에 곧바로 적응하더라고. 길 이름도 다 알고, 호기심도 왕성해. 도티는 안 그래. 그냥 짐짝처럼 사람들이 여기저기 옮겨주길 기다리지. 그게 정말 짜증 나서 도티에게 못되게 굴고 있어.

작년에는 당신에 대해서 이런저런 추측을 마음껏 해볼 만한 여력이 없었어. 너무 고통스러웠고, 당신이 너무 그리웠거든. 그런데 올해는 왜 이런 생각을 하냐고? 글쎄, 두 가지 이유에서지. (1) 아테네에서 당신을 만날 수 있을지도 모르고, (2) 당신이 10

월에 이탈리아에 갈 계획이니까. 그리고 5월에 대디와 스페인에 가지 못한 '개인적인 이유들'이 틀림없이 있었을 거라고 생각해. 그 일은 당신을 전혀 용서할 수 있을 것 같지 않지만. 하지만 나와 그리스에서 만나 함께 집으로 돌아가자.

여기 온 이래 한 줄도 못 썼어. 정말 끔찍하지. 내가 작가라는 것도 못 믿겠어. 아니, 저널리스트조차도 못 돼. 저널리스트였다면 기사를 열두 편은 써냈을 텐데. 그리고 시인은 확실히 아니야. 머리가 지독하게 안 돌아가. 하지만 내 머리의 문학적 부분은 아주 이상한 것이어서 언제 갑자기 튀어 올라 네 발을 단단히 딛고 설지 전혀 예측할 수가 없지. 부분적으로는 자아비판의 감정이 점점 커져서 그런 것 같아. 그렇지만 그 덕분에 다른 통탄할 소설로 변하리라는 건 전혀 의심하지 않아. 아, 그때는 왜 당신이 "이건 전혀 안 되겠지?"라고 말하는 걸 이해하지 못했을까? 이제는 아이디어들이 생겨나도 그 전부를 그냥 접어버려서 결국 아무것도 완성되지 않아. 지드의 회고록을 읽고 있는데, 내 생각에 지금까지는 아주 실망스러워. 문구멍에 떨어져 있던 구슬을 제외하면 기분 좋게 읽은 구절이 별로 없어. 《시시한 빌라도》를 읽고 있는데 마음에 들어. 《사막의 아라비아》를 50번은 읽어보려 했지만, 도저히 읽을 수가 없더라. 그렇지만 물론 《시시한 빌라도》보다는 걸작이겠지. 이 모든 일의 비밀이 뭘까? 당신이 알려주면 좋을 텐데. 그리고 이게 지성의 문제라면, 어쩌면 우리가 너무 자주, 지나치게 쉽게 그저 명료하기만 한 문장에

탄복하는 거 아닐까? 내 말은, 레이먼드가 여기서 평생 인도인들에게 명령을 내렸던 중위보다 정말로 더 지적일까? 레이먼드가 난데없이 책임과 권위가 따르는 직책을 맡게 된다면 어떻게 행동할까? 그 상황에서 섬세한 차이를 감별해내는 그의 능력이 무슨 도움이 될까? 그리고 뭐가 더 중요할까? 아니면 이건 수준이 아니라 차이의 문제일 뿐일까?

뿐만 아니라 감정의 한계를 인정한다고 해도, 나는 "즐거운 날이네요, 산도 유쾌해 보이고요, 훌륭한 광경입니다" 같은 중위의 간결한 말에도 장황한 말처럼 많은 감정이 들어 있다고 생각해.

전부 너무 어렵다.

영국 국기는 위병소 위로 무기력하게 흔들리고, 플루트 연주자가 바깥에 지나가고, 정오에는 기도 시간을 알리는 이들이 고함을 질러. 저기, 건너편에는 온갖 정부 비품을 갖춘 영사관과 공관이 있어. 우리에게 경비警備를 제공한 그 사람들은 태양 아래서 졸거나 세부 사항들을 가늠하지. 왜 활기찬 남자들이 서류를 들고 영사관을 드나드는 모습보다 지드가 묘사한 문 안의 구슬이 더 기분 좋게 느껴질까? 신의 눈으로 본다면 삶이 다 무슨 의미일지, 그 안에서 문학은 진정 어떤 위치를 점하는지 알 수 있으면 좋겠어. 기원까지 거슬러 올라가 왜 그런지, 무엇으로 만들어졌는지를 들쑤시는 대신 적어도 사물들을 있는 그대로 받아들일 수 있으면 좋을 텐데.

그 사이 클라이브는 메리와 말다툼을 하다 화해하고, 프랑스에 가겠다, 가지 않겠다 이러고 있는데, 정말 흥미진진하고, 당신의 편지들을 읽는 중에도 메아리처럼 내 귀에 들려. 나를 미소 짓게 만드는 유쾌한 메아리지. 내가 클라이브를 좋아하잖아.

바쿠에서 당신에게 부친 편지와 여기서 처음 쓰는 편지 사이에 간격이 너무 벌어질까 봐 걱정이네. 그게, 우리가 도착하고 나서 거의 일주일 동안 우편이 출발하지 않았거든. 하루에 여섯 번씩 계단 아래, 철망으로 만든 쥐덫에서 우편물을 수거하는 당신은 상상도 못 하겠지. 이곳에서 **우편**이 얼마나 중요한 위치를 차지하는지 당신은 상상도 못 할 거야. 우편은 사건이라곤 달리 없는 한 주 한 주에 마침표를 찍어줘. 오죽하면 하인은 기쁨이 넘치는 얼굴로 달려 들어와 "우편이 왔어요!"라고 외치지. 우편에는 늘 기적의 맛이 가미되어 있어. 우편이 왔다는 것은 카스피해에 태풍이 없었고, 배가 난파되지 않았고, 차가 벼랑 아래로 떨어지지 않았고, 길이 눈으로 폐쇄되지 않았고, 다리가 홍수에 떠내려가지 않았다는 의미지. 우편이 왔다고!

당신에게 줄 코트를 찾아봤지만, 아직 발견하지 못했어. 이스파한에서 찾는 게 더 낫지 않을까. 거기서 구한 코트를 한 벌 받는 게 더 재밌을 것 같아. 시라즈나. 당신이 이 편지를 언제 받을까? 내 생각에는 3월 14일쯤? 17일 우편이 내가 여기서 받을 수 있는 마지막 편지임을 기억해줘. 그리고 사실 그 편지도 내가 여기서 받지는 못할 거야. 하지만 편지는 우리가 바흐티아리로 출발하기 전에 인편으로 이스파한에 전달될 거야. 그 탐험에 관해 뭔가를 쓰도록 노력해야겠다. 다시 찾은 페르시아? 카스피해에서 걸프만까지? 맙소사, 걸프만과 사막은 얼마나 더울까! 철로처럼 날씬하고, 땅콩처럼 그을리고, 정착민처럼 근육질이 되어서 당신에게 돌아갈게. 그러니까, 아테네로, 4월 28일에 말이야. 마음속에 이 날짜 확실하게 못 박아뒀지?

맞아, 당신이 나를 그리워해서 *기뻐*. 그게 '빌어먹게 불쾌'하다고 해도. 당신이 처음 보낸 편지에서부터 당신이 나를 전혀 그리워하지 않는다고 생각해서 슬펐거든. 이제 다시 기분이 아주 좋아졌어. 내가 참 이기적이지? 하지만 당신도 알다시피 나도 그걸 겪고 있잖아. 당신을 그리워하는 일, 그리고 갈망하는 일. 그러니까 그게 얼마나 빌어먹게 불쾌한지 정확히 알지, 어쩌면 당신보다 잘 알 거야. 벌레가 때때로 울어서 종종 입을 다물게 해야 해. 페르시아에 완전히 겁을 좀 먹었나 봐. 벌레에게는 너무 크지.

그나저나 당신이 그리스에 있는 동안 핑커가 지낼 곳이 필요하면 루이즈에게 보내. 이름은 루이즈 제누야. 핑커를 기꺼이 맡아서 돌봐줄 거야.

이제 그만 써야겠다. 파란 앞치마를 두르고 있어? 당신의 웃기고 지저분한 방에서? 아니, 카펫이 당신의 고독을 방해한다는 말은 못 믿겠어. 고독에 관해 시를 한 편 쓰고 싶어지네.

당신의 비타

1927년 3월 4일

테헤란

  나 혼자서 하는 게임이 하나 있어. 버지니아 세계의 흩어진 파편들을 찾아서 맞추는 거야. 당신도 알겠지만, 이 세계는 한때 온전하고 완벽했다가, 어느 날 내부에 대재앙이 터져서 산산조각 나버렸지. 마치 어느 행성이 폭발해 지금은 여러 개의 소행성이 된 것처럼. (세레스라는 작은 소행성이 하나 있는데, 직경이 6킬로미터 정도밖에 안 되고, 모나코 공국만 한 크기래. 그 행성에서 태양 주위를 도는 외로운 상태로 살고 싶다는 생각을 자주 해. 남양군도에 있는 내 섬보다 나을 것 같아. 내가 남양군도에 섬을 갖고 있는 거 알았어? 거기 바나나 나무도 한 그루 있어. 하지만 버지니아의 세계 이야기를 더 해야겠으니 남양군도는 신경 쓰지 마.)

  그러니까, 버지니아의 세계는 한때 온전하고 완벽했고, 그래서 그 조각을 우연히 발견하면 알아보기가 쉬워. 조각 하나는 당신도 알다시피 체더 동굴에 떨어졌고, 다른 조각은 테헤란에 있는 샤*의 궁전으로 날아갔어. 이 조각은 완전히 거울로 만들어졌어. 그 일부는 날아가서 커다란 방의 천장에 부딪혀 납작해지고, 일부는 다도** 모양으로 벽을 둘러 배치되었지. 천장 부분

---

*   과거 이란의 왕을 가리키는 말이다.

은 물론, 만물을 거꾸로 비춰. 방, 카펫, 가구뿐만 아니라 방 안을 이리저리 돌아다니거나 의자에 앉아 있는 고관들도, 심지어는 왕 중의 왕 본인까지도 말이야. 모든 것은 정확하게 거울에 비치지. 뒤집히고 축소되어 뭉툭하고 우스꽝스럽게. 다도 부분도 아주 재밌어. 여긴 지나가는 사람들의 다리가 아래부터 종아리 중간까지 비쳐. 큰 발, 작은 발, 평발, 아치형 발, 가는 다리, 굵은 다리. 하지만 겨우 그걸로 만족하지 않지, 아니고말고. 이게 버지니아의 세계에서 나왔다는 거, 기억하지? 그러니 짓궂고, 무례하며, 불경하고, 수상들과 유럽 숙녀들을 가리지 않고 조롱한다고. 그래서 그 거울은 오르막이거나 내리막이 되도록, 아니면 단순히 기울어 있도록 바닥을 비춰서 그 발들이 절벽을 기어오르거나 카펫의 벼랑을 타고 내려오거나, 파리처럼 옆면에 매달려 있게 해. 아래로는 가장 큰 방의 길이만큼 깊어. 위로는 그 끝에 있는 공작 왕좌 바로 앞까지, 모퉁이를 돌아서는 파스알리샤의 왕비의 침대까지. 침대는 보석으로 장식되어 있고, 머리맡에는 보석 바늘이 달린 시계 같은 장치가 그 자리의 주인이 부적절한 순간에 잠들지 않도록 여태 들어본 적 없이 요란하게 째깍거려. 똑딱거리는 소리가 진짜 웃겨. 나는 생각했지, 훌륭한 장치야, 힐즈에서 가져다 팔면 잘 팔리겠다.

버지니아의 조각난 세계의 다른 거울 조각들도 있어. 벽감 안

** 방의 벽에서 윗부분과 다른 색깔로 칠하거나 다른 재질로 만든 아랫부분을 말한다.

에 여러 면으로 이뤄진 무늬를 이루며 배열된 탓에 코, 눈 한 쪽, 볼 등 한 번에 얼굴의 한 부분밖에 비추지 못하지만 위를 쳐다보면 이것이 무한 반복돼.

이 전부가 아주 재밌었고, 그 오후 나는 무척 즐거웠어.

재밌게 지낼 만한 일은 정말 많아. 예를 들면 최근에 길에서 강도들이 홀딱 옷을 벗겨간 성직자 이야기가 있어. 그런데 신에게 속한 인간이 시라즈(그 사람 여행의 목적지였던)에 들어갈 때 알몸이면 부적절하다고 그가 애원하자 강도들이 옷 한 장은 가져갈 수 있게 남겨줬대. 근데 이 옷 하나가 하필 연미복 상의였던 거야. 이 성직자는 약간 당황해하다가 등 부분이 앞으로 오게 걸쳐서 난관을 해결하고 그 모습으로 시라즈에 입성했어.

맞아, 사소한 방식으로 즐겁게 지낼 수 있는 방법은 충분해. 하지만 나는 버지니아가 애타게 그립고, 상황이 더 안 좋아진 게, (1) 러시아 우편은 벌써 2주째 기능을 상실했고, (2) 어제 왔어야 할 우리 우편 가방은 비행 편을 놓쳐서 앞으로 꼬박 2주는 지나야 도착해. 이 말은 내가 편지를 한 통도 못 받았단 거야. 당신이 그리스에 확실히 가는지 오래도록 알 수 없다는 거야. 당신이 나를 잊었는지 아닌지조차 알 수 없다는 거야. 당신이 잘 지내는지도 알 수 없다는 거야. 이 모든 게 지긋지긋해. 러시아 우편은 제시간에 나타날 거야. 러시아 우편은 때때로 이런 터무니없는 짓을 저지르곤 하거든. 하지만 이 편지는 가능하다면 내일 영국으로 떠나는 여자를 통해 보낼게.

(내일이라니! '내일'이라는 말 정말 바보 같다! 당신이 읽을 즈음엔 '내일'은커녕 '어제'조차도 아닐 텐데.)

우리는 고맙게도 만찬에 연달아 참석했는데, 그 각각이 서로 전혀 구별이 안 돼. 나는 포커만 칠 수 있으면 별 상관없고, 포커야 거의 언제나 칠 수 있어. 나는 *아무것도 안 썼어.* 지옥이야. 해럴드는 친절하게도 늘 배태기라는 게 있다고 말해주더라. 하지만 그건 그냥 그이 마음 씀씀이가 좋은 거고, 이 말이 위로되지 않아서 나는 여전히 펜 끝을 물어뜯으며 앉아 있지. 여전히 이상하고 무의미한 대화가 이어지고, 나는 점점 더 세계를 하나로 이어주는 직조법에 감탄하고 있어. 어떤 언어건 마침내 내 안에서 배태된다면 거의 확실히 고독에 관해서일 거야. 내가 삶에서 연속성 비슷한 뭐라도 만들어낸다면, 고독과 그것의 바람직함이야말로 내 머리의 완전히 빈 공간에서 찾아낸 하나의 생각이야.

에디에게서 그 애가 갔던 파티에 관해 쓴 편지를 한 통 받았어. 속이 메스껍더라. 이 젊은이들에 대해서 뭐라도 애써봐야 할 것 같아. 당신은 기적을 일으킬 수 있잖아. 이 애들을 몰리처럼 느끼기 시작했어. 이 녀석들이 더 정력적이기라도 하면 신경 안 쓸 텐데, *어찌나 점잔 빼며* 이러는지.

책은 많이 읽고 있어. 보즈웰, 드퀸시, 톰 존스, 플루타르크. 햇볕 아래 앉아서, 열기가 너무 뜨거워져서 실내로 쫓겨 들어올 때까지 읽어. 그리고 전보 시종들과 은행에서 온 젊은이들에게 점심을 대접하지. 이렇게 흘러가.

자기 자신의 판에 박힌 생각에서 잠시 벗어난다면 얼마나 좋을까, 안 그래? 마음의 형태를 전부 바꾸는 거야. 갑자기 켄트와 중앙아시아의 풍경처럼 전혀 다른 마음의 풍경으로 걸어 들어간다면.

그러는 동안 당신에게서 편지를 한 통 더 받을 수 있으면 기쁘겠는데, 최소한 일주일은 이런 기대를 접어야 해. 이 빌어먹게 무능력한 우편 체계들. 우리의 우편 가방이 아무에게 아무 쓸모도 없이 어딘가의 짐 더미 위에 놓여 있을 거라고 생각하면 미쳐버릴 것 같아. 우리가 이렇게 간절히 편지를 기다리는데. 아니, 최소한 나는 그렇다고.

당신의

V.

사랑하는 자기야, 어찌 됐건 테헤란에서 안전하게 있구나. 오
지를 만났는데, 그가 이 진주를 한 알 한 알 뱉어줬지. 당신 어
머니도 그분이 쓴 것 중 가장 자애로운 편지를 보내주셨어. "울
프 씨와 울프 부인께. 내 아이에게 잘해줘서 정말 고마워요." 나
는 적절하길 바라면서 아주 겸손하게 답장을 보냈지. 해럴드는
행복한 남자이고, 나는 질투심 많은 여자야…

내가 당신에게 얼마나 헌신적인지 알고 있어? 사랑하는 자기,
당신을 위해서라면 못 할 일이 없어. 지난밤에는 사실 술을 너
무 마셨어. 하지만 당신 잘못인걸. 그 스페인 와인 말이야. 난 술
에 약간 취했지. 그러고 나서 보보 메이어가 나름대로 아주 훌
륭하게 유혹을 하더라고. 보보는 집시 피가 흐르거든. 아주 난
폭하고 감정적이고, 복잡하기도 하고, 몸이 나긋나긋하고 손이
가늘더군. 전부 다 내가 좋아하는 거지. 그래서, 약간 취한 상태
로 밤 12시쯤에, 그녀가 하게 됐어.

그녀는 내 머리를 잘랐어. 나는 단발머리가 됐어. 그랬더니, 내
미용사가 말하길, 처음에는 좀 들쭉날쭉하기 마련이라는데, 한
두 달이면 괜찮아 보일거래. 다른 이야기로 살짝 넘어가면 잘린

머리카락은 후두둑 떨어졌고, 머리카락은 주방 양동이 안에 담겼어. 내 머리핀들은 홀번의 세인트앤드루스 성당 중앙 제단에 바쳐진 목발처럼 제물로 바쳐졌어.

…5월에 내 머리를 헝클어뜨리게 해줄게, 자기야. 자고새 꼬랑지만큼 짧아.

1927년 2월 18일 금요일
타비스톡 광장 52

달콤한 자기,

…맞아, 나는 당신을 점점 더 원하고 있어. 당신은 불행한 나를 생각하길 좋아하지. 다 알아. 뭐, 그래도 돼…

당신이 들으면 놀라겠지만, 우리는 사랑과 항문성교에 관한 이야기를 아직도 하고 있어. 그러다 모건*이 자기가 계산해봤다면서, 자기는 먹는 데 3시간, 자는 데 6시간, 일하는 데 4시간, 사랑에 2시간을 쓴다고 말하더군. 리턴**은 사랑에 10시간을 쓴다고 했어. 나는 사랑에 하루를 전부 쓴다고 했지. 그건 보랏빛이 드리운 시선으로 사물들을 보는 일이라고 했어. 하지만 당신은 절대 사랑에 안 빠지잖아, 라고 그들이 말했지.

2월 21일 월요일

점점 나빠지고 있지만, 당신은 듣고 좋아하겠지. 꾸준히 나빠지고 있다고. 오늘은 내가 당신에게 빵을 사다 주겠다고 불쑥

---

* E. M. 포스터는 영국의 소설가로 블룸즈버리그룹의 일원이다.

** 자일즈 리턴 스트레이치는 영국의 비평가로 블룸즈버리그룹의 중심인물이었다.

말하고, 지하실로 내려오는 당신(과부인 카트라이트가 아니라)의 하얀 다리가 나타나길 기다리는 그런 날이어야 했어. 대신에 당신은 페르시아 고원에서 아랍 암말을 타고 인적 없는 어떤 정원으로 가서 노란 튤립을 따고 있겠지.

뭐가 날 위로하게? 누구랑 식사했게? 에설 샌즈야… 그리고 힘겹게 원고 두 뭉치를 교정했지. 맙소사, 당신이 그 책*을 얼마나 싫어할까! 정말 싫어할 거야. 아, 하지만 당신은 그걸 안 읽는 게 좋겠어. 우리 사이의 희미한 기억이야. 좋을지 나쁠지, 나는 알지 못해. 나는 멍하고, 나는 지루하고, 나는 죽을 만큼 아파. 대리석 같은 절망에 빠진 상태로 쉼표에 취소선을 그어 지우고, 세미콜론을 넣지. 어딘가 반 단락 정도는 읽을 만한 가치가 있을지도 몰라. 하지만 어떨지 모르겠네.

수요일
…필립 리치가 내가 런던에서 제일가는 요부래. "야한 여자"라고 클라이브가 정정해줬어. 그러자 내 가터가 풀려서 낡은 슈미즈 드레스가 흘러내렸지…

---

* 《등대로》.

1927년 3월 11일

테헤란

우편은 전부 엉망진창이고 미쳐 돌아가. 길 잃은 〈데일리 메일〉이 하나둘 들어오고 나서, 해럴드에게 추리소설이 도착하고, 그다음에는 1월 30일에 부친 편지가 내 앞으로 왔지만, 제대로 된 편지 뭉치는 와야 할 시기에 하나도 오지 않았어. 실종된 우리의 외무부 우편물은 아직 나타나지 않았고, 어머니에게서도 4주째 소식을 못 듣고 있어! 그러니 이 편지가 언제 당신에게 도달할지는 하늘만이 아실 거야.

하지만 적어도 하나둘 도착한 러시아 우편물 중에 당신 편지 한 통, 2월 16일 자 편지가 있었어. 심증으로 한 통이 사라졌다는 걸 추측했는데, 다음 주 우편물에 끼어 오길 기대하고 있어. 근데 당신 진짜 단발로 잘랐어? 이거 사실이야? 아, 당신, 내가 그걸 좋아하겠느냐고? 나는 머리핀들이 떨어지는 모습, 당신 접시 위로 쨍그랑거리며 발랄하게 떨어지는 그 작은 폭포를 보는 쪽을 더 좋아하는 것 같은데. 하지만 당신의 단발머리를 메리가 근사하다고 했다며, 그렇지? 그리고 메리라면 잘 알겠지. 그 때문에 내 마음속 당신은 모두 틀린 게 되어버렸고, 놀에서 찍은 당신 사진도 더 이상 진실이 아니니 속상하다.

그렇지 않다면, 맞아, 당신은 정말 반짝이는 구슬이야. 여기에 당신이 있으면 어떨까 추측해보는 일이 나를 가장 즐겁게 만들지. 혹은 그리스에 있다면. 10월에 우리 어디 갈까? 아비뇽? 이탈리아? 아니면 당신, 날 실망시킬 거야? 대디와 스페인 다녀온 이후로는 외국 나가는 데 지쳤다고!

그 사이에 우리 계획은 아주 약간 바뀌었어. 우리는 내가 당신에게 전에 말했듯 4월 28일에 아테네에 도착하지 못할 듯하고, 5월 5일에 가. 일주일 뒤지. 당신이 그때까지도 거기 있을 희망이 조금이라도 있을까? 로이드 트리에스티노사의 배에 타고 있을 텐데(카린시아, 카르니올라, 트렌토에 운항 중인 배라는데, 정확히 뭔지는 모르겠어), 키프로스에서 출발해 피레에푸스에 들렀다가 트리에스테로 간대. 당신이 그 배에 같이 타기를 감히 기대하면 안 되겠지, 해도 돼? 어쨌거나 런던에는 5월 9일 밤늦게 도착해. 하지만, 아, 당신이 그 배에 함께 탈 수만 있다면…

내가 테헤란에서 보낼 시간이 거의 끝나간다는 거 알아? 매일 밤 영내를 거닐면서 하늘을 가득 채운 별들을 봐. 다시 테헤란을 볼 일이 있을까 싶어. 모두가 내게 돌아오느냐고 물어봐. 나는 "제가 아는 바로는 그래요"라고 답하지. 하지만 이건 그냥 공식적이고 신중한 답변이고. 검과 실크 스타킹이 매력을 발휘할 날도 얼마 남지 않은 것 같거든. 해럴드가 갈등하는 것도 알고 있고, 부적절한 말이 종종 사람들을 반대 방향으로 이끄는 것도 아니까 당분간은 현명하게 침묵해야지.

또 뭐가 있지? 맞다, 쿠퍼 작품을 읽었어.

마구간은 똥무더기를 낳는다···*

《대지》와 불쾌하게 비슷해, 안 그래? 하지만 좋은 부분도 있어.

공상하는 동안, 시계의 지침처럼,
크게 원을 그리면서, 가만히 집에 머무른다.

《위폐범들》도 읽었어. 당신이 그걸 안 좋아한다고 했던 게 기억난다. 그런데도 일반적인 심리 준비 과정을 생략하고 독자에게 결정적인 사건을 불쑥 들이미는 방법이 흥미로웠는지 궁금해. 나는 그게 진짜 삶 같은 기이한 효과를 만들어낸다고 생각했어.《한 알의 밀알이 썩지 않는다면》보다 더 좋았어. 그 책은 프랑스 문인들에 대해 쓴 3권 도입부만 좋았거든. 아프리카 부분은 지루했어. 욕정이 그 *자체*로 흥미롭다고 생각하지는 않았고, 지드가 아랍 소년과 하룻밤에 다섯 번이나 했다는 건 전혀 알고 싶지도 않았어··· 하지만 와일드**에 관한 부분은 역겹긴 해도 좋았어. 내가 그런 것처럼 낮에는 지드를, 밤에는 필딩과 지드를 번갈아 읽으면 딱 들어맞는 게, 노골적인 지드는 필딩이

* 영국의 시인 윌리엄 쿠퍼의《일》부분이다.
** 아일랜드의 작가 오스카 와일드를 말한다.

묘사한 글로스터셔 여관에서 벌어지는 난리법석을 정말로 아름다워 보이게 만들거든.

　나는 문명화된 사람들의 마지막 피난처가 고독이라는 결론을 내렸어. 정말로 고독이 사교보다도 더 문명화된 행동이야. 일견 그 반대가 맞을 것 같지만 말이야. 사회적 관계는 원시적인 부족이 방어 목적으로 서로 결집해야 했던 필요성에서 유래했을 뿐이야. 부시맨이나 피그미족의 회합이야말로 테헤란에서 열리는 만찬의 진정한 선조지. 그러다 결국 원점으로 돌아와, 당신의 진정 문명화된 인격은, 관계에서 벗어나 고독으로 돌아가고 싶어 해. 내 삶이 산산조각 나서 모든 사람을 잃는다면 페르시아에 와서 살 거야, 모든 것으로부터 몇 킬로미터나 떨어진 곳에서, 현지인들에게 퀴닌 약을 지어줄 때를 제외하면 아무하고도 안 만나야지. 애정과 사랑만이 그렇게 하지 못하게 날 막아. 하지만 레이디 헤스터 스탠호프*는 좋은 인생을 살았을 것 같아.

　정말 사랑스러운 페르시아 도자기를 대량으로 사들이고 있어. 그릇들과 파편들, 담록색과 윤기가 흐르는 푸른색 위로 무늬, 인물, 낙타, 사이프러스, 글씨가 뭐라 규정하기엔 불분명하고 단편적으로 노니지. 이걸 전부 어떻게 집까지 가져갈지는 나도 몰라. 지금은 내 방에 둥글게 세워 놨는데, 닳아 희미해진 잊힌 세기의 낭만적인 삶을 만들어내고 있지. 웅덩이를 들여다보

---

*　영국의 귀족인 레이디 헤스터 스탠호프는 중동을 여행한 가장 유명한 여성 여행자이다.

면 아주 깊은 곳 멀리 흐릿하게 비친 모습을 보는 것과 같아. 도자기들에 대해서 온갖 종류의 이야기를 만들어냈어.

당신이 이 편지를 어디서 받을까? 런던에서? 그리스에서? 당신 주소를 갖고 있다면 좋을 텐데. 리에게 당신을 만날지도 모르겠다고 말해놨어. 그가 아테네에 있는 영국 학교에 가거든. 아, 하느님, 당신과 그리스에 함께 가고 싶었는데, 레너드는 정말이지 행운아야. 내가 혹시라도 거기 갈 수 있도록 기도해줘. 부디 나를 그리워해줘. 당신은 그렇다고 했지. 당신이 나를 그리워하리라는 게 나를 무한히 행복하게 해줘. 클라이브의 방, 책과 사랑에 관한 대화, 호가스 출판사와 서점, 원고를 들고 눈을 이글거리며 달려 들어오는 시인들, 그 외에도 이런저런 것들로 채워진 흥미진진한 생활 가운데서 당신이 왜 날 그리워하는지 생각해낼 수는 없지만.

그렇지만 나는 시라즈에 *가*, 진짜라고. 내가 버지니아를 이렇게 원하지만 않는다면 천국일 텐데. 하지만 다음번에 내가 해외에 나온다면 그건 아마도, 필시, 반드시 당신과 함께일 거야.

당신의

V.

P.S. 내가 약속을 어떻게 지켰는지, 정말 감탄할 만하다고 생각해. 내가 5월 10일에 돌아간다고 했었지. 그리고 짜잔, 9일 밤

11시 50분, 10분을 남겨두고 런던에 모습을 드러냈다고. 이건 마치 세계를 80일 만에 일주한 그 사람, 자기 집 가스를 잠그는 걸 잊었던 그 사람, 쥘 베른의 주인공* 같다고.

* 필리어스 포그. 쥘 베른의 소설 《80일 간의 세계일주》 주인공이다.

1927년 3월 23일

타비스톡 광장 52

소중한 자기,

당신 잘 있어? 산책은 즐거웠고? 물에 빠지거나, 총에 맞거나, 강간당하거나, 지쳤어? 신이시여! 그걸 알기 위해서라면 상당한 걸 내줄 수 있어. 하지만 당신은 아직 테헤란을 떠나지도 않았을 텐데 편지부터 쓰고 있으니 바보 같은 일이야. 내가 과거인 척하는 일은 전부 미래에 있지. 하지만 이걸 읽는 당신에게는 이미 끝난 일일 거야. 아주 혼란스럽고, 다시는 페르시아로 당신에게 편지를 쓰지 않아도 되길 신에게 빌고 있어.

이틀간 고열에 시달리다 회복해서 대자로 뻗어 정신없이 잠든 나를 보면 당신은 얼마나 웃을까. 모두 예방접종과 내 원칙 덕분이지. 내가 그래도 싸다는 거 나도 알아. 내가 당신에게 너무 쉽게 접종을 강요했었지. 내가 어쩌나 동정심이 없었는지. 그러니 이제 당신은 날 비웃어도 돼. 이 순간 당신이 방 안으로 걸어 들어오기를, 그리고 원하는 만큼 웃기를 내가 얼마나 바라는지.

왜 나는 이렇게 끝도 없이 당신 생각을 하고, 아픈 곳이 전혀 없을 때면 당신을 그렇게 선명하게 그릴까? 우리 우정의 특이한 요소지. 아이처럼, 나는 당신이 여기 있다면 기쁠 거란 생각을 해…

1927년 4월 4일

페르시아, 샬람자르

완전 환상적인 장소에서 당신에게 편지를 써, 내 사랑스러운 버지니아. 설산 기슭의 오아시스인데, 바흐티아리 족장 중 하나가 소유한 집 한 채가 있어. 하지만 정말 대단한 집이야! 당신이 상상하는 것과는 달리 움막이 아니라, 베르사유가 따로 없어. 램프를 들고 있는 금박의 숙녀들이라든지 다른 동양적 취향의 장식들 같은 이상한 물건이 가득하고, 물론, 모두 쇠락해가고 있지. 편지를 다시 쓸 수 있을 것 같진 않지만, 이스파한에서 백여 마일 우리를 태우고 온 차들이 내일 되돌아가고, 나는 그 차편으로 편지를 보낸다는 기발한 아이디어를 갖고 있지.

이곳은 고적한 협곡이야. 집 뒤에는 산이 담처럼 솟아 있고, 좁은 길은 눈을 가로질러 검게 지그재그를 그리며 가파르게 위로 이어지다가 정상의 틈새 너머로 사라져. 우리의 노새 열네 마리는 바깥 말뚝에 매어 있고, 말 타는 경호대도 구했는데, 아무 때라도 우리 목을 벨 수 있을 것 같이 생긴 사람들이야. 내 사랑, 이스파한에서 당신에게 편지 한 통을 썼어. 아주 흥분한 상태였고, 극도로 피곤했고, 당신을 원했지. 이스파한의 정원에 포플러 위로 초승달이, 가늘디가는 어린 초승달이 별에 무릎을 굽혀 인사하고 물러나고 있었지. 롱반에서 우리가 산책을 나갔을 때 봤던 그 달처럼(당신이 괴물같이 행동했던 그 저녁 말이야). 하지만 하늘은 매우 달랐어. 롱반의 하늘은 낮게 떨어져 있고 폭풍우가 몰아쳤지만, 페르시아의 하늘은 창백한 초록빛에 구름 한 점 없었지.

여기 오는 동안 정말 많은 생각을 했어. 당신에게 말하고 싶었는데 전부 잊어버렸네. 내 삶에서 사라진 사람들을 생각하며 꽤 슬퍼했는데, 갑자기 왜 그 사람들 생각을 했는지 오늘의 나로서는 짐작도 못 하겠다. 당신은 카시스에 있지. 거기로 당신에게 편지를 보내는 건 불가능할 것 같아. 아니면 보냈겠지. 사람들이 당신의 단발머리를 좋아해? 내가 없는 동안 자른 건 잘했어. 아니면 분명 내가 욕을 먹었을 테니까.

세상에, 여기는 정말 웃긴 곳이야. 저 바깥의 사나운 미지의 산, 슬그머니 도래하는 밤, 노새 모는 사람들이 움직이는 소리, 단편적인 노래. 아, 당신이 여기 있다면! 사내 넷 사이에 나만 혼자야.

당신에게 하고 싶은 이야기가 수백 수천만 개 있고, 전부 아주 중요해. 보편적으로, 개인적으로 말고.

우리는 커다란 와인 두 병을 가지고 왔는데, 내가 고집을 부렸어. 병이 정말 커. 노새 한 마리에 매달아 놨지.

이제 저녁 먹고, 잠들면 내일이 오겠지! 하지만 내 눈의 빛, 당신은 알아차렸을까. 우리가 집으로 돌아가는 길이라는걸? 꽤 이상한 경로이긴 하지만, 아무튼 돌아가는 길이야. 5월 6일 아침에 가서 당신을 만나도 될까? 작업실로? 그리고 가스난로 앞에서 우유도 뿌옇게 데워 마시고? 왜냐하면 점심 이후에는 브라이턴에 내려가야 하거든. 하지만 꼭 당신을 가장 먼저 봐야겠어.

당신의(아주 많이 당신의)

V.

1927년 4월 5일 화요일
프랑스, 카시스, 빌라 코르시카

나는 화가 치솟았어. 클라이브가 해럴드에게 긴 편지를 한 통 받았는데, 나는 당신에게 한 통도 못 받았어. 헤아리기 어려운 이유로 나흘 후에 당신에게서 두 통이, 도티에게서 한 통이 왔지. 이게 우리의 여행을 캄캄하고 쓰라린 절망의 순례로 만들 뻔한 내 분노를 달래주었어. 나는 정말이지 불행했어…

사랑하는 자기, 부디 안전하게 돌아와. 우리는 즐거운 여름을 보낼 거야. 하룻밤은 롱반에서 머물고, 다른 밤은 로드멜에서 보내자. 멋진 산문과 시도 쓰고 말이야. 헤이마켓도 느긋하게 거닐 거야. 아가일 하우스에서 저녁은 먹지 말자. 코를 골며 잠들 테니.

1. 버지니아는 단발머리를 해서 완전히 망했다.

2. 버지니아는 단발머리를 해서 완벽해졌다.

3. 버지니아의 단발머리는 별로 눈에 들어오지 않는다.

이 중요한 문제에 관한 세 학설이야. 나는 말아 올린 부분 가발을 사서 고리로 걸었었지. 수프에 자꾸 떨어져서 포크로 건져 올리곤 해.

당신은 잘 지내?

1927년 5월 5일

롱반

실제로 영국에 오니 정말 *끝내준다*. 어제 카시스를 지났어! 클라이브를 어서 만나고 싶어.

간절하고 또 간절한 버지니아, 내일이면 당신을 만나다니, 정말 믿어지지 않아…

1927년 5월 8일 일요일
롱반

옷들, 책들, 양말들, 리본들, 페르세폴리스 기념품들, 편지들, 끈 같은 잡동사니 사이에서 종이 한 장과 펜 한 자루를 건져내 핑커와 내가 내일 오후에 간다는 사실을 알리기 위해 당신에게 편지를 써. 시빌과 식사를 하고 에버리가에 가서 핑커를 데려올 거니까, 혹시 우리가 가는 게 싫으면 거기에 전화 메시지를 남겨줄래? Vic. 5194야. 아니면 강아지를 줄에 묶어 3시 30분쯤에 갈 건데, 당신이 원하면 만나는 건 연기해도 되고, 그 경우엔 강아지만 타비스톡 광장에 두고 슬프게 떠날게.

여기 당신에게서 온 천상의 편지가 있어. 테헤란까지 갔다가 다시 돌아온 편지야. 당신 친구 우술라 그레빌*에게서 편지가 와 있는데, 그때 당신이 말했던 '평판을 떨어뜨리는 피아니시모' 때문에라도 당신에게 편지를 안 보낼 수가 없네. 150통 정도의 다른 편지들도 와 있어서, 150통의 답장을 쓰게 생겼어.

지난 사흘 동안 내가 거친 감정들은 이거야. 영국, 버지니아, 롱반… 나이아가라폭포 아래서 작은 컵 하나를 받치고 선 기분

* 영국의 소프라노이자 포크송 가수다. 최초의 여성 레코딩 엔지니어로 평가 받는다.

이야. 그런데도 이봐요, 젠장. 당신은 언제 머물러 올 거야? 그래
도 당신과 옥스퍼드*에는 함께 가겠지.

V.

<hr />

*   5월 18일 옥스퍼드에서 개최한 컨퍼런스에 두 사람은 참석했다. 버지니아
    가 진행한 강의 내용은 1927년 7월 14일 뉴욕 〈헤럴드 트리뷴〉에 '시, 픽션
    과 미래'라는 제목으로 게재되었다.

1927년 5월 9일 월요일

타비스톡 광장 52

사랑하는 우리 당나귀 웨스트,

내가 그게* 내 책 중 최고라고 썼을 때, 그 책의 모든 쪽이 비어 있어서 그랬다는 거 알았어? 농담, 시시한 농담이었지. 근데 이게 잭 스콰이어, 휴 월폴을 거쳐 고스 귀에까지 들어갈 수도 있어. 진짜로, 당신 친구들이 그렇다니까.

이런 일들이 나를 새벽 2시에 낚싯바늘에 걸린 물고기처럼 덜덜 떨게 만들어서 이 편지를 쓰고 있어.

그리고, 두 번째. 옥스퍼드는 5월 18일이고, 마이터 호텔에 방두 개를 잡으라고 예약 편지를 보내놨어.

그전에 당신을 만날 수 있을까? 그리고 검은색 코트는 어디서 사? 방송broadcast에 나가야 하는데, 브로드broad 천으로 지은 옷을 입고 나가야 할 것 같아.

---

* 《등대로》.

1927년 5월 10일 화요일

당연히 그게 농담인 줄 알았지. 대체 나를 어떻게 생각하는 거야? 진짜 당나귀? 아무튼 그건 훌륭한 책이었어… 그리고 당신 말이 맞다고 생각해. 아직 다 읽진 못 했지만.

내가 클라이브를 좋아하는 만큼(그리고 나는 떠들썩한 친구를 정말 좋아하는데), 당신과 단둘이 있는 것도 좋아. 나는 짜증이 났고, 부루퉁했지.

검은색 벨벳 코트(브로드 천은 모르겠네)는 데벤험 앤 프리보디에서 25실링에 살 수 있어. 하나 사. 그걸 입으면 멋져 보일 거야.

옥스퍼드. 좋아, 알았어. 몇 시에? 기차 타고 가는 게 좋아, 자동차가 좋아?

그리고 예약은 하지 마. 뭘 하든 간에, 허버트 씨가 마이터 호텔에 당신 방만 하나 잡고, 내 방은 랜돌프 호텔에 잡게 돼.

방송은 뭐에 관한 거야? 당신 말하는 거 들어야지, 아니면 참을 수 없으려나?

아, 내 사랑! 돌아와서 당신을 보니 좋다. 그렇지만 빌어먹을 클라이브. 빌어먹을 우리 클라이브.

방금 염소 두 마리를 구했어. 페르시아 생각난다.

내일 세필드에 가서 하루 자고 올거야. 당장 런던에 갈 계획
은 없어.

해럴드가 레너드에게 편지를 쓰고 있어. 레너드와 멀리 가버
리진 마.

V.

1927년 5월 12일 목요일 저녁
롱반

저녁 먹고 혼자 앉아 있으니 시간을 1년 앞으로 돌려놓은 것 같아. 해럴드는 런던에 갔는데, 습관이 얼마나 무서운지 그가 페르시아에 있다는 생각이 들어. 하지만 방금 마지막 구절을 읽은 당신 책이 모든 걸 안개처럼 흐릿하게 만들고, 그것만이 유일하게 진짜처럼 느껴져. 할 수 있는 말이라곤 내가 넋을 잃을 정도로 매료되었다는 것뿐이야. 어떻게 한 거야? 칼끝 같은 모서리 위를 어떻게 떨어지지 않고 걸을 수가 있어? 당신은 왜 내가 "그걸 좋아하지 않을 거"라는 바보 같은 말을 한 거야? 하지만 절대 진심은 아니었겠지.

내 사랑, 당신이 무서워. 당신의 통찰력과 사랑스러움과 천재성이 무서워.

만찬 장면이 아마 가장 내 마음에 든 부분일 거야. 그다음은 텅 빈 집 장면, 그리고 시간에 관한 구절, 아마도 다루기 아주 까다로웠을 부분인데 당신은 완벽하게 해냈지. 그리고 파편들, 해골을 덮은 숄이라든지, 101쪽에 사물들의 통일성에 관한 문장, 그리고, 아! 여기저기 흩어져 있는 문장 수백 구절, 너무나 당신다운 문장들(버지니아의 살과 피, 가스 불로 데운 뿌연 빛의 우유), 그걸 인쇄된 형태로 보는 기분은 정말 이상해. 그리고 물론 램지 씨와 램지 부인의 관계. 그리고 창가에 어린 램지 부인의 그림자. 그런데 이렇게 영원히 이어갈 수 있을 것 같아.

내 사랑, 정말 사랑스러운 책이야! 이 책 때문에 당신을 더 사랑하게 됐어. 하지만 여전히 대체 어떻게 이런 걸 해낼 수 있는지는 모르겠어. 이게 날 정말 혼란스럽게 만들거든. 당신에게서 비롯한 것인데도 말이야. 마치 폭죽에서 터져 나온 색색의 별을 저글링 하면서도 그것들이 멀쩡하게, 계속 날아다니게 만드는 것 같아.

물론 이걸 소설이라고 부르는 것도 완전히 이상하지.

램지 부인이 당신 자신과 얼마나 비슷한지 당신이 아나 몰라. 하지만 아마도 그건 램지 부인이 당신 어머니여서겠지.

정말로 당신을 전보다 더 사랑하게 됐어, 이 소설 때문에. 당신은 언제나 나를 속물이라고 하고, 어쩌면 이게 속물 근성의 한 형태일지도 모르지만. 나는 진심이야. 당신을 모른 채로 이 책을 읽었다면, 당신을 무서워했을 거야. 이 책은 그 자체로 당신을 더 귀하게, 더 매혹적으로 만들어.

이게 아주 명료한 편지는 아닌 거 같아. 하지만 그런 편지는 당신의 똑똑한 친구들이 쓰게 두자! 이 편지는 마법의 주문에 걸려서 쓴 거야. 도무지 벗어날 수가 없어.

하트퍼드셔에 신이 나서 갔다가 신이 나서 다시 돌아왔어. 저녁을 먹은 후에는 독서를 했지. 루이즈가 커다란 죽은 생선을 접시에 날라 왔을 때는 깊이 감동받았어. 갈고리에 걸려 구멍이 난 부분에 풀을 채웠더라고. 생선은 차갑게 죽은 눈으로 나를 올려봤어. 하지만 그 일로 제정신이 들지는 않았지.

이제 자러 가야겠다. 하지만 잠보단 꿈이 많을 것 같은 기분이야. 다 당신 잘못이야. 당신에게 축복을, 내 사랑스러운 버지니아

V.

1927년 5월 13일 금요일

타비스톡 광장 52

내 사랑 비타,

당신은 정말 관대한 여자야! 당신 편지가 방금 도착했고, 나
는 답장을 써야겠어. 비록 지금 아주 혼란스러운 상태지만… 당
신이 《등대로》에 별로 신경 쓰지 않을 거라고 생각했던 건 진
심이었어. 너무 심리적이고, 개인적 관계도 너무 많이 들어 있다
고 생각했거든. (이번에는 가짜로 하는 소리가 아니고) 만찬 장면은
내가 여태 쓴 것 중에 최고야. 작가로서 내가 지닌 결함들을 정
당화해주는 단 한 가지가 있다면 이거야. 이 빌어먹을 '방법'. 다
른 방식으로는 특정한 감정에 도달할 수 없을 거 같거든. '시간
이 흐르다'*는 회의적이야. 파업 때문에 우울할 때 썼거든. 그 후
에 그걸 다시 썼지. 그러고 나서 산문으로는 불가능하다고 생각
했어. 당신이 그걸 시로 쓸 수도 있겠다. 내가 램지 부인과 비슷
한지는 몰랐네. 어머니가 열세 살에 돌아가셨으니까, 그건 어머
니에 대한 아이의 관점일 거야. 하지만 당신이 램지 부인을 좋아
한다니까 좀 감상적으로 기쁘다. 그녀는 내내 나를 사로잡고 있
었어. 하긴 늙고 형편없는 우리 아버지도 그랬지. 이게 감상적이

* 《등대로》 2부 제목이다.

라고 생각해? 아버지에게 너무 불손한 걸까? 궁금하다. 내 생각에, 나는 어머니보다 아버지와 더 닮았어. 그러니까 더 비판적이라는 소리야. 하지만 아버지는 사랑스러운 사람이었고, 어떤 점에서는 대단한 사람이었지.

…쓰고 있는 발표문 때문에 짜증이 나. 적절하지 않을 것 같아. 지루할 수도 있고. 옥스퍼드 대학원생들에게 신이 존재하지 않는다고 말해도 될지 해럴드에게 물어봐줄래?

그럼, 사랑스러운 사람, 기차로, 수요일에 저녁 먹을 때 맞춰와. 나는 레스터 광장에 있는 매춘부의 가게에 달려가서 코트를 한 벌 샀어.

1927년 5월 14일 토요일

롱반

하지만 내 사랑, 그건 정말 형편없는 이야기인데. 그렇지만 한 번 봐도 돼. 보고 나면 확실히 거절하겠지만. 수요일에 가져갈게.

4시 45분에 출발해서 5시 55분에 도착하는 옥스퍼드행 기차가 있더라. 그거면 될 거 같아? 다른 건 전부 끔찍하게 별로야. 패딩턴에서 당신을 만나거나 타비스톡 광장에서 당신을 태우거나 당신 편한 대로 할게. 해럴드가 케임브리지에서는 당신이 원하는 만큼 신에 대해서 무례하게 굴어도 된대.

나는 줄에 묶여 끌려가는 강아지가 된 기분일 것 같은데.

아냐, 물론 당신 책은 감상적이지 않아. 당신 아버지에게 불손하지도 않고.

콜팩스 집안사람들이 전부 내려오겠다고 난리라 서두르는 중이야. 빌어먹을 인간들.

V.

1927년 5월 15일 일요일

런던, 타비스톡 광장 52

좋아, 내 소중한 당나귀. 수요일 4시 35분에 패딩턴 매표소 바깥에서, 깔끔한 가방이나 아니면 약간 낡았어도 눈에 띄는 가방을 들고 기다릴게…

1927년 5월 20일 금요일

세븐오크스, 윌드, 롱반

내 사랑, 나는 여전히 당신과 옥스퍼드에 함께 있던 마법에서 풀려나지 못하고 있어.

이 편지는 당신에게 그 늙은 레즈비언*과 화요일에 점심을 먹으러 갈 예정이라는 걸 알려주려고 쓰는 거야. 하지만 그녀에게 5시 15분 전까지는 런던에 돌아와야 한다고 말해놨어. 그러니까 로건이랑 다른 사람들 만나는 걸 미루지 말아줘. 사람들이 다 모였을 때 내가 가도 되지? 초인종에 대답은 꼭 해주고!

〈보그〉 편집진이 너무 기를 죽이더라. 겁이 날 지경이야. 그중 하나는 영어를 못해.

당신이 내 정원을 볼 수 있으면 좋은데. 정말 예쁜데, 당신이 다다음 주까지 안 오면 꽃이 다 져버릴 거야.

어느 신사가 자기 허브 씨앗을 꼭 달이 찰 때 뿌려야 하냐고 묻는 편지를 보냈어. 그렇게 안 하면 싹이 안 날까?

여러 사람이 주말에 우리 집에 내려올 거야. 그중에 엘리노어 와일리도 있어. 그녀랑 휴 월폴**이 서로 못 잡아먹어 안달일 텐

---

*   에설 스미스. 영국의 작곡가이자 참정권 운동의 일원이었다.

**   휴 월폴은 영국의 소설가이다.

데. 신이시여, 저를 도우소서.

당신의

V.

집에 돌아와 울프 부인의 작품처럼 훌륭한 작품이 기다리고
있음을 발견하는 일은 필시 대단히 기쁠 것입니다.

당신의

리*

---

* 　비타가 편지 위쪽에 리 애시턴의 편지를 잘라 붙였다.

1927년 5월 22일 일요일
서식스, 로드멜, 멍크스하우스

그래, 자기, 토요일에 와. 단, 그 사람들보다는 무슨 일이 있어도 더 머물러. 여러 다리 사이로, 로건 씨들과 헨더슨 씨들 머리 너머로 당신을 보는 건 별로거든. 레너드에게는 당신이 직접 롱 반에 와달라고 부탁하는 게 좋을 것 같아. 아마도 당신이 자기가 오는 걸 싫어한다는 등등의 생각을 하고 있을 거야. 겸손한 사람이거든…

1927년 5월 26일

세븐오크스, 윌드, 롱반

이 말도 안 되는 사진이 당신을 웃길 것 같아. 안 그래?*

아, 내 사랑, 몸은 정말 나아졌어? 당신이 아팠다는 건 알고 있는데, 사람이 너무 많아서 그랬거니 했어.

어머니에게 바친 책**은 대성공이고, 내가 어머니를 방문하는 동안 도착했어. 기뻐하시더라. 말로 표현하기 어려울 만큼 너무 매력적이셨어.

그럼, 내가 당신에게 글은 다시 보내거나 목요일에 전해주면 되는 거지?***

이틀 밤은 지내고 가. 내가 당신이 그러길 얼마나 바라는지 알잖아.

V.

---

* 비타는 페르시아에서 노새를 타고 있는 사진을 버지니아에게 보냈다.

** 《등대로》.

*** 5월 18일 옥스퍼드에서의 강의 내용.

1927년 5월 29일 일요일

타비스톡 광장 52

그럼, 웃겼지. 당신이 당나귀를 타고 있는 사진, 아니면 노새
인가?

빌어먹을 두통 속에 빌어먹을 한기가 내려앉아서, 나는 침대
에 누워 있어…

당신은 두통이 있을 때 내가 보고 싶은 유일한 사람이야. 이
건 칭찬이야. 하지만 두통은 빠르게 가라앉고 있어.

사랑하는 자기, 내게 친절한 편지를 써줘.

1927년 5월 30일 월요일
세븐오크스, 윌드, 롱반

당연히 노새지. 마게이트에서나 당나귀를 타지, 페르시아 산악 지대에서는 아니야.

내 가여운 당신, 당신이 겪는 그 빌어먹을 두통들이 정말 싫어. 당신이 **튼튼하면** 좋겠어. 당신이 스스로를 조금만 더 아끼면 좋겠고. 당신이 앓고 있다거나 고통을 겪고 있다고 생각하는 게 싫어.

어제 사람들이 메뚜기 떼처럼 롱반을 뒤덮었고, 아버지가 에디의 누이*를 위해 놀에서 파티를 열었어. 〈태틀러〉**에서 바로 튀어나오기라도 한 듯 구분하기 어려운 늘씬하고 젊은이들과 그에 어울리는 젊은 남자들이 참석한, 당신을 즐겁게 할 만한 파티였지. 그 애들은 귀족 가문의 머리가 매끄러운 어린 짐승들이 그렇듯 풀밭 여기저기에 누워 있었지. 세대 차이를 예민하게 의식하게 되더라.

목요일에 당신이 어떤 기차로 올 생각인지 알려줄래? 아, 맞다. 그리고 해럴드가 레너드에게 혹시 자기가 데즈먼드에게 빌

---

*　　다이애나 색빌웨스트.

**　　1709년 영국에서 창간된 영국 라이프스타일 잡지이다.

려준 책들 중 하나라도 가지고 있냐고 물어보더라. 저이가 야단 법석을 떠는 건 두 권짜리 홉하우스 책인 것 같아. 그리고 저이 그림도. 레너드가 그걸 가져다줄까?

그 젊은이의 편지를 보니까 미소가 지어지더라. 무슨 의미로 말한 거야?

핑커 데리고 와.

당신이 여기 온다니 엄청나게 신났어. 비가 안 오면 좋겠다. 당신이 여기 온 이래 롱반의 여름을 본 적이 한 번도 없다는 걸, 그리고 레너드가 정말 단 한 번도 못 봤다는 걸 믿을 수가 없어.

자기야, 몸은 꼭, 꼭 나아져야 해.

당신의

V.

1927년 6월 1일

세븐오크스, 윌드, 롱반

당신이 고립되어 있으니, 아래의 찬사를 보면 기운이 나서 좋아하리란 생각이 들었어. 비록 늘 괄시받는 내 불쌍한 친구 휴에게서 온 것이지만.

"《등대로》를 한창 읽는 중인데, 끝나지 않도록 조금씩 아껴 읽고 있어. 왜 버지니아 울프는 매일 책을 한 권씩 내지 않는 거야? 제인 오스틴만큼이나 중요한 책들이 탄생하는 순간에 함께한다면 얼마나 재밌을까. 버지니아 울프는 천재이고, 그녀가 원한다면 털이 빠지는 개 천 마리라도 지옥문까지 데려가겠어! 그 사람과 친구라니 당신은 운이 좋아." (그런가?)

자기야, 나는 당신이 베개에서 미끄러지곤 한다는 것, 전화를 놓친다는 것, 책을 쓰는 일에 있어 어쩌면 휴가 말한 것만큼 천재라는 것, 그리고 내가 아는 누구보다도 스스로를 편안하게 만드는 데 재능이 없다는 걸 알지. 당신이 편지를 여러 통 받기를, 특히 답장을 쓸 필요가 없는 편지를 여러 통 받길 바라. 예컨대 내 편지 같은 거 말이야. 나는 당신을 몹시 걱정하고, 우리 어머니는 당신이 내일 여기로 오는 줄 알고 당신 앞으로 초콜릿 한 상자(당신과 레너드가 먹으라고)를 보내셨어. 그러니 당신이 올 때

까지 내가 보관해둘게. 안 먹으려고 노력은 하겠지만, 장담은
못 해.

오늘 아침에 시 두 편과(둘 다 아주 안 좋아) 내 책 일부를 썼
어. 그러니까, 거의 도움이 안 되기는 하지만 정력을 쥐어짜고
있지.

아, 소중한 사람, 당신이 나아지길 진심으로 바라.

당신의

V.

1927년 6월 5일 일요일

타비스톡 광장 52

…몸이 아픈 게 이렇게 나를 여러 명의 다른 사람으로 쪼개 버리다니, 이상하지. 내 머리는 지금 상당히 명료하지만, 순전히 비평과 관련해서만 그래. 읽을 수 있지. 이해할 수도 있고. 하지만 책을 쓰라고 하면 내 머리는 숨만 겨우 들이쉬듯 멈춰버리지. 책을 어떻게 써왔지? 마음속에 그려지지도 않아. 그러니 무한히 겸손하지, 이 순간 내 머리는. 책 좀 쓰는 비타가 있잖아, 하고 머리가 말해. 그러면 내 몸이 말하지. 그건 다른 사람이잖아…

선원교육협회가 《등대로》 두 권을 구매했어. 해운업계에서 내 글로 항해술을, 아니면 뱃고동을 올바르게 울리거나 실린더를 제대로 다루는 법을 배우겠다니 끔찍한 생각이야.

1927년 6월 11일 일요일
베이싱스토크, 셰필드온로든, 셰필드코트

그러니까 당신은 혼자 있구나, 컨스터블의 그림에 나올 것 같은 느릅나무와 목초지가 있는 시골에, 당신의 푸른 박새 둥지("헬렌의 가슴에 있는 들새의 둥지?"),* 우즈강, 지붕널을 인 교회 탑이 있는 그곳에. 그리고 나는 여기 이 많은 사람 사이에서 온갖 대화에 다소 갈피를 못 잡고 당황했고, 해럴드도 마찬가지야, 해럴드는 아시아의 더 신선한 공기를 마시고 돌아왔잖아. 내게는 여기가 좀 퀴퀴하고, 조심스럽고, 죽은 것 같달까? 우리가 잘못된 걸까? 아니면 저 사람들이?

당신이 그렇게 엄격한 사람이 아니었다면, 내가 뭘 하려고 했는지 알아? 내일 밤 10시에 내 차를 차고에서 훔쳐서 11시 5분에 로드멜에 가서(맞아, 자기야. 금요일에 기록을 세웠지. 루이스에서 롱반까지 1시간 7분 만에 왔거든) 당신 창문에 조약돌을 던지면, 당신이 내려와 나를 집 안에 들이는 거지. 5시까지 당신과 있을 거야. 그리고 6시 반에 집에 돌아오는 거지. 하지만 당신은 당신이니까, 나는 그렇게 못 해. 정말 안타깝지. 내 책은 읽었어? 《도

---

*   비타의 《대지》에서 인용했다.

전》* 말이야. 어쩌면 그때 나는 방탕함을 모두 쏟아부었나 봐. 하지만 충동적으로 행동하는 버릇은 아직 나를 떠난 것 같지 않아. 아니지, 하느님께 맹세코. 그리고 다른 버지니아를 위해서 라면 나는 밤에 서식스로 날아갈 거야. 나이 들고, 술에 취하지도 않았고, 신중하기 때문에 삼가고 있을 뿐. 하지만 유혹이 강렬하군.

여윈 클라이브, 초췌한 클라이브.

아, 맙소사! 편지를 받으러 사람이 왔어.

---

* 1923년 미국에서 출간된 책으로 트레퓨시스와의 사랑 이야기다.

1927년 6월 14일

타비스톡 광장 52

있잖아, 나는 《도전》을 읽고 있었는데, 당신 편지야말로 도전
이더군. 당신이 "우리는 그날을 함께 보낼 수 있었을 텐데"라고
말하면서 실제로 의미한 바는 "당신이 그렇게 나이가 많고 병
약하지만 않았더라도"였지. 그래서 내가 전보를 쳤지, "그럼 와"
하고. 당연하지만 답이 오지 않았는데, 아마도 내가 나이가 많
고 병약한 만큼 좋은 일이었을 거야. 사실을 부정해서 어쩌겠어.
《도전》을 읽어도 그건 바뀌지 않겠지. 그녀는 아주 호감이 가지,
나도 동의해. (이브)* 말이야…

---

*   영국의 작가 바이올렛 트레퓨시스를 말한다. 학창 시절부터 비타와 친밀한
    관계였고, 1918년 경에는 비타와 프랑스로 도피하기도 했다. 두 사람은 서
    로의 작품에 영감을 줬다.

1927년 7월 4일 월요일 밤
롱반

내가 지금 얼마나 시간에 딱 맞춰 당신에게 편지를 쓰고 있는 지 봐. 진실은, 오늘 저녁 당신이 끔찍하게 보고 싶었어. 갑자기 여름이 됐어. 우리는 올해 처음으로 테라스에서 식사를 했어. 공기 중에 어떤 부분들은 유독 온기를 머금고 있었지. 오늘 밤이 마지막 밤이기를 간절하게 바랐어. 낫 모양으로 가늘게 뜬 달이 포플러들 너머로 살그머니 빠져나가는 모습을 보며 홀로 계단에 앉아 있었지. 모든 것이 고요하고 향기롭고 부드럽고 낭만적이었지. 나방이 내 눈으로 날아들었어. 다 좋은데, 있지, 이렇게 날아든 행복은 굉장히 짜증스러웠어. 그리고 당신은 왜 그렇게 비밀을 꼭꼭 잘 숨겨? 20년이 지나도 여전히 감춰둔 뭔가가 있으리라고, 아직 풀리지 않은 마지막 단계가 있으리라고 내가 의심하게 하려는 것처럼.

당신을 질투하게 만드는 게 좋아. 내 사랑, (그리고 계속 그렇게 만들 거지만) 그래도 당신이 그래야만 한다는 건 웃기는 소리지.

다음 주 화요일, 12일에 런던에 가. 점심 먹고 어디 좋은 데 갈까? 큐? 부두? 동물원? 발레? 점심은 시빌과 먹지만, 그 이후에는 자유야. 뭔가 함께하자.

돌고래(델피누스 델피스)는 즐겁게 뛰노는 민첩한 동물이다.*

*   편지 원본 왼쪽에 있는 돌고래 삽화 아래에 이렇게 쓰여 있다. 돌고래는 버
    지나아가 비타를 부를 때 쓰던 동물 중 하나이다. 이후 두 사람은 실제로
    동물원에 갔다.

1927년 7월 4일 월요일

타비스톡 광장 52

그래, 당신은 민첩한 동물이지. 그건 의심하지 않지만, 당신이 뛰노는 것에 관해서는 그게 늘 즐거운지, 예를 들어 새벽 4시에 에버리가에서도 즐거울지는 잘 모르겠네. 나쁘고 못된 짐승 같으니라고! …무슨 이야기를 하려고 했더라? 대디에게 메시지가 왔는데 금방 도착한다고 해. 나는 혼자 있고, 레너드는 자동차 여행을 갔고, 우리는 두세 시간을 마주 앉아 있어야 하지. 나와 대디가 말이야. 하하! 나쁘고 못된 짐승 같으니.

…뛰어다닐 때는 조심스러운 돌고래여야 해. 아니면 당신은 버지니아의 부드럽게 접힌 피부 안쪽에 낚시 바늘이 줄지어 있는 걸 보게 될 거야. 당신은 내가 신비롭다는 걸 인정했지. 당신은 아직 내 속을 몰라. 누가 뭘 알겠어. 근데 대디가 왔다.

자기야, 내 방수 옷(로즈 핑크색)과 장갑(다홍색)을 가져오는 거 잊지 말아줘. 현관에 내팽개치고 온 것 같아…

1927년 7월 6일 수요일 밤

롱반

약간 어지러워. 어머니가 오늘 아침 6시까지 나를 붙잡아뒀거든. 밤새 앉아 있었어. 약간 알딸딸하다. 내 모습을 보고 경악한 해럴드가 나를 포트와인으로 가득 채웠거든. 현명한 남자야. 피가 빨리 돌고, 밤새 앉아 있었더니 전체적으로 기진맥진해. 정말 우리 어머니는 비극적인 인물이야. 하지만 당신이 보낸 편지 한 통이 나를 기다리고 있어서 상당 부분은 보상이 됐어. 난 용서받은 거야? 당신은 다시 신중해졌어?

화요일에 갈게. 하지만 이봐, 당신이 그러지 말라고만 안 하면 일찍 갈게. 시빌의 오찬에서 벗어나자마자. 즉, 3시쯤 되겠다. 빌어먹을 대디. 당신은 취향이 뭐 그래. 정말 진부해.

당신 우비(로즈 핑크색)와 당신 장갑(다홍색)은 오늘 보냈어.

에디와 나 사이에 근친상간을 막는 장벽이 있다는 내 이론에 일리가 있다고 생각해? 아니면 이건 그냥 유대감일까?

아, 신이시여. 너무 피곤하다.

V

1927년 7월 24일 일요일

타비스톡 광장 52

가장 소중한 존재에게,

(그나저나, 왜 당신은 언제나 편지를 내가 눈앞에 있는 것처럼 다짜고짜 시작하는 거야? 내 사랑 버지니아조차 없이. 나는 사랑스럽고도 사랑스러운 구절을 늘 생각해내는데.) 당신이 편지를 보내지 않을 때에도 당신에게 편지를 쓰다니 나는 얼마나 착해.

… 하지만 들어봐. 이제 파우더를 어떻게 해야 할까? 내가 화장을 안 하고 가면 에설이 안 좋게 생각할 텐데. 언젠가 당신이 향이 없는 걸 좀 줬었는데. … 빨리 어디 가서 뭘 구해야 하는지 알려줘. 내가 파우더는 해보겠는데, 블러셔까지는 못 하겠어. 그러니 그걸로 마무리하려고…

내가 《등대로》를 4천 부 팔았다는 말을 들으면 당신은 기뻐하겠지. 미국에서 한 달 만에 말이야. 그래서 미국 출판사에서는 올해 말까지 8천 부는 팔릴 거라고 생각해. 그러면 백 파운드를 벌겠지(운이 따른다면).

1927년 7월 25일 월요일
롱반

내가 편지를 나의 연인 버지니아라고 시작한 적이 없다고? 그렇지만 그건 편지를 시작하는 온갖 방법 중에서도 가장 낯 뜨거운 방식이라고, (자기가 권위자이거나 이런 일에 일가견이 있다고 생각하는) 클라이브도 당신에게 말할걸.

흠, 전에 줬던 거랑 같은 파우더 한 상자를 당신에게 보냈어. 에설을 만날 때 당신이 내가 자랑스러워할 만한 모습이어야 하는데, 파우더를 안 하거나 잘못된 걸 쓰면 분명히 자랑스럽지 못할 거거든. 그래서 제조업자에게 전화해서 당장 보내줘야 한다고 말했지. 하마터면 그 사람에게 블러셔 한 통, 리퀴드 화이트 한 병, 마스카라, 새빨간 립스틱도 보내라고 거의 말할 뻔했어. 아이고, 언젠가 내가 화장해줘도 돼? 재밌을 것 같은데.

아, 패딩턴에서 남자애들 무리*를 만나서 차에 넘치는 짐을 싣겠다고 애쓰는 대신 당신이랑 갔으면 정말 좋았을 텐데.

하지만 목요일은 정말 좋아. 계획에 변경은 없지? B M**이 런

---

* 비타의 아들 벤과 나이절을 말한다.

** 'Bonne Mama or Belle mère'의 약자로 비타와 해럴드가 레이디 색빌을 칭하는 말이다.

던에 가서, 브라이턴에서 꼭 해야 하는 일도 없으니 늦지 않을 거야. 풀밭을 걸으며 이야기를 들려줘.

어제 캔터베리에 갔었고, 웨이에도 갔었는데, 이토록 독보적인 아스트라이아*가 어디서 태어났는지 궁금해서였어. 나는 오늘 그녀를 죽였는데, 즉 내가 책의 4분의 3을 썼다는 소리지. 하지만 이 책이 미국에서 4천 부, 아니 8천 부까지도 팔리는《등대로》처럼 인기를 끌지는 못할 거야. 미국인들이 그걸 읽는다니, 무슨 돼지 목에 진주람! 당신은 분하지 않겠지. 하지만 분하지 않다면 당신도 마이클 알렌처럼 돈만 알고, 당신이 받을 보상 외에는 안중에도 없는 작가야.

자.

당신에게 보낼 편지는 에설네로 보내야겠지. 당신 마음에 내가 생생하도록. 아니, 내 사랑, 내일 난 런던에 없을 거야. 수요일에 돌아올 건데 당신은 이미 없겠지.

당신의 비타.

---

* 그리스로마 신화에 등장하는 여신으로 여기서는 17세기 여성 작가 애프라 벤을 말한다. 비타는 애프라 벤에 관한 짧은 책을 쓰고 있었고, 버지니아도《자기만의 방》에서 애프라 벤을 언급했다.

1927년 7월 27일

롱반

오늘 차를 몰고 옥스퍼드가를 지나는데, 교통섬에 《등대로》를 들고 서 있는 한 여자를 봤어. 평범한 사람이었는데 지방에서 올라온 것 같았고, 머디스*나 〈타임스〉에 들렀다 막 나온 모양이더라고. 경관이 하얀 장갑 낀 손을 들어 날 멈춰 세워서 버네사가 멋들어지게 쓴 당신의 이름, '버지니아 울프'가 지나가는 빨간 버스들을 배경으로 나를 지그시 바라보는 게 눈에 들어왔지. 그러자 거기 멈춰 있는 사이 (당신이라면 알아차렸겠지만 발로는 클러치를 밟고, 손으로는 브레이크를 잡은 채) 나를 어지럽게 만드는 당신의 강렬한 환영이 보였어. 지하실에서 글을 쓰는 당신, 로드멜의 작업장에서 글을 쓰는 당신, 그 여자가 읽으려고 집에 데려가는 그 단어들을 쓰는 당신. 그 여자는 그 책을 어떻게 갖게 됐을까? 마음먹고 으스대며 걸어 들어가, "《등대로》 주세요"라고 말했을까? 아무 목적 없이 헤매다가 계산대로 가서 "소설 한 권 주시겠어요, 기차에서 읽으려고요. 새로 나온 소설로요. 아무거나 괜찮아요"라고 했을까? 아무튼 《등대로》가 거기 있었어. 8천 부 중 하나가, 대중의 손에.

*   런던의 도서대여점.

지금쯤 당신은 에설의 품 안에서(비유적으로 말이야, 그랬으면 좋겠어) 차를 타고 노르망디를 돌아다니는 중이겠지. 아마 살카빌라*를 가로질러 가고 있을 거야, 당신은 모르겠지만. 자크 블랑슈를 만나게 될 거야. 들어가면 얼린 포도를 줄 거고. 하지만 욕실에 극락어도 없고, 그 외에 롱반에서 당신을 즐겁게 해줬던 다른 어떤 것도 없을 거야. 부디 날 위해 에설이 정확히 왜 좋은지 생각해봐. 문명화된 느낌이나 은제 다기들 때문인가? 비유하자면 에설은 확실히 티 테이블이지. 하지만 흠도 있는걸.

아이들이 돌아와서 평화가 머물던 집이 시끌벅적해졌어. 내가 어떻게 글을 쓰겠어? 문이 시도 때도 없이 벌컥벌컥 열려. "내 해먹 어딨어요?", "테니스 치러가도 돼요?", "이제 뭐 하면 돼요?". 하지만 늘 상황을 깔끔하게 규정하길 좋아하는 나이젤은 아침 식사 때 이렇게 평하더라. "가족이 모여 있으니 참 좋아요." 가족을 싫어하는 나는 내 둘째 아들 안에 있는 이 가정적인 정서를 개탄했지.

버지니아, 나는 고독이 좋아. 난 고독이 좋다고. 이 주제에 관해 쓴 내 시가 강제로 고독을 박탈당한 내 존재로 인해 손상되거나 개선될까? 그 가여운 시를 언제 다시 쓸 수 있을지조차 모르겠어. 그 시는 내 머릿속에서 꾸벅꾸벅 졸며 때때로 작은 알을 하나씩 낳아 일렬로 늘어놔. 더군다나 사람들 대부분은 너무 몰려다니며 지내는 탓에 티베트의 은둔자만큼이나 멀리 떨어져

---

* 프랑스의 '소크빌'을 비타가 장난스럽게 부르는 표현이다.

있는 마음이 아니고서야 아무런 메아리도 찾을 수가 없어.

내 사랑, 어서 돌아와. 당신이 영국을 벗어나 있는 느낌이 싫어. (나는 페르시아로 불쑥 가버려놓고, 이런 소리를 잘도 하네.) 당신이 혼자 있을 때 로드멜로 갈게. 6일만 빼고. 그날은 벤의 생일이라. 하지만 부디 곧.

당신의

V.

1927년 8월 1일

롱반

나의 당신, 당신이 내게 편지가 없었다고 말해서 너무 속상해. 당신에게 긴 편지를 써서 지난 목요일 일찍 직접 부쳤는데. 그게 당신에게 가긴 했어?

데즈먼드와 버너스가 와 있어. 버너스는 그림을 그리고, 데즈먼드는 유쾌하게 이야기를 해, 아주 격조 있게.

언제 당신을 볼 수 있을까?

V.

1927년 8월 3일 수요일

멍크스하우스

응, 자기야, 당신 편지는 우리가 오프가르드를 떠나자마자 나에게 전달되었고, 그 편지 때문에 내가 상자를 잊고 출발하는 바람에 그 세련된 집사가 디에프까지 우리를 쫓아 차를 몰고 와야 했어. 당신 말대로 훌륭한 편지였어. 소크빌은 아무래도 아주 인상적인 곳은 아니었어. 당신 흔적을 좇았지. 당신 선조들이 제재소를 가지고 있었어? … 그나저나 레너드가 11일 목요일에 올라갔다가 금요일에 돌아와. 목요일 밤에 혼자 있을 거야. 이틀 밤 자고 갈 수 있어? 당신을 비밀리에 초대한 것처럼 보이고 싶지 않아. 그게 더 내 취향이긴 하지만, 비밀리에 깊숙이 탐색하는 거 말이야…

맙소사, 어제 당신이 있었다면 얼마나 웃었을까! 생제에서 첫 드라이브를 하러 출발하려는데, 이 빌어먹을 것이 출발하질 않는 거야. 엑셀이 오리처럼 죽었어. 시동이 걸리지 않았지. 온 마을이 구경하러 나왔어. 레너드는 너무 화가 나서 거의 울겠더라고. 결국 우리는 자전거를 구해서 루이스에서 사람을 불러와야 했어. 그 사람 말이 마그네토가 문제였다더라고. 당신이라면 알았을까? …

1927년 8월 4일 목요일

롱반

출판용 아님.

로샨-이-차슴-이-만[*],

(이게 무슨 뜻인지 당신은 모르겠지만, 내가 제대로 편지를 시작하는 법이 없다고 해서, 부득이 쓰기로 했어.)

요령 있는 편지, 아니면 요령 있으려고 애쓴 편지를 동봉해. 이틀 밤을 머무르는 건 아무튼 어려울 것 같아. 당신 혼자 있다면 분명 그렇게 하겠지만.

주의. 윌드 사람들에 관한 건 사실이야.

당신 괜찮아? 의기소침해? 과식했어? 이제 나를 안 좋아해? 뭔가 잘못됐어, 당신 편지에서 느껴져. 하지만 다음 주 이 시간 무렵(즉 자정)이면 다 괜찮아질 거라고 여전히 자신해. 오찬을 먹고 갈게, 5시 정도에. 괜찮을까? 내가 당신을 보길 얼마나 고대하는지 생각도 못 할걸. 지난번 이후로 영겁의 시간이 흐른 것 같아.

할 수만 있다면 정말로 이틀 밤을 보낼 거야. 일부러 계획한 것처럼 보이지만 않는다면 말이야. 내가 아니라 당신을 위해서

* 페르시아 연인들의 인사말이다.

야. A. B.*의 수업은 나를 완전히 제멋대로인 난봉꾼으로 바꿔놨어. 나도 딱 A. B. 부인만큼 정절을 만끽, 아니, 좋게 생각하지.

V.

---

* 애프라 벤.

1927년 8월 7일 일요일

멍크스하우스

무샤-이-자바-달-이맘*.

번역하면 이런 뜻이야, 사랑하는-웨스트-당신은-어찌나-고집불통인지. 앞으로 내 편지는 모두 피펜 앞으로 보낼 줄 알아. 당신이 그걸 읽을 줄 모르는 게 분명하니까. "뭔가 잘못됐어, 당신 편지에서 느껴져." 이게 무슨 소리야? 세상에서 제일 훌륭하고, 사랑이 담겨 있고, 다정한 편지를 보냈더니. 당신을 못 봐서 좀 신경질적이었지는 몰라도, 결국 그것도 당신 취향이잖아, 안 그래? 아니면 당신이 시인의 뛰어난 직감으로 내가 감추려 했던 무엇인가를 발견했나? 내가 어느 남자에게 사랑받는다는 사실 말이야. 매부리코에 훌륭한 자산, 작위를 지닌 아내, 적절한 가구를 소유한 남자야. 프로포즈는 내가 떠나기 전날 받았고, 지금 그걸 재차 다짐하는 편지가 왔어. 당신은 내가 어떻게 하길 원해? 나는 너무 압도된 나머지 열다섯 살 여자애처럼 얼굴이 빨개졌어…

---

* 페르시아어를 흉내 낸 말이다.

1927년 8월 8일 월요일
롱반

아이들을 데리러 세븐오크스에 가려던 참에 우편배달부의 빨간 자전거가 마을 우체통 옆에 기대어 있는 걸 봤어. 오후 우편이 왔다는 의미였지. 나는 멈춰 섰고, 안으로 들어가서 '롱반으로 온 편지 있어요?' 하고 물었어. 있었지. 그 사이에 당신 편지가 든 인쇄된 봉투가 하나 있었어. 읽고 나서 분노로 얼굴이 새빨갛게 달아오르는 게 느껴졌어. 과장이 아냐. 내가 당신 때문에 이렇게 질투를 느끼는지 몰랐어. 매부리코를 한 그 빌어먹을 남자가 누구야? 농담 아냐, 나 진짜 신경 쓰여. 하지만 이런 경우라면, 내 탁자에도 똑같은 종류의 편지가 한 통 있거든. 아직 답장은 안 했어. 내가 어떤 답장을 보낼지, 그건 당신에게 달렸어. 나 정말 농담하는 거 아냐. 당신이 조심하지 않으면, 나는 끔찍하게 지루한 사람과 바람을 피울 수밖에 없을 거고. 그렇지만 당신이 착하게 군다면 편지 쓴 사람에게 포장재나 보내도록 할게. 하지만 날 우습게 보지 마. 진심이니까.

나머지에 관해서는,

(1) 카메라를 가져갈게. 하지만 요금은 장당 2실링 6펜스가 아니라 1파운드야.

(2) 피핀은 안 데려갈 것 같아. 차 안에서 아플 수도 있어서.

(3) 목요일 4시에 갈게.

(4) 금요일까지 머물 거야.

(5) 당신이 점심 먹자마자 떠난다고 약속하면, 당신과 다시 단둘이 찰스턴에서 점심 식사를 하고 싶어.

(6) 나는 당연히 당신이 기쁘도록 최선을 다할 거야.

당신한테 너무 화가 나.

V.

1927년 8월 30일 화요일

롱반

토요일에 트레이*와 레너드와 함께 대문에 선 당신을 떠나는 일은 좋지 않았어. 전혀, 좋지 않았지. 트레이는 운도 좋지. 레너드도 운이 좋고. 하지만 이 이야기는 꼭 들려줘야겠어. 나는 늘 그렇듯 야무지게 해럴드 먼로 씨에게 전화를 걸어 그가 지난밤 여기에 내려오도록 했고, 그와 도티를 서로의 품 안에 밀어 넣었지. 대성공이었어. 두 사람은 서로를 마음에 들어 하고, 먼로 씨의 서점에서 내일 오후를 함께 보낼 예정이래. 그러면 뭔가 될 거 같아. 하지만 먼로 씨는 문학에 진지해. 시인들이 낭독하는 걸 좋아하고, 중등학교 교사들이 시를 제대로 평가하도록 장려하고 싶어 하지. 도티가 열두 달 안에 그 서점에 굴 하나, 샴페인 한 병이라도 들일 수 있다면 성공이라고 봐.

도티가 방금 자기가 당신에게 쓴 편지를 읽으라고 줬어. 충격이야. 난 좀처럼 충격받지 않는데, 이번에는 정말이야. 도티에게도 그렇게 말했어. 도티가 "버지니아도 그럴까?" 해서 내가 "그럼"이라고 했지만, 그녀는 아랑곳하지 않고 봉투를 봉하고 주소를 적었어. 진실은 뭐냐면, 도티가 먼로 씨와 잘되어서 좀 자만

---

*   레이먼드 모티머.

하고 있단 거야. 먼로 씨는 머리가 새카맣고, 광대는 슬라브족 같고, 말버릇이 나빠. 아주 독불장군일 거야.

소중한 사람, 당신에게 할 말이 많아. 해럴드가 외무부로부터 오늘 연락을 받았어. 이번 주에 다들 제네바에 가는데, 해럴드에게는 자기들이 돌아오는 9월 20일쯤까지 기다리고, 런던에 가서 '이야기 좀 하자'고 했대. 아무튼 일단 한숨 돌리겠지만, 사태가 확실하게 정해지면 좋겠어.

어느 은퇴한 사업가가 어떻게 하면 켄싱턴에 있는 작은 호텔에서 병약한 아내와 행복하게 지낼지를 알려달라더라. 내가 어떻게 알겠어? 나는 소설가가 아닌걸. 당신이 답장하도록 그 편지를 보내줘도 될까? 나보다는 당신이 더 잘 아는 분야 같은데. 그 사람이 토끼에 관한 에세이도 동봉했더라.

이런, 당신이 늘 우리 집에 있으면 좋겠어. 당신 《오루노코》* 읽어봤어? 그 책 좋았어? 나는 좋아해? 내가 사라지면 보고 싶어 할까? 우울해? 여전히 당신이 나쁜 작가라고 생각해? 요전 날 해럴드는 마음에 들었어?

바깥의 길에서 양이 매애 하고 울어. 저 소리가 나를 곧바로 바흐티아리의 길가로 데려가. 지금쯤 거기는 얼마나 덥고, 얼마나 황량할까. 그곳 야영지에, 당신과 함께 있다면.

V.

---

* 애프라 벤의 소설이다.

1927년 9월 2일 금요일
서식스, 로드멜, 멍크스하우스

친애하는 N. 부인께

이야기는 끝났어요. 레이디 G. 웰즐리*께서 나를 사셨죠. 그분이 2만 5천 파운드를 계약금으로, 나머지는 융자로 지불하기로 했으니, 나는 평생 그분의 것이에요. 저는 롤스로이스를 타고 입맛에 맞는 와인을 받는답니다.

하지만 냉철한 산문체로 말하자면, 당신 두 사람 사이에서 난 빼줘, 내가 당신 거여도, 당신이 둘 중 하나라면 난 빼줘. 간단히 말해 도티가 당신 거라면 나는 아냐. 심오한 진리가 끼어 있고, 그걸 알아내기 위해 나는 당신을 떠날 거야. 논쟁하기에는 너무 덥다. 그리고 나는 너무 우울해.

---

* 서점을 인수하려던 도티는 계획을 철회하고, 호가스 출판사의 현대 시인 컬렉션 운영 자금 지원을 제안했다.

1927년 9월 16일 금요일 밤

롱반

하늘이 당신과 도티를 묶어줬지만, 도티는 여기 월요일 전에는 안 올 거야. 여기 수요일 아침까지 머무를 거고. 그러니 당신과 레너드가 올 생각이면 일요일 말고 월요일이나 화요일에 와. 도티가 보고 싶다면 말이야. 아무튼 2시 30분에 오지 말고(도착하기엔 이상한 시간이야) 점심 먹으러 와. 전보 쳐.

필립 리치 일은 유감이고 충격이야. 그 사람이 그렇게 아팠는지 몰랐어. 그를 잘 모르지만, 눈썹이 잘생겼고, 에디와 트레이가 좋아했었지. 게다가 사람이 28세에 죽다니, 잘못된 일이야.

캠벨 부인의 셸리를 잊었다고 말하자니 부끄럽네. (당신에게 줄 것들은 잘 잊지 않는데.) 오늘 아침에 보냈어.

목요일에는 못 가. 빌어먹을. 아이들이 집에서 보내는 마지막 날이거든. 금요일에 학교로 돌아가. 괜찮다면 다음 주 목요일에 가도 될까?

내게서 곧장 떠나버리지 마. 당신이 아는 것보다 나는 당신에게 더 의지하고 있어.

V.

1927년 9월 21일 수요일

서식스, 로드멜, 멍크스하우스

아주 서두르고 있어서, 편지를 쓸 수 없어. 아주 우울하기도
하고. 이건 만나서 설명할게, 당신이 상냥하다면.

1927년 9월 22일 목요일

롱반

내 소중한 사람, *왜* 우울한데? 지난번에는 별로 당신답지 않았고, 이게 내 상상일 뿐인지 궁금했어. 내일 런던에서 만나는 건 몹시 가능성이 낮은데, 왜냐하면 (a) 나이젤을 데리고 있을 거고 (b) B M 생신이어서 에버리가에 가야 하기 때문이야. 하지만 할 수 있으면 아침에 잠깐 들를게. 나이젤과 함께여도 갈게 (차에 두고 가면 되니까). 벤은 지금 유행성감기에 걸려서 며칠간 학교에 못 가. 어휴, 월요일에 당신에게 옮기지 않았길 *바라.*

. 당신이 가고 나서 나도 열이 39.7도까지 올랐고, 당신에게 옮겼을지도 모른다는 생각에 공포에 질렸었어. 옮았어? 알았더라면 당신을 피하고, 도티와 당신 둘이 이야기하게 내버려 뒀을 텐데. 하지만 그냥 감기에 걸렸다고 생각했거든.

레너드에게 거트루드 벨의 편지에 관한 리뷰가 엉망이라 미안하다고 전해줘. 기사를 한 편 쓰고 있는데, 레너드가 좋다면 넘길게.

오늘 당신과 있으면 좋겠다, 제길. 문제가 뭔지 알고 싶어.

당신의 V.

1927년 9월 25일 일요일

서식스, 로드멜, 멍크스하우스

있지, 이런 말을 듣고 싶어.

(1) *당신 어떻게 지내*, 솔직하게.

(2) 외무부에서 소식 없어?

벤은 어때? 누구 다른 사람들은 안 걸렸고? 맙소사, 열이 40
도나 되는데, 그런 홍수를 뚫고 런던에 오다니, 죽거나 재난을
당해도 당신은 할 말이 없어!…

하지만 나, 바로 내가 당신이 너무 보고 싶어. 만나면 당신에
게 내 우울과 천 가지 다른 것들에 관해 들려줄게. 런던에서의
금욕이 시작되기 전날 밤, 그날이 마지막 기회야…

1927년 10월 9일
타비스톡 광장 52

봐, 자기야, 이 종이가 얼마나 아름다운지. 그리고 생각해봐, 그 가림막과 캠벨*만 아니었다면, 믿기 힘들 만큼의 사랑의 행위가, 터무니없이 무분별한 것으로 넘치도록 채워졌을 거야. 그러는 대신 캠벨이 가림막 너머에서 들어도 되는 것말고는 아무 말도 하지 않겠지만…

어제 아침 나는 절망에 빠져 있었어… 단어를 쥐어 짜낼 수가 없었거든. 그리고 마침내 두 손에 얼굴을 묻었다가, 잉크 깊숙이 펜을 담갔다 빼서 받아쓰기라도 하듯 이 단어들을 깨끗한 종이 위에 적었지. 올랜도. 전기伝記. 그러자마자 내 몸에 황홀감이, 내 머리에 아이디어가 넘쳐흐르기 시작했어. 나는 12시까지 내달려 썼지… 하지만 들어봐, 알고 보니 올랜도가 비타였다고 가정해봐. 이게 전부 당신에 관해서, 당신 육체의 욕망에 관해서, 당신 마음의 유혹에 관해서라고(캠벨과 신나게 도로를 쏘다니는 당신에게 심장이 있을 리 없지만)… 당신이 언짢을까? 그렇다, 아니다로 말해줘…

---

*   영국의 시인 로이 캠벨의 아내 메리 캠벨. 비타는 버지니아와 관계를 유지하면서 메리 캠벨과 사랑에 빠졌다.

1927년 10월 11일 화요일

롱반

맙소사, 버지니아, 올랜도*의 모습에 투영될 가능성만큼 나를 설레고 겁나게 하는 일은 없었어. 당신은 얼마나 재밌을까, 나는 또 얼마나 재밌고. 당신이 무슨 앙갚음을 하고 싶었건, 이제 언제든지 당신 손에 달린 일이야. 좋아, 한번 해봐, 팬케이크를 위로 던져 뒤집고, 양면을 다 노릇노릇하게 구운 다음 그 위에 브랜디를 뿌리고 뜨겁게 내놓는 거야. 나는 완전히 괜찮아. 다만 내 사지를 찢어발기건, 풀어헤쳤다가 다시 감건, 아무튼 당신이 뭘 하든지 좋으니까, 다만 그 작품을 당신의 희생자에게 바쳐줘.

그리고 캠벨이 있건 없건(캠벨이 알면 얼마나 우쭐할까! 하지만 캠벨은 모르고, 앞으로도 모를 거야.) 당신이 내게 쓴 편지는 정말 사랑스러웠어. 내 말이 얼마나 옳았던지(여기에 통찰력은 별로 필요 없어). 클라이브의 집에서 내게 가장 중요한 사람이 여기 있다는 사실을 깨달았을 때… 뭐라고 해야 할까? 당신은 의무와 헌신을 원해. 하지만 내가 정말 생각하는 바를 여기 쓰면 당신은 아마 비타가 너무 과한 걸 요구한다고 하겠지. 그러니 당신의

---

* 버지니아는 10월 5일 자신의 일기에 "이 전기는 1500년부터 오늘날까지 이어지는 올랜도라는 제목의 성별이 바뀌는 비타의 전기"라고 썼다.

조롱에 나를 내던지지 않는 편이 나아. 하지만 아무튼 내가 옳았지. 리치먼드에서 당신에게 나를 밀어붙인 일도, 그리하여 폭발을 일으킬 도화선을 놓아, 여기 내 방 소파에서 당신이 명예도 내던지고 영원히 나를 손에 넣게 된, 그 가게에서 강아지를 한 마리 사서 목줄을 매 끌고 다니듯 나를 손에 넣은 것, 그게 당신이 한 일이야. 여전히 종종거리며 당신을 따라가고 있고, 여전히 줄에 매여 있어. 핑커와 전혀 다를 바가 없지.

지난밤의 안개와 달빛은 내가 살면서 본 것 중 가장 아름다웠어. 틀렸어, 나는 쏘다닌 적 없어. 나는 창가에서 몸을 내밀고 죽은 나뭇잎이 정적 속에 춤추는 소리를 들었지. 로턴에 있으면 얼마나 아름답고도 적적할까 하는 생각을 했어. 로턴 일은 유감이야. 버지니아가 살기에 적절한, 동화에나 나올 법한 곳인데.

무디가 소설을 쓰고 있어. 강신론에 관한 소설이래.

그리고 세실 비스턴 씨* 이름은 들어본 적 없지만, 부디 가서 사진 모델을 하고 나도 한 장 줘.

자기야, 내일은 못 올라가고 당신에게 이 소식을 담아 전보도 칠 거야. 왜 그런지는 말 안 할래. 추잡한 이유야. 하지만 다음 주에는 올라가서 런던에서 아마도 하룻밤 자고 올 거야. 그리고 당신이 조만간 여기 오면 어때? 당신이 그러겠노라고 하기도 했고, 이점도 확실히 있잖아.

그놈의 외무부에서는 한 마디도 연락이 없어. 아주 시커먼 음

---

* 사진작가 세실 비튼이다. 비타가 이름 철자를 잘못 표기했다.

모를 꾸미고 있는 건 아닌지 걱정이야. 해럴드는 서신에 점점 더 신중한 태도를 취하고 있어. 아, 그나저나, 오늘 해럴드가 책을 끝마쳐서 타자수에게 보냈어. 그러니 당신이 곧 받아 볼 수 있을 거야.

당신이 여기 있으면 좋겠어. 낮과 밤이 아름다워, 가을에만 볼 수 있는 모습으로. 이 말은 클라이브가 오텀파이어 꽃이 절정에 달하고 잘 익은 사과가 머리 위로 떨어지는 시기에 할 법한 말이네. 하지만 클라이브와 같은 느낌으로 하는 소리는 아니라고 분명히 말해둘게. 아니고말고. 나의 기쁨은 순전히 미적인 성질의 것이고, 촌뜨기인 나는 선하고 근면하고 다정다감하거든. 근데 내가 탈출하는 데까지 얼마나 걸리려나? 당신이 여기 있다면 절대 탈출하지 않겠지만, 당신은 나를 무방비 상태로 남겨두고 떠났지. 있지, 이 무엇도 아무런 의미 없으니까 괜한 상상은 하지 마. 나는 꼬리로 바닥을 톡톡 내리치며 친절하게 쓰다듬어주면 즉각 반응하는 버지니아의 착한 강아지니까.

V.

1927년 10월 14일 금요일

세븐오크스, 윌드, 롱반

자기야, 해럴드가 다음 주에 베를린에 간다는 말을 전하려고, 광분해서 서둘러 이 편지를 써. 화요일에 내가 점심 먹고 잠깐 들른다면 당신은 시간이 날까? 우리는 몹시 짜증이 났는데, 어쩔 수 없었나 봐. 오늘 아침에야 이 소식을 들었어. 베를린에서 3년이라니! 선한 신이 우리를 구하시길.

V.

나는 1월 말까지는 베를린에 안 가.

내가 무심코 당신을 떠나는 일은 다시는 없을 거야. 이게 마지막이야. 그리고 사실, 우리는 이 일로 잃은 만큼 얻기도 했잖아. 나는 늘 당신이 내게 질려서 다음 주 목요일에는 다른 이에게 열중하리라고 확신하는데 (당신이 직접 그렇게 말했지, 못된 사람, 지난번 당신이 보낸, 독사가 독니를 드러낸 듯한 그 편지 말미에 말이야), 우리의 교제가 나의 우울함으로, 그리고 코카인에 취해 한순간의 절반이라도 당신을 더 붙잡아 놓으려는 욕망으로 얼룩지기 때문이야. 하지만 내가 그러는 건, 우리가 길고 안전하고 존중할 만하며 담백하고 냉철한 우정의 편안한 미덕을 맨정신으로 누릴 때에는 놓치는 것들을 이 강렬함 속에서 얻을 수도 있기 때문이지…

《올랜도》는 작은 책으로 만들 거야. 사진도 몇 장 넣고 지도도 한두 장 들어갈 거고. 잠자리에서, 길을 걸으며, 어디에서건 이 이야기를 만들어냈어. 전등불에 비친 당신을, 에메랄드를 걸친 당신을 보고 싶어. 사실 지금만큼 당신이 보고 싶었던 적이 없었어. 그냥 앉아서 당신을 바라보고, 당신이 떠드는 걸 듣다가 재빨리, 그리고 눈치채기 어렵게 몇몇 의심스러운 부분을 바

로잡기도 하고. 지금부터는 당신의 이와 당신의 기질 이야기를
해 볼까. 밤에 당신이 이를 간다는 게 사실이야?… 당신이 가장
강렬한 환멸을 느꼈던 건 언제, 무엇 때문이었어?…

　당신이 언제 올지, 얼마나 머무를지 미리 알려줘. 그렇지 않으
면 그 사이 돌고래가 죽어버려서 죽음과 부패의 색깔을 띠게 될
테니. 당신이 캠벨에게 당신을 내줬다면, 나는 더 이상 당신과
무관한 사람이고, 그러면 온 세상이 읽도록《올랜도》안에 솔직
하게 그렇다고 쓸 거야…

1927년 10월 21일 금요일

타비스톡 광장 52

…당신이 날 원하지 않는대도 두렵지 않아. 소위 정황상의 문제라면. 그러니 부디 솔직하게 말해줘… 당신의 과거를 물었던 일은 당신이 런던에 올 때까지 미뤄도 돼. 한순간이라도 당신에게 짐이 된다면 나 자신이 영영 싫어질 거야…

1927년 10월 23일 일요일

타비스톡 광장 52

소중한 사람,

당신이 오늘 외로울까 봐 걱정이야. 내가 당신과 있다면 좋을 텐데. 해럴드는 아주 좋은 남자고, 내가 그를 알아서 다행이야.

금요일은 어려운 모양이니 내가 수요일이나 목요일에 가는 게 당신에게는 더 좋겠지? 근데 확실히는 모르겠어. 당신과 라셀러스 경은 무슨 이야기를 하곤 했어?…

1927일 10월 25일 화요일

세븐오크스, 윌드, 롱반

소중하고 사랑스러운 버지니아,

당신 편지를 이해 못 하겠어. 수요일에 온다는 거야, 목요일에 온다는 거야? 왜냐하면 수요일에 나는 (웃지 마) 이라크 왕과 식사를 해야 하거든. 하지만 목요일에는 여기 있을 거야. 혼자. 런던에서 수요일 밤까지 안 머물고, 저녁 먹고 내려오려고. 어제 런던에 갔을 때 당신을 보러 가려했는데, 당신이 바쁠 것 같기도 하고 지겹게 만들고 싶지 않았어. 나 정말 우울했어. 당신 편지를 받아서 감사했지. 진짜 반갑고, 너무 간절히 필요했어.

헨리 라셀러스*와 무슨 이야기를 했었는지 기억을 되살려볼게. 그 사람은 늘 아주 과묵해서, 이야기가 별로 진전이 없었어. 그 사람은 손이 아름다웠지.

자기야, 놀에서 사랑스러운 그림 몇 장을 찾았어. 당신이 오길 정말 바라. 피핀이 새끼 여섯 마리를 낳았어. 핑커에게 말해줘. 당신이 올 때 핑커도 데리고 와. 아, 정말 당신이 오면 좋겠어. 목요일인지 금요일인지 알려줘. 당신이 더 편하다면 토요일이나

---

*   비타와 사랑에 빠졌던 헨리 라셀러스는 《올랜도》에서 해리엇 대공으로 등장한다. 그는 1922년에 조지 5세의 딸인 메리 공주와 결혼했다.

일요일도 괜찮아.

V.

1927년 11월 11일 금요일 아침

　지난밤부터 정말 너무 비참해.* 지금까지 제대로 맺은 관계가 단 하나도 없다니 갑자기 내 삶 전체가 실패라는 생각이 들었어. 이 문제를 어쩌면 좋지, 버지니아? 더 마음을 강하게 먹어야 하겠지, 아마. 뭐, 적어도 더 이상은 실수를 저지르지 않을 거야! 나의 당신, 당신에게 고마워. 당신이 했던 말은 정말 옳은 소리였어. 그게 나를 멈춰 세웠지. 난 너무 쉽게 휩쓸려.

　하지만 있지, 당신이 내게 절대적으로 필수 불가결한 존재라는 걸 기억하고 믿어줘. 당신이 나를 더 이상 좋아하지 않으면, 짜증을 내거나 나를 지겨워하면 어떻게 해야 할지 모르겠다고 한 말, 과장 아니야. 심지어 당신이 클라이브에 관해서 한 말조차도 상당히 나를 불행하게 만드는걸. 물론 진지하게 한 말은 아니겠지? 아, 안 돼, 그건 상상도 못 할 일이야. 그 문제는 걱정하지 않을게. 걱정할 다른 일이 충분하니까.

　자기야, 내 결점들을 용서해줘. 나도 그런 점이 내게 있는 게 너무 싫고, 당신이 옳다는 거 알아. 하지만 바보 같고 표면적인

* 　비타는 버지니아에게 메리 캠벨과의 불륜 사실을 로이 캠벨이 알게 됐다고 말했다. 로이 캠벨은 분노했고, 버지니아는 슬퍼했다.

것들일 뿐이야. 당신을 향한 내 사랑은 절대적으로 진실하고, 생생하고, 영원히 변치 않을 거야…

V.

1927년 11월 11일 금요일 밤

타비스톡 광장 52

세상에서 가장 소중한 사람,

당신 때문에 내가 무슨 짐승이라도 된 것 같아. 그러려던 게 아니야. 내가 내 목소리 톤을 통제하지 못하나 봐. 세상 뭘 준대도 1초의 절반이라도 당신을 비참하게 하는 말은 하지 않을 거야. 다만 당신 곁에 유난히 방향을 잃은 사람들이 꼬일 뿐이야. … 그리고 나는 당신이 발레리라든지 메리라는 이름의 여자들과 있는 모습을 보면 절반, 아니면 10분의 1 정도 질투해. 그러니 그건 무시해도 돼.

나에 관해서 할 말은 이게 다야. 당신이 나를 염려한다고 생각하니 행복해. 나는 자주 내가 늙고 조바심내고, 불평하고, 까다롭다고(그게 매력이긴 하지만) 의심스러워지거든…

1927년 11월 22일 화요일

옥스퍼드

당신과 관련된 기사 세 편을 동봉해. 시트웰의 연극은 어떻게 할까? 내 자리를 레너드에게 주는 게 좋을까? 그러고 싶진 않지만, 당신이 그러길 바라면 그렇게 하지, 뭐. 아니면 레너드가 클라이브의 박스석에 갈 수 있나? 아니면 언론용 표는 못 구할까? 〈네이션〉에는 분명히 한 장 보냈을 텐데. 정말 아깝다.

에설이 큰 도움을 줬어, 안 그래? 나는 수락*했고, 그래서 베를린에 가는 건 1일 대신 3일로 미뤘어. 다 버지니아를 사랑하는 마음에서지.

당신 덕에 난 여기서 썩 즐겁지가 않은데, 수술은 성공적이라니까, 그게 위안이야. 여기 얼마나 더 머물러야 할지 모르겠지만, 목요일까지는 보고 있어. 좀 암울하군.

시빌의 편지에서는 뭘 좀 알아냈어? 난 좀 불길하게 읽히던데. 시빌은 분명 날 혼내려고 벼르고 있을 거야.

어제 당신은 착한 버지니아였어. 아주 착했지. 평소보다도 더 착했어. 왜 그랬어? 가길 잘했다고 생각했어.

아휴, 여기 있는 거 정말 싫다. 이걸 싫어하는 나도 싫어. 나

---

* 12월 2일에 열리는 파티 초대.

정말 이기적이지. 영혼에는 좋겠거니 하고 있어. 그렇겠지? 당신이 여기 있으면 좋겠어, 그러면 여기 있는 것도 너무 좋을 텐데.

소중하고 또 소중한 버지니아, 당신에게 축복이 있길. 내가 당신을 얼마나 사랑하는지 모르지? 얼마나 깊이, 얼마나 변치 않는 마음으로.

V.

1927년 12월 5일 월요일

타비스톡 광장 52

토요일 밤에 자러 가도 돼? 그때가 유일한 기회일 것 같아. 알려줘…

당신이 날 좋아하냐고 전화해 물어보면 당신이 말해줄까?

당신을 만나면 나에게 키스해줄래? 내가 당신과 한 침대에 있으면 당신은…

《올랜도》 때문에 오늘 밤 아주 신났어. 불가에 누워 마지막 장을 쓰는 중이지.

1927년 12월 6일 화요일

롱반

나는 절망에 빠졌어. 하필 토요일에만 누가 오기로 되어 있거든, 그러니까, 도티가. 약속을 미루려고 해봤는데, 그날밖에 못 온대. 제기랄. 목요일, 금요일, 아니면 일요일 중에 올 수 있을까, *가능해?* 내일 브라이턴에 가서 하룻밤 자고 오니까, 메트로폴 호텔로 답장 줘. 당신이 오기만 하면, 당신이 물어본 다른 질문들에 대한 답은 다 '그렇다'야. 여기서는 집 안으로 들어가는 것도 나가는 것도 사실상 불가능해. 모든 문 앞에 입을 크게 벌린 구덩이가 있거든. 그걸 뛰어넘어 다녀야 해. 아주 위험하지만, 굉장히 재밌어. 그리고 악취를 풍기는 남자들이 바닥 온 사방에서 딱정벌레처럼 기어 다녀. 하지만 신경 안 써, 굉장히 애써야 하지만. 여기로 와, 그러면 내가 얼마나 착한지 알게 될 거야.

V.

1927년 12월 21일

타비스톡 광장 52

…선물을 사다 보니까 타락한 기분이 들어. 하지만 오늘 밤 걸치려고 휘트워스즈에서, 혹은 울워스즈에서 줄에 꿴 진주 2야드를 6펜스에 샀어. 나 근사해 보이겠지? 여기 12실링 6펜스를 보내. 수표 쓰는 게 좋아. 다른 여자들과 비슷해지는 기분이 들거든…

1927년 12월 29일 목요일

켄트, 세븐오크스, 놀

이 편지가 당신에게 닿긴 할까? 눈 속에 완전히 파묻혔어? 언덕 한가운데 있으니 무척 아름답지? 핑커가 좋아해? 벌써 런던에 돌아갔을까? 뭐라도 먹을 건 있어? 내가 내일 셰필드에 갈 수는 있을까? 당신을 다시 볼 수는 있을까? 다른 책을 또 쓸 수는 있을까? 이 질문 대부분에 대한 답이 '아니오'인 것 같아.

당신 수표를 현금으로 바꿨어. 12실링 6펜스를 갖고 싶어서가 아니라, 그렇게 하면 당신이 다른 여자들과 비슷해지는 기분을 더 만끽할 것 같아서. 그리고 그 돈이 결국은 내 서명이 뒷면에 적힌 형태로 당신에게 돌아가리라는 걸 아니까. 당신이 정말로 다 큰 어른이라도 된 것처럼 말이지. 내일 나는 에설과 그녀의 예리한 눈을 마주해야 해. 친구 누구에 대해서건 손톱만큼도 열정을 내보이지 말아야 할 것 같아. 아니면 내가 전혀 상관없는 이야기를 해서 에설의 주위를 다른 데로 돌릴 수 있으려나? 그러면 무척 재밌겠는걸. 아무도 본 적 없는 새로운 미인을 만들어내서 저녁 식사에 데려가도 되겠냐고 에설에게 묻는 거야. 그러고 나서 그 식사 자리를 이런저런 구실을 대서 끝없이 미루는 거지. 그 미인을 뭐라고 부를까? 당신이 적절한 이름을 생각해봐. 아주 낭만적인 이름으로, 글로리아 스록모턴이나 레스비아 펜쇼처럼. 그녀는 이제 겨우 열아홉이고, 메리오네스에 사는 가족에게서 도망쳐서 런던에 방을 하나 얻었어. 발레리보다 사랑스럽고, 버지니아보다 재치 있으며, 메리보다 자유분방하고. 세실리아 리치 양보다 골프를 잘 쳐.

크리스마스에 브라이턴에 다녀왔는데, 홍수로 불어난 물이 양편으로 넘실거리고 비가 급류를 이뤘지. 루이스를 지나면서 가고 싶은 마음에 왼편을 바라봤어.

놓은 사방이 부드럽고 하얘. 그리고 남자들이 지붕 위에서 삽으로 퍼내는 눈이 풀썩풀썩 큰 소리를 내며 쏟아져. 도보로 오가는 걸 제외하면 우리는 거의 고립됐어. 차도 못 다니고, 전화도 안 와. 당신이 여기 있으면 좋겠다. 하지만 롱반에 올 거지, 그렇지? 금욕주의에 젖어서 오진 않겠지?

당신의

V.

1928년 1월 6일 금요일
켄트, 세븐오크스, 놀

당신의 전보는 명령을 전달하려던 거야, 아니면 단순히 메시지를 전달하려던 거야? 그러니까, "버지니아를 사랑해줘!"라는 명령문이었어, 아니면 "사랑해. 버지니아가"였어? 당신이 어느 쪽으로 썼건, 전보는 정말 다정하고 예상 밖이었고, 만약에 저게 명령이었다면 따르겠어. 자기야, 아버지가 너무 편찮으셔. 우리는 유행성감기라고 생각하고 있었는데, 갑자기 폐렴이라는 거야. 우리는 너무너무 놀랐고, 오늘 좀 나아지시긴 했지만, 여전히 의사는 위험에서 벗어났다고는 말 못 하나 봐. 그래서 아직도 여기 있고, 아마 다음 주 내내 머물러야 할 것 같아. 아버지를 하인들이나 간호사들밖에 없는 이 큰 집에 혼자 두고 갈 수는 없어. 너무 우울해하실 거야. 당신에게 여기 와서 하룻밤, 혹은 그 이상, 자고 가라고 쓰고 싶어서 손가락이 근질거린다. 내가 혼자 있을 테니까. 내 말은, 아버지는 여전히 누워 계시잖아. 하지만 당신이 그러고 싶을지는 모르겠네? 《올랜도》에 아주 도움이 될 텐데(라고 머뭇거리며 말해본다), 그리고 곧 협회를 이룰 만큼 많은 병원 간호사가 상주할 것 같고 말이야.

레베카 웨스트가 《대지》에 관해 기사를 써서 나를 짜증 나게 하는 데 성공했어. 내가 느끼는 시골이 진짜가 아니라 사람들이 *마땅히* 시골이라고 느끼고 생각하는 감정에 불과하다는 소리를 들으니 억울해. 이건 사실이 *아냐*. 페미나 상*이 당신 대신 내 철천지원수한테 간 것도 너무 신경질 나. 당신이 그걸 받았으면 다시는 나를 놀리지 못할 텐데. 그러니까 문학과 관련해서 내 기분은 증오로 가득 찼어. 거기다 당신이 보고 싶은데 여기 묶여 있잖아. 전부 짜증 나…

당신의

V.

* 프랑스의 대표 문학상으로 열두 명의 여성작가로 구성된 심사위원이 그해의 최우수작품을 선정하여 수상한다.

1928년 1월 14일

타비스톡 광장 52

소중한 사람,

당신 아버지 일은 정말 안타까워. 신이시여! 당신이 어떤 시간
을 보내고 있을지. 그분이 나아지길 진심으로 바라. 그리고 하
나님이 보우하사 당신은 절대 걸리지 말길. 제발, 내 소중한 사
람, 몸 조심해…

빌어먹을 레베카. 우산과 순무도 구별 못 하고, 시와 거기 나
온 감자도 구분을 못 해요. 무슨 권리로《대지》에 관해서 그렇
게 거들먹거리는 거야? 내가 좀 보자.

1928년 1월 20일

켄트, 세븐오크스, 놀

사랑하는 버지니아, 아버지의 차도는 꼭 알려주겠다고 약속
했었지. 심장막염(심장 주변부에 염증이 생겼대…)으로 몹시 편찮
으시고, 완치될 가능성은 아주 희박하대. 우리는 그저 꼭 붙어
서 앞으로 이틀이나 사흘 사이에 어떻게 진행될지를 기다리는
수밖에 없어. 해럴드에게 전보를 쳤고, 오늘 밤에 온대. 악몽이
따로 없어. 아버지가 고통으로 몹시 괴로워하시는데, 저 사람들
은 고통을 경감시킬 약을 거의 주질 않아. 고통스럽지만 않으셔
도 이렇게 나쁘진 않았을 거야. 하지만 지금 상태는 바라만 보
고 있어도 너무 끔찍해. 아버지는 천사처럼 대단한 인내심을 발
휘하며 불평조차 하지 않으셔. 집 안 분위기가 《출항》*의 결말
을 생생하게 떠오르게 해.

내가 어떻게 지내나 당신이 궁금해할까 봐 쓴 거니, 이 편지에
굳이 답장할 필요는 없어.

슬픔에 빠진

당신의 비타가

*   버지니아 울프의 첫 소설이다.

1928년 1월 24일 화요일 저녁

켄트, 세븐오크스, 놀

자기야, 우리 아버지가 훨씬 좋아지셨어. 내가 내일 런던에 가도 되겠어. 간다면 5시에 당신과 함께 있을 거야. 못 가면 아침에 전화할게. 즉, 아버지 상태가 안 좋다면. 아버지가 나아지신건 완전히 기적이야. 지난 수요일만 해도 의료진이 아버지가 살아날 가능성을 거의 비관했었거든. 내가 가는 걸 미루고 싶으면 10시 전에 전화 줘. 당신이 간절히 보고 싶고, 정말 보러 갈 거야. 아니면 해럴드와 아이들을 보내야 해. 하지만 정말로 당신이 너무 그리워.

당신의 다정한(그리고 기진맥진한)

올랜도.

하하!

1928년 1월 26일
타비스톡 광장 52

　…가능한 한 빨리 올랜도를 되찾기 위해 나는 계속 잠자코 있겠어…《대지》를 읽는 중인데, 어떤 구절들은, 내 생각에는, 정말로 좋아.

1928년 1월 27일

켄트, 세븐오크스, 놀

내 사랑, 하디와 메러디스 일 때문에, 두 일 모두 처리하느라 당신이 무리했다는 소식에 마음이 안 좋았어. 하지만 도티가 오늘 저녁 당신을 보러 간다고 해서 기분이 약간 나아졌어. 해럴드는 원래 오늘 떠났어야 했고, 그러면 나도 함께 런던에 갈 예정이었는데, 어제 아버지가 너무 안 좋아지셔서 해럴드가 출발을 연기했어. 그렇게 해줘서 고마워. 아버지가 오늘 더 안 좋아지셨거든. 이제 희망이 별로 남지 않은 게 아닐까 겁이 나. 아버지 심장이 오랜 부담을 못 견디고 잘 기능하지 않아. 앉아서 무슨 일이 벌어질지 기다리는 것 외에는 할 수 있는 일이 없어. 지난번에 호전됐던 탓에 더 잔혹하기만 해. 가여운 올리브 일은 너무나 유감이야. 다른 누구보다도 그 사람에게 안됐어.

당신이 어떻게 지내는지 전화를 걸어 묻고 싶지만, 레너드를 방해하기 싫어. 그래도 도티를 만난다는 소식이 당신이 나아졌다는 의미이길 진심으로 바라.

당신의 다정한

V.

1928년 1월 29일

타비스톡 광장 52

사랑하는 자기,

이 편지는 단지 내 사랑을 당신에게 전하기 위해서 써. 내가
당신을 얼마나 걱정하는지 모르지.

1928년 1월 30일 월요일

켄트, 세븐오크스, 놀

나의 당신, 아주 사랑스러운 쪽지 고마워. 그 일에 관해서는 무슨 말을 해야 할지 전혀 떠올릴 수가 없어.* 언젠가 말해줄게. 지금은 몹시 기괴한 생각만 떠올라. 버지니아의 책을 위해서 얼마나 좋은 소재가 될까, 라든지. 모든 것이 비극, 기괴함, 장엄함으로 뒤죽박죽인 상태야.

다행히도 생각에 빠져 있을 시간이 거의 없어. 아버지를 예배당에 모셨고, 당신이 그 모습을 볼 수 있으면 좋겠어. 아주 아름답고, 상당히 비현실적이거든.

내일 장례식이 끝나면 롱반으로 돌아가. 그럴 수 있다면 곧 당신을 만나러 가고 싶어. 그전까지, 부디 날 사랑해줘, 당신이 말한 그만큼.

당신의 비타

*   1월 28일 자정에 비타의 아버지 색빌 경이 사망했다.

1928년 2월 2일 목요일

롱반

내 사랑, 내게 당신은 천사나 다름없어. 오늘 밤 당신과 저녁을 먹으면 좋겠지만, 나와 여기 머물고 있는 올리브를 혼자 두고 가고 싶지 않아서 함께 있어야만 해. 올리브는 월요일에 떠나고, 내 생각에는 내가 월요일에 런던에 올라갈 거 같으니 그때 당신을 보러 가도 될까? 저녁에. 침울해하지 않겠다고 약속할게. 그리고 당신이 이번 주 아무 때라도 하룻밤 자러 내려온다면 그보다 더 좋을 순 없을 거야. 하지만 이건 말 안 해도 알겠지. 해럴드가 떠났으니 나 혼자일 거야. 베를린에는 대충 3주 뒤에나 가.

예배당 바닥이 꽃으로 완전히 뒤덮인 위디햄*에서 막 돌아왔어.

당신, 당신을 아주 많이 사랑하고, 그리고 당신은 내게 너무 다정하지. 당신을 무척 만나고 싶어…

당신의

V.

---

* 색빌 가문의 가족묘가 있는 곳이다.

1928년 2월 3일 금요일

타비스톡 광장 52

물론이야, 사랑하는 자기야, 월요일 저녁 집에 있을게. 5시 이후 언제라도 당신이 나타나길 기다리며…

나와 있을 때는 원하는 만큼 슬퍼해도 괜찮아. 나도 자주 그러는걸…

지금 이 순간 천 번의 무용하지만 아주 진실한 사랑이 당신을 엄습하지. 나도 아주 진저리 나도록 잘 아는 감정이야. 나의 가없고 사랑스러운 사람.

1928년 2월 5일 일요일

롱반

내 사랑, 내일 밤 당신과 단둘이 저녁을 먹는 것보다 내가 더 좋아할 만한 일은 *세상에 아무것도 없어.* 당신이 홀로 있으리라는 생각을 안 했다면 감히 이런 제안을 하지 못했을 거야. 7시쯤 갈게. 괜찮아?

당신의

V.

1928년 2월 8일 수요일

롱반

내 사랑, 당신은 내가 아는 사람 중 가장 똑똑할 뿐만 아니라 제일 상냥한 사람이야. 당신이 내게 얼마나 감미로웠는지 절대, 절대 잊지 않을게. 내 애정을 놓고 당신과 경쟁할 만한 유일한 상대가 딱 하나 있는데, 보스만의 포토*야. 당신이 너무 불명예스럽게 행동했던 그날 이래 지금까지 거부하려는 노력을 안 해본 것은 아닌데, 당신만큼이나 그 녀석도 너무 매력적이어서 도무지 거부할 수 없다고 인정해야겠어.

〈태양과 물고기〉**를 내가 얼마나 좋아했는지 말로 표현할 수 없어(우리가 함께 한 일과 관련된 글이라 더더욱). 그래서 〈타임 앤드 타이드〉를 한 부 주문했어. 금요일에 당신이 오면 넘치도록 기쁘겠지만, 당신이 피곤해지는 건 싫고, 당신이 바쁜 것도 알고 있으니 부담 갖지는 마, 내 사랑. 하지만 만약에 온다면 버네사의 소묘를 가져와줄래?

하루 종일 편지만 썼고, 이제 거의 끝나가. 그러니 아마도 내

---

*   버지니아가 비타에게 편지를 쓸 때 사용하던 이름이다.

**   〈태양과 물고기〉는 1927년 6월 29일에 버지니아가 비타와 함께 목격한 일식을 쓴 기사로 〈타임 앤드 타이드〉에 실렸다.

일은 당신을 위해 죽음에 관한 모든 걸 담은 우울하고 짧은 시 한 편을 쓸 수 있을 거야.

〈뉴욕트리뷴〉이 《대지》가 이 장르에서 역대 가장 따분한 시 래… 그 사람들 말이 맞는 게 아닌가 싶어.

맥스 비어봄과 이야기하는 건 아주 좋았어. 하지만 그 사람은 당신이 뭘 정말 좋아하는지 모르더라. 당신이 얼마나 마음이 따 뜻한 사람인지도.

나는 당신을 정말 사랑해.

당신의,

V.

1928년 2월 9일 목요일

타비스톡 광장 52

내일 1시 12분에 세븐오크스에 도착해서… 6시 30분까지 머무를 예정이야. 그러니 안타깝지만, 당신은 차에 곁들일 빵뿐만 아니라 점심으로 먹을 뼈다귀도 내주어야겠어… 그나저나 나는 합의하에 이제 V.W.가 아니라 보스만의 포토라고 불리기로 했어. 더 훌륭한 이름이지, 그렇게 생각하지 않아?…

1928년 2월 21일 화요일

롱반

사랑하고 또 사랑하는 포토, 혹시나 목요일에 올 수 있을까? 왜인지 말해줄게. 토요일에 내가 영국을 떠나면 베를린에는 일요일 이른 아침에 도착하고, 일요일이 마침 해럴드가 쉬는 날이거든. 그리고 내가 토요일에 떠나면 런던은 금요일에 올라갈 수 있어. 하지만 당신이 목요일이 안 되면 가는 걸 미룰게. 혹시나 해서 물어보면 어떨까 했을 뿐 정말로 아주 중요한 문제는 아니야. 내일 아침에 전화해줄래? 지금 당신에게 전화하고 싶지만, 어째 늘 레너드가 받는 것 같거든. 그러니 당신이 편한 시간을 골라.

당신 목이 좀 나아졌기를 바라.

서명이 정말 사랑스럽더라. 내 서명은 비할 바가 못 돼.[*]

당신을 그린 소묘[**]를 액자에 넣어서 내 책상 위에 세워 놨어.

당신을 차로 런던에 데려다줄 수 있어, 아무 날이나. 그리고 나서 떠날 테니까 말이야. 내가 제안한 것처럼 표는 내가 챙길

---

[*]   버지니아는 앞 편지에 보스만이라고 서명하고 그 위에 동그라미를 쳐서 보냈다.

[**]   버네사 벨이 버지니아 울프를 그린 그림이다.

테니 전화로 알려주고. 아버지 차를 받았는데 캠벨 대위*만큼이
나 빨리 나가.

당신의 다정한

V.

P.S. 당신 특유의 우아하고 성깔 있는 말투로 "하지만 갈 생각
도 없었는데"라고 하기만 해.

---

*　당시 자동차 속도 최고 기록 보유자이다.

1928년 2월 29일 수요일

베를린 N.W. 23, 브뤼켄가 24

　내 사랑, 음, 난 부러진 날개가 다시 부러진 갈까마귀라도 된 기분으로 여기 도착했어. 하지만 내가 버지니아에게 편지를 쓰려고 구해온 이 종이는 예쁘지? 그런데 당신, 위에 주소는 잘 봐뒀어? 이 주소로 보내, 당신이 대사관으로 보내면 오찬 때까지 받을 수 없거든. 이 주소로 쓰면 언제라도 내게 편지가 올지 모른다는 기대에 아침 내내 더 신나게 지낼 수 있을 거야. 여긴 확실히 정말 지랄 맞은 장소야. 그리고 해럴드를 봐서라도 베를린을 싫어해서는 안 된다는 생각 때문에 내가 못 이겨낸다면 반란과 절망―그냥 성질과 눈물이야―뿐일 나의 감정은 더 복잡해질 거야. 그러니까 이 감정은 그이를 향한 암묵적인 비판이나 분노고, 그를 나쁘게 생각하는 마음이 있으면 도무지 숨길 수 없거든. 내 생각에는 그이도 못 숨겨. 그러니 감정이 이렇든 저렇든 매우 까다로워. 한편 베를린은 국기를 여기저기 달고 화사해 보이기 위해 최선을 다하고 있어. 아프가니스탄의 검은 국기야. 아프가니스탄 사람들의 접대 준비를 담당한 관료들은 아프가니스탄 국왕이 침실에 침대 다섯 개를 원할지도 모른다는 소리를 듣고 시위라도 일으킬 분위기야. "그럼 아내를 다섯이나 데려온다는 겁니까?" 하고 묻더군. "아뇨, 아내는 하나만 데려오고요. 유럽식으로 처제라고 불리는 숙녀 한 분을 더 데려올 거예요." "그럼 대체 왜 침대가 다섯 개죠? 셋 아니고요?" 그 후에 밝혀지길, 아프가니스탄 관습에 따르면 사랑의 행위가 벌어진 침대에서 남은 밤을 보내서는 안 된대. 따라서 왕이 둘 중 한 사람과 행위를 하거나, 숙녀 두 분 모두와 하면 옮겨서 잘 여분의 침대가 두 개는 있어야 하지.

독일인들은 이게 매우 이상하다고 생각했어. 나는 반대로 문명의 높은 단계를 보여준다고 생각해. 포토에게 어떻게 생각하냐고 물어봐. 당신은 지금 이 순간 메리 여왕이 버킹엄궁전의 침실 하나에 침대 다섯 개를 놓도록 지휘하고 있을 것 같아?

아이고. 나는 28일까지 못 돌아가게 됐어. 당신이 계속 거기 있을 가능성이 조금이라도 있을까? 왜인지 알려줄게. 해럴드가 우리가 25일에 코펜하겐에 가서 **덴마크 사람들에게 강의를 하는 계획**을 세워뒀더라고. 하! 하! 그이는 바이런에 관해서, 나는 시에 관해서 말이야.

여기서 새 친구를 사귀었어. 민족에 관해서라면 허상 그 자체고, 성질머리도 버지니아의 세계에서 시민권을 얻기에 부족하지 않아. (우리가 알 듯, 당신의 경우 환상적인 건 세계뿐이지만. 당신의 인물들은 언제나 대학 교육과 나무랄 데 없는 교양을 갖춘 온화한 숙녀들과 신사들이지.) 하지만 내 친구에 관해서 말하자면, 그리스인으로 태어났고, 어머니는 이탈리아인으로 이탈리아에서 자랐지만 스위스에 귀화해 스위스인과 결혼했는데, 남편은 벨기에로 귀화했어. 할머니는 족보를 타고 가다 보면 러시아계래. 키가 아주 크고 피부색이 어둡고 숱 많고 부스스한 검은 곱슬머리인데, 몸치장은 필시 옷장에 있는 모든 옷을 한꺼번에 걸치고 나온 게 분명해. 커다란 꽃이 그려진 숄, 리본, 레이스, 띠, 매듭, 스카프, 손모아장갑… 게다가 손목에는 부채 여럿과 열쇠 뭉치들이 달랑거려. 방 안을 움직일 때마다 이 물건 중 두세 개를 바닥에 떨어뜨리는데, 다행스럽게도 그녀는 의식조차 못 해. 이 여자는 대단한 외모에도 만족을 못 하고 박차로 온 사방을 장식한 어두운 집에 살아. 커다란 박차, 작은 박차, 은으로 만든 박차, 철로 만든 박차, 징이 박힌 박차… 그리고 덤으로 허전함을 메울 등자도 몇 개 있어. 이러니 별로 놀랍지도 않지만, 모국어가 없어서, 대체로 입심 좋으면서도 끔찍한 프랑스어로 말하는데, 죽은 샬럿 공주에게 완전히 동성애스러운 열정을 품고 있어. 버지니아 울프의 작품들을 향한 광적인 숭배가 나와의 주된 연결고리인, 도덕심이 대단히 의심스러운 어느 다른 숙녀 하나와 더불어 이 사람이 이 따분한 도시에서 내 유일한 즐거움이자 유흥이야. 베를린 지식인 사이에서 당신이 우상이란 걸 꼭 알려줘야겠어. 하지만 대부분의 대중이 선호하는 건 골즈워디와… 잭 런던이야! 이 사람들은 잭 런던이 우리의 대표 작가라고 생각해.

도티의 시리즈에 라이너 마리아 릴케의 시를 번역해서 넣자고 제안했어. 벌써 번역된 게 아니라면 말이야. 이게 잘하는 일이라

고 생각해? 시는 상당히 어렵지만 아주 좋아. 예이츠의 시집을
사라고 말해줘서 당신에게 *고마워*하고 있어. 여기 오는 내내 기
차에서 나를 행복하게 해줬거든. 〈레다〉에서 좋았던 구절은

저 겁먹고 힘 없는 손가락들은 어떻게 밀어냈을까,
깃털로 덮인 영광을, 제 힘 풀린 허벅지로부터.

시는 마땅히 이래야지. 하지만 만인의 예이츠가 생애 끝자락
에 당신의 친구 톰 엘리엇에게 합류할 줄 누가 예측할 수 있었
겠어? 릴케도 그런 게 아주 없지는 않아. 스위니* 같은 상상의
인물을 만들어내기까지 한다니까. 하지만 릴케가 엘리엇을 읽었
으리라는 생각은 안 들어.

내게 편지 쓸 거지? 외교관들 정말 싫어. 하지만 우리 집에 오
는 사람들 대부분은 거의 평판이 안 좋은 기자들이라는 걸 말해
야만 하겠지. 성격이 독특한 싱클레어 루이스도 있고, 그 사람이
동거하는 여자도 있어. 아무튼 나는 물 밖에 나온 물고기가 된
끔찍한 기분이야. 그리고 해럴드는 이제 대사가 되고 싶다는 소
리를 해. 하지만 당신은 가여운 비타가 대사 부인이 되는 걸 상
상할 수 있어? 못 하겠지. 그래서 이 전망이 나를 경악하게 만들
어. 운명은 정말 희한한 장난을 쳐. 내가 원하는 건 정원을 가꾸
고, 글을 쓰고, 포토와 이야기하는 것뿐인데. 그 대신 코케이드

* T. S. 엘리엇의 여러 시에 등장하는 인물이다.

가 달린 모자를 쓴 대사관 하인의 자동차를 타고 여기저기 방
문하게 생겼어.

　이런, 이런. 가여운 올랜도.

당신의

V.

1928년 3월 6일 화요일

타비스톡 광장 52

맙소사, 릴케를 번역한다고. 당신 권리는 꼭 확인해. 영어로 된 다른 번역이 없는지도. 몇몇 작품(산문)을 프랑스어로 읽었었어. 그리고 어느 정도는 좋다고 생각했어. 미묘하기도 하고, 음악적이고. 하지만 번역된 언어라는 장애물을 뛰어넘을 수준은 아니고. 릴케가 쓴 시라면 아마 더 좋을 거야. 사람들이 이야기하는 그대로라면 필시. 그래, 꼭 해봐. 내가 프랑스어로 말을 정말 잘하는 거 알아? 무척 유창하게, 때로는 부정확하게, 그리고 생시몽 이래 사용되지 않는 좋은 단어들을 많이 섞어서? 내 프랑스어 선생님의 평가야⋯ 내가 프랑스어를 할 줄 안다는 사실 하나만은 알아주길 바라. 당신은 절대 들을 일이 없을 테니까. 그리고 당신과도 진짜 여성스러운 방식으로 좀 더 친해져보려고. 진짜 여성들은 모두 프랑스어로 말하고, 코에 분을 바르잖아⋯

1928년 3월 8일

베를린, 영국대사관

　당신이 아직 살아 있는 걸 알아. 왜냐하면 클라이브가 해럴드에게 쓴 편지에서 당신을 언급했거든. (맞아, 그 기록들은 계속 쌓일 거야. 우리에게는 아주 큰 기쁨의 원천이야.) 하지만 당신에게 소식 한 줄 오질 않는 걸 보니 당신은 나를 더 이상 사랑하지 않나 봐. 그래도 나는 당신에게 길고 긴 편지를 썼지. 날 잊었어? 아니면 그냥 바빠? 아니면 포토가 질투해?

　혹시 필리스 버톰Phyllis Bottome이라는 당신의 동료 작가 이름을 들어봤어? 여태까지 나는 그 이름을 사람이 앉는 부분*으로 불렀는데, 지금 올바른 발음을 배우기로는 '버−톰'이라는군. 아무튼 이 숙녀분이 살면서 바라는 게 딱 하나 있는데, 당신을 알고 지내는 거래. 이게 본인 권한 밖이라 생각해서 당신과 자기의 만남을 묘사한 장면이 들어간 단편을 하나 써 위안을 얻었지. 당신을 자기가 상상한 대로 묘사했어. 자, 저 단편 읽는데 얼마낼래? 개인적으로 나는 상당 금액을 지불할 용의가 있고, 그걸손에 넣으려고 애쓰고 있어. (수기로만 존재한대.) 최고의 판매자인 게 분명한 버−톰 양은 여기가 아니라 스위스 어딘가에 산대.

---

*　'궁둥이'를 의미하는 'Bottom'과 비슷하게 읽힐 수 있어 혼동한 것이다.

이 이야기를 들려준 친구는 이 일을 꽤 진지하게 받아들여서, 전혀 우습지 않고 아주 딱하다고 했어. 하지만 나는 단편소설을 얻을 수 있게 편지를 써달라고 그 친구를 설득했지.

자기야, 《에콰도르의 바람둥이》 한 권과 《테헤란으로 가는 여행자》 한 권을 외무부 우편으로 보내줄 수 있을까? 화요일에 런던에서 출발하게. 이건 **비즈니스**야. 《에콰도르의 바람둥이》가 번역될지도 모르거든. 소포에 '우편 행낭으로 베를린에'라고 적어줘.

비평할 책이 있을까? 지난번에 끔찍하게 늦게 보내서 레너드가 나에게 다시 맡길 것 같지 않지만.

아, 소중한 사람, 집이 너무 *그리워*.

당신의

V.

1928년 3월 12일

타비스톡 광장 52

…나는 노엘 카워드와 사랑에 빠졌고, 그 사람이 차를 마시러 오겠대. 당신이 첼시에 있는 모든 사랑을 독점할 수는 없잖아. 포토도 좀 누려야지. 노엘 카워드도 좀 누려야 하고. 내가 웃긴 장난을 쳤어. 내가 모자가 하나도 없었거든. 그래서 옥스퍼드가에 있는 어느 가게에서 7실링 11.75펜스를 주고 하나 샀어. 녹색 펠트로 만들었고, 안 어울리는 색깔의 리본이 달려 있어. 허공에 떠 있는 팬케이크처럼 주저앉았고. 나조차도 내가 이상해 보인다고 생각했다니까. 하지만 일행 중 하나가 허공에 떠 있는 팬케이크처럼 보일 때, 진짜 여자들 사이에서 무슨 일이 일어나는지 보고 싶었어. 근사한 선홍색 팅크가 든 빨간 마개 병처럼 생긴 에드윈 몬터규 부인이 들어오더군. 흠칫 놀라더라. 내 모습을 보고 개탄한 게 분명했어. 그다음에 웃음을 감췄지. 다시 보더라고. '아, 이 무슨 비극이람!' 하고 생각했을 거야. 가여워하면서도 나를 좋아했어. 내가 시시덕거리는 소리를 엿듣더라고. 그러고 나서 어리둥절해했지. 결국은 정복됐어. 봐, 여자들은 지극한 여성스러움을 이렇게 노골적으로 부정하면 못 견딘다니까. 돌풍에 맞닥뜨린 새들처럼 날개를 활짝 펼치지. 반면 날개에 깃

털이 전부 제자리에 붙어 있는 이 세계의 마리아는 쪼이고, 돌에 맞고, 종종 깃털마다 피를 묻히고 죽어 새장 바닥에 누워 있지.

내 사랑, 당신은 행복해, 아니면 불행해? 글을 쓰고 있어? 사랑하고 있어? 제발 큰 종이에 긴 편지를 보내줘, 포토는 그걸 가장 좋아하니까…

1928년 3월 14일

베를린 N.W. 23, 브뤼켄가 24

여기 포토가 좋아하는 크고 좋은 종이. 주소와 모아비트 37 - 94라는 전화번호가 찍혀 있는 멋진 파란색 종이를 몇 장 구했고, 포토가 이게 제일 좋으면 이걸로 받아야지. 나는 버지니아가 모든 면에서 세계에서 가장 매력적인 사람이라는 별로 참신하지 못한 결론에 도달했어. 사실 지난 사흘 혹은 나흘을 다른 것은 거의 생각하지 않고 아주 몰두해서 행복하게 보냈어. 그 누구도 아무것도 모르는 비밀의 삶을 사는 것 같았지. 그리고 들어봐. 내가 당신을 위해 버톰의 단편소설을 구했고, 하루나 이틀 안에 보낼 거야. 이렇게 지연된 이유는 단편소설을 구해서 가져온 사람이 내가 보내기 전에 다시 읽고 싶어 해서야. 버톰은 당신이 단편소설을 읽는다는 생각에 얼마나 신이 났는지 무려 스위스에서 베를린까지 전화를 걸어서 당신에게 아직 안 부쳤는지 물었어. 그리고 "그 아이디어가 꿈속에서 떠올랐다"는 사실을 당신이 알아줬으면 하더라. 당신은 이야기에서 에이버리 플레밍이라고 불려. 다 읽으면 돌려줘야 돼.

동봉한 청구서를 보면 알겠지만, 호가스 출판사와 분쟁이 있었어. 내가 받아야 할 저작권 사용료를 가로챈 줄 알았거든. 하지만 서둘러서, 그리고 미안한 마음으로 수표를 동봉해. 우리 책을 보상한다는 게 앵거스[*]가 그만둔다는 이야기겠지? 개인적인 이야기 혹은 정신 연구를 계속하기 전에 사업 이야기를 좀 더 할게. 마거릿 포크트 골드스미스라는 여자가 있는데, 작가 대리인이고 일전에 언젠가 당신에게 독일어로 당신 책을 번역하는 일을 담당할 수 있겠냐고 물어봤을 거야. 당신이 그 사람을 커티스 브라운에게 연결해줬고, 그쪽에서 마거릿에게 답장을 보내왔는데 알아본 결과 부정확한 이야기더라고. 즉, 피셔가 여기서 당신 책을 담당한다고 했거든. 그런데 그렇지가 않은 모양이야. 그렇다면 마거릿 포크트가 당신 책을 담당할 기회가 있다는 이야기 아닐까? 최고로 친절하고 열정적이며 지적인 사람이야. 어쩌다 보니 내 절친한 친구이기도 하고 말이지. 당신 일을 성공적으로 해내리라는 확신이 없다면 추천하지도 않았어. 그 사람 주소야. 뉘른베르크가 7번지, 포크트 골드스미스 부인 앞. 당신 작품이 독일어로 번역되지 않았다니 정말 아까워. 여기 사람들 모두 당신을 알거든. 그러니까 마거릿 포크트와 해볼 만한 일이 있다면 꼭 해봤으면 좋겠어.

자. (이제 나는 쿠르트 바겐자일^{**}에 관해 에디처럼 투덜거릴 거야.)

_*   1924년부터 호가스 출판사의 관리인으로 일하다가 1927년 12월에 레너드에게 해고당했다.

_{**}   해럴드의 책 몇 권을 독일어로 번역한 번역가이다.

루이즈에게 온 편지 한 통을 동봉했는데, 그걸 보면 클링커*에 관한 루이즈의 의견을 알 수 있을 거야. "클링커와 좋은 종Clinker et bien bell"은 말장난으로 한 게 아닌 것 같아.** 당신의 프랑스 철자법 수준이 루이즈보단 낫길 바라.

당신이 차를 몰고 프랑스를 가로지르는 건 아주 격하게 반대야. 너무 위험해. 비행기에 대한 그 난리는 다 뭐고? 당신이 지표면을 떠나봤고, 그 경험은 완전히 끝났으며, 다시는 반복될 필요가 없다고 이해하면 될까? 그렇다면 정말 감사한 일이고. 당신이 경험했을 공포의 괴로움이 아주 괜한 일이 되지 않게 그 일에 관해서 뭐라도 써줘. 당신이 떠나기 전에 만날 수 없다니 너무 *지독한 일이지만*, 코펜하겐 일은 내가 아니라 해럴드가 정해버린 거라서. 카시스에서 당신이 머물 주소를 알려주고, 부디 거기 너무 오래 머물지는 마.

세상에, 신문 기자들이란 때로 얼마나 부정적하게 구는지. 방금 아들론 호텔의 바에 기자 몇몇이랑 앉아 있다 왔거든. 시카고의 가축집산지 이야기를 들려준 여자가 하나 있었어. 도축한 짐승들이 움직이는 플랫폼 위에 실려 빙글빙글 돌고 몇 야드에 한 번씩 뭔가를 한다고. 35년 동안 거기 서서 죽은 동물이 지나갈 때마다 손을 뻗어 창자의 특정 부위를 잡아 꺼내는 눈먼 남자가 있는데 한 마리도 놓친 적이 없대. 그 기자는 이 소재로 충

---

*   비타가 앤젤리카 벨에게 준 스패니얼 강아지 이름이다.

**   "클링커는 아주 예쁘다Clinker est bien belle"의 오기이다.

분한 분량의 서사시를 한 편 쓰더라. 그런데 나는 내내 그 사람과 그 동료들이 얼마나 육체적으로 혐오감을 주는지 생각하느라 이 흥미진진한 사실들을 듣는 기쁨을 절반이나 놓쳐버렸어. 하지만 국제 언론의 이 지하세계가 대사관 모임의 주목받는 인물들보다 더 마음에 든다는 사실을 인정할 수밖에 없네. 아니야, 버지니아. 올랜도는 타타르 왕에게 사절로 갈 거야. 하지만 그 후손은 대사가 될 운명은 *아니었더군.* 누가 또 내 손에 키스하면 그 사람 얼굴을 갈겨버릴 수도 있을 것 같은 기분이야.

또 들려줄 이야기가 뭐가 있을까? 우리 카나리아가 알 세 개를 낳아서 품고 있어. 우리 어머니는 숙부에게 놀을 2년간 맡아줄 수 있겠냐고 편지를 쓰셨지. 베를린의 젊은이들은 아크등 아래 있는 트랙에서 엿새 밤낮으로 이어지는 자전거 경주를 벌이곤 해. 월요일에 라이프치히에 갈 예정이야. 우리는 건강을 위해 매일 오후 긴 시간 소나무 숲을 산책해. 소나무와 모래를 보면서 이렇게 생긴 지형이 러시아까지 끝없이 이어진다고 생각하며 우울해하지. 동쪽 바로 너머에 러시아가 있다는 생각을 하면서 베를린을 낭만화하려고 애쓰고 있어. 하지만 몸으로 느껴지는 것 중 러시아를 떠오르게 하는 거라곤 대초원 지대에서 곧장 우리에게 날아오는 날카로운 동풍뿐이야. 그게 없어도 아주 잘 지내겠지. 그래도 태양은 따사로워. 집도 따뜻하고. 하인들에게 따로 지시가 없다면 누가 전화를 걸어도 내가 나가고 없다고 답하라고 지시해놨어. 그리고 릴케를 읽으면서 행복해하고 있는데, 정말 괘씸하도록 훌륭한 시인이야. 내 생활은 이래. 의심할 바 없이 당신 생활보다야 재미가 없지만, 당신 생각을 아주 많이 해. 그게 많은 걸 보상해주지. 그리고 최근에 버지니아를 정말 무지무지 사랑하고 있어. 부재해서 강렬한 방식으로(거리상 떨어져 있다는 소리야), 그래서 나를 몹시 만족시키는 방식으로. 빈 공간 상당 부분을 채우는, 밀려 들어오는 조수처럼. 올랜도, 나는 당신이 싫든 좋든 당신의 시간 중 일정 부분을 나와 함께 보낼 수밖에 없다는 사실을 떠올리면 행복해. 소중한 사람, 당신을 사랑해.

V.

1928년 3월 20일

타비스톡 광장 52

소중하고 소중한, 니컬슨 부인,

아, 번역가들이란 정말 저주받은 존재야! 당신의 절친한 친구 포크트 뭐시기에게 나는 수표를 한 장 받았고, 피셔 출판사로 알고 있던 인젤 출판사와의 계약에 서명을 했으며, 그들이 《댈러웨이 부인》을 이번 가을에, 《등대로》를 그 이후에 내기로 했다는 것밖에 말할 수 없다고 전해줬어. 그리고 관련된 이야기는 모두 커티스 브라운을 거쳐서 해야 해…

《올랜도》가 끝났어!!!

혹시 지난 토요일 1시 5분 전에 목이 부러지는 것 같은 강렬한 느낌 못 받았어? 그때 그가 죽었거든. 아니, 조그마한 말줄임표와 함께 더 이상 떠들 수 없게 되었다고 해야 하나. 이제 단어 하나하나를 다시 써야 하는데, 9월 전까지는 절대 끝나지 않을 것 같아. 온 사방에, 앞뒤가 맞지 않은 채, 못 봐줄 만큼 대단히 곤란한 상태로 흩어져 있거든. 그리고 나는 질려 있고. 이제 질문은 이거야. 당신을 향한 내 감정이 바뀔까? 요 몇 달간 당신 안에서 살다가 밖으로 나왔지. 당신은 진짜 어떤 사람이지? 당신은 존재해? 내가 당신을 만들어낸 건가? …

1928년 4월 3일

코펜하겐, 헬레루프, 리슐리외가 12

나는 코펜하겐에 있지 않아. 하지만 이 종이를 구해서 잃어버릴까 봐 걱정하며 봉투에 주소를 적을 때는 거기 있었어. 그러니까 상당히 다른 어딘가(실은 룽반)에 있어도 내가 원래 당신을 위해 준비한 이 종잇장을 채우는 게 정당하다고 생각했지.

할 이야기가 아주 많아서 몇 권은 채울 수 있을 거야. 경계하지 않아도 돼. 대부분은 건너뛸 거니까. 기차에서 페리로 갈아탄 뒤, 페리를 여러 번 갈아탔지. 덴마크는 바다로 나뉘어 있거든. 와서 보니까 코펜하겐 자체가 바다로 나뉘어 있더라고. 덴마크 교통 전체가 멈춰선 동안 배들이 지나가도록 한가운데가 갑자기 열릴 것만 같은 다리를 건너지. 코펜하겐 사람들이 시간을 지키지 않는 온갖 핑계의 근원이자 큰 불만거리야. "늦어서 죄송합니다. 그렇지만 다리가 열려서요." 문득 내가 피카딜리 서커스나 스트랜드 극단이 문을 활짝 열어 스웨덴 사람을 한 명 받아들이면 좋겠다고 생각하고 있지 뭐야. 왜냐하면 나는 시간을 잘못 지키고, 이미 시간을 잘 못 지키는 사람들이 시간을 더 못 지키도록 세상만사가 공모하고 있다(택시가 고장 나든지, 한 블록을 지나는 데 15분이 걸린다든지)는 이론을 갖고 있기 때문이지. "그에게는 주어진 것보다 훨씬 더 많은 것이 주어질 것이다. 하지만 그에게 주어지지 않은 것이라면 그가 가진 것이라도 빼앗아갈 것이다."

아무튼, 코펜하겐으로 돌아와서. 우리는 아주 입센적인 가정에서 머물게 됐어. (얼마나 적절해. 당신은 덴마크 사람들이 입센이나 노르웨이가 그들과 관련 있다고 생각하게 두면 안 되겠지만.) 우리를 맞아준 여주인은 최근에 대서양으로 영영 날아간 엘시 매카이의 자매더라고. 그리고 그녀의 상실은 겨우 이틀 전에야 전달되었고. 집주인, 그러니까 그 여자의 남편은 세상에서 가장 둔감한 사람이었어. 더군다나 그 여자에게는 몇 주밖에 안 된 아기가 있었고. 그 외에도 조정 모자와 노(남편이 한때 조정 선수였대) 수집품들, 유리문 너머에 모셔진, 운동선수로서 그의 기량을 과시하는 트로피들, 메달들, 은제 우승컵들 등 온갖 끔찍한 게 있었어. 그녀의 인격은 완전히 가려졌더라고. 끔찍한 남자였어. 목소리는 무슨 부목사 같아서는 집 전체가 (눈에 띄게) 그 전도자 같은 억양만 쩌렁쩌렁 울리는 만큼이나 그 남자의 성공으로만 도배되어 있더군. 하지만 그 아래는 온통 모두 작고, 부서지고, 억눌린 그 여자의 비극뿐이었어. 우리(해럴드와 나)는 너무 진저리가 난 나머지 도망쳤지. 아침까지 견딜 수가 없어서 밤 기차를 잡아타고 왔어.

하지만 당신이 쓰면 좋을 법한 온전한 이야기 한 편이지. 카를 보렐손, 엘서 아르네펠트, 예스페르선 박사, 스토름 목사, 픽

톤 바허 부인. 전부 실제 인물들이야.

뭐, 그러고 나서, 해럴드가 흰색과 금색으로 꾸며진 재판정에서 바이런에 관해 *세상에서 제일* 똑똑하고 재밌는 강연을 했지. 그리고 나는 영국 시에 관해서 최악으로 지루하고 알아듣기 힘든 강연을 했고. 그렇게 우리는 기차를 타고 페리를 타고 베를린으로 돌아왔고, 다음 날 나는 영국으로 돌아왔으며, 와서 보니 레너드가 (a) 내가 제일 가고 싶어 했던 아프가니스탄에 관한 책 한 권을 보내 내 인생을 망쳤고, (b) 전혀 예상치도 못했던 50파운드짜리 수표를 보내 내 인생에 빛을 비춰줬지. 두 메시지 모두 레너드에게 좀 전해줄래? 그리고 핑커도 찾았어. 전에 없이 거들먹거리는 빅토리아시대 상류층 여성 같은 모습이야. (아주 건강해.) "레너드 어딨어? 버지니아는 어딨어?" 했더니 쥐라도 찾듯이 달려나가 킁킁거리더라. 핑커에게 당신 소묘를 보여줬는데, 안타깝게도 못 알아보더라고. 버네사에게 내가 그 그림을 아주 좋아한다고 전해줘. 그게 내 침실에 걸려 있다는 것도. (하하.)

아, 그리고 당신에게 들려줄 이야기가 정말 많아. 베를린, 엘제 라스케르슐러, 그리고 슈비히텐베르크에 관해서, 그리고 너무나 교태가 넘치고 성깔 있었지만 실은 여자가 아니라 남자였던 어느 흑인도. 대양 하나가 내 머릿속에 들어 있어. 그리고 마침내 여기 버톰의 단편소설도 가져왔지. 보내는 걸 잊었어. 하지만 빌어먹게도 당신과 함께 있을 만큼 운이 좋은 친구들과 친척들에게 환영받을 만한 작품이지.

그리고 당신은 언제 돌아와?

아니, 물론 나는 시빌을 못 만났지.

'우산'*은 어때?

런던에 도착해서 당신이 거기 없다는 걸 알고 얼마나 짜증 났는지 알아? 8백만 명인지 얼마인지의 주민에도 불구하고 텅 빈 런던. 그저 사막, 그것도 진짜 사막만큼 좋지도 못한 사막이야. (다시 말해 아프가니스탄만큼. 다 레너드 잘못이야.)

당신은 건강해? 태양 아래 있어? 아, 그리고 올랜도. 그를 잊어버렸네. 당신의 코멘트는 날 완전히 겁에 질리게 만들었어. "당신이 존재할까, 아니면 내가 당신을 만들어냈을까?"라니. 당신이 올랜도를 죽이면 이렇게 될 줄 늘 알고 있었어. 자, 당신에게 한 가지 말해줄게. 당신이 올랜도가 죽었다고 나를 눈곱만큼이라도 덜 좋아한다면, 아니, 덜 *사랑한다면*, 당신은 다시는 나를 보지 못할 거야. 시빌의 파티에서 우연히 마주치는 경우는 어쩔 수 없지만. 나는 허구가 되지 *않을 거야*. 환상 속의 육체로만, 혹은 버지니아가 만든 세계 안에서만 사랑받지는 않을 거라고.

그러니 잽싸게 편지를 써서 내가 여전히 진짜라고 말해. 당장 지금도 지독히 진짜라고 느끼거든. 새조개와 홍합처럼 생생하게 살아 있다고, 아.

당신이 집에 돌아오면 우리 집에 와서 머물래? 그게 언제가 될까?

*   레너드의 차를 말한다.

포토는 카시스에 데려갔어, 아니면 타비스톡 광장에 두고 갔어? 차에서 포토가 겁에 질리지는 않았어?

이게 포토가 좋아하는 종이야, 반으로 접긴 했지만.

당신을 흠모하고 완벽하게 견고한

올랜도

1928년 3월 31일

오랑주

소중한 자기,

당신 돌아왔어? 롱반에? 행복해? 개들도 함께 있고? 편안해?
건강해?

어떻게 썼었는지 기억이 안 나. 오로지 순수한 마음만이 지금
편지를 쓰게 만들어. 질 나쁜 여관의 텅 빈 침실 안에 있는 딱딱
한 의자에 걸터앉아서… 비타와 롱반을 생각해. 그 열기와 다리
와 어린 말이 그렇듯 아름답게 쭉 뻗은 그 모습을…

떠나기 전날 〈타임스〉에서 내가 세상에서 가장 별볼일없고 우
스꽝스러운 상*을 탔다는 기사를 읽었어. 하지만 그 이상은 아
무 소식도 못 들었지. 그러니 사실이 아닐지도 모르겠어. 상관없
어. 어느 쪽이건 당신은 웃을 테니까…

* 페미나 문학상을 말한다.

1928년 4월 15일 일요일
롱반

아주 오랫동안 당신에게 편지를 쓰고 싶었는데, 집으로 돌아오는 중일 것 같더라고. 아, 하느님, 당신이 안전하게 돌아온 걸 알면 감사할 거야.

수요일에 올라갈 예정이야. 저녁에 핑커와 내가 찾아가도 될까? 9시 15분에 방송이 있어서 그쪽에서는 낮에 리허설을 하길 원하는데, 아침에 시간을 잡을 것 같으니까 그날 이후로는 한가할 거야. 언제 갈지 말해줘.

그리고 버톰의 단편소설은 받긴 했지?

이제 그만 써야겠다. 당신이 돌아오고 나서야 이 편지를 발견할 테고(게다가 당신에게 온 편지가 홍수를 이룰 테고), 당신은 요리사 넬리에게도 신경 써야 할 테니 편지를 읽기 싫겠지.

V.

1928년 4월 17일 화요일

타비스톡 광장 52

…핑커를 데리고 4시 정각에 와. 아니면 레너드가 떠나고 없을 거야. 당신을 따라 방송국에 가도 될까? 그리고 나를 더 이상 염려하지 않는다니 형편없잖아? 나는 늘 당신이 문란한 짐승이라고 말해왔지. 또 메리야, 아니면 이번에는 제니나 폴리인가? 응?

무슨 수를 써서라도 당신의 진실을 파헤치고 말겠어.

그리고 나는 여관에 들어오는 아무 소녀나 가리지 않고 사귀는 여자를 위해 속마음을 다 드러내겠지!

1928년 4월 26일

롱반

"지난여름 폴란드에서 당신 가문의 신사 한 분을 만난 것 같아요."

"Je crois avoir fait la connaissance d'un gentilhomme qui vous était apparenté en Pologne l'été dernier."

"영국 궁정의 숙녀들은 아름다움으로 저를 황홀하게 하네요. 당신들의 왕비만큼이나 우아한 숙녀도, 그분이 쓴 것만큼 우아한 머리쓰개를 본 적이 없습니다."

"La beauté des dames de la cour d'Angleterre me met dans le ravissement.On ne peut voir une dame plus gracieuse que votre reine, ni une coiffure plus belle (élégante?) que la sienne."

"소금 좀 전해주시라 하면 폐가 될까요?"

"Voulez-vous avoir l'obligeance, monsieur, de me passer le sel?"

"이 세상에서 이보다 큰 기쁨은 없을 겁니다, 부인."

"Avec le plus grand plaisir du monde, madame."

"Avec la plus grande joie du monde, madame."

역겨운 혼합물: mélange nauséabond

아니면, potion nauséabond (약을 의미하고 싶다면)

시골뜨기: lourdauds. (문자 그대로는 미련퉁이.)

아니면 rustres, (문자 그대로는 무지렁이.)

혹은 hobereaux (문자 그대로는 시골 귀족.)

익살맞은 인물: 완벽하게 들어맞는 직역은 떠오르지 않아. 'C'est un véritable épouvantail'(문자 그대로는 허수아비)라고 하거나 'Il a une tête à se tordre de rire'라고 할 수 있어.

5월제 기둥처럼 뚝딱 세우다: Une grade perche mal fagotée. 혹은 mal ficelée.

나무, 삼베, 그리고 재에 관해서. 이건 이해를 못 했어. 당신이 '깊이 뉘우치다sackcloth and ashes'를 의미하는 거라면 'le sac et la cendre'야. 하지만 재는 원래 'escarbilles'인데, 우리는 이걸 클링커나 분탄이라고 부르기도 하지. 나무는 당연히 'bois', 판자를 의미한다면 'planches'라고도 해.*

'cendre'와 'eacarbilles'의 차이는 재는 입자가 가늘고 가루 같은 반면 'escarbilles'는 덩어리라는 거야. 'Sac'는 'la cendre'와 붙여 쓰지 않으면 '삼베'를 의미하는 걸로 잘 안 읽혀. '가방'이라는 의미도 있거든. 그냥 영어로 두는 게 낫지 않을까? 꼭 프랑스어로 넣어야 하는 게 아니라면?

"De bois, de sac, et d'escarbilles." 아주 이상하게 들리는데!

자기야, 이게 당신에게 쓸모가 있어? 내가 베끼고 있는 이 구절들이 탐험되지 않은 나라, 당신의 책에서 나온 것이라는 사실을 깨닫고 이상한 꼴로 펄쩍 뛰었어. 이 구절들로 전체 장면을 구성해보려 애썼지. 이 구절들이 들어맞을 만한 장면들을. 뼈를 맞춰 동물을 재구성하는 해부학자처럼. 별로 많이 해내지는 못했어.

어제 아침에 내가 떠날 때부터 커다란 야생 능금나무에 꽃이 흐드러져 있고, 환한 햇살 아래에서 나이팅게일이 노래를 불러.

오렌지들을 달아놓은 드레스를 입은 올랜도의 신부는 어때? 모임들은 어떻고? 여전히 바빠? 그리고 스텔라 벤슨은? 당신 삶은 전부 어때? 아, 타자한 원고 뒤에 쓰고 있어, 그러니 당신

---

* 올랜도가 러시아 공주 사샤와 만나는 장면에 들어갈 대사를 비타가 번역한 것이다. 비타는 영어와 프랑스어를 모두 모국어처럼 구사했으며, 올랜도 역시 그렇게 설정되었다.

이 당신 타자수를 위해서 잘라내야 할 거야. (타자수는 독일어로 'Tippfraülein'이라고 해.) 하지만 당신 생활은 어때, 전과 같아? 내가 보는 것처럼 정말로 그렇게 마법 같아? '작가들'로 가득하고? 대단한 책을 하나쯤은 출판한 사람들로? 부러운 버지니아, 모임과 상으로 가득 찬 삶을 살지. 나는 요전 날에 다른 상*을 받았어. 당신에게 말하는 걸 깜박했네. 미국에서 받았는데, 미국 운문의 방대한 선집을 하나 주더라고. 달러나 좀 받길 기대했건만.

읽으려고 애써봐야 소용없어. 왜냐하면 읽을 수 없을 테니까. 아주 재밌는 이야기였어.

오크 나무 한 그루를 훔쳤어. 그 주위에 울타리를 쳐놨지. 당신이 오면 보여줄게. 근데 그게 언제가 될까? 하루에 열 쪽씩 써야 하면 앞으로 수 주간은 어렵겠지.

레너드에게 로이가 그레이브스에게 편지를 써서 결투를 신청했다고, 그리고 그가 그레이브스에게 정확히 뭐가 마음에 드는지, 뭐가 형편없는지 말했다고 전해줘. 하지만 로이가 마음이 바뀔 수도 있으니까 레너드에게 이걸 그대로 전하지는 말고. 게다가 우리가 시인들 사이를 이간질해서는 안 되잖아. 이 이야기를 하면 안 됐는데 레너드가 재밌어 할 것 같아서. 내가 읽은 것 중에 가장 무례한 편지거든!

당신의 올랜도. (정말로 실재하는)

* 《대지》로 호손든 상을 수상했다.

1928년 4월 27일 금요일

멍크스하우스

당신에게 방금 전화를 걸었더니, 숲으로 나무를 주우러 갔다고. 메리 캠벨인지, 메리 카마이클인지, 메리 시턴인지 하고. 누구든 난 아니지. 이 빌어먹을 인간…

1928년 5월 4일 금요일

타비스톡 광장 52

올랜도,

에디에게 당신에 관해서 말해줘야 할 것 같아. 어떻게 생각해? 놀과 색빌 가문에 너무 열정적이잖아. 경고도 없이 전모가 밝혀지면 어색해질까 봐. 에디가 비밀을 지켜줄까?…

니컬슨 부인과 울프 부인이 수요일에 시상식에 장례식처럼 차려입고 와서 몇몇 사람을 화나게 했다는 소식을 들었어. 내 장례식 맞았건만…

1928년 5월 6일 일요일
세븐오크스, 월드, 롱반

그래, 에디에게 말해. 에디가 재밌어하겠네, 나는 화냈으면 좋겠지만. 에디가 오늘 점심 먹으러 여기 오기로 했어. 제대로 이해만 시키면 에디는 신중하게 굴 거야. 여태 비밀이 너무 잘 지켜져서 이제 와서 누설하자니 아깝네.

수요일 밤 11시 15분에 내가 당신 집 현관에 서 있던 거 알아? 하지만 문은 너무나 단단히 닫혀 있었고, 창문도 모두 깜깜해 보여서 감히 초인종을 누르지 못하고, 불쌍한 개처럼 슬퍼하며 돌아서서 밤새 차를 몰아 롱반으로 귀가했지. 맞아, 요새 밤이 근사해. 만월, 나이팅게일, 그 외에도 모든 것이. 하지만 버지니아는 어디 있담? 화요일이나 수요일에, 달이 기울기 전에 밤을 보내러 오겠다던 버지니아는 어찌 되었어? 게다가 정원도 이렇게 예쁜데.

그냥 가정인데, 레너드에게 혹시 《테헤란으로 가는 여행자》의 자매판*을 낼 생각이 있는지 물어봐줄래? 상대적으로 적게 팔렸지만, 호가스 출판사가 개정판을 낸다고 했던 것 같아서. 자료도 상당히 가지고 있고, 괜찮은 사진도 몇 장 있어. 가을에 낼

---

* 《12일》. 1927년 페르시아 남부를 여행한 이야기다.

수 있을 만큼 빠른지는 모르겠지만, 아마 7월까지는 끝낼 수 있을 것 같아. 하지만 거절하고 싶어도 우정을 봐서 서두르지 말라고 레너드에게 전해줘. 당신들에게 폴리 플린더스가 되고 싶은 건 아냐.*

클라이브가 17일에 저녁 먹자고 하던데. 당신 가? 당신이 가면 나도 가고, 안 가면 나도 안 가려고.

요전 날**에는 당신 정말 사랑스러웠어. 하지만 일류 호텔에 와서 하룻밤 머물지 않은 건 정말 실수였다고 생각해.

당신을 가장 사랑하는

V.

---

*   "작은 폴리 플린더스 / 뜬 숯 가운데 앉아 있네"(1805년 경 동요 가사). 호가스 출판사를 궁핍하게 만들고 싶지는 않다는 뜻이다.

** 5월 2일 페미나 문학상 시상식. 버지니아 울프는 《등대로》로 페미나 문학상을 수상했다.

1928년 7월 10일 화요일
세븐오크스, 윌드, 롱반

버지니아, 9월 26일에서 10월 사이에 나와 함께 빈티지*를 사러 갈 수 있는지 매우 진지하게 검토해줄래? 벌써 몇 년째 끓어오르는 이 생각이 머릿속에 떠올랐고, 다른 무엇보다도 실행에 옮기고 싶어.

그리고 더 급한 건, 금요일 오후에 나와 BBC에 갈 수 있어? 내일 아침에 전화해서 알려줄래? 그러면 내가 매시선 양**과 조율해볼게. 그다음에 돌아와서 당신과 차를 마시고 우르에서 가져온 물건들도 가서 볼 수 있을 거야.

내 책에 삽화는 몇 장이나 넣을 수 있어? 책 대부분은 타자하러 보냈어. 하지만 레너드가 읽고서 반려할지도 몰라. 그렇더라도 삽화에 관해서 알고 싶은데, 내 음화를 몇 장 인화해야 하거든.

당신이 여기 왔다 간 이후 나는 아주 풀이 죽은 듯하면서도 신기하게 기뻐. 당신이 내게 잔소리를 해도 한 번도 완전히 상심한 적 없는 게, 당신이 완전히 무관심하진 않다는 증거잖아. 그

---

*   프랑스 부르고뉴의 빈티지 와인을 말한다.

** BBC의 프로듀서인 힐다 매시선은 이후 비타와 몹시 가까워져서 버지니아가 질투했다.

리고 나도 좋은 자질 몇 가지는 있어. 포토에게 물어봐, 내게 사랑받는.

당신의 조언에 용기를 얻어서 최고인 테니슨풍으로 전통에 따라 시 몇 줄을 썼어.

있잖아, 우리의 무산된 밤은 곧 만회하는 거지? 하지만 그래도 나름대로 훌륭하고 평소와는 다른 밤이었어.

《올랜도》가 올라 있는 하커트 브레이스의 가을 도서 목록을 얻었어. 당신이 그걸 찢어 버렸다고 그 사람들에게 알려줘야 하는 거, 기억하고 있었어?

잔소리를 해도 당신은 아주, 아주 매력적이야. 그리고 당신은 내게 확실한 존재고. 그렇고말고. 내 바보 같은 버지니아. 내 사랑, 소중하고 귀한 버지니아.

V.

1928년 8월 9일 목요일

하지만 당신 진짜야? 그러니까, 여기 와? 일요일에? 자고 가? 10월 11일*을 우리 연애의 끝으로 봐야 한다면, 우리에게 남은 시간은 정말이지 짧디짧다는 뜻이기도 해. 미정이긴 해도 희망적인, 프랑스에서의 한 주가 9월 말에 기다리고 있지. 거기에 기대를 걸자니 불안해 보이지만. 그러니 일요일을, 아니면 토요일을 낚아채도록 하지. 둘 다 좋아. 일박으로. 어느 쪽인지만 알려줘.

토요일 오후에 여기 올 사람이 있긴 한데, 저녁이면 떠날 거야. 내가 아주 무서워하는 사람이야. 리히노프스키 공작부인.** 왜 그 사람을 무서워하는지 모르겠어. 눈을 못 맞추겠어. 그냥 내 삶에 해로운 영향을 끼치려고 태어난 사람 같아. 해럴드가 그녀와 사랑에 빠질지도 모르지. 벤이 그럴지도 모르고. 나는 아냐. 아무튼 그 사람은 저녁이면 가고 없을 거야.

당신과 함께 있는 에디에게 너무 질투가 나. 두 사람이 공중

---

* 《올랜도》 출간 예정일.

** 로저 프라이의 친구이자 작가로 런던 주재 독일 대사 칼 막스 리히노프스키의 미망인이다. 해럴드는 1928년 2월 리히노프스키가 죽기 직전 그 가문의 영지를 받았다.

전화 부스에 함께 있다니까 너무 짜증 나.

당신이 *진짜* 보고 싶어.

V.

1928년 8월 21일

포츠담, 망어가 II 39

발코니에 앉아서 버드나무가 드리운 검은 호수를 내려다보고 있어. 독일치고는 아주 침울하지 않은 풍경이야. 물가에는 녹색 구리로 둥글게 지붕을 인 작은 잿빛 정자가 있어. 조금 멀리, 나무 아래에는 에디의 책에 나올 법한 낭만적인 폐허가 하나 있지. 나는 오롯이 천사들과 함께, 그리고 흐릿하지만 비극적인 이탈리아 르네상스 인물들과 함께 지내(그들의 비극은 자세히 설명되는 법 없이 살짝 암시만 되지). 릴케를 번역하고 있거든. 아이들에게는 젊은 독일인 가정교사를 구해줬는데, (운이 닿았는지) 지난 2년을 릴케를, 특히 내가 옮기고 있는 바로 그 시들을 연구하는 데 바친 사람이야. 이 청년은 시 이야기를 할 때면 신이 나서 머리가 쭈뼛 곤두서고, 뿔테 안경이 흘러내려 코끝에 걸리는데, 중력의 기적으로 떨어지지 않고 거기 멈추곤 해. 선생이 아이들을 서둘러 데리고 갈 때면, 호수 안쪽으로 그들을 멀리 데려가는 자그마한 보트 위로 그들이 조그마해지는 걸 지켜봐. 그다음에는 하얗고 헐벗은 육체 둘이 보트 위에 서 있는 모습을, 그리고 번쩍하고 첨벙, 그러고는 동그란 머리 둘만 물속에서 까닥거리지. 그제야 나는 릴케로 돌아가.

지상에 더 이상 살지 못하는 것은 얼마나 기이한가,

배운 관습들이 더 이상 소용없어지는 일,

더 이상 장미로도

그밖의 특별한 약속으로도,

인간의 운명을 그리지 않는 일은.

한때 우리였던 존재가 더 이상 아니게 되는 일,

어느 때보다도 끔찍한 손아귀에 붙들려 있는 일,

우리 자신의 이름마저도, 부서진 장난감처럼 내버린다는 것은!

기이해라, 우리의 소망을 더는 소망하지 않는 일!

얼마나 기이한가, 세계가 모두 얽혀

우주에 자유로이 떠다니는 것을 보는 일은!

죽음은 의미가 텅 빈 권태,

우리가 서서히 영원을 품는.*

다음 주 토요일에 우리는 유럽을 순회하는 여섯 명의 의원들에게 만찬을 열어줄 거야. "대영제국 대사직무대행자 해럴드 니컬슨이 영광을 청합니다…" 버지니아, 부디 토요일 저녁 8시 30분에 친절하지만 냉소적인 생각을 내게 축성해주겠어? 당신이 저녁을 먹고 강가 목초지를 거닐 때, 흐르는 물에 핑커를 위한 나뭇가지 하나 던져줄래?

프랑스 계획은 좀 진전이 있어?

---

*   릴케의 《두이노 비가》 중 〈제1비가〉를 비타가 번역한 것이다.

어느 책에서 당신이 보낸 아주, 아주 오래된 편지를 찾았어. '비타에게'로 시작하는.

독일군, 아니면 그 잔재는, 아침마다 자갈 위로 대포를 우르 릉거리면서 옮기고, 저 멀리 군악대가 연주하는 소리가 호수 너 머로 반향을 일으켜. 릴케 사이사이에 내 소설*을 생각하고, 조 각보 이불 비슷한 것이 만들어지기 시작했지만, 아직까진 조각 들이 그저 나란히 놓여 있을 뿐 꿰매는 일은 시작하지 못했어. 야심만만한 게 나을까, 소박한 게 나을까? 후자가 안전하겠지. 하지만 안전한 건 *질색이고*, 우중충하게 성공하느니 영광스럽 게 실패하는 게 낫겠어. 아무튼 '더 나은 것'에는 관심 없어. 아 무리 결심을 여러 번 해도 내 펜은 물처럼 자기만의 수위를 찾 을 테고, 나는 내 방식대로가 아니면 쓸 수 없으니까. 적어도 무 성하게 자란 내 어린 시절이 지금쯤이면 예쁘게 다듬어져 있으 리라고 확신해. 그리고 그 자리에 나무처럼 울창하게 자랐길. 그 러니 지켜보자고.

가여운 버지니아, 이 소설이 완성되면 읽어야 할 텐데. 게다가 어떻게 생각하는지도 알려줘야 하고. 그것도 극도로 무자비하 게 말이야. 도리스 대글리시**인지 뭔지와 그 제약사의 대열에 끼

---

* 《에드워디언》. '에드워디언Edwardian'은 영국 에드워드 7세 때의 작가를 이르 는 말로 조지 버나드 쇼나 허버트 조지 웰스가 대표적이다. 이들 작가는 기 존의 가치나 제도를 거부하고, 정치와 사회문화 모든 면에서 왕성한 비평을 벌였다.

** 런던 교외에 사는 여성으로 호가스 출판사에 소설을 보낸 적이 있다.

어야겠다.

　당신이 너무나 그리워. 우리가 꼭 프랑스에 가면 좋겠지만, 아
직은 아무것도 확신할 수가 없네. 내게 편지할래?

당신의

V.

1928년 8월 30일

서식스, 로드멜, 멍크스하우스

당신의 소설을 쓰면서 왜 그렇게 소심하면서도 자만심으로
가득 차 있어, 그것도 동시에? 당나귀 웨스트가 야망과 실패라
고 부르는 게 뭔데? …물론, 지난 10년 가까이 당신은 자르고
다듬고 뿌리를 팠지. 무화과나무를 키우려면 뭘 해야 한댔더
라? 그러다 보니 당신은 때때로 꼬리가 쥐꼬리처럼 되도록, 갈
비뼈가 알프스 지도처럼 솟아오르도록 훈련에 시달린 경주마처
럼 써. 부디 당신 소설을 써, 그러면 당신도 사실 같지 않은 세
계, 버지니아가 사는 그 세계에 들어오게 될 테니. 그 불쌍한 여
자는 더 이상 다른 곳에서는 살 수도 없지…

1928년 8월 31일

포츠담, 망어가 II 39

헨리(핑커의 형제 강아지), 아이들, 그리고 나는 포츠담을 산책했어. 우리는 전차가 끽끽거리며 모서리를 돌고, 끊임없이 불어오는 바람에 먼지가 뭉게뭉게 피어오르는, 깔끔하게 자갈이 깔린 긴 거리를 따라 내려갔어. 몹시 우울한 기분이었지. 이런 생각이 들었어. 내내 포츠담, 베오그라드, 부쿠레슈티, 워싱턴의 거리를 걸으며 일생을 소진하게 될까? 그러다가 담배갑을 잃어버린 게 떠올랐는데, 그 안에는 10파운드 지폐와 운전면허증, 그리고 〈네이션〉에서 온 수표와 다른 수표와 작지만 소중한 버지니아의 사진, 그리고 누군가 다른 이 앞으로 받은 처방전이 들어 있었지. 또한 우리가 하원의원들의 저녁 식사 비용으로 쓴 백여 파운드를 외무부가 지불하지 못하겠다고 한 것도 생각났어. 그래서 우울이 더 깊게 가라앉았지. 그러나 그 후에 집으로 돌아가 우편함에서 편지 한 통을, 봉투에 타자로 인쇄되어 있는 데도 당신에게 온 것임을 알아챈 편지를 발견해서 기분이 날아올랐어. 이제 아이들을 호수에 내놨으니, 반 시간은 자유야.

《고독의 우물》*에 관해선 아주 감정이 격해. 당신이 내 성향이라고 부르는 것 때문이거나, 좋은 책이라고 생각해서가 아니라 정말이지 원칙의 문제야. (직스** 에게 셰익스피어의 〈소네트〉도 금지하셔야겠다고 쓸까 생각 중이야.) 당신도 알겠지만,《고독의 우물》이 좋은 책이 아니었대도, 아니면 위대한 책, 진정한 걸작이었대도, 결과는 똑같았을 거야. 그리고 이건 용인할 수가 없어. 내가 얼마나 분개했는지 표현할 말을 못 찾겠어. 레너드는 정말 시위를 하겠대? 아니면 그냥 흐지부지됐어? (그 여자는 얼마나 자만에 찬 멍청이일까.) 그게 흐지부지되지 *않게 해줘.* 아널드 베넷 같은 사람들도 끌어들일 수 있으면 분명 강한 인상을 줄 거야. (쇼*** 는 피해, 그래도.) 〈뉴스테이츠먼〉에 실린 기사 여러 편을 거의 날려버릴 뻔했어. 개인으로서 항의를 표하기 위해 국적을 포기하고 싶을 지경이야. 하지만 독일인은 되고 싶지 않아. 지난밤에 기가 막히게 아름다운 젊은 여성 둘이 노골적인 레즈비언 노래를 부르는 시사풍자극을 보고 오긴 했지만.

프랑스… 뭐, 당신도 *내가* 겪고 있는 결혼 생활의 불행을 희미하게나마 알겠지. 레너드에게서 엿새 떠나 있기를 주저하다니.

---

*   1928년 발표된 마거리트 래드클리프 홀의 소설이다. 〈선데이 익스프레스〉의 편집장 제임스 더글러스가 동성애를 문제 삼아 판매 금지 캠페인을 시작한 후, 외설 시비로 재판에 넘어가 유죄 판결을 받는다. 버지니아는 비타에게 영국의 지식인들과 문인들이 모여 이 사건을 방어하고 있다고 전했다. 많은 문헌에서 소설의 주인공 '스티븐'을 레즈비언으로 소개하지만, 현재는 트랜스젠더 서사로 읽어야 한다는 것이 중론이다.

**   검열 문제를 책임지고 해당 도서를 금지한 내무 장관 윌리엄 조인슨힉스의 별명이다.

***   영국의 극작가이자 비평가인 조지 버나드 쇼.

나는 한 해에 몇 달씩 몇 번이고 해럴드를 떠나 있는데. 나는 그이가 페르시아로 떠나는 것도 봤잖아. 그이는 내가 영국으로 떠나는 걸 봤고. 우리는 작별 인사를 하는 상태로 끊임없이 되돌아가.

근데 당신이 "에설 샌즈가 우리에게 충고하기를" 등등을 말할 때 당신이 ('우리'라는 호칭으로) 의미하는 게 당신과 레너드야, 아니면 당신과 나야?

당신이 동요하도록 둬야지, 상당히 재밌거든. 그냥 이 말만 할게. 와서 당신이 내내 불행할 것 같으면 오지 마. 하지만 그렇지는 않을 거야.

영국의 8월이 아름답다는 말은 하지 말아줘. 여기는 너무 추워서 무릎 위까지 깃털 이불을 덮고 있거든. 거의 매일 비가 내려. 정말 날씨가 몹시 사나운 동네야. 영국은 아름답다는 둥, 다운스 지역은 황금빛이라는 둥, 그런 소리 하지 마. 그럼 내 운명에 반감이 생길지도 몰라.

당신의

V.

포토에게 내 사랑과 키스를.

1928년 9월 8일 토요일

서식스, 로드멜, 멍크스하우스

여기 당신 생각을 집중한 뒤에 내게 답을 줘. 우리가(당신과 나와 포토가) 22일 토요일에 출발한다고 쳐. 파리에서 자고. 월요일에 솔리유로 가… 당신은 이등칸으로 가고 싶어, 아니면 일등칸으로 가고 싶어? (나는 배는 일등칸을 고집해.) 일등칸이 훨씬 편안하면 일등칸을 추천해. 그게 아니라면 추천하지 않아. 일등칸 승객들은 언제나 늙고 뚱뚱하고 짜증스럽고 오드콜로뉴 냄새가 나서 역겹거든…

…그렇지만 당신의 톨스토이가 아주 마음에 들었다고 말하려고 했어. 지금까지 내가 본 당신이 쓴 비평 중 최고라고 생각해. 당신의 훌륭한 글쓰기 실력은 내 공로라고 늘 생각하니까, 스스로에게도 만족했지… 당신은 (여지가 있다면) 마땅히 찔러야 할 곳을 정확히 찔렀어. 사진 같은 것일 수도 있었을 톨스토이의 리얼리즘을 전혀 다르게 만든 요소가 뭐냐는 문제 말이야. 그 작가의 리얼리즘은 반대로 감동적이고 흥미진진하고 그 외에도 모든 걸 갖췄지… 하지만 당신이 그렇게 흥미로운 것들을 쓸 때가 좋아. 그리고 할 말도 아주 많고… 당신 소설에 관해서. 내가 오랫동안 곰곰이 생각해봤는데, 그때는 소설 쓰기에 관

한 아주 심오한 에세이처럼 느껴지더라고… 나는 소설을 시작할 때 감정을 느끼는 일이 핵심이라고 믿어. 그걸 쓸 수 있느냐 말고, 언어가 건널 수 없는 만 건너편 저 먼 곳에 존재하고 있음을 말이야. 숨 막히는 고통을 감수해야만 도달할 수 있지. 기고문을 쓰려고 앉았을 땐, 1시간 안팎이면 쓰려고 한 생각을 확실히 포획할 단어의 그물이 내게 있어. 하지만 소설은, 말했다시피, 쓰기 전에는 쓸 수 없을 것처럼 보이는 게 좋은 거야. 보이기만 할 뿐. 그러니 아홉 달을 절망 속에 살다가 뭘 하려고 했던 건지 잊었을 때에야 쓴 책이 나쁘지 않게 여겨지지. 당신에게 장담하는데, 내 소설 전부가 쓰이기 전에는 일류였어…

래드클리프 홀 문제는 동의해. 하지만 어쩌겠어? 그녀가 직접 무죄와 존엄을 주장하는 편지를 써서 우리에게 서명을 부탁했고, 달리 보낼 사람도 없었어.

1928년 9월 11일 화요일

베를린, 영국대사관

아침 일찍 떠나려는데 당신 편지가 아슬아슬하게 도착했어. 우리의 프랑스 여행이 정말로 실현되리라고 생각하니 정말 기뻐서 어쩔 줄 모르겠고, 당신이 마음 바뀌기 전에 어서 표를 구하기를 간절히 바라. 단지 딱 하나 문제가 있는데, 당신에게 별 차이만 없다면 22일에 갔다가 30일에 돌아오는 *대신* 24일에 출발해서 2일에 도착하는 걸로 하면 좋겠어. 부분적으로는 내 첫 라디오 기사를 써야 해서고(필요한 책이 없어서 여기서는 쓸 수가 없어), 부분적으로는 나이젤이 26일에야 학교로 돌아가는데, 그전에 최대한 집에 함께 있고 싶어서야. 하지만 정말로 큰 문제는 아냐. 그리고 라디오 건은 이틀 안에 처리할 수 있을 거야. (왜 이틀이냐면, 벤이 이튼으로 가기 전까지는 그걸 쓸 여유가 별로 없을 거라서야.) 그러니 당신에게 맞는 날짜로 정해. 이 제안을 하는 이유는 당신에게 별 차이가 없지 않을까 해서일 뿐이니까.

그렇지만, 당신이 표 문제로 귀찮을 필요가 뭐가 있나 싶네. 르버스케* 양이 롱반에서 날 기다리고 있을 텐데! 내가 알아볼게. 뉴헤이븐에서 출발하는 게 좋겠지? 내가 차를 가져갈게. 가

---

*   비타의 비서이다.

는 길에 당신을 태우고, 도착하면 차고를 하나 찾아서 돌아올 때까지 차를 보관하자. 이등칸을 타고 프랑스에 가본 적이 없어서 어떨지 모르겠고, 아주 기꺼이 경험해보고 싶지만, 당신이 일등칸**과** 객실을 주장하는 것에도 동의해. 경험으로 배웠거든.

핑커에게 내 축하 인사 전해줘.* 레니드가 친절하게도 내게 강아지 한 마리를 갖고 싶냐고 물어봤거든. 피핀이 낳을지 안 낳을지 알게 되고 나서 결정해도 될까? 아직 루이즈에게 들은 바가 없거든. 내가 걱정하듯, 피핀이 한 마리도 못 낳게 되면, 암컷으로 한 마리 받으면 좋겠어. 계속 대를 이을 수 있게.

18일 화요일에 당신은 런던에 없겠지? 그날 벤을 데리고 올라가야 하니 당신을 잠깐 만나서 프랑스 여행을 의논할 수 있을 텐데. 토요일에 내가 도착할 롱반으로 소식 한 줄 보내줘.

당신이 톨스토이에 관해 쓴 내 글을 마음에 들어 하니 기뻐서 얼굴이 빨개졌어. 두 배는 길게 쓸 수 있었더라면 좋았을걸. 막 시작한 참에 할당받은 분량을 거의 다 채웠다는 걸 알았지 뭐야.

이제 그만, 짐 싸서 나가야 하거든. 그리고 마침내 정말로 당신과 이야기를 할 시간이 났으니까.

있지, 포토가 강아지들 질투해? 레너드는 일곱 번째 하늘에 오른 듯 기분이 좋겠네. 그리고 나이 지긋한 진짜 유모 같겠다.

당신의

---

*   핑커는 강아지 네 마리를 낳았다.

V.

포토에게 작은 바구니 하나 구해주는 게 좋겠어. 방수천 달린
걸로.

도티가 뭔가 잘못됐단 걸 알아차렸나 봐. 나에게 편지를 보내
자기가 완전히 최악의 상태였던 것 같다고 하는 걸 보면!*

---

* 버지니아는 최근 도로시 웰즐리가 찾아와서 한 행동 때문에 레너드가 몹시
화났다는 편지를 썼었다.

1928년 10월 5일 금요일 밤

롱반

내 사랑,

이 저녁, 당신에게 편지를 마지막으로 받은 지 좀 되었다는, 아니지, 내가 베를린에 있었던 이래로 한 통도 받지 못했다는 생각이 떠올라서 당신의 편지들을 다시 훑어보면서 우수에 찬 기쁨을 즐기고 있어. 그리고 이제 당신은 런던에, 시빌들과 톰 엘리엇들에게 사로잡혀 있는 데다 《올랜도》 소포까지 싸야 하니 편지 쓸 시간이 없겠지. 게다가 내가 당신에게 편지를 받지 못한 건 당신과 함께 있었기 때문이고, 그게 잉크와 종이보다 더 좋지. 그리고 당신은, 소중한 사람, 바로 어제까지 여기 있었잖아.

불과 얼마 전까지 당신과 함께였다는 걸 생각하면, 당신이 보낸 편지 일부를 읽는 일이 기이하게 느껴져. 잠깐잠깐 끼어드는 환상이 그 위로 재생돼. 일종의 교차조명이랄까. (오프가르드에서는 늘 교차조명 아래 있다는 거, 눈치챘어? 내 생각에 이 사실은 거기에서 살 기회가 있었던 당신이나 나에게 더 영향을 미칠 거야. 에설과 낸처럼 상대적으로 상상력이 빈약한 자들보다는.) 그러니까, 내가 앞서 말했듯 일종의 교차조명이 그 편지들을 가로질러 과거의 제법 모호한 빛을 반절 투사하고, 반절은 현재의 더 강렬한 빛을 투사하지. 내가 어느 쪽 빛을 더 좋아하는지 계속 궁금해할 수밖에 없는데, 둘이 합쳐질 때 나를 감싸며 몹시 행복하게 하는 아주 사랑스럽고 맑은 빛이 만들어지는 것을 금방 깨달았거든. 그렇지만 더 하면 당신이 내가 감상적이라고 여길 테니(맹세코 그렇지 않아), 이 이야기는 이쯤 할게. 그리고 나는 여전히 경멸당하고 싶지 않을 만큼 당신을 많이 존경하니까.

이 편지는 원래 포토가 아주 불행하다는 이야기를 하려고 쓴 거야. 맥이 빠져 있어. 옴이라도 생긴 거 아닌지 모르겠어. 그러니 아마도 포토는 수요일에 울프 부인에게 돌아가겠다고 고집을 부릴 텐데, 이 아이에게 발레리가 여기 오면 런던에 가기는 쉽지 않을 거라고 설명해줬어. 지금까지는 발레리에게 아무 소식이 없지만, 그녀가 이제 어느 때라도 들이닥칠 수 있고, 며칠이나 머물지는 신만 아셔. 오찬 때까지 침실에 가둬야겠어.

한편 핑커는 자기의 옛날 집에서 상냥한 보살핌을 받고 있어. 그리고 똥덩어리들은 우리 집의 공식 문지기라도 된 것처럼 짖어. 아, 맞다, 나 한 마리 팔았어. 개 말이야. 도티에게. 6기니 받고. 도티는 피핀의 강아지를 한 마리 받고 싶어 했고, 그래서 대신 핑커 새끼 한 마리를 받게 될 거야.

버건디*가 꿈결 같아. "경험하기 전에는, 환희요. 후에는, 꿈결이다."** 나는 정말 행복했어. 당신은? 월터 페이터가 베즐레에

---

* 프랑스 부르고뉴의 영어식 표기.

** 셰익스피어 〈소네트 129〉.

관해 쓴 글을 읽었어. 어휴, 내가 계속 안달복달했던 나르텍스*는 프랑스의 보물 중 하나인가 보더라. 그리고 우리는 결국 그걸 못 봤지. 하지만 나르텍스 열둘도 아쉽지 않을 만큼 관광한 것 같아. 아무튼 나는 다른 존재가 되어 집으로 돌아왔어. 올여름 내내 나는 고양이처럼 예민했거든. 깜짝 놀라거나 꿈을 꾸고 있거나 생각에 잠겨 있었지. 이제 나는 다시 힘이 넘치고 팔팔해졌고, 다시 한 번 삶에 굶주려 있어. 다 당신 덕분이라고 믿고 있어. 그러니 이 편지는 감사장이지.

1시 15분 전이야. 버지니아가 잠자리에 드는 시간에서 거의 2시간이 지났지. 내 소중한 사람, 당신을 진심으로 사랑해. 세상 모든 시빌들과 톰 엘리엇들도 나처럼 당신을 사랑하지는 않을 걸. 당신이 내게 이런 존재여서 정말 감사해. 농담이 아니라, 몹시도 엄중한 진실이야.

당신의

V.

16일 화요일에 당신과 저녁 먹는 거 맞지? 우리의 우정이 살아남았다면?

*   교회 건축에서 성당 정면 입구와 본당 사이에 꾸며놓은 좁고 긴 현관이다.

1928년 10월 7일 일요일

타비스톡 광장 52

세상에서 가장 소중한 사람,

자정의 별빛에 의지해 당신이 쓴 편지는 아주아주 훌륭했어. 늘 그 무렵에 쓰도록 해. 당신의 심장을 녹이려면 달빛이 필요한 모양이니까. 내 심장은 가스 불에 바싹 익었어. 이제 겨우 9시밖에 되지 않았고 11시에는 잠자리에 들어야 하거든. 그러니 당신이 내게 해줬던 것처럼 비애를 위로하는 말은, 나는 늘 비애에 잠겨 있으니까, 한마디도 하지 않을래. 내가 당신을 얼마나 지켜봤는지! 내가 어떤 기분이었는지. (어땠냐면 말이지!) 글쎄, 어디선가 분수가 물을 흩뿌리는 동안 위아래로 솟구쳤다 가라앉곤 하는 작은 공을 본 적이 있거든. 당신은 분수야. 나는 공이고. 당신에게서만 느끼는 감각이야. 육체적으로 자극이 되면서 동시에 평온을 주지…

1928년 10월 11일

세븐오크스, 월드, 롱반

내 사랑,

당신에게 편지를 쓸 수 있는 상태가 아니야. 냉정하게 숙고한
의견에 관해서라면, (당신이 전화로 말했다시피) 이런 일에는 그런
것이 존재하지 않아.* 적어도 아직은 없어. 어쩌면 나중에 떠오
를지도 모르지. 지금 이 순간에는 완전히 매혹되었고, 넋이 나갔
으며, 황홀해하고, 주문에 걸린 상태라는 말 이외에는 할 수가
없어. 지금까지 읽은 책 중에서 가장 사랑스럽고 현명하며 풍부
한 책이야. 심지어 당신의 《등대로》를 능가해. 버지니아, 정말 무
슨 말을 해야 할지 모르겠어. 내가 맞아? 내가 틀려? 내게 선입
견이 있나? 내가 제정신이야, 아니야? 당신이 그 냉정하고 보
기 드문 것을 책 안에 정말로 잘 붙잡아둔 것 같아. 완전하게 아
름다운 것을 그려낸 것 같아. 그러면서도 답을 내는 진지한 작
업에 닿으면 절대 시야에서 놓치지 않고 실행에 주저함도 없지.
생각이 정신없이 빠르게 떠올라 서로 뒤엉키면서 내가 붙잡기

---

*   비타는 《올랜도》 출간일에 버지니아에게 특별 장정본을 받았다. 이 편지를
      받은 버지니아는 전보로 "당신의 전기 작가는 무한한 안도감을 느끼며 행
      복해졌어"라고 답했다.

도 전에 사라져. 하고 싶은 말이 너무 많지만, 다만 내 첫 번째 외침, 넋이 나가버렸다는 말로 돌아갈 수밖에 없어. 당신은 많은 사람에게 매우 논리정연하고 계몽적인 편지를 받겠지. 난 지금 당신에게 그런 편지를 쓸 수 없어. 그저 내가 몹시 충격을 받았단 걸 말해줄 수 있을 뿐이야. 당신에게는 무용하고 바보같아 보이겠지만 사실은 여러 장에 걸친 차분한 감상보다 훨씬 대단한 찬사야. 게다가 어쨌든 이 작품은 몹시 개인적인 방식으로 날 감동시켰고, 그에 관해서도 뭐라고 말해야 할지 모르겠어. 그냥 상점 진열장에 놓인 밀랍 인형이 된 기분이야, 당신이 보석 달린 가운을 입혀 놓은 밀랍 인형. 루비, 귀금속 덩어리, 수놓은 비단이 가슴까지 찬 어두운 방에 홀로 있는 심정이지. 자기야, 어떻게 써야 할지도 모르겠고 쓰고 싶은 마음도 거의 안 들어. 너무 압도되어서. 이렇게 못난 옷걸이에 어떻게 그렇게 근사한 의상을 걸쳤어. 정말이지, 부러 겸손한 척을 하는 게 아냐. 정말 아냐. 이 부분에 대해서는 못 쓰겠어. 말로 표현하는 건 고사하고.

지금쯤 당신도 혼란스럽고 아무것도 모르는 상태로 나를 생각하겠지. 그러니 그 생각에 나는 그저 슬쩍 끼어들어 그 책이 (짜임새에서) 토머스 브라운 경과 스위프트의 모든 장점을 갖춘 듯이 보인다는 것, 즉 한 사람의 풍요로움과 다른 사람의 솔직함을 모두 갖췄다고 생각한다는 말을 덧붙일게.

파고들고 싶은 세부 요소가 열두 개는 있어. 엘리자베스 여왕의 방문, 그린의 방문, 사방에 흩어져 있는 구절들, (특히 당신이 오직 나를 위해 만든 "생각의 높은 흉벽, 등"으로 시작하는 160쪽에 있는 문장.) 눈이 멀어가는 존슨, 기타 등등 기타 등등. 하지만 오늘은 너무 늦었어. 하루 종일 꾸준히 읽었고, 이제 5시가 되었고, 나는 우편 시간을 맞춰야 하지만, 내일은 정연하게 써보도록 노력할게. 당신 잘못이야, 나를 이렇게나 감동하게 만들고 완전히 홀려서 내 모든 능력이 종적을 감추고 나는 벌거벗은 상태로 남겨졌지.

오늘 아침에 갑자기 끔찍한 생각이 하나 떠올랐어. 당신, 단 한순간이라도 어제 내가 런던에 가지 않은 게 무관심해서라고는 생각하지 않았겠지? 그런 생각은 할 수도 없겠지? 10월 11일이 내가 그 책을 손에 넣을 바로 그날이라는 사실, (몇 개월을 기다리고도) 그날까지 기다릴 수밖에 없다는 사실을 얼마나 단단히 머릿속에 새겨두었는데. 하지만 내 머리글자를 새겨 예쁘게 장정된 그 책을 보자마자 그 생각이 머릿속에 달음질쳐 들어와 나를 완전히 경악하게 만들었어. 그러나 다시 곰곰이 생각해보니 당신이 오해했을 리가 없다는 생각이 든다.

그래, 내일 다시 쓸게. 바라건대 더 침착해진 마음으로. 지금은 정말 일분일초를 다투며 쓰고 있어. 그리고 내가 말했듯, 너무 충격을 받아서 제정신이 아냐.

덧붙여 당신은 새로운 형태의 자아도취를 발명해냈어. 고백하건대, 나는 올랜도에게 반했어. 이것은 내가 예상치 못했던 상황이야.

버지니아, 가장 소중한 사람, 이렇게 풍요로운 것을 쏟아낸 당신에게 그저 감사할 뿐이야.

V.

당신이 놀을 묘사한 단락들이 날 울렸어, 나쁜 사람.

1928년 10월 12일 금요일

타비스톡 광장 52

아, 어쩌나 안도했는지! …당신이 상처받거나 화가 나면 어쩌나 하는 생각으로 갑자기 공포에 질렸었거든. 그래서 감히 우편물을 뜯어보지도 못했어. 이제 누가 짖건 물건 상관 안 해. 당신은 천사야. 하지만 무척 서두르는 와중이라 이 한 줄만 쓸게. 판매는 훨씬 늘었어. 〈버밍엄포스트〉가 열광적으로 보도했거든. 놀은 관심의 중심에 있어. 사람들이 당신을 언급해.

1928년 10월 15일 월요일

롱반

내가 오늘 저녁 받은 세 통의 편지에서 발췌한 구절을 보내주려고 이 편지를 써.

(1) "아름다움과 천재성의 소산답게 비할 데 없이 훌륭해. 감탄으로 숨이 멎지. 놀의 묘사는 너무 아름다워. 놀에 관한 글이건 말이건 이만큼 아름다운 것은 필시 없었을 거야. 이 묘사 덕분에 당신이 행복할 게 느껴져."

(2) "당신의 유사 전기가 얼마나 사랑스러운지. 그걸 읽는 건 사람이 바랄 수 있는 가장 강렬한 기쁨이 아닐까. 그 형식이 특히 버지니아의 천재성에 부합한다고, 이것이 버지니아가 상상력을 발휘한 작품 중 가장 위대한 책이라고 생각할 수밖에 없어. 언어도 너무나 사랑스럽고."

(3) 해럴드로부터. "정말 경이로운 책이야! 숨을 멎게 만드는 아름다움이 전체에 깃들어 있어. 딜리잔의 해넘이를 보고 있는 기분이야. (언급된 곳은 페르시아야.) 지금 읽은 데까지는 탁월한

것 이상이야. 이런 책이 살아남지 못하리라고는 그냥 생각할 수가 없어. 잦아든 불꽃이 반짝이는 그 안에 삶 전체가 담겨 있어."

내 사랑. 이 책을 처음부터 다시 읽는 중이야. 내일 6시 45분에, 아니면 조금 더 일찍 갈게.

V.

1928년 11월 29일 목요일 밤

세븐오크스, 윌드, 롱반

강풍이 부는 나날들 속에서 어부가 느낄 법한 감정(내가 상상하기에)을 느끼고 있어. 고요한 날에 이 어부는 나가서 작은 은빛 물고기를 잔뜩 잡지. 하지만 차이가 있어. 강풍이 불 때, 어부는 집에 앉아서 파이프 담배를 피우지만(이 어부가 구조선 일도 하고 있지 않다면야), 내게 강풍은 런던, 이튼, 옥스퍼드를 의미하지. 바다로 나가지만, 작은 물고기들은 황급히 흩어지고 없을 뿐. 달리 말하면, 오늘 아침 집에 머무는 데 성공했지만, 결국 내일을 일찍 시작하는 것 말고는 소득이 없었어. 이게 대체 무슨 삶이래, 응?

아무튼 성대한 만찬이었고, 나는 너무 떨면서 연설을 했어. 하지만 만찬이 끝나고 나에게 다가오는 분홍빛 은빛 형상에 어느 정도 위로를 받았지. 거의 감동했다니까. B. R. 씨에게는 별다른 인상을 못 받았어. 좀 알랑거린다 정도? 그리고 지나치게 그럴싸한 소리를 한다? 하지만 이 사람들은 로버트브리지로 오라는 둥 어쩌라는 둥 정말로 다정하게 조르더라고. 그래서 결국 다 좋았어. 사람들이 정말 많이 왔어. 최소한 3백 명. 카메라 플래시가 터지고, 마이크도 있고, 제안만 한다면 내가 기꺼이 눈 맞아 도망가고 싶은 윈스턴 처칠 씨도 있고, 그 모든 것 한가운데 아주 불행하고, 대체 내가 어디 있나 싶었던 내가 있었고, 그다음에 갑자기 놀에 관해서 연설을 했고, 잭 스콰이어는 코감기에 걸려서 제정신이 아니었지. 아이고, 나는 공적인 생활을 좋아하지 않아. 버지니아의 침실에서 가스난로에 빵이나 구워 먹는 게 좋지.

리드가 시에 관해 쓴 책을 읽으려고 했었어. 말, 말, 말. 그리고 온갖 다음절어. 그건 시가 아냐. 시에 관한 설명조차 못 됐지. 내가 시공간을 이해하는 꿈을 꿨는데, 리드의 해설 전체보다 이쪽이 진실에 가깝겠더라.

지난밤 영원을 보았네
순수하고 무한한 빛의 거대한 고리 같은
밝은 만큼 고요한…
그래도 '두더지'는 땅을 팠네, 혹여 길을 발견할까 봐
지하에서 일했지…*

옥스퍼드에 가면 존 스패로와 식사를 할 거야. 그리고 일요일에 여기 돌아와. 목요일에 버지니아가 오면 우리는 온갖 즐거움을 실험해보겠지. 이렇게 혼란에 빠져 사느니 죽는 게 나을까? 나처럼? 이렇게 여러 갈래로 흩어지는 삶이라면? 하지만 나는

* 영국의 시인 헨리 본의 〈섬광의 부싯돌〉 구절.

살아 있는 게 좋은걸.

정말 자기만 아는 편지군. 에디만큼이나 말이야. 하지만 내 머리글자에 관해 쓰진 않았잖아.

자기야, 당신이 내 닻이야. 바다 저 아래 금덩어리로 묶어둔 닻.

V.

1928년 12월 2일 일요일

타비스톡 광장 52

그러니까 당신은 막 돌아왔을 테고, 저녁 시간이 지났고, 나는 혼자 밥을 먹었어. 내게 쓴 편지 참 좋더라! 내가 당신 글을 흥미로워하면서 되새기는 거 알아? 이제는 당신 의견이 확고하게 선 것 같아. 작가로서 내가 관심을 두는 사람은 거의 없어. 하지만 당신의 다음 시는 주의 깊게 읽어야겠다고 생각하지.

그리고 당신이 절정기의 톰과 리드에게 분연히 맞서는 방식도 마음에 들어. 영국의 근위병이로군. 지금 무슨 말 하려다가 잊어버렸다. 뭔가 엄청 재밌는 거였는데, 이 오후에 이마와 머리카락 사이에서 날 강타한 뭔가…

확고하게 의견을 내세우는 것, 내가 작가를 좋아한다면 이 때문이야. 데즈먼드는 얼버무리고, 나는 너무 비약하지. 신경 쓰지 마, 생각을 더 정리해서 나중에 말해줄게.

아, 맙소사! 당신이 내게 어떤 기쁨인지.

1928년 12월 3일 월요일

세븐오크스, 윌드, 롱반

정말 미치겠다. 지난밤, 차를 놓쳐서 7시부터 8시 30분까지 채링크로스 역에 혼자 앉아 있었어. 그런데 런던 반대편에서 당신은 혼자 밥을 먹고 있었다니. 더 늦은 기차를 타고 그냥 갈 수도 있었는데. 젠장, 젠장, 젠장. 하지만 당신은 초서를 읽고 있었겠지.

오늘 아침에 해럴드가 편지를 썼어. "그 녀석(어떤 친구)이 나를 바에 데려갔어. 꽤 점잖은 곳이라더니 바 주인이 외설적인 사진을 보여주더군. 내가 아주 역겨워하고 혐오하는 물건 말이야. 그래서 화가 나 뛰쳐나와서《올랜도》한 장章을 읽으며 마음을 정화했지. 그 책은 내가 아는 것 중에 가장 깨끗해. 아주 맑고 깊은 수정처럼." 맞아. 정말 그래. 정말 그렇고말고. 해럴드가 아주 옳아.

당신 정말 1월에 베를린에 와? 정말, 진짜로? 에디가 당신 관심을 독차지하게 만들지도 않을 거고? 당신과 에디의 말다툼이 심해져서 1월 15일 무렵에는 사이가 나빠졌으면 좋겠다. 나는 늘, 당신도 알다시피, 당신과 에디의 우정이 질투 나거든. 심술 궂지…

《올랜도》가 옥스퍼드 여기저기 흩어져 있더라. 모든 서점에 코를 킁킁거리며 돌아다녔지. 정말 좋은 시간이었어. 어느 대학생과는 약간 사랑에 빠질 뻔도 했는데, 이건 분명히 중년의 징후지.

자기야, 나는 시인이 아닌가 봐. 시에 있어서 나는 그냥 반죽 덩어리야. 하지만 당신에게 이 이야기를 하고 싶어. 이 상황이 몹시 슬프거든. 죽은 내 뮤즈를 애도하러 갈까 생각 중이야. 어린 나이에 죽었지, 불쌍한 것. 말하는 법도 못 배우고. 아니면 물러나서 몇 년 쉬는 것뿐이고 언젠가 다시 나타날까? 머리는 희끗희끗하지만 현명해져서? 《대지》를 5분 읽고 빌어먹게 못 썼다고 생각했어. 불꽃 튀는 곳이 전혀 없어. 점잖지만 지루해.

보스키가 당신을 위해서라면 **기꺼이** 무슨 편지든 써주겠대. 그러니까 타자로 대체해도 되는 감사 편지가 있으면 가져와. 많을수록 좋아. 그리고 금요일 아침에 서명만 하면 돼. 당신이 들일 시간과 수고를 엄청나게 절약할 거야. 제발.

기차 목록을 첨부해. 목요일을, 내 눈의 빛이자 내 영혼의 기쁨인 당신을 얼마나 기다리고 있는지는 분명하지.

버네사의 스케치에 끔찍한 얼룩이 생겼어. 덩컨이 그랬어. 그 일 때문에 엄청 속상했어. 목요일에 말해줄게. 하지만 도티는 덩컨의 사진 석 장을 2백 기니에 샀지. 부러워라. 사랑스럽더라.

오늘이 목요일이었으면 좋았을 텐데. 맞아, 당신이 책에서 하듯 진짜 삶에서도 시간 마법을 못 부려서 얼마나 안타까운지.

그러면 목요일을 3백 년은 지속되게 만들 수 있을 텐데. 마벌*이 거의 똑같은 생각을 했던 모양이야. 이제야 그 사람이 무슨 말을 했는지 처음으로 완전하게 이해했어.

포토 데려와. 빙어 한 마리를 통째로 먹을 수 있을 거야.

당신의 올랜도

---

* 앤드루 마벌. 영국의 시인이다.

1928년 12월 14일 금요일 밤

타비스톡 광장 52

세상에서 가장 소중한 사람,

내가 (당신이 말한 대로) 그 처참한 여자의 재판에 가지 않아서 당신이 화가 났었다니 몹시 속상해. (하지만 당신이 화나 있는 편이 낫겠어)…

이제는 레너드가 내가 밖에서 사람들과 식사를 할 수 있다면 화요일에 엘레나와 차를 마시겠다니까 화를 내고 있어. 그러니 엘레나에게는 안 물어보려고. 그리고 당신도 또 화를 낼 테고. 하지만 진실은 내내 내 머리가 몹시 아팠다는 거야…

1928년 12월 16일 일요일

내 사랑스러운 포토,

나 화 안 났어. 그저 울프 부인을 못 보게 되어 실망했을 뿐이
지. 내가 울프 부인을 만나길 얼마나 좋아하는지 알잖니. *그녀
는 모르지만*, 너와 나는 알지.

울프 부인에게 내 말을 전해줄래? 내가 화요일 1시 5분에 갈
것이고, 나는 엘레나가 손톱만큼도 보고 싶지 않다고. 이렇게
말하면 울프 부인은 이해할 거야. 아니면 내가 점심은 부인 혼
자서 평화롭게 드시게 두고, 저녁을 먹으러 가는 게 낫겠느냐고
도 물어보렴. 저녁 먹고 같은 파티에 참석해야 하니 말이야. 울
프 부인이 내게 엽서를 보낼까? 나는 둘 중에 어느 쪽이든, 혹
은 둘 다 갈 수 있는데.

울프 부인에게 내가 허친슨 부인과 기분 좋은 대화를 나눴고,
허친슨 부인이 언젠가 울프 부인과 함께 여기 와서 머물고 싶어
하더라고 전해줘.

사랑스러운 포토, 울프 부인에게 내가 화가 나지 않았다고 설
명해줄래? 그저 슬플 뿐이라고?

1928년 12월 26일

베를린 N.W. 23, 브뤼켄가 24

당신에게 며칠 전에 편지를 쓰려고 했는데, 처음 며칠간 지면상으로건 대면으로건 인간 사회에 들어맞기에는 너무 화가 나는 상태였어. 그러다 유행성감기 비슷한 것에 걸려 앓아누웠고, 막 회복했어. 다리가 좀 후들거리고 세상이 여전히 암울하게 보이긴 하지만. 작별은 아주 이상하고 불쾌해. 나 자신이 별안간 당신에게서 찢겨 나가는 느낌, 그리고 누구에게도 별다른 말을 남기지 못한 채 밤으로 사라지는 듯한 느낌이 여전히 남아 있어. 하지만 이제 뒤를 돌아보는 대신 앞을 보기 시작했고, 2주가 채 지나기 전에 당신이 여기 오리라는 걸 되새겨봐. 당신이 오면 멋질 거야. 그리고 나는 당신을 맞이하여 기쁜 만큼 눈치 있게 행동하겠다고 약속할게. 우리가 한 번쯤은 (이 대목에서 벌써 눈치 있게 굴겠다던 약속을 어기고 마는데) 저녁에 단둘이 나갈 수 있을까? 하지만 이 일은 온전히 당신에게 맡길게.

에디는 내 삶에서 큰 부분을 차지해. 그는 아주 행복하고 기분이 최고야. 커다란 검은 반지와 가느다란 금팔찌를 손에 넣었고, 대화는 거의 전적으로 몹시 관용적인 독일 감탄사들로 이루어져. 하지만 우리는 정말 잘해나가고 있어.

보스키가 호박 구슬 보내는 거 안 잊었어? 그거 하고 올래? 나 야단 안 치고? 구슬 하나하나 올랜도가 보낸 입맞춤이라고 생각해줄래? 그럼 나는 당신이 여우, 멜론, 아니면 에메랄드, 아무거나 당신이 지어낸 뭔가로 생각하면?

오늘 로드멜에 있어? 새로운 방을 계획하면서? 정원을 뛰어다니는 핑커와 아주 행복하고?

다시 편지 써도 돼? 내 병이 나를 아주 분별없게 만들었어. 그러니 오늘은 당신을 사랑한다는 말만 하고 그만 쓸게.

V.

1928년 12월 29일

루이스, 로드멜, 멍크스하우스

저 못된 포토가 노란 구슬을 온통 달고 다녀. 이리저리 굴리고 돌아다녀서 도무지 떼어낼 수가 없네. 앞발 털을 짧게 잘라 놨는데, 당신이 이거 싫어하는 거 나도 알아. 하지만 이번 한 번만 한마디 해도 될까? 선물은 금지야. 우리에 온통 그렇게 쓰여 있어. 쟤네 성격 망쳐놔서 안 돼. 장기적으로 보면 그것 때문에 고통받는다니까. 이번 한 번은 용서해줄게. 하지만 다시는, 다시는 주면 안 돼. 당신이 나를 유혹해 붙잡은 그 밤*, 그 겨울, 롱반에서, 당신이 스테인 경의 종이칼을 몰래 가지고 갔지. 그래서 단순한 규칙을 정해줄게. 그 칼로 당신은 우리 심장에 틈을 내고 말 거야. 구슬에도 같은 규칙이 적용돼.

---

* 1925년 12월 18일. 11월 7일 버지니아와 비타는 처음으로 함께 밤을 보낸 후 더욱 가까워진다. 비타의 일기에는 'X' 또는 '!'로 버지니아와 함께 한 밤을 표시하였다. 이후 버지니아는 비타가 페르시아로 떠난다는 사실에 깊이 동요한다. 12월 17일 버지니아가 롱반에 사흘간 머무르며 두 사람은 연인으로 발전한다.

1928년 12월 31일

로드멜, 멍크스하우스

부디 이걸 받자마자 단 한 줄만 보내서 당신이 어떤지 알려
줘…

소식을 못 들으면 잠을 이룰 수 없을 거야. 그러면 두통이 생
기겠지. 그러면 베를린에 갈 수 없고.

그러니 알겠지, 사랑, 사랑아. 더군다나 한 해의 마지막 날이
잖아.

1929년 1월 2일

베를린 N.W. 23, 브뤼켄가 24

당신이 불쌍한 타우저에게 짜증이 났는지 슬슬 궁금해하던 참이었어. 당신 가슴에 호박 구슬을 대포알처럼 너무 많이 집어 던졌나, 아니면 뭘 했지, 하던 차에 오늘 아침 훌륭하고 멋지고 다정하고 정성스러운 편지 한 통을 받았지. 타우저의 꼬리는 다시 살랑이기 시작했어.

나는 다시 건강해졌어. 건강해졌다는 게 담배에서 깨진 사암 맛이 나고, 갈비뼈가 뱃밥으로 채워진 것 같은 상태라면 말이지. 서걱거리고 질긴 느낌이야. 하지만 여기 있는 사람들은 전부 아파. 내가 일어나자마자 해럴드가 앓아누웠지. 그는 아팠지만, 나는 아니었어. 불쾌하긴 하지만 심각하진 않아.

이 편지를 나이젤이 우리 어머니를 위해 타자하기 시작한 봉투에 넣어서 보낼게. 울프 여사가 당신에게 근사하게 어울리는 호칭 같거든. 〈타임스〉가 《올랜도》를 올해의 가장 중요한 소설로 보도했다니 기뻐.

이제 참을성 있게 앉아서 긴 편지를 기다리려 해. (하지만, 나의 천사, 베를린 영국대사관은 기억하기 무척 쉬운 주소야! 그리고 당신은 이라크, 시리아 등등에 있는 해럴드의 훨씬 더 복잡한 주소를 간직하는 데에도 실패하는 법 없이 늘 효율적으로 기억하지.) 아, 자기야, 브뤼켄가를 당신이 보면 얼마나 웃길까! 당신 일행 전부에게 방을 하나씩 구해주려고. 괜찮을까? 하룻밤에 8마르크쯤 할 거야. 하지만 당신이 15일이나 16일에 도착하면 알려줘. 내가 마중을 나가게 몇 시에 도착하는지 알려주는 것도 잊지 말고(즉 어떤 경로로 당신이 오는지), 어느 역인지도(프리드리히슈트라세가 제일 나아). 하리치-후크를 거쳐 오면 아침 4시 45분에 일어나야 하고, 절대로 비흡연석으로 예약하지 말라고 해, 아니면 비흡연석으로 해줄 거야. 내가 전에 그런 적이 있거든.

보스키에게《평범한 독자》를 보내주다니 정말 친절한 일이야. 아주 좋아해.

작은 잉꼬와 긴 의자에 누워 장난을 치는 어느 숙녀와 차를 마시러 다녀왔어. 다른 숙녀와도 차를 마셨는데, 이번에는 나이가 좀 있는 분으로 어느 때고 범죄를 저지를 것만 같은 조카와 살고 계셔. 스코티시테리어 세 마리를 키우며 위안 삼고 있으시지. 발자크의 진짜 친인척인데, 다리가 부러진 동서 한 분도 같이 사신대. 베를린에 없을 때면 모두 하노버 근처 12세기 성에서 지내셔. 다들 60, 70대이고 돈도 없어서 지붕이 조금씩 무너져내리고 있대. 다른 동서 분은 상심에 빠져 최근에 돌아가셨고, 사위는 맹장염으로 죽었대.

그 긴 편지 받으면 또 편지 쓸게. 이 편지는 내가 잘 지내고, 당신이 정확히 언제 올지 알려줘야 한다고 — 방 때문에 — 말하려고 썼을 뿐이야. 1인실 다섯 개, 당신이 원하는 거 맞지? 어쩌면 그 긴 편지에 이 내용이 전부 들어 있을지도 모르겠다.

아직도 화가 가라앉지 않았지만, 15일이 다가올수록 나아질 거야. 진짜 솔직하게 하는 말인데, 당신이 떠날 때 슬프고 부럽고 화가 나서 울지도 몰라.

하지만 당신이 실제로 2주 후면 온다니 믿기 힘들 만큼 좋아. 당신이 브뤼켄가에 머물기만 하면 바랄 게 없어. 3월에 롱반에 올래?

당신의 충실한 타우저

1929년 1월 6일

베를린 N.W. 23, 브뤼켄가 24

하지만 보다시피, 포토가(당신이 안 볼 때 포토가 얼마나 교활한 꼬마 괴물인지 당신도 알지. 포토 뒤에서 욕하는 게 내키지는 않지만 말이야.), 그러니까 포토가, 아휴, 《올랜도》한 부를 훔쳐서 니제르 가죽으로 장정을 했지, 뭐야. 그걸로도 만족을 못 하고 《올랜도》의 수기도 훔쳐서 그것도 장정을 한 거 있지. 그래서 이번 성탄절에 노란 구슬 몇 개 줘야겠다고 생각했어. 꿰지는 않고 말이야. 왜냐하면 나는 포토에게 뭔가를 주는 게 좋거든. 그런데도 보통 평소에는 감히 그런 짓을 안 하려고 나 자신을 혹독하게 다스리고 있는걸. 나, 용서받았어? 포토도 용서받았어? 그 구슬 위로 뒹군 일?

포토를 위해서 특별히 하녀의 찬장 하나를, 그리고 당신들이 머물 방 다섯 개를 프린츠 알브레히트에 마련했어.

열흘만 더 있으면 당신이 여기 와. 당신을 많이 볼 수 있을까? 매일? 바겐자일, 그래, 당신의 편지를 받기도 전에 바겐자일의 제안을 망쳐버렸어. 에디에게 당신이 아무도 만나고 싶어 하지 않는다고, 누구보다 바겐자일은 보고 싶지 않을 거라고 단호하게 말했지. 그다음에 바겐자일을 직접 만났어. 아름답고, 그을리고, 호리호리한 젊은이인데, 우수에 젖은 눈과 비틀린 입술이 스페인 선장 같더라. 하지만 그래도 나는 고집을 부렸어. 바겐자일과 당신 사이에 벽을 쌓았지. 당신은 안전해.

당신의 편지를 몇 번이고 읽은 뒤에야 의미를 전부 추출할 수 있었어. 누군가의 사랑과 세 번째, 네 번째 갈비뼈가 다 무슨 소리야? 누구의 사랑? 당신의? 사랑하는 사람 없다며. 내 사랑? 하지만 다들 내가 버지니아의 타우저인 걸 알잖아. 그럼 그건 대체 다 뭐야? 하지만 당신 편지 말미에 있는 표식 하나가 나를 대단히 북돋아줬지. 내가 당신을 사랑하냐고 물었지, 특별히, 이성을 잃도록 사랑하냐고? 말인즉 당신도 차이가 있다(적어도 이론상으로는)는 사실은 알고 있네. 잘됐군! 클라이브가 얼마나 실실댈지. 아무튼 당신이 베를린에 오기 전까지 답은 알려주지 않을래. 당신이 벌써 알고 있다면 또 모르지만.

있지, 여기 너무 추워. 각반을 가져오는 게 좋겠어. 영국에서 우리가 겪었던 것과는 비교도 안 되게 추워. 하지만 물론 당신이 올 때쯤에는 달라졌을지도 모르지.

15일(아니면 16일이었나?)을 천국을 기다리는 신실한 마음으로 기다리고 있다는 사실을 당신은 알까. 다만 당신이 다시 떠난다고 생각하면 못 견디겠어. 당신이 도착하기도 전에 이런 생각부터 하다니 바보 같지. 하지만 그 생각이 날 짓눌러. 그저께 밤에 만찬에서 괜찮은 남자를 하나 만났어. 독일인이야. 그 남자가 소개받으면서 나를 지그시 보는 거야. 아주 뚫어져라. 그러더니

"올랜도!" 하고 외치지 않겠어? 역대 쓰인 책 중 가장 아름다운 책이라더라.

당신이 베를린에 오는 거 진짜야(정말 진짜일까)?

아아, 당신이 혼자 오면 좋으련만. 하지만 베를린의 버지니아라… 아주 이상해. 버지니아를 품은 베를린이라니, 내가 베를린과 화해하게 생겼네. 붉은 혀가 내 달력 위를 기어가며 하루하루를 먹어치우고 있어. 겨우 열흘 남았어. 아, 부디 아프거나 못 오게 되는 일이 절대로 없길. 시원한 물줄기를 찾아 헐떡이는 수사슴처럼… 정말이지, 당신은 내가 여기서 얼마나 비참한지 전혀 모르니까. 거의 죽을 것 같아. 당신이 오면 물을 마신 꽃처럼 되살아나겠지.

당신을 그 역에서 만나야지.

여기까지만 쓰는 게 좋겠어. 아니면 사랑과 그리움 때문에 지나치게 정제되지 않은 편지를 쓰고 말 테니까.

V.

줄리언 벨이 《대지》를 좋아한다고 해서 아주 기뻐. 그 아이가 나를 시인으로 생각해줘서도 무척 기쁘고. 나도 그렇게 생각할 수 있다면 좋을 텐데. 하지만 젊은이들이 《대지》를 좋아하면 기분이 좋아. 톰 엘리엇과 비슷하지 않아 좋다는 이야기를 듣는 일도 환영이고.

1929년 1월 8일 화요일

타비스톡 광장 52

어느 역인지는 나중에 말해줄게. 비타는 "할로 버지니아!"라고 말하겠지. 레너드가 몸을 굽혀 개를 쓰다듬을 거야. 그 녀석을 핑커와 비교할 테고, 당신이 눈치가 빠르면 "하지만 레너드, 핑커가 더 색이 곱잖아"라고 말하겠지. 그러면 우리 모두 행복한 기분이 들 거야.

…《올랜도》가 미국에서 이제 1만 3천 부 팔렸대. 내가 마지막으로 그 이름을 언급했을 때 일이야.

역은 프리드리히슈트라세야.

1929년 1월 25일 금요일

베를린 N.W. 23, 브뤼켄가 24

나의 소중하고 사랑스러운 버지니아,

당신이 없으니 이곳이 텅 빈 듯해. 피란델로*를 만나러 점심 약속에 나갔었어. 염소처럼 수염을 기른 초로의 사내야. 그 사람은 점심에 45분이나 늦었어. 왜였게? 소송을 위해 베를린에 왔는데, 호텔로 거대한 독일 경찰 두 사람이 들이닥쳐서 주머니에서 그의 시계를, 손가락에서 반지를 빼가더래. 그 사람 손가락 관절은 통풍으로 아주 부어 있어서 그를 상당히 고통스럽게 만들었지. 흔한 일이야. 그 사람은 이 일에 있어서 전반적으로 침착했지만, 독일인들에 대한 여태까지의 존경은 반 시간 만에 증오로 바뀌었지.

일요일은 일하지 않는 영국 우편 덕분에 당신이 롱반에 도착할 때까지 이 편지를 받지 못하겠지. 롱반에 가서 내 생각이 좀 나면 좋겠다. 푼크툼**에서 당신이 그토록 놀랍고도 충격적으로 표현했던 감정도 일부라도 되살아나면 좋겠고. 있지, 당신이 머물던 한 주가 내게 어떤 차이를 만들어냈는지 모르지. 그게 실

* 루이지 피란델로는 이탈리아의 극작가이자 소설가이다.

** 비타와 버지니아가 저녁 식사를 한 베를린의 방송탑이다.

제 시간의 길이란 얼마나 중요한지 않은지 확실히 알려줬어. 전에는 베를린 전체가 순전히 혐오스럽기만 했거든. 이제는 사랑의 기운을 받은 장소들이 몇 군데 생겼지. 프린츠 알브레히트가, 포츠담, 푼크툼. 심지어 브뤼켄가조차 당신의 향취를 얼마간 머금고 있어. 그러니 네 명이나 되는 사람을 베를린까지 데려온 일이 허튼짓은 아니었지. 그리고 나는 비교철학을 하며 남은 나날을 편안히 보낼 거야. **그러면** 롱반과 봄이, 나이팅게일들과 당신의 커다란 침실이, 그리고 나머지 것들이 찾아오겠지. 하지만 그때쯤이면 당신 마음 상태는 변했을까? 내게 충실하지 않게 될까? 메리? 크리스타벨? 맙소사, 난 당신을 절대 용서하지 못할 거야. 안 되지, 당신의 나를 위해 당신 자신을 아껴줘.

올랜도

1929년 1월 27일 일요일

타비스톡 광장 52

음, 나는 침대에 누워 있어. 하리치항에 도착했을 때 침상에서 끌어 내려야 할 지경이었어. 마취제, 독감, 두통이 뒤섞인 상태였 대, 듣자 하니. 약에 몹시 취해 있었어. 하지만 나아졌어. 물론 의 사가 아무것도 못 하게 눕혀 놓긴 했지만. 기왕이면 베를린에서 이랬으면 좋았을걸. 당신이 보고 싶어. 편지 좀 해. 오늘은 훨씬 좋아. 여하간 베를린은 갈 만한 가치가 있었어.

1929년 1월 29일 화요일 저녁

베를린 N.W. 23, 브뤼켄가 24

내 가엾고도 가엾은 버지니아,

나는 정말 끔찍하게 안타까워. 당신이 결국 독감에 걸릴 거였으면, 왜 베를린에서 걸리지 않았는지 화도 몹시 나. 그러면 여기로 당신을 데려와서 정말이지 훌륭하게 돌봐주었을 텐데. 그리고 당신이 적어도 일주일은 더 머물렀을 텐데. 주변에는 온수병을 쌓아놓고, 당신의 타우저는 바삐 드나들었겠지. 독감에 걸린 건 안됐지만, 당신을 돌보는 일은 행복했을 거야. 다시 괜찮아졌어? 후유증으로 두통이 남지는 않았고? 기분이 많이 안 좋아? 아아, 멀리 떨어져 있는 일이란, 그리고 일이 벌어지고 며칠 지나서야 듣는 일이란 무엇인지. 여행길이 당신에게 얼마나 고달팠을까. 게다가 아침 6시에 하리치 항구에, 독감에 걸려서 도착하다니. 생각도 못 할 일이야. 당신이 아픈 게 싫어. 다른 사람들보다 당신이 아플 때 더 문제가 돼. 그러니까, 봐봐. 당신이 시골로 도망가고 싶으면, (그리고 로드멜에는 바살러뮤 부인뿐이잖아) 롱반의 모든 하인이 빈들빈들 지낸다는 것, 당신이 거기 가서 편히 지낼 수 있다는 것(일류 호텔급의 안락함이라든지) 당신이 내 텅 비고 나태한 조그마한 집의 혜택을 보는 일이야말로 나를 가장 행복하게 만든다는 거 알지. 당신과 내가 함께 있는 상황은 제외하고 말이야. 그러니 그럴 마음이 들면 전화해서 당신과 레너드와 핑커가 갈 거라고 말해줄래? 당신이 그러면 정말 좋겠어. 하지만 이런 말은 할 필요 없겠지. 내가 진심인 것은 당신도 알고, 루이즈라면 당신 버릇을 아주 버려놓을 거야. 하인들은 뭔가 할 일이 생기면 다들 기뻐할 테고.

우리가 9일에 일주일간 라팔로에 간다고 당신에게 편지에 썼던가? 안 썼지, 그때는 이런 생각이 없었던 것 같아. 해럴드가 베를린에서 못 벗어나면 죽을 것 같다길래, 우리 떠나. 내가 기뻐하는 모습을 상상해도 돼. 그러고 나면 내가 집에 돌아가기까지는 아주 짧은 시간만 남을 테지. 그러니 내 시간 계획표는 멋지게 작동하고 있어. 당신이 베를린에 와서 내게 무엇을 해주었는지 당신은 절대 모르겠지. 그래서 어쩐지 당신이 독감으로 침대에 실려 돌아간 게 내 잘못 같아.

케슬러에 관해 더 많은 이야기를 들었어. 아주 부유하고, 멕시코에 구리 광산이 있고, 도청 전문가래. 그럴 줄 알았지. 당신에게 할 말이 아주 많았는데 당신이 아프다고 생각하니 머릿속이 하얘졌어. 당신이 회복했다는 사실을 알기 전까지는 행복할 수 없을 거야. 그리고 당신이 롱반에 간다면 마음 깊이 기쁠 테고. 그저 그 멋진 방을 생각해, 거대한 침대도. **우산**을 타고 어서 출발해. 자기야, 그렇게 해. 그리고 조금만 날 그리워해줘.

내가 당신에게 뭘 빚졌는지 생각해봐! 엄청나게 커다란 하얀

라일락 꽃다발이 갑자기 카드와 함께 왔어. "올랜도를 위해." 포장해서 당신에게 보내야만 할 것 같았어.

자기야, 당신이 정말 걱정돼. 온몸이 다 아프고 고통스러울까? 다 나았을까?

당신을 아주아주 사랑하고 걱정하는

V.

1929년 1월 29일 화요일

타비스톡 광장 52

세상에서 가장 소중한 사람,

여기 이기적인 병자의 소식을 하나 더 보내. 그래도 당신에게 편지 쓰고 싶었고, 내 이야기뿐이어도 당신은 싫어하지 않겠지.

아직 침대에 묶여 있지만, 오늘은 정말 나아졌어. 지금 아프고 오한이 드는 건 그저 평소와 다름없는 두통일 뿐인데, 지나가겠지… 아플 때면 내가 당신을 어찌나 원하는지, 이상할 정도야. 비타가 온다면 모든 게 훈훈하고 행복해질 것 같아.

1929년 1월 31일 목요일

베를린 N.W. 23, 브뤼켄가 24

당신이 떨리는 연필로 적은 편지는 그저 내 심장을 쥐어짰어. 아, 빌어먹을 시간과 공간. 내 마음속 당신의 이미지는 전부 이틀씩 동떨어져 있잖아. 당신이 편지를 쓸 때 아직 침대에 누워 있다는 건 알았지만, *지금도* 침대에 누워 있는지는 알 수 없지. 아니면 소파로 나아갔는지. 아무튼 당신이 무척 안 좋았다는 건 짐작이 가. 당신은 늘 아픔을 축소해서 말하잖아. 그리고 나는 그게 아주 불안해. 베를린이 당신에게 그런 짓을 한 거지. 악마 같은 것. 베를린의 관₩에는 못이 촘촘히 박혀 있어. 커다란 놋쇠 머리가 달린 못이야. 놀에 있는 트레저러 경*의 궤처럼. 지금까지 본 것 중 가장 큰 못으로. (진주와 루비가 가득한 트레저러 경의 궤보다 나에게 귀중한) 버지니아를 아프게 만들었겠다. 그래, 당신 방문을 여는 사람이 화장을 덕지덕지한 당신의 메리**가 아니라 나라면 좋겠어. 그리고 메리 이야기가 나왔으니 말인데, 엄청나게 아름다운 그녀의 사진을 봤어… 하지만 처음 이야기로 돌아가자. 왜냐하면 어제는 웃기는 날이었거든. 버지니아가 재밌어

---

* 　토머스 색빌.

** 　메리 허친슨.

할 만한 날. 밑바닥 생활에서 상류사회로 끝나는 날. 테헤란에서 온 난봉꾼 꼬마 유령에서 교황 사절로 끝나고, 그 와중에 빨간 머리 레즈비언이 끼어든 그런 날.

테헤란의 유령이 갑자기 나타났는데, 베를린에 날 보러 왔다나. 테헤란이 *아니라* 스웨덴에서. 아주 재밌고 추잡한 몽마르트형 인간인데, 늘 진짜일 수도, 가짜일 수도 있을 환상적인 이야기로 가득 차 있어. 테헤란에서 그녀와 함께 있으면 지루했지만, 여기서 보니 기쁘더라. 그리고 그 사람이 수족관을 보고 싶다고 해서 갔었어. 수족관은 버지니아의 기억으로 가득 차 있었지. 그 뒤 그 사람을 데리고 빨간 머리 레즈비언과 차를 마시러 갔어. 거기서 피란델로와 그가 데리고 다니는 천박한 여자 둘을 만났고, 몇몇 다른 칙칙해 보이는 사람들도.

빨간 머리는 사진작가야. 벽에 걸린 사진에는 힌덴부르크부터 앙드레 지드에 이르기까지 모든 유럽 명사가 있는데, 여기에 우리의 메리가 끝내주게 찍혀 있지 않겠어? 빨간 머리는 능숙하게 나를 작고 어두운 방으로 데려가서 조지핀 베이커가 상체를 드러낸 사진을 보여줬어. 무척 아름다웠어. 다른 외설적인 사진들도 보여줬는데 묘사하지는 않을게. 그러면서 나를 힐끔거리는 거야. 결국 내가 모자를 벗게 만들더니, 내일 아침에 모델을 서달라고 치근덕대더라. 진짜 소름끼쳤어. 집에 와서 목욕을 다 했다니까. 내 테헤란 친구를 파리로 보내고 대사관에서 열린 엄청나게 성대한 정찬에 참석해 하루를 마무리했지. 반바지를 입은 하인들, 은색 봉을 들고 서서 문이 열릴 때마다 바닥을 쿵 치는 문지기 같은 사람, 별들과 리본들, 페르시아 왕자를 비롯해 다섯 명의 남편을 거쳐 마지막 남편이 첫 남편의 조카라는 여자. 이 여자는 기분에 따라서 가발도 바꿔 쓰더라. 그래서 때로는 회색, 때로는 검은색, 때로는 붉은색이야. 탁자 아래 흐르는 물 위에 띄운 금 접시들, 장미처럼 붉은 비단옷을 입고 가슴에는 커다란 금 십자가를 맨 교황의 사절. (아마 이 사람이 차기 교황이 될 거야.)

포토라면 꼬리를 흔들었겠지.

그리고 나는 내내 타비스톡 광장 2층에 누워 있는 버지니아를 생각하며, 내가 거기 있었으면 했지.

슈트레제만 부인이 해럴드를 붙잡고 "내가 멍청이라고 생각하는 거 알아요. 날 볼 때마다 최근에 춤은 좀 췄냐고 묻잖아요. 하지만 나는 멍청이가 아니고, 장담하건대 당신은 자기 자신과 당신 아내를 이 바보 같은 직업에 낭비하고 있어요"라고 말했지. 이 말을 들으니 이 호색의 케이티가 달리 보이더라고.

우리가 9일에 일주일간 라팔로에 간다고 말했었나? 했지, 확실히 했어.

아, 내 사랑, 부디 잘 있고 몸 관리 잘해. 레너드가 알아서 하겠지, 나도 알아. 하지만 당신이 아픈 건 그냥 참을 수가 없어. 내가 거기 있었다면 좋았을 텐데.

당신의 V.

1929년 1월 31일 목요일

타비스톡 광장 52

나는 비타에게 편지를 쓰는 작은 즐거움을 이제는 누려야겠다고 내 자신에게 말했어.

당신에게 소식을 들으면 좋을 텐데, 아마도 듣게 되겠지. 아니, 나는 아무도 안 만나. 메리조차도. 렌들 선생(메리의 사촌이야)은 내가 왜 메리를 보고 싶어 하는지 상상도 못 해. 여성의 매력이라는 게 있거든요, 하고 나는 답했지. 그래도 허락받지 못했어. 당신도 못 만나게 했을 거라고 생각하며 나 자신을 위로해. 어지럼증이 심해서 누워 있어야 해. 귓속의 수평기*와 관련된 문제래. 거기에는 영원히 빙글빙글 도는 쥐 같은 게 있는데, 왜 그러냐면 쥐 귀에는 수평기가 없기 때문이야. 영원히 빙글빙글 도는 포토를 보고 싶어? 모든 게 베를린 탓이야. 다시는 갤러리를 돌아보거나 늦게까지 술을 마시지 못하겠지. 내 모든 모험은 누워서 벌어질 거야. 어떤 의미에서는 적절하네. 실상은 꽤 좋아졌고, 꽤 긴 시간 동안 《나방》**이라는 책을 구상하고 있어.

---

*   전정기관.

**   후에 《파도》로 출간한다.

1929년 2월 4일 월요일

베를린 N.W. 23, 브뤼켄가 24

침대에서 또 다른 일주일을 보낸다니! 내 소중한 버지니아, 당신에게 어떤 끔찍한 일이 벌어지고 있는 거야? 당신이 아무 문제 없다고 말하니 아주 좋아. 그리고 그게 정말 베를린 때문이라고 생각하지는 않아. 어디선가 옮았을 독감 때문에 촉발되었겠지. 여기서 피로를 심하게 느꼈어? 그랬다면 정말 훌륭하게도 그걸 숨겼네. 내가 영국에 있기를 이렇게까지 바라는 경우는 좀처럼 없어. 하지만 당신이 말했다시피, 나를 만나는 일은 당신에게 허락되지 않겠지. 하지만 난 문간에 서 있어도 돼. 유일하게 내게 위로가 되는 건 당신이 롱반에 가고 싶어지면 가겠다고 말한 일이고, 아무튼 3월에는 롱반에 잠깐이라도 응석 부리러, 아니면 요양이라도 하러 올 거지? 당신은 내가 좋은 간병인이고 아주 엄하다는 거 알고 있지. 맞다, 간병인 이야기가 나와서 말인데 이번 주 〈네이션〉에 내가 쓴 소설 서평에 클라이브 부인의 "수수한 간병인nurse"이라고 인쇄된 것을 보고 한참 웃었어. "수수한 뮤즈muse"였는데. "수수한 쥐mouse"가 아니어서 다행인지도 모르지! 그 형편없는 서평에는 끔찍한 오탈자가 한 꾸러미나 있어(한 문장은 "not"이 빠져서 아예 말이 안 돼). 레너드에게 내가 사랑한다고, 하지만 레너드는 나쁜 사람이라고 전해줘. 음, 당신이 롱반에 오면 내가 수수한 간병인이건 쥐센 뮤즈건 원하는 대로 해줄게. 그리고 오전에는 당신에게 수프도(커피 말고) 내주고. 정말로, 자기야, 당신이 앓는다고, 고통스럽다고, 두통을 겪는다고 생각하니 기분이 몹시 안 좋고, 내가 당신을 돌볼 수만 있다면 세상에 더 바랄 게 없겠어. 당신을 즉시 낫게 하는 기적이 일어나는 게 아니라면. 그러는 대신, 우리는 영국 식민지 무도회에 가야 해! 하지만 보상이 있어. 화학자 한 사람이 점심을 먹으러 왔었는데, 극도로 치명적인 새로운 가스들 덕분에 2년 안에 전쟁은 불가능해질 거고, 자동차를 어려운 주차 공간에서 빼내는 장치도 개발됐대. 그러니까 어쨌든 세상은 문명을 향해 진보하는 모양이야. 그 뒤에 대사관에서 파티가 있어서 우리도 참석했는데, 독일판 《밀고자》* 속으로 들어간 기분이었지. 또 뭐가 있을까? 열씨 영하 41도까지 내려갔었고, 자동차 창문은 전부 타타르 군대의 분노처럼 되돌아온 추위로 금이 쩍쩍 갔어. 하지만 나는 대부분의 시간에, 예쁜 실크 옷을 입고 누워 나방에 관한 이야기**를 구상하는 버지니아를 생각해. 하지만 전혀, 전혀 버지니아를 손님으로 맞이하는 것만큼 행복하거나 괜찮지는 않아. "가변적이고, 그래서 우울한 인간의 상황. 이 순간 나는 괜찮았다가, 또 이내 아프다. 나는 갑작스러운 변화에 놀라고, 책임을

---

*   영국의 작가 에드거 월리스의 소설이다.

** 《파도》.

돌릴 만한 어떤 원인도 찾을 수 없다." 이건 던이 한 말이야, 내가 아니라. 나는 이런 추위에서는 늘 조심해야 한다는 걸 알았어. 금속, 가죽, 물을 갑자기 만지면 전기 충격이 올 수 있대. 손가락을 튕겨서 가스버너에 불을 붙일 수도 있겠어. 그리고 나는 라팔로에 가면서 장대비를 만나거나 미친 듯이 몰아치는 회색 바다를 보게 될 거야. 그래도 아주 열심히 일할 거고, 맥스 비어봄이 해럴드의 그림을 그릴 거라네. 이디스와 오스버트가 라팔로에 있다고 들었어! 하지만 믿을 수가 있어야지. 시트웰가의 천재에게 보낸 나의 근사한 찬사를 프랜시스 비렐*이 신랄하다고 했던 일에서 아직 회복하지 못했어. 말도 안 되는 소리야.

내 횡설수설하는 편지가 당신을 지루하게 해? 하지만 이건 당신을 너무 걱정하면서 써서, 그리고 당신이 정말로 *나아졌다*는 이야기를 꼭 듣고 싶은 강렬한 욕구로 써서 그런 거야. 당신은 나아졌다고 내내 장담하지만, 나는 믿지 못하겠거든. 당신은 계속 누워 있고, 머리를 베개 위에서 뗄 수 없게 하는 브롬화물**을 투약받고, 사람을 만나는 것도 허락되지 않으니 믿을 수가 없지. 이 사실들만 봐도 자명해. 시빌이 당신 집에 놀러 와서 차를 마셨다는 당신의 이야기를 들어야 다시 신뢰를 회복할 것 같아.

그때까지는 당신을 매우 걱정하고 무한한 애정을 품는 당신의 V.

---

* 프랜시스 바렐은 블룸즈버리그룹에 속한 작가이다.

** 진정제로 쓰이는 약품이다.

1929년 2월 4일 월요일

타비스톡 광장 52

가장 소중한 사람. 당신 편지가 오는데 시간이 어쩌나 오래 걸리는지! 목요일에 부친 편지 한 통이 오늘 아침에 도착해서 나를 정말 기쁘게 했어. 사람들이 파란 봉투 하나를 가져다주는 일이 어떤 차이를 만들어내는지 당신은 생각도 못 할걸. 난 여전히 누워 있어… 이틀 동안 통증도 없고, 수면제도 안 먹었고, 브롬화물만 먹었고. 이 비슷한 일을 전에도, 특히 독감이 지나간 후에 겪어봤는데, 증상은 가볍지만 사라지기까지는 시간이 좀 걸려. 거기다 뱃멀미 약, 즉 베로날이 날 더 예민하게 만들었어. 하지만 물론 의사 선생님과 레너드는 이게 다른 모든 것보다도 베를린을 싸돌아다닌 탓(나도 그랬을 거라고 생각해)이라고들 하지.

…한 여성 작가가 《올랜도》를 읽을 때면 멈춰서 페이지에 입을 맞춰야 한다고 썼어. 당신 같은 부류의 사람이라고 난 상상했지. 미국에서 레즈비언의 비율이 늘고 있다는데, 다 당신 때문이야.

1929년 2월 5일 화요일

베를린 N.W. 23, 브뤼켄가 24

장갑 한 쌍을 4마르크에 사러 베르트하임스에 갔다가 방금 돌아왔고, 기억을 잃은 은행원에 관한 내 이야기를 이어 쓸 예정이었는데, 오는 길에 서점에 들러서 타우흐니츠판 《올랜도》를 사 읽기 시작했고, 완전히 몰두해서 저녁이 거의 다 흘러갔어. 내가 《올랜도》를 읽을 때마다 눈시울이 뜨거워지는 거, 알아? 당신이 이 말을 믿을 수도, 믿지 않을 수도 있겠지만 사실이야. 때로는 눈물이 흘러넘치기도 해. 그냥 책이 아름다워서인지, 아니면 당신 때문인지, 아니면 놀 때문인지, 아니면 셋 다인지 모르겠어. 그나저나 당신은 사실을 좋아하니까, 여기 당신을 위한 사실이 하나 있어. 이만큼 내 넋을 빼놓거나 나를 감동하게 한 책은 한 권도 없었어. 내가 O. D.*를 언급하는 일을 금지됐어도, 이 전부가 그래. 어쩌면 오늘은 당신이 아프다는 지독한 사실 때문에 그 효과가 더 강화됐는지도 모르지. 내가 늙어 죽을 때 《올랜도》를 소리 내어 읽어달라고 해야겠어.

그동안 좀 나아졌어? 그것 말고는 중요한 일이 없지 싶어. 레너드에게 쪽지를 받았는데, 버지니아의 정보가 내가 만족할 만

---

*   'Orlando'를 줄여서 쓴 것이다.

큼 담겨 있지는 않았어. 레너드가 "버지니아에게 소식 들었겠지"
라고 썼는데, 지금쯤이면 레너드도 분명히 버지니아가 사실이건
아니건 늘 나아졌다는 말만 하는 순 거짓말쟁이라는 사실을 알
았겠지? 포토와 나마저도 그걸 아는데. 벌써 오래전에 포토가
그 일과 관련해서라면 버지니아가 내뱉는 말을 전부 믿지 말라
고 내게 경고했지. 나는 포토에게 감사해하면서 벌써 알고 있다
고 했어. 그러니까 내가 (선입견이라고 해도) 진실한 사람이라고
여기는 레너드에게 약간의 정보를 얻을 수 있다면 환영이야. 하
지만 레너드는 더디긴 하지만 당신이 나아지고 있다고 했고, 나
는 그 조그마한 소식에 기뻤어.

오늘 밤 만찬이 있어. 신이시여, 우리를 불쌍히 여기소서. 하지
만 토요일이면 새장이 열리고 새들은 날아가겠지.

당신의 다정하고도 다정한

V.

1929년 2월 11일 월요일

라팔로

당신이 날 위해 지어낸 이탈리아식 주소 정말 사랑스럽네. 그래, 어젯밤에 여기서 편지를 찾았어. 독일과 스위스를 가로질러 승리의 진전 끝에, 그 사이에 식당칸은 화염에 휩싸여 결국 버리고 와야 했지만, 우리는 끝끝내 도착했지. 날도 따뜻했어. 우리는 저녁을 먹은 후 겉옷 하나 걸치지 않고 외출해서 오렌지 나무와 미모사 아래를 거닐었고, 지중해는 해변 위로 한숨지었어. 알프스는 실제로도 무척 아름다웠어. 작은 폭포들이 모두 얼어붙어 절벽의 얼굴 아래로 드리워진 영롱한 구슬처럼 걸려 있었지. 햇빛이 비치는 봉우리들은 안개를 밀어내고, 계곡에서는 버드나무가 모두 금빛이었어. 우리 게으름뱅이들은 생기발랄하게 행복했지. 움직임이 자유롭다는 것, 기차를 이용한다는 것은 위대한 일이야, 버지니아. 일주일이나 게으름 피울 수 있으니, 30시간의 여행이 가치 없다고 할 수는 없어. 가치가 있고말고. 세상에나, 내가 그렇게 말한다면 당신은 서둘러 레너드와 스페인으로 달려가겠지.

당신에게 정확히 무슨 일이 일어났는지 알아서 기뻤어. 그게 정말 베를린 탓이라고는 생각하지 않지만. 그런 생각을 하고 싶지 않은 게, 그러면 내가 그 죄책감의 일부를 져야만 할 것 같거든. 그게 아니라면, 베를린에 어떤 죄를 덮어씌우는 건 너무 기쁘지. 뱃멀미가 나아지는 과정이었을 거야. 말처럼 튼튼한 사람들도 그런 이유로 몇 주씩 앓는 걸 알고 있거든.

후에. 아주 기분 좋게 산책을 다녀왔고, 펜션이라고 적힌 녹색과 흰색이 섞인 작은 집을 발견했어. 내일 거기로 옮기기로 했고, 보스키에게 전보를 보내서 당신에게도 알려주라고 했지만, 앞으로 사흘간은 이 호텔에 편지를 찾으러 오긴 할 거야. 이 호텔은 정말 끔찍한데, 그 펜션은 너무 좋아. 거긴 건물 발치가 말 그대로 바다 속에 잠겨 있고, 나무로 된 커다랗고 소박한 방에는 라스페치아 쪽 해안이 바로 보이는 커다란 창이 있어. 방들이 완전히 비어 있는지 우리가 고를 수 있게 방을 보여주고 또 보여주더라고.

그 뒤 우리는 계속 걸었고, 모든 것이 파랗고 금빛이고 먼지투성이였어. 해안의 이 부근은 프랑스 쪽보다 훨씬 덜 세련됐더라고. 눈과 독일 평원의 흉물스러움을 보고 나서 이 파란 바다와 화창한 갑으로 내려가니 그 효과가 그저 놀라울 따름이었어.

레이디 베스버러에 관하여. 해럴드가 기억이 확실하지는 않지만, 당신이 말하는 그 편지를 아는데《그래닐 경의 삶》에 언급된 것을 찾을 수 있을 거래. 해럴드는 정확히 기억을 못 해서 몹시 짜증이 났어. 아무튼 그이 말이 그래닐 경을 읽으면 적어도 참고자료를 뭘 봐야 할지는 알 수 있을 거래.

아, 당신이 여기 있길 내가 얼마나 바라는지. 당신에게도 정말 좋을 테고(소음이 없으니), 올리브나무가 있는 테라스도 있고 온 갖 게 다 있어. 대체 나는 왜 영국에 사는 걸까? 왜 남국이 아닌 곳에 사는 거지?

당신의

V.

1929년 2월 12일 화요일

타비스톡 광장 52

당신은 천사야. 편지를 매일 보내고 오늘은 당신의 새 주소를 담은 편지 한 통이 보스키에게서 왔어…

나갔다 왔어. L의 팔에 기대서 광장을 두 바퀴 걸었어. 광장은 아주 춥고 지저분했고, 고양이 한 마리가 거길 죽을 장소로 골랐더라고. 돌아와서 나는 옷을 벗고 소파에 누워 있어.

오늘은 소파에 차려입지도 않고 누워 지냈어. 이제 훨씬 밝고 청량한 기분이 되었고, 내 신경 체계에 이런 미친 기관을 만든 신을 저주하고 싶은 마음도 좀 줄어들었어. 이런 기관이 가치 있을까?… L이 따뜻해지도록 나를 꽁꽁 싸매줬어. 그리고 나는 다시 아주 활기차졌어. 하지만 얼마나 오래 갈지 말하기는 무척 어려워. 독감이었던 건 맞나 봐. 하지만 베를린에서도 바보같이 굴었다고 생각해. 당신은 내 생명이 얼마나 허약한지 대체로 의식을 못하더라. 다른 이에게는 아무것도 아닌 일이 불쌍한 포토에게는 야단스러운 일이거든. 신경 쓰지 마. 4일까지는 다시 혈기왕성해져서 건강을 회복할 테니까. 하지만 2일에 간단한 식사라도 하게 들를 수 있어? 보스키가 강권한 것처럼 롱반에서 며칠 보내는 아이디어도 몹시 끌리고.

1929년 2월 16일 토요일

라팔로, 산미켈레디파가노, 빌라 쿠바

(당신에게 약간의 위안을 가져다주리라고 생각한 사진 한 장을 동봉해.)

매일 아침, 거대한 *2인용 침대*에 누워서, (하지만 혼자야,) 아직 맛있는 잠에서 깨어나지 않았을 무렵 쾅 하고 옆방 덧문을 여는 소리에 일어나고, 그다음 카나리아 같은 노란색 파자마를 입은 인물이 내 방 안으로 뛰어 들어와 내 덧문도 똑같이 시끄럽게 열면서 이렇게 말해. "이건 정말 꼭 봐야 해." 나는 잠에 취해 마지못한 눈으로 새벽 여명에 시선을 돌려. 보랏빛의 어두운 바다를 봐. 보랏빛 어두운 곳을 봐. 그 위로 연노랑 하늘이 걸려 있지. 하늘에는 작은 구름도 몇 조각 떠 있어. 분홍빛이지. 분홍빛에서 황금빛으로 바뀌어. 선홍색 둥근 테두리가 곳 위로 나타나. 그것은 남자가 사정할 때처럼 갑작스레 선홍색 원반 모양으로 변해. 해가 떠. 해안 전체에 빛이 넘쳐흘러. 바다는 파랗게 변해. 또 하루가 시작해.

당신이 있는 곳에서는 템스강이 얼어붙고 파이프가 터지겠지만, 지금 이건 진짜야. 대체 나는 왜 리비에라 해안에 살지 않는 거지? 아무튼 해럴드는 결심을 굳혔어. "작은 분홍색 집이야." 그가 중얼거리지. "올리브 나무에 둘러싸인." 그러니까, 혹시 레너드가 극적인 순간에 처해 출판사를 박살 내고, 카트라이트 부인을 죽이고, 넬리를 해고하고, 핑커를 바구니에 넣어 버지니아를 앞세워 그의 진영을 프랑스 남부로 옮긴다면, 높은 확률로 해안을 따라 얼마 내려오기도 전에 야영 중인 해럴드와 비타를 발견할 수 있을 거야. 정말로 여기 살지 않다니 미친 짓이지 싶어. 어쨌든 적어도 겨울에는 그래. 이탈리아 언론이 "비극적인 겨울의 통치"에 관한 헤드라인을 뿜어대는 이틀 동안 우리가 눈보라를 만난 건 맞아. 하지만 거의 즉시 원래 기후로 회복했어. 리구리아 사람들은 서로 눈싸움을 멈췄고, 포장도로에 둥근 양철 테이블을 놓고 산책하는 여자들의 발목을 관찰하고 비평하면서 베르무트를 마시는 평소의 일상으로 돌아갔지.

맥스 비어봄은 여기 없어. 영국에 있대. 우리는 그의 별장까지 걸어갔는데, 빵 사이에 햄이 껴 있듯 이웃집 사이에 바짝 껴 있는 끔찍하게도 작은 집이었어.

이 "롱반에서의 며칠"은 무슨 이야기야? 내가 돌아가기 전에? 아니면 후에? 한번 생각해봐. 내가 2주 후에 돌아가니까 그렇게 오래 기다릴 필요도 없고, 가장 봉급이 비싼 스코틀랜드인 유모들이 분을 두드려줘야 하는 갓난아기를 돌보듯 내가 당신을 돌본다는 걸 당신도 알지. 진지하게, 나는 그럴 거야. 이쪽 주소로 당신이 보낸 편지를 방금 받았는데, 아, 자기야, 나는 당신이 충분히 건강하지 못한가 싶어 걱정이야. 한참이나 계속된 일이지. 하지만 베를린에서 당신을 피곤하게 만든 게 내가 아니라고 말해줄래? 내가 아니라, 나는 가지 않았던 그 갤러리들이 문제였을 거야. 어쩌면 상수시 궁전이 문제였을까? 하지만 거기는 내가 아니어도 갔을 거야. 내 가엾은 당신, 나는 당신이 아는 것보다 더 신경이 쓰여. 내 말은, 당신이 두통에 시달리며 소파에 누워 있으면 내가 태양 아래서 잘 지낼 자격이 없는 것 같은 기분이라는 거야. 대천사가 나타나 내게 기회만 준다면, 기꺼이 당신과 나를 맞바꾸겠어.

우리는 이 작은 집을 다른 다섯 명과 함께 써. 한 젊은 이탈리아인이 있는데, 이절대판지 종이를 놓고 머리를 쥐어뜯는 걸 보니 내 생각에는 (최소한) 시인일 것 같았어. 하지만 알고 보니 그저 어머니께 편지를 쓰려던 거였지. 노년의 이탈리아인 부부도 있는데, 여자는 상당히 아름답고, 남자는 건망증이 몹시 심하고, 내내 아무 의미 없이 "오, 아름답군! 아름다워!" 하고 중얼거려. 그게 자기 생각이라면 모르겠지만. 영국인 두 사람도 있는데, 스미스라는 성을 가진 모녀로 이탈리아어를 할 때 내가 여태 들어본 것 중에서 최고의 영국식 억양을 구사해. 해럴드와 나는 이곳에서 대단히 흥미롭게 이 영국의 동정녀들을 관찰하고 있어. 이들은 몹시 확연하게 가족임을 드러내는 외모를 하고 있어. 꼭 다물고 불만스러운 입, 아, 우리가 놓친 즐거움들이여! 그들을 비난함으로써 보상을 받자. 그 사람들은 사랑을 하지 않는 대신 뜨개질을 해.

해안을 따라서, 또는 올리브나무 언덕을 오르며 긴 산책을 하곤 해. 화요일에 여기를 떠나는데, 중부 유럽의 기차에서 일어난 사건 보도 때문에 썩 내키지 않아. 눈에 파묻히는 일은 별거 아닌데, 늑대들은 어쩐담? 그리고 베를린 기온이 어떤지 당신 봤어? 우리 영국인들의 습관처럼 유럽 전체가 처음으로 날씨에 관해서 한목소리로 떠들고 있는 것 같아.

아차, 레너드에게서 오늘 아침 책 두 권이 더 도착했을 때, 내가 이미 그가 보낸 소설들의 서평을 보스키에게 타이핑하도록 보낸 뒤였다고 전해줄래? 어떻게 하면 좋을까? 서평을 다시 쓸까? 두 권을 삭제하고, 새로 온 두 권으로 대체할까? 새로 온 두 권을 다음 호에 넣게 레너드에게 돌려보낼까? 레너드의 지시를 기다릴게.

신이시여! 당신을 볼 수 있다면 좋겠어. 하지만 곧 보게 될 거야. 4일에. 2일에는 벤 때문에 도버에서 롱반으로 바로 갈 것 같아. 계획이 바뀌면 당신에게 알려줄게. 포토가 당신에게 착하게 굴고 있어?

당신의

V.

1929년 2월 21일 목요일

베를린

바람에 날아와 쌓인 눈 더미에 갇히고 늑대 무리에게 공격받았다고 말할 수 있기를 바랐지만, 그러면 거짓말에 지나지 않겠지. 우리 기차가 얼음 장막에 가려졌던 것은 사실이지만, 돌아오는 길에는 두 시간 연착을 제외하면 별 사건이 없었어. 우리는 눈부신 햇살 아래서 산미켈레를 떠났는데, 제노바를 등지자마자 거의 즉시 눈에 집어삼켜졌지. 물론, 미모사와 따뜻한 날씨 이야기는 사실이었어. 내가 진실이 아닌 걸 말한 적 있어? 그랬다면 더 나은 작가가 되었겠지. 덜 우둔하고, 덜 단조롭고, 덜 평범한 작가가. 하지만 신경 쓰지 마. 소설 한 편*을 구상했고, 올 여름에 써서 부자가 될 테니까. 진짜 웃길 것 같고, 모두가 그걸 보고 진짜 짜증스러워하면 좋겠어.

베를린에 있는 사람들은 전부 중세인처럼 보여. 꽤 매서운 추위에 대비해 오만 가지 특이한 복장을 고안해냈거든. 늙은 여자들은 행주로 머리를 꽁꽁 싸매고, 남자들은 렘브란트 그림에 나올 법한 모피 모자, 커다란 펠트 부츠, 양피, 귀덮개, 거대한 장갑을 끼고 다녀. 이틀 동안 한눈에 봐도, 사람들이 거의 밖으로

---

*   《에드워디언》.

나오지 않고, 차들도 시동 걸기가 어려운 탓에 거리는 텅 비고 베를린은 죽은 도시가 되었어. 물론 이건 전부 당신 탓이야. 이 생각을 오래전부터 했지. 그러니 부디 이제 멕시코만류가 끓어오르면 왜 영국 기후가 덥고 건조해지는지 설명하는 글을 써주겠어(덥고 건조하다고 했어torrid, 진저리난다고horrid가 아니라)? 라디오에서 당신이 《올랜도》에 묘사한 대한파*의 처참한 단락들을 읽는 걸 들었으니, 당신 판매 실적에 새로운 호황이 찾아왔을 것 같더라. 이제 당신은 기차역 서점에도 깔리는 작가야!

이 편지는 우리가 돌아왔다고 말해주려고, 그리고 당신의 편지를 이곳에서 발견했다고, 또 내가 다음 주에 귀국한다고 알려주려고 쓰는 거야. 월요일에 당신을 만나러 가면 면회를 허락받을 수 있으려나? 그리고 당신 진짜, 정말로 나아졌어? 여전히 날 좋아하고?

그나저나, 타우흐니츠는 당신 작품들에 아주 힘을 줬던데. 《댈러웨이 부인》과 《올랜도》가 독일, 스위스, 이탈리아 등 온갖 국가에서 《밀고자》와 다정하게 출간되고 있더라고. 진짜야. 선로의 모든 역에서 《댈러웨이 부인》과 《올랜도》를 봤고, 친근하게 손을 흔들어줬지. 하지만 그들은 나를 외면했는데, 그야 물론 함께 있는 저급한 일행이 부끄러워서겠지. 영국 신사로서 (내가 이해하기로는 그래) 창녀와 식사를 할 때는 알고 지내는 존경할 만한 여성을 못 본 척 하는 거야.

* 《올랜도》1장에서 묘사한 1608년의 혹한.

자기야, 곧 당신을 만날 거야. 만세.

당신의

V.

1929년 4월 3일 수요일
세븐오크스, 월드, 롱반

    당신은 알지, 아니, 모르나, 내가 얼마나 미적거리는지. 호가스 출판사를 위해서 책을 쓸 때만 예외인데, 그건 레너드가 무서워서 그래. 당신은 알지, 예를 들어 내가 귀를 뚫는 데 15년이 걸렸는데, 이게 꼭 겁이 많아서는 아니라는걸. 그리고 물건들이 5년이고 7년이고 아무 조치 없이 집 안 여기저기 널려 있는 것도. 하지만 버지니아의 사진 두 장이 손에 들어왔을 때만큼은 곧장 세븐오크스로 보내 액자에 넣도록 했고, 이제 사진은 거기 걸려 있지. 지금 나는 당신에게 꼭 생일 선물이 아니어도 2기니어치 선물은 자유롭게 줘도 되겠다는 생각이 드는데, 왜냐하면 내가 사진을 달라고 했을 뿐만 아니라 당신이 미래에 영구적인 지출 항목이라고 생각하게 될 그 사진을 찍게 한 장본인이기 때문이야. 자기야. 사진이 정말 마음에 들어. 포토가 당신 무릎에 앉아 있었으면 했지만, 이것으로도 충분해.

    우리는 모두 여기서 알 수 없는 병에 걸려 고생 중인데, 신경통과 류머티즘이 뒤섞인 듯한 증상이야. 나는 다 나아서 우리 집 사람들이 하나둘 쓰러지는 모습을 지켜보고 있어. 언제 당신을 보러 가지? 다음 주 화요일에 런던에 갈 것 같은데, 가능할까? 날이 좋으면 큐에 갈 수도 있지 않을까? 아니면 전에 당신이 햄프스테드의 키츠 집에 데려가주겠다고 말한 적 있는데, 당신 바빠? 나는 프랜시스 비렐과 점심을 먹을 거야. 그 외에는 비어 있고, 버지니아가 보고 싶은데, 그녀는 최근에 내가 무척 심각하게 그리워하는 사람이지. 그나마 사진들이 나를 행복하게 해줘.

당신의

V.

1929년 4월 5일

로드멜, 멍크스하우스

신의 이름으로In God's name. 맞아, 나는 당신 앞으로 그렇게 시작하는 문장 몇 개를 써놨지.

I.G.N. 화요일에 와. 지하실로, 3시를 1초도 넘기지 말고.

I.G.N. 프랜시스는 데려오지 마. 사랑스럽지만 수다스럽고 멍청하고 따분해.

IGN. 도티도 데려오지 마. 이 문제에는 나 예민해. 도티가 최근 두 번이나 당신 문제로 내 평온을 심각하게 깨뜨렸어. 더는 안 돼. 우리 중에 하나를 골라. 당신 취향이 그쪽이라면 도티를 골라도 되고말고. 하지만 칵테일 한 잔에 우리 둘을 다 넣을 수는 없어.

…요전 날 약국에서 네사 언니에게 우리의 열정을 이야기해 줬어. 근데 언니가 잔돈을 받으며 넌 정말 여자들이랑 잠자리에 드는 게 좋냐고 묻더라. "그리고 대체 어떻게 하는데?" 언니는 그렇게 외국으로 가져갈 알약들을 샀어, 앵무새처럼 시끄럽게 떠들면서.

1929년 5월 6일 월요일

롱반

내가 다시 버지니아를 볼 수 있을까? 이 문제에서는 내게 절망이 내려와 자리를 잡았어. 다 내 잘못이지, 의심의 여지가 없어. 하지만 해럴드와 함께 있어줘야 했어. 내가 게으름 좀 피우라고 종용했는데도 기어이 어젯밤 베를린으로 돌아갔거든. 이제 나는 여기 혼자고, 아, 너무나 바빠. 소설도 한 편 쓰고, 마벨에 관해서도 쓰고, 사이사이에 짧은 시도 써. 그리고 곁에는 새로 들인 가구를 뒀는데, 모든 작가가 갖춰야 할 장비 중 하나야. 이것만으로도 인생의 문제 절반은 해결이야.

하지만 진짜로, 금요일이나 토요일 빼고 어느 하루 잡아서 함께 키츠의 집에 들른 후 식사를 하지 않을래? 아니면 내가 3시 30분에 치과에서 풀려나 방송이 있는 7시까지 자유인 16일 목요일까지 기다려야 할까? 당신이 얼마나 바쁜지에 달려 있어.

오늘 아침에 레너드에게 편지를 한 통 받았어. 도란에게 캐나다 일을 맡길 생각 없다고 레너드에게 전해줄래? 레너드라면 이해할 거야.

있지, 소설은 에드워드 시대 사람들에 관한 거야. 내가 제대로 다룬다면, 매력적인 주제지. 귀족이 우글거리는 책이야. 당신이 그걸 좋아할까? 속물적인 이유 때문에라도 아주 인기를 끌 것 같은데! 그러길 바라, 왜냐하면 레너드의 제안이 아주 후했고, 당신도 알다시피 내가 각별하게 여기는 출판사를 망하게 하긴 싫으니까.

그 펌프*는 여전해? 펌프도, 당신도 여전히 걱정이네.

피핀은 강아지를 잔뜩 품고 있어. 제인은 예전보다 덜 꼬질꼬질하고. 새장은 둥지로 번잡해. 숲에는 나이팅게일이 가득하지. 하지만 버지니아는 어디 있담? 광고판마다 보이는데, 여기에는 없네.

당신의

V.

* 타비스톡 광장의 기계를 말한다. 거대한 신축 호텔에서 사용하는 기계로 인근 주민들의 불만을 샀다.

1929년 5월 15일

이건 너무 감질나! 당신이 차라도 마시러 오면 좋겠는데, 그럴 가능성은 없겠지. 하지만 한 시간 넘게 당신을 그리워하고 있자니 너무 끔찍해.

내가 내일 5시에 갈게.

V.

1929년 7월 4일 목요일

롱반

하, 하! 깜짝 놀랐지. 당신은 이 봉투에 내게 온 편지가 든 줄 몰랐을 거야, 안 그래? 편지를 쓰는 까닭은 이 질문 때문이야. 내가 다음 주 목요일에 버지니아를 만나나? 아니면 버지니아는 나방 떼에 휩싸인 나머지 가까이 다가갈 수 없을 지경이 되었을까? 그렇다면, 나는 그 대신 포토를 줄에 묶어 산책을 다녀올게. 수요일 밤에 케인스가에서 식사를 할 거야. 마운트 거리에서 자고 목요일 내내 런던에 있으려고.

당신은 집필 중이고 행복할까? 나는 매우매우 불행한데, 피핀이 사라졌거든. 흔적을 찾으려는 시도는 전부 무용했어. 나는 제인과 조그만 고아 다섯 마리, 그리고 피핀에게 생길 만한 일이 뭐가 있나 헤아리는, 심장을 갉아먹는 불안감을 떠안고 남겨졌지. 축축한 숲 어딘가에서 덫에 걸려 다친 채 누워 있는 건 아닐까? 독을 먹었나? 당신이 보기에 (내가 텃밭처럼 여기는) BBC에서 SOS 방송을 내줄 것 같아?*

내 친구가 여태 알려지지 않았던, 바이런이 쓴 극도로 외설적인 시 두 편을 찾아냈는데, 바이런과 그의 아내의 관계에 관해

---

*   피핀은 7월 7일 죽은 채 발견되었다.

온갖 이야기가 담겨 있대. 그걸 아버지 금고에서 찾았대나. 데즈먼드에게 좀 봐달라고 연락했어. 데즈먼드는 그 시들을 들어본 적이 없대. 당신은 들어봤어? 〈돈 리언〉, 〈리언이 애너벨에게〉라는 제목이고, 출판에는 몹시 부적절하지만 바이런 가정의 부부 생활을 이해하는 데는 상당히 도움이 돼.

클라이브가 내 꽃을 당신에게 가져다주는 걸 잊지 않았지?

목요일에 관해 알려줄래? 당신이 케인스가에서 함께 식사를 하면 좋겠어. 나는 수줍을 것 같아. *대체 뭘 입어야 해?* 제발, 알고 싶어. 작업복? 티아라? 아무 힌트라도 줘 봐. 저녁 식사 전에 아주 잠깐이라도 당신을 보러 가도 돼? 아니면 당신 집에서 모임이 있으려나?

그리고 롱반에 오기로 한 건 어떻게 됐어?

당신의

↑ V.

아주 많이

1929년 7월 9일

타비스톡 광장 52

자기야, 피핀 일로 우리는 몹시 불행해. 우리 둘 다 진심 어린 사랑을 보내. 레너드는 슬픔에 푹 잠겼어.

1929년 7월 24일
사보이, 리제란 봉

알프스산맥의 오두막에서 쓰는 편지고, 바깥에는 금방이라도 뇌우가 쏟아질 듯해. 우리는 꽤 그럴싸한 높이인 9,300피트 고도까지 올라와서 하얀 산봉우리들로 둘러싸여 있어. 이 위에 용담을 비롯해 다른 사랑스러운 생물들이 자라고 있는데, 높이 올라갈수록 색이 밝아지고 연약해지는 것 같아. 나비와 딱정벌레들도 있어서, 곤충학에 끌리는 당신 마음을 즐겁게 해줄 수 있을 것 같아.

지금까지 내 다리로 사보이의 상당한 거리를 걸었어. 이곳의 오두막들에서 당신도 즐겁게 해줄 만한 재밌는 사람들도 만났어. 발디세르(우리의 본부야)는 '인물들'이 가득해. 우리는 사제의 집에서 머물고 있어. 집주인 사제, 그 하인 테오도린, 그리고 소 마르키즈와 함께 지내. 매일 아침 6시면 마르키즈는 목에 방울을 달고 목초지로 나가. 저녁이 되면 어김없이 돌아와서 앞문으로 집에 들어오지. 아주 친근하고 다정하며 약간 냄새가 나지. 마구간에서 나는 좋은 냄새야.

힐다는 훌륭한 동행이야. 함께 기꺼이 몇 시간씩 책을 읽어줘. 살구 잼과 눈_雪으로 푸딩도 만들 줄 알고, 〈타임스〉 폐지로 바구니도 만들 수 있지. 지도도 볼 줄 알아서 고개를 넘을 때 길을 잃을 염려가 없어.

하지만 소설*은 어떻게 쓴담? 나는 걷기는 잘하지만, 소설 쓰기는 못한다는 결론을 내렸어. 쓰고 또 써도 다 써놓고 다시 읽으면 안 써도 됐겠다는 마음이 들거든. 내 주머니에서 큰 종이를 꺼내 사보이가 보이는 바위에 등을 기댄 채 1908년에 정거장에서 마주치곤 했던 그 버스의 냄새를 정확하게 되살려보려고 애써. 버스의 고무 없는 타이어가 내는 우르릉 소리를. 그 집 문을 들어서는 순간 훅 끼쳐오던 사치와 낭비의 인상을. 하인들 무리를, 침실 문 작게 패인 홈에 적힌 사람들의 이름을. 저녁 식사 후 통로에서 하염없이 기다리던 졸린 하녀들을. 이런 인상들이 내게 그 이후 벌어진 다른 많은 일보다 훨씬 더 생생하다는 걸 깨달았지만, 다른 사람들에게도 뭔가를 전달할 수 있을까? 그래도 여전히 매달려 있고, 언젠가는 호가스 출판사라는 각인 아래 서점에 진열된 모습을 보고 싶어.

아마도 당신은 이런 편지는 내밀한 편지가 아니라고 생각하겠지? 하지만 동의하지 않아. 내가 이 순간 쓰는 책은 나의 가장 내밀한 일부, 내가 가장 삼엄하게 비밀로 간직하던 순간에 얽혀 있는 나의 일부야. 이 책에서 풀어낼 삶의 밀도와 비교한다면, 사랑이나 성이 다 뭐야? 하찮은 것에 불과하지. 그런 건 꼭 대기에서도 외칠 수 있는 거라고. 그러니까 내가 당신에게 내 책

* 《에드워디언》.

에 관해 쓴다면, 정말 내밀한 편지를 쓰는 셈이야. 아주 흥미롭진 않지만 이만하면 내 말이 증명됐지? 하지만 당신은 차라리 내가 포토와 버지니아가, 털 아래 바늘을 숨긴 그 보드라운 생명체들이 보고 싶다고 말하길 바라겠지. 그러니 그렇게 말할 거야. 내가 돌아가면 둘이 와서 머물 건지 아주 궁금한데? 포토는 강아지들을 마음에 들어 할 테고, 버지니아는 훌륭하고 커다란 침대와 11시의 커피를 좋아할 거야. 그리고 허가되거나 허가되지 않은 시간들에 그녀에게 내가 보일 모든 애정도. 4일에 돌아갈 것 같아. 베를린 영국대사관 주소로 내게 보낸 편지들은 해럴드의 주머니에 들러서 내게 전해질 테고. 독일 남부 어딘가에서 며칠 중에 합류할 거거든. 아주 좋겠다. 그러니까, 편지 말이야. 전달 받은 편지가 없었으니, 달리 말해 돌아가면 잘 묶인 편지 뭉치가 있단 뜻이지!

딱정벌레들을 관찰하고 있어. 날개가 있고, 검은 바탕에 붉은 반점이 있는 녀석들이야. 이곳의 뜨거운 산비탈에서 짝짓기를 하는 중인데, 둘 중 한 마리를 보내주고 싶다. 하지만 가는 길에 찌부러지겠지. 그러니 찌부러질 리 없는 내 사랑만 보낼게.

당신의

V.

1929년 7월 30일

발 디세흐

　포토는 비버브룩 경을 어떻게 생각해? 해럴드가 당신과 레너드에게 이 주제에 관해 써서 보냈고, 그이가 결심을 굳히게끔 도와준 격려 어린 답장을 받았다는 사실을 알게 됐어. 내가 마지막으로 당신에게 편지를 썼을 때는 이 이야기를 전혀 못 들었던 탓에, 이 행복한 폭탄선언은 지난 며칠 사이에 내게 펑 터졌지. 나는 몹시도 신이 나서 내일 해럴드를 만날 때까지 도무지 자중할 수 없을 지경이야. 그러니까 이제 해럴드는 저널리스트가 되는 거지. 이런, 이런! 확실히 삶이란 아주 흥미진진하다니까. 거기다 산의 공기가 말이지, 거의 다 빠져나가서 머리가 명료하거든. 당신이 로드멜에 있다면 나는 꼭 만나러 가야겠어. 롱반에 자러 오겠다던 당신 편지 속 구절을 잊지 않았지만 말이야. 월요일에는 집에 돌아갈 것 같아. 포토에게서 온 쪽지가 나를 기다리고 있을까, 어떻게 생각해? 여기 온 이래 소설을 꽤 많이 썼어. 아주 솔직한 작은 책이고, 이렇다 할 미사여구 없이 상당히 직설적인데, 당신을 기쁘게 하려고 쓴, 하인들의 예의범절에 관한 세부적인 내용을 빼면 당신이 전혀 재미 없다고 생각할까 봐 걱정이야. 이런저런 일 때문에 나는 배에 올라탄 채 소용돌이에

휘말린 기분이야. 불쾌한 기분은 절대 아니지만. 그리고 버지니
아를 다시 볼 날을 몹시도 기대하고 있어.

당신의

V.

1929년 8월 12일 월요일

서식스, 로드멜, 멍크스하우스

가장 소중한 당신,

이번 주에 갈 수 있을 것 같지 않네. 평소의 오래된 통증 때문에 다시 침대에 누워 있어야 해. 당신의 정직함에 내가 매긴 값어치는 그리 나쁘지 않아. 신이시여!…

그동안 힐다에게 무슨 일이 일어났는지 한 줄이라도 적어서 보내줄래? 특히 재닛과 관련해서 무슨 상황인지 알고 싶어. 재닛에게 어쨌거나 편지를 보내야 하거든.* 그리고 부디 힐다에게 이게 전부 당신의 당나귀즘** 때문이란 걸 알려줘…

---

*   버지니아의 오랜 친구인 재닛은 비타와 힐다의 사보이 여행 이야기를 듣고 버지니아에게 이야기했다. 버지니아는 질투에 휩싸였고, 힐다는 재닛이 소문을 퍼트렸다고 생각했다.

**   donkeyism. 고집불통을 일컫는 말이다.

1929년 8월 13일 화요일
세븐오크스, 윌드, 롱반

오, 저런, 저런, 저런. 당신이 생각을 할 수 없다니, 정말이지 절절하게 책임을 통감해. 가엾고, 가엾은 버지니아. 게다가 그건 당신이 글을 못 쓴다는 뜻이겠지. 포토의 귀를 긁어주는 것 외에는 사실상 아무것도 못 한다는 뜻. 하지만 당신을 어마어마하게 사랑해. 이 사고 때문에 더욱, 이 이상 사랑하는 일이 가능하다면 말이지만.

내 충동 때문에 해로운 상황이 벌어지지는 않았어. 힐다 매시선은 재닛 본에게 편지를 보내지 않을 만큼은 분별이 있었고, 그러니 당신이 굳이 그러고 싶은 게 아니라면 아무것도 암시할 필요 없어. 힐다에게 대부분은 내 쪽에서 오해한 탓이라고 말해뒀고, 그녀도 본과 식사할 때 아무 말 안 하겠다고 했어. 그러니 내가 당나귀일지라도 못된 당나귀는 아니고, 당신이 무슨 조치를 할 필요는 전혀 없어.

자기야, 당신이 아픈 게 어찌나 싫은지. 방문객들은 전부 물리고 있어? 가서 당신을 돌봐주면 좋을 텐데. 나 자신도 제대로 움직이지 못해. 허리가 다시 부러져서 막대기 두 개를 짚고 이방 저 방으로 절뚝이거나 '포기Porgy'처럼 무거운 다리를 질질 끌며 돌아다닐 뿐이야. 그래도 통증이 오래 갈 것 같지는 않아. 격렬한 행동은 아예 삼가고, 2층을 걸어 다니기만 하거든. 바보 같은 비타.

아, 당신을 보기 전에 내가 어떤 고통을 겪는지, 당신은 절대 모를 거야. 책장에 놓인 당신의 자필 원고나 내 방의 당신 사진들을 보는 일이 견딜 수 없어. 이 물건들은 죄다 여러 자루의 단도 같기만 해. 내가 어떻게 했어야 할까… 하지만 내 상상력이 반기를 들지. 모든 것이 잘 끝나면, 나는 필시 이 일이 대단한 통찰력을 주었음을 인정하게 될 거야. 단지 당신 두통이 정말로 그 일 때문이었다면 나로서는 이 상황이 잘 끝났다고 생각할 수 없겠지. 그게 사실이라면 이 일은 처참하게 끝날 테니까. 당신이 나아졌는지 알려주겠어? 나는 당신이 아는 것보다 훨씬 당신에게 조바심을 내고 있어. 하지만 당신이 내가 그러리라 생각했다면 그 정도는 아니고.

당신의

V.

1929년 8월 15일

멍크스하우스

    방금 제프리 스콧*이 죽었다는 걸 알았어, 단 한 살도 차이 나지 않는 딱 내 나이에. 당신은 신경 쓰여? 이게 구세군이 호출되었던 그 무더운 오후를, 당신이 늦었을 때 그가 당신을 거의 목 졸라 죽일 뻔했던 그 골목을, 구릉 지대 풍경의 기억을 되살리나? 나는 그가 싫었어. 적어도, 명료하지 못한 어떤 이유들 때문에 그를 믿지 않았지… 그래도 펜을 든 건, 당신이 힐다를 보거든 재닛 본이 다른 사람들만큼 떳떳하다고, 그 일은 그저 살갑게 굴려고 한 농담뿐이라고 제대로 납득시켜주면 좋겠다는 이야기를 하기 위해서야. 그러니까 내 말은, 재닛이 말한 이야기를 듣고 언짢아 하지 말았어야 했어. 게다가 정말 별다른 의도가 없고 가벼운 소리였다는 걸 보여주려고, 재닛은 힐다가 이런 감정들을 진지하게 품을 수도 있다는 암시조차 내게 내비치지 않았거든. 그건 그냥, '아, 힐다가 사랑에 빠지면 얼마나 재밌을까' 정도였지, 그 이상은 없었는걸. 다만 내가 심각하게 받아들인 부분은 그 계획이 몇 주 혹은 몇 달 동안 세워졌었다는 거야.

---

*   제프리 스콧은 1923~1924년에 비타와 사랑에 빠져 이혼당했다. 46세의 나이로 사망했다.

1929년 8월 16일 금요일

에디가 전화를 걸어서 당신이 찰스턴에서 돌아왔고 당신을
만나지는 못했지만 나아졌다고 하더라. 에디와 에디의 정보원
모두 진실을 말한 것이길 바라.

지난 사흘 동안 침대에 누워 있었어. 나아졌다고 말하면 부정
확한 이야기일 테지만, 점점 더 기발해지고 있기는 해. 그러니까
어떤 자세를 피해야 하는지 배웠고, 기둥에 밧줄을 걸고 의지해
적어도 2인치는 몸을 일으킬 수도 있게 되었지. 제인은 지금까
지 72시간 꼬박 내 침대에서 자고 있어. 엄청난 양의 책을 읽었
는데, 쓰기도 힘들고 팔꿈치로 딛고서는 한 번에 5분에서 10분
이상 버틸 수 없기 때문이기도 해. 그러니 당신이 오늘 올 수 있
었어도… 당신은, 말하자면, 무척 지루했을 거야.

제프리가 뉴욕에서 폐렴으로 죽었다고 해서 굉장히 속상했어.
모든 친구와 멀리 떨어져 외국의 병원에서 홀로 죽다니 얼마나
끔찍해. 가엾은 제프리. 얼마나 비참한 삶이야…

신체적으로 무능력해지는 일은 그게 영원히 지속되지 않으리
란 걸 아는 한 꽤 흥미로워. 정상적인 활동은 전부 빼앗기고, 침
대에서 돌아눕는 일조차도 하나의 모험이 되어 지독히도 긴 시

간을 들여야 하지. 평소라면 이 정도 시간에 세븐오크스 절반을
걸어서 가로질렀으련만.

당신이 **정말로** 어떤지 알았으면 좋겠어. 난 최소한 머리는 자
유로운 상태이지만, 당신의 통증은 지금, 아니면 과거에…

편지를 부치러 루이즈가 왔네.

당신의

V.

1929년 8월 18일 일요일

멍크스하우스

당신의 허리 소식은 몹시 괴로워. 카드에 연필로 써도 좋으니까 아래 질문에 당신이 답장을 쓸 수 있으면 좋겠다. 1. 의사는 만나봤어? 2. 뭐래? 3. 나아졌어? 이만큼 나빴던 적이 전에는 분명 없었잖아. 허리에 류머티즘이 온 거야? 많이 아파?…

아무튼, 가장 소중한 당신, 당신이 어떤지 진실하고 정확하게 알려줘. 포토가 당신에게 입을 맞추고, 당신 등을 문지르고 핥아서 치유해주고 싶다네.

1929년 8월 22일 목요일

롱반

오늘 밤 7시 V. 색빌웨스트 씨가 '새로운 소설들'에서 방송하기로 안내가 나갔습니다만, V. 색빌웨스트 씨는 딱한 절름발이 신세가 되어 막대기 두 개에 의지해 기어 다니는 일밖에 할 수 없는 관계로 마이크 앞에 나서지 못하게 되었습니다. 그러므로 그녀의 원고는 대신 낭독될 것이며, 그녀는 커다란 방의 소파에 앉아 낭독을 들으며 낭독자가 핵심을 전부 놓쳤다고 악담할 예정입니다. 아주 희한한 일이야, 아프다는 거 말이야, 익숙하지 않으면 그렇지. 이렇게 시간이 흐르면, 그러니까 사람이 정말로 침대에 누워만 있으면, 침대 생활의 어려움들에 대처하는 기발한 방법들을 발전시킬 수 있을 것 같아. 침대차처럼 여기저기 작은 그물들을 걸어서 물건을 넣어두거나 잃어버리지 않게 할 수도 있겠지. 지금은 모든 것이 바닥에 떨어지거나 담요나 시트 아래 숨어버리는 것만 같거든. 그리고 쓰레기도, 대체 쓰레기는 어떻게 해야 해? 내 방은 꼭 공휴일 후의 햄프스테드 히스* 같아. 게다가 침대가 최악인 게, 이게 잘 때 빼고는 썩 편하지 않더라고. 침대에서 몸이라도 세우려 치면 고통스럽기만 하고, 안 그

* 런던에 위치한 공원이다.

래? 당신은 필시 인생의 여러 달을 이런 상황에서 보냈을 텐데, 어떻게 했을까? 한편 사회에서 물러나 있는 기분만은 유쾌해서, 격동적인 세상에서 나의 방으로 불쑥 난입하는 활동적인 사람들에게 불교적인 엄숙함을 느끼면서 우월감이 들곤 해. 그 외에 잠을 잘 못 잔다는 문제가 있어. 당신에게는 익숙하겠지만 내게는 새로운 경험이야. 그리고 꽤 흥미롭기도 하고. 나는 깨어 있는데, 다른 사람들은 모두 잠들어 있을 때면, 내 마음이 여러 방향으로 뻗어 나가는 느낌이야. 꼭 불행하다기보다는, 차분하니 사색적이고 깨달음을 줘. 죽어가는 일에 관해 생각해. (얼마간 괴로워하며) 사람들과 맺는 관계의 허위라든지 어려움도 생각하게 되더라. 세상에는 아마도 자기 주변을 전부 아는 사람이 아무도 없으리라는걸, 의도하지 않아도, 싫든 좋든 각각 다른 사람에게 각기 다른 부분들을 보여준다는걸. 그리고 사람들이 그 나머지를 추측하기를 기대하는 게 내가 할 수 있는 최선이라는걸. 게다가 누군가가 모든 것을 다 관통해서 보면 나를 별로 좋아하지 않겠지. 여하간 그게 무슨 상관이겠어. 이렇게 생각하면 다시 죽는 문제로, 그리고 나 자신이라는 소우주의 소멸이라는 문제로 돌아가 몰두하게 돼. 그러고 나면 이 일을 믿지 않는 것보다 믿는 게 더 쉬워지지. 자신의 소멸 말이야. 내가 정상적이고 잘 지낼 때는 반대지만.

그러나 사람을 아는 일에 관하여, 메인 씨가 쓴 바이런에 관한 책 두 권을 읽었어. 배울 게 많더라. 각기 다른 두 사람에게 쓴 편지를 한 통 먼저 제시하고, 이어서 다른 편지를 보여주는 방식인데, 같은 날 썼는데도 완전히 상반돼. 그런 방식이 다른 무엇보다도 많은 걸 보여주더군. 예를 들어 톰 무어에게 보낸 편지와 귀출리에게 보낸 편지, 또는 오거스타에게 보낸 편지와 바이런 부인에게 보낸 편지가 그래. 당신은 바이런 정신세계의 납작한 한 면씩 따로따로 보는 대신 바이런의 동시대인들에게 가능하지 않았던 방식으로 (말하자면) 다음 부분을 곧장 꿰뚫어 볼 수 있지. 지금은 당신이 내게 편지를 쓰지만, 바로 다음 순간 당신이 잽싸게 펜을 들어 전혀 다른 이야기를 버네사에게 쓰지 않으리란 걸 내가 어찌 알겠어? 당신 자신조차도 어느 쪽이 진심인지 모를걸. 내가 당신에게 병의 매력을 써놓고, 한 시간 안에 해럴드에게 편지를 써서 병의 두려움을 욕하는 걸 그 무엇도 막을 수 없지. 하지만 그렇다 해도 투시력이 있지 않고서야 당신은 절대 알 수 없는 일이야.

아무튼 바이런처럼 편지를 쓸 수 있다면 정말 감사할 텐데…

에밀리 브론테 생각도 꽤 많이 해. 레너드가 이들에 관한 책을 내게 보낸 탓이야.

당신이 언제 올지 궁금하네? 이르면 다음 주 초에는 정말로 다 나아서 전처럼 건강해질 거야. 월요일만 아니면 아무 때고 좋아. 그날 고모가 한 분 오시는데, 세실 고모라고, 에디가 당신에게 말한 적 있을 거야. "아, 하지만 그건 고전이잖니"라는 말을 달고 사시지.

버논 리의 친구인 미국인 여자가 못살게 굴지 않았어? 클라이브를 붙잡고 당신을 그리고 싶다고 했다는데. 그 사람 조심해. 도대체가 입심이 보통이 아니어서, 당신을 피곤하게 할 거야. 당신이 아프다고 내가 말리긴 했어.

종이 여기저기에 끈적끈적한 내 손가락 자국 좀 봐. 복숭아를 먹고 있거든. "당신이 자른 복숭아의 과즙들이"* 어쩌고저쩌고.

아, 당신이 정말 보고 싶어.

당신의

V.

---

* 프랑스 시인 알베르 사맹의 시 구절로 추측된다.

1929년 8월 24일 토요일

멍크스하우스

수요일에 하룻밤 자러 가도 될까? 내게 알려줄래?

…그리고 당신은 어때? 맥주*를 자기 전에 마시면 수면제가 따로 없어. 대학 직원이면 누구라도 구할 수 있고, 당신이 별로 안 좋아하면, 내가 마실게.

버지니아와 보스만의 거대한 물뿌리개에서 쏟아지는 물줄기처럼, 다른 종류의 천 가지 사랑이 당신 위로 비처럼 쏟아져.

*   대학에서 양조하는 에일맥주로 회계감사일에 마셨다.

1929년 8월 26일 월요일

롱반

수요일이라니 완벽해. 혹시, 당신은 차를 운전할 수 있는 다음 주까지 기다리는 걸 더 선호하려나? 나는 정말로 많이 좋아졌는데, 아직 운전은 좀 어렵지 싶어. 일정을 연기하고 싶다면 알려줘. 다음 주 목요일에는 런던에 가야 하고, 금요일에는 해럴드가 와. 그 외에는 다 비어 있어.

내 불행한 아이들은 방금 우리 어머니를 만나서 스트레텀으로 출발했어…

수요일쯤이면 나는 당연히 다시 차를 운전할 수 있을 정도로 나아질 거야. 그러면 목요일에 어딘가 갈까? 그러고 나서 당신을 집까지 데려다줄게.

어느 경우건, 그러니까 불구이든 아니든, 당신은 따뜻한 환영을 받을 거야. 아, 이 표현 훌륭하지 않아?

당신의

V.

1929년 8월 27일

서식스, 로드멜, 멍크스하우스

그렇다면 내일 말고 다음 주 목요일이 좋겠어. 내가 내일 가면 당신은 허리가 다시 아프거나 말거나 차를 운전하려 할 것 같다는 단순한 이유 때문이야. 내 심리 분석이 맞단 걸 인정해⋯ 이 모든 게 아주 논리적이지. 하지만 내가 꽤 실망한 건 사실이야⋯

1929년 8월 30일 금요일

롱반

나도 역시 실망했지만, 다음 주 화요일이면 내가 벼룩만큼이나 활기 넘칠 테니, 사실 이쪽이 더 좋은 계획이라고 생각해. 당장은 절름발이 갈까마귀에 훨씬 가깝지. 그러니 화요일에 오는 거 난 찬성이고, 수요일에는 어디 좋은 데 갔다가 집에 데려다줄게.

도티는 무슨 소린지 모르겠어.* 당신이 어느 편지에서 이런저런 이야기를 했다고 말했는지도 모르지만, 기억이 안 나는데, 아무튼 그게 도티가 정원사를 넷이나 둬서는 안 된다는 이야기는 아니었어!

나는 굉장한 충격을 받았어. 해럴드가 이번에 쓴 내 시**들이 출판할 만큼 좋지는 않은 것 같대. 그래도 혹시 설득이 될까 싶어서 교정쇄를 그이가 집에 오는 다음 금요일까지 멈췄어. 레너드에게는 당신이 전해줄래? 해럴드가 맞는지 아닌지 마음을 정할 수가 없어. 당신 의견도 들려주면 좋겠어. 아니면 포토의 의

---

* 버지니아는 비타가 도로시 웰즐리에게 자신의 편지를 보여줬다고 의심했다.

** 《왕의 딸》. 비타의 새 시집인 《왕의 딸》에는 레즈비언 관련한 시들이 수록되었다.

견이나. 어쩌면 포토가 낫겠다…

화요일에는 멋질 거야, 아주 멋지겠지.

당신의 초조한

V.

1929년 9월 1일 일요일

멍크스하우스

빌어먹을 해럴드. 그리고 당신은 왜 일개 외교관의 평가에 의
미를 부여하는 거야?

교정쇄 받았어? 내가 읽어볼게…

1929년 9월 13일

세븐오크스, 월드, 롱반

당신에게 전할 극히 중요한 사항이 몇 가지 있어.

(1) 해럴드가 외교관직을 사임했어.

(2) 1930년 1월 1일부터 비버브룩 경 밑에서 일할 거야.

(3) 어머니에게 올해 말 이후로 어머니를 의존하지 않겠다고 말씀드리는 편지를 썼어.

(4) 해럴드는 〈왕의 딸〉의 반대 의견을 철회했고, 그러니 그 일은 다 잘 풀렸어.

편지 한 통에 담기에는 족히 충분한 소식들이지.

해럴드는 11월 1일까지 여기 있다가 아마도 베를린에 한 달 간 지내러 돌아갈 거야.

그리고 당신, 당신 이름을 5백 번이나 서명했어? 휴가 제인 로즈라는 이름으로 당신을 묘사한 본인의 새 책을 당신에게 보냈어?

연못에 금붕어 열두 마리가 생겼어.

우리는 아주 뿌듯하고 자유로운 기분이야.

내가 올라가는 다음 목요일에 당신이 런던에 있을 가능성은 없겠지? 그래, 없겠지. 하지만 당신이 간절히 보고 싶어.

당신의

V.

1929년 9월 15일 일요일

서식스, 로드멜, 멍크스하우스

우리가 천 번의 축하를 보내.

아마 당신 인생에서 가장 행복한 나날이겠지.

아니, 아아, 런던에는 목요일이 아니라 금요일에 가.

잘됐다, 〈왕의 딸〉 일은 아주 기뻐.

감사할 일이야, 더 이상 레이디 S.를 상대하지 않아도 되니.

맞아, 내 이름을 6백 번 서명했지.

그래, 휴의 책을 읽었지.

휴는 진실을 써놓고 왜 자기 등장인물들이 전부 죽어 있다고 하지?

이 편지가 얼마나 사무적인지 봐!

게다가 소네트처럼 보이네.

1929년 9월 16일 월요일

롱반

지난밤 꿈을 꿨는데, 꿈에서 당신과 레너드가 결혼식을 제대로 올린 적이 없었고, 당신은 식을 올릴 때가 되었다고 생각했어. 그래서 두 사람은 최신 유행을 좇아 식을 올렸지. 금실을 섞어 짠 천을 중세풍으로 재단한 드레스를 입고, 긴 면사포를 쓰고, 신부 들러리들과 시동들의 호위를 받았어. 당신은 결혼식에 날 초대하지 않았지. 그래서 나는 군중 속에 서서 당신이 레너드와 팔짱을 끼고 지나가는 모습을 봤어.

어떤 이유에서인지, 아니면 이유들에서인지 (금방 알 수 있겠지만) 이 꿈 때문에 나는 극도로 비참해졌고, 울면서 깨어나 아직도 그 느낌을 떨치지 못했어.

당신 신랑에게 내가 지난주에 카트라이트 부인에게 〈왕의 딸〉 교정쇄를 돌려보냈다고 전해줄래? 레너드에게 벼룩용 빗을 동봉해서 보내는데, 그게 키팅스*보다 나아.

우리는 오늘 저녁 런던에 올라가서 비버브룩 경과 저녁을 먹을 거야.

당신이 휴의 소설에 관해서 뭔가 깨달음을 줄 만한 이야기를

---

*   반려견 전용 파우더 제품이다.

해주면 좋겠어. 거기에 깨달음을 줄 만한 이야기가 없다면 할 수 없지만. 목요일에 라디오에서 그 책에 관해서 떠들어야 할 것 같거든. 어휴, 레베카 웨스트의 책은 봤어? 읽을 수가 없더라. 메러디스, 올랜도, 어맨다 로스의 잡탕이야. 거기서 발췌한 이 구절 좀 봐.

"그 낡은 집은 대전大戰이 끝난 뒤 솟아오른 집에 대한 갈망을 충족시키기 위해 너무 성급하게 개조되었는데, 도급업자가 어느 크리켓 투수보다도 훨씬 더 빠르게 계단과 목재 칸막이를 수배하고는 성냥갑이 되게 내버려 둔 탓에 건축상의 어떤 문제들은 불가피하게 미결 상태로 남고 말았다."

내가 선입견이 있거나, 아니면 여기 채 해결하지 못한 문체의 문제가 좀 있거나.

아주버님이 템플에 연립주택을 구해줄 수 있을 것 같다고 하셔.

당신을 다시 볼 수 있을까? 대단히, 그리고 시급히 그러고 싶은 열망이 있는데. 하지만 당신은 몹시 멀게만 느껴져. "온화하지만 거리를 두는 그녀의 태도에는 뭔가 무서운 부분이 있었다." 아니, 이게 아니야, 당신의 온화하지만 거리를 두는 태도가 나를 무섭게 하는 게 아니라, 단순히 지리적인 거리감이 그렇지. 그저 당신은 로드멜에 있고, 나는 월드에 있다는 게. 아무튼 올

겨울에는 템플에서 지낼 수 있을 듯해. 좋겠지. 우리가 궤도에서 벗어났으니 이제 못 일어날 일이 없어. 다시 스물(스무 살)이 된 것 같아. 당신은 카시스에 가? 차로 태워달라고 도티를 설득할 수 있다면, 11월에 일주일 동안 전시회를 보러 바르셀로나에 가려 해. 당신이 그때도 카시스에 있다면 바르셀로나 가는 길에 당신을 보러 가도 되지 않을까? 가는 길에 있나? 조금 벗어나더라도? 하지만 당신은 혼자 있고 싶겠지. 어쩌면 전시회도 그 무렵이면 끝났을지도 모르고. 아무튼 어느 방향을 바라보건 온갖 다채로운 풍경이 눈앞에 펼쳐질 거야. 금몰 달린 제복을 입은 신사들과 깊이 파인 드레스를 입은 숙녀들과 동석한 만찬 테이블에서 보는 광경만이 아니라. 아, 신이시여, 사는 게 흥미진진할 때마다 당신이 얼마나 보고 싶은지.

당신의 올랜도

당신을 보지 못한다는 사실 때문에 요즘이 내 인생에서 가장 행복한 날들(중 일부)이 되려다 말았지.

1929년 9월 17일 화요일

서식스, 로드멜, 멍크스하우스

그래서 우리는 언제 만나? 나는 좀 울적해. 이 저주받은 두통
이 다시 왔거든. 왜 생기는지 짐작도 안 되네. 글을 써서인지, 책
을 읽어서인지, 산책을 해서인지, 사람들을 봐서인지. 아무튼 아
주 심하지는 않아. 그저 레너드가 이 일로 우울해하고, 나를 더
옭아매려 해서 문제지. 나는 산책은 고사하고 앉아서 우유나 마
시는 일 외에는 아무것도 못 해. 당신도 아는, 늘 하는 그 이야
기야.

1929년 9월 21일 토요일

롱반

당신이 다시 두통을 느낀다고 생각하니 너무 울적해, 가엾고 가엾은 버지니아. 그리고 포토는 발에 코를 얹고 누워 있겠지. 10월 5일에 들를 수 있으면 좋겠지만, 해럴드가 여기 와 있으니 어떻게 해야 할지 깜깜해. 그이가 두 달 동안 다시 베를린으로 떠날 예정이니 말이야. 그이가 새로운 직장에서 일하며 완전히 집에 있게 되면 달라질 거야. 1월에야 시작할 텐데, 〈이브닝 스탠더드〉 일이야. 정확히 무슨 일을 할지는 아직 확실히 정해지지 않았어. 그 사람들이 몇 가지 일을 먼저 시켜보고 뭘 가장 잘하는지 보려고 하거든. 예를 들면 런던 시민의 일기라든지 사설이라든지 말이야. 연간 3천 파운드를 받을 텐데, 비버브룩 경은 이걸 비밀로 해주길 바라. 엄청 많게 들리지만, 사실은, 소득세와 부가세를 내고, 1년에 아이들에게 8백 파운드, 카르닉 부인에게 백 파운드를 지출하면 우리에게는 겨우 1,500파운드만 남는데, 그걸로 롱반을 유지하고 런던(아마도 템플)에 있을 해럴드의 방세도 내야 하니, 글을 많이 써서 더 벌어야 할 것 같아. 롱반이 돈을 정말 많이 잡아먹거든. (이건 마치 "요리사에게는 얼마 줘야지?" 하는 새벽 3시의 대화처럼 들리는군.) 아무튼 나는 몹시 만족하는데, 어머니가 우리의 조정 사항을 전혀 받아들이려 하지 않으셔서 상황이 복잡해졌어.

해럴드는 당신을 몹시 만나고 싶어 해. 당신이 나아지면, 즉 *상당히* 회복하면 어느 밤에 런던에서 집으로 돌아가는 길에 여기 들러 저녁 먹고 갈래? 아니면 레너드가 더 이상 런던에 가는 걸 허락 안 해주나? 10월 5일 무렵에 해럴드가 런던에서 자고 오면 내가 당신과 함께 머물 수도 있지 않을까? 당신의 무더운 바닷가나 뭐 다른 데라도? 라임 레지스가 어디에 있는지 모르겠어. 킹스린 같은 곳인가? 내 가엾은 버지니아, 당신이 이렇게 두통을 앓는 게 정말 싫어. 그리고 지금은 나방*들도 전부 날아갔겠지.

당신 선집을 구했어. 녹색 표지가 아주 예쁘기도 하더라.

〈펀치〉** 조크 봤어? "해럴드 니컬슨 부인이 레베카 웨스트 씨의 주목할 만한 동명의 책에 나오는 올랜도입니다. 〈위클리 페이퍼〉

하지만 만일 이것을 본다면 버지니아 울프 부인은 아마도 올랜도 퓨리오사가 되겠지요."

레너드에게 내가 소설***을 재개했다고 말해줘. 출판인으로서 아마도 이 소식을 들으면 관심을 보일 테니까.

---

* 《파도》.

** 유머와 풍자로 유명한 영국의 주간지.

*** 《에드워디언》.

당신을 만나게 될까? 해럴드와 내가 언젠가 들러도 될까? 하지만 당신을 피곤하게 하지 않는 한에서만, 당신이 나아지기 전에는 말고. 당신이 나아졌다는 소식을 들으면 좋겠어. 당신이 아플 때 내가 얼마나 신경을 쓰는지 말도 못 해. 이번에는 *내 탓이 아니야.*

당신의
V.

1929년 9월 26일 목요일

멍크스하우스

아니, 아프다는 이야기는 아니었는데. 그냥 평소의 두통이었고, 다시 완전히 멀쩡해졌어…

옥스퍼드 학부생이 쓴 소설 원고를 읽는 중인데, 이 사람 주인공이 "우리 시대 살아 있는 최고의 시인들보다 훨씬 더 섬세한 시, 《대지》에 나온 이 구절들을 알아?"라는 대사를 하네. 그렇지만, 우리는 이 사람 책을 내지 않을 거야.

내 인생에 열정의 대상은 단 한 가지, 요리뿐이야. 끝내주는 석유 난로를 막 샀거든. 뭐든지 요리할 수 있어. 나는 요리사들로부터 영원히 해방이야. 오늘 송아지 커틀릿과 케이크를 만들었어. 바보 같은 짓이란 말로 부족한, 이 책들을 쓰는 일보다 이쪽이 훨씬 낫다고 당신에게 장담할 수 있지.

…뭐, 신은 우리가 만날 수 있을지 아실 거야. 당신은 바르셀로나로 떠나겠지…

1929년 9월 28일 토요일

롱반

내가 당신 편지에서 읽은 게 짜증의 기색일까, 아닐까? 성급하게 휘갈겨 쓴 걸까?* 아무튼 당신은 완전 틀렸어. 내가 바르셀로나에 간다고 하더라도 힐다 매시선이 아니라 도티와, 도티의 차를 타고 갈 거고, 어느 쪽이건 이 계획은 무르익지도 못할 것 같아. 당신이 다시 괜찮아지고, 요리를 한다니 몹시 기뻐. 요리책을 한 권 발견하면 당신에게 보내지! 그 사이 나는 당신이 좋아할 만한 나이 든 남자를 알게 되었고, 그 사람에게 자서전을 쓰라고 설득했어(내 생각에는 그래). 그가 본인 경력이 적힌 노트를 내게 보여줬거든. 직업 구조원인데, 구조를 하지 않을 때는 넝마주이래. 생명을 구하는 일이나 다른 박애적 행위를 49년하고도 9개월 동안 해왔으니 50년을 꽉 채우기까지 3달이 남았고, 그러고 나면 그만둘 거래. 여기 그의 자전적 기록에서 뽑은 몇 가지 항목이 있어.

"공원의 못이 박힌 담장에서 불쌍한 소녀 빼내기.

---

*   비타가 9월 26일 버지니아의 편지에서 다섯 줄을 여러 번 덧칠해 지워놓았는데, 힐다 매시선을 암시한 문장일 가능성이 있다.

뜨거운 온천에 혼자 떨어짐.

톤브리지 인근에서 물에 빠져 죽으려는 불쌍한 숙녀 돕기.

사과나무 때문에 죽은 불쌍한 신사의 응급처치 돕기.

한 숙녀의 수년간 걷지 못한 조랑말, 그 녀석을 걷게 만듦.

출산을 앞둔 산모들을 홉 재배원에 무료로 데려가기.

맹인을 위해 지팡이를 끝끝내 찾아줌.

어머니들에게 유아차도 하나 줌.

아주 높은 사다리로부터 내 아들을 받아냄.

'ㄷ'자 못에 낀 가련한 양의 머리를 꺼내줌.

대장장이의 숙련공이 발길질을 당했고, 그자는 죽었고, 내게 앞치마를 빌려줌.

성탄절을 보내려고 나이 든 여성을 찾았고, 성공함.

숙녀의 침실에서 다람쥐를 잡음.

내 손으로 쥐를 팔십육 마리 잡음.

언급하지 않은 다른 항목들도 많은데, 모두 사랑의 정신으로 행한 것임. 요청만 있다면 언제라도 기술할 수 있음."

옥스퍼드 학부생은 누구고, 소설은 뭐야? 다른 이야기인데, 해럴드와 나는 둘 다 클리퍼드 키친의 범죄소설이 마음에 들었고, 목요일에 그 책을 추천하려고. 그러니까 판매에 영향을 줄 수도 있으니 염두에 두라고 레너드에게 전해줘. 레너드에게 시인들 서평을 며칠 더 기다려줄 수 있는지 물어봐줄래? 레너드가 보낸 파란색 쪽지에는 10월 1일까지라고 쓰여 있는데, 손님이 **너무** 많이 왔고, 읽을 소설도 몇 권 있어서 시간이 없어. 게다가 월요일에는 런던에 가야 해. 하지만 레너드에게 서두르겠다고 말해줘.

금요일이나 토요일에 갈 수 있을 것 같아. 당신에게 알려줄까? 나이젤 니컬슨과 함께 있어 줄 사람을 구하면 내가 기꺼이 갈 거라고 포토에게 전해줘.

당신의 글 〈멋쟁이〉는 정말 좋았어! 쿠퍼와 연결한 교묘한 방식도 마음에 들었고.

내 소설은 너무 평범하고, 너무 얄팍해.

들판이 예뻐서 건강도 챙길 겸 강아지들을 데리고 산책을 다녀왔어. 강아지들은 꿩을 쫓아다녀. 꿩들은 10월 1일 전에는 사람을 어찌나 안 무서워하는지. 놀라게 할 수가 없다니까.

우리는 금붕어 열두 마리가 있고, 깃털도 안 난 갓 태어난 작은 앵무새도 네 마리 있어.

로드멜은 윌드에서 아주 멀게 느껴지지만, 당신이 아주 행복하리라고 생각해.

빅터 사순 경이 정찬에 왔었는데, 1,400만이나 있고 팔을 움직일 때마다 저절로 태엽이 감기는 손목시계를 갖고 있어.

당신의

V.

도티가 자기 다이닝룸*이 꿈처럼 예쁘다더라.

* 내부를 버네사 벨과 덩컨 그랜트가 꾸몄다.

1929년 9월 30일

서식스, 로드멜, 멍크스하우스

아니, 아니, 아니, (바르셀로나에 가는 일에 관해서는) H. M.이 아니라 도티를 이야기한 거였고, 근거는 당신의 최근 여행들이었으며, 그저 포토의 농담에 불과했고, 포토가 그게 농담이었음을 보여주려고 하하 웃었지만, 당나귀만 웃어주네…

1932년 4월 24일 일요일

켄트, 시싱허스트 성

내 소중하고 아득하고 낭만적인 버지니아. 그래, 나는 실제로 영국의 진흙투성이 물웅덩이에서 달을 보고 있고, 당신이 어디 있을까 궁금*해. 달마티안 해안을 질주하고 있을까(당장 이 순간), 코르푸 섬과 이타카 섬을 지나고 있을까(아, 하느님, 이 지명들이 내게 일으키는 연상들이란!), 그다음에는 피레에프스와 아테네가 나올 테고(더 많은 것이 떠오른다). 그다음에는 무슨 일이 일어나지? 그냥 모르겠어. 아마도 그리스 내륙일 텐데, 그리스가 아직까지는 내게 닫혀 있는 나라라서. 그리고 에설과 그리스를 가지 않는 이상(그럴 일은 없겠지) 내내 닫힌 채로 남아 있을 거고. 왜 나에게 함께 가자고 안 했어? 모든 일을 과감하게 팽개치고 갔을 텐데. 하지만 당신은 물어보지 않았지.

그 사이 나는 정원을 가꿨는데 4월은 내게 약속된 기쁨 중 무엇도 주지 않았어. 내내 바람이 울부짖고, 그 대부분 시간에 비가 내렸지. 영국에서는 전에 본 적 없는 지랄 맞은 4월이야. 그러니 당신이 그리스의 태양 아래 있어서(그러길 바라) 기뻐.

당신에겐 잘된 일이지만, 당신이 없으니 영국은 황량해.

*   버지니아와 레너드는 4월 15일 그리스로 여행을 떠났다.

돌아오면 여기 올래? 당신이 보이는 모든 것에 황홀해하고 있을까? 전에도 그리스에 가봤으니 당신 기억은 더 강렬하겠지. 나도 알아. 사람들이, 내가 사랑하는 사람들이 나와 함께 있지 않을 때 뭘 경험하는지 생각하면 무서워. 맞아, 내가 당신과 함께 있으면 좋겠어.

우표 묶음은 내 것이었어. 적어도, 담배갑에 넣어놨던 우표 묶음 하나를 잃어버리긴 했으니, 그게 당신이 의자 밑에서 찾은 그 물건일 거야. 고마워.

보랏빛과 황갈빛의 비탈을 보고 있겠지, 그리고 10월*에 그리스에 갔던 나는 본 적 없는 온갖 야생화들도. 당신이 얼마나 부러운지. 당신과 함께 있는 사람들은 또 얼마나 부러운지.

사는 게 너무 복잡해. 때로는 어찌해야 할지 전혀 모르겠어.

당신의

V.

---

* 1923년.

1932년 5월 8일

아테네

 방금 당신 편지를 받았고, 당신 편지를 받아서 아주 좋아. 하지만 당신이 알다시피 감정에 아주 민감한 나는 당신이 몹시 슬프고 뭔가 고민하거나 애쓰고 있다는 느낌이야. 왜 그래? 이 순간 삶이 왜 그렇게 복잡한데? 돈? 도티? 글쓰기? 어찌 알겠어…

 맞아, 내가 어디 있었는지, 혹은 그게 언제였는지도 거의 잘 모르겠는, 여기 다시 돌아오니 정말 이상해. 아크로폴리스에서 내려오는 스물셋 시절의 내 유령이 있더라. 그녀가 얼마나 가엾던지!…

1932년 5월 17일 화요일
시싱허스트

토요일부터 여기 우편이 안 왔어! 그 결과 당신 편지를 오늘 아침에야 받았지. **젠장**. 어제 런던에 갔었고 당신을 방문하기에 완벽한 상황이었는데, 당신이 공휴일에 런던에 와 있으리라는 생각을 못 했어. 그리스에서 당신이 보낸 사랑스럽고도 사랑스러운 편지를 받았어. 사실, 두 통이나 받았지. 황홀함이 느껴졌고 날 당신 주머니에 넣어서 데려갔으면 좋았으련만 싶더라.

이제 당신을 언제 볼 수 있을까? 런던에는 플라워 쇼를 보러 올라가지 않는다면 30일까지 안 갈 거야. 가고 싶은 마음은 굴뚝 같은데, 책에 매달려 있어야 해. 어느 좋은 날 당신과 레너드가 차를 몰고 여기 오면 얼마나 좋을까? *시싱허스트 250번*으로 전화 걸어서 온다고 말만 해. 하지만 우리 집 번호는 깊고 어두운 비밀이니 다른 사람에게는 알려주면 안 돼.

시싱허스트는 지금 정말 근사해. 하지만 물론 당신에게 우리 영국의 소박한 아름다움은 성에 안 차겠지. 그래도 블루벨 숲은 정말 꿈결 같아.

아냐, 나는 우울하지도 않고 우울한 편지를 쓰려고 했던 것도 전혀 아니었어. 어쩌면 좀 지쳐 있었는지도 몰라. 그리고 당신은 내 마음이 산란해지면 늘 알아차리곤 하지. 당신을 만나길 정말로 기다리고 있어.

V.

1932년 5월 25일 수요일

타비스톡 광장 52

가장 소중한 사람,

···내가 보고 싶은 사람이 딱 하나 있는데, 그녀는 장밋빛의 붉은 탑과 홉 정원과 홉 말리는 솥이 있는 광경 말고는 아무것에도 열의가 없어. 그게 누구게? 시를 한 편 썼고, 어머니가 있고, 소 한 마리와 해자도 갖고 있다더군. 글을 정말 못 쓰겠어. 너무 사람을 많이 만나. 사는 게 너무 많은 문제를 일으키고, 펜에는 머리카락이 끼었어.

1932년 10월 12일 수요일

타비스톡 광장 52

방금 《가족사》* 6천 부를 주문받았어. 출판도 전에 6천 부가 팔리다니, 맙소사! 그리고 사흘 내내 소포를 싸느라 내 손가락은 빨갛게 부었어. 벌써 양은 아프고, 주문은 밀려들고, 우리는 7시 30분까지 내내 일했어. 막 끝냈다고 생각한 찰나 마지막 주문서 뭉치가 서랍 아래 숨겨져 있는 걸 발견해서 몇 시간을 더 일했지. 점원들은 숨을 헐떡이고, 전화가 울리고 짐 나르는 사람들이 도착하고, 소포는 겨우 화물차 시간에 맞춰 마무리되었어. 아, 맙소사, 베스트셀러를 출판하는 일이란…

---

*   비타의 책이다.

1932년 10월 16일 일요일

켄트, 시싱허스트 성

아이고, 자기야, 당신이 《가족사》 6천 부를 포장하게 한 것으로도 만족 못 하고, 《평범한 독자》도 포장하게 붙들었지 뭐야.[*] 추가 주문이야. 사과는 안 할게. 그게 내게 어떤 기쁨인지 당신이 안다면, 내가 사과하길 바라지 않을 테니까… 세상에, 당신은 **좋은 작가**야, 안 그래? 좋은 비평가이기도 하고. 찬탄의 표시로 모자를 벗어 모자의 깃털이 먼지를 일으킬 정도로 탈탈 털어.

내일 나가서 떠들어야 하는 다른 방송이 있어. 거기서 당신 책을 소개하려고 다른 책 세 권을 빼버렸어.

그런 까닭으로 이 편지는 길게 못 써. 방송에서 할 이야기를 써야 해.

당신의 V.

그래, 어서 시싱허스트로 와. 내가 거의 넉 달 동안 아프리카로 떠난다는 사실을 잊지 말라고.

---

[*] 비타의 《가족사》는 버지니아의 《평범한 독자: 두 번째 시리즈》와 같은 날 발간되었다.

1932년 10월 18일 화요일

타비스톡 광장 52

아, 요전 밤에는 당신이 힐다와 알프스에 함께 갔던 그 여름
에 당신과 그녀가 사랑에 빠졌다는 생각에 정말 질투가 나고
너무 화가 났어! 아니라고 했었잖아. 이제는 그렇다고? 돌로미
티산맥 아래서 그걸 했니? 왜 내가 다 끝난 일을 신경 써야 하
지. 그 여행 말이야. 나도 모르겠다. 아무튼 신경 쓰여. 당신이
내 오두막에 와서 고백, 아니 변명했던 거 기억해? 그리고 그때
는 잘못이 없었고, 그러니? 아니라고 맹세해놓고는. 어쨌건 내일
은 나의 엘리자베스*가 혼자 나를 보러 올 거야…

<hr>

*   영국의 소설가 엘리자베스 보엔.

1933년 3월 16일

덴버앤리오그란데 서부 철도, 로키산맥 지나는 중

이 편지지가 너무 매력적이라 여기서 당신에게 편지를 꼭 한 통 써야겠어. 목요일이야. 월요일에 뉴욕을 떠났고, 그 이래로 끝없는 대초원을 여행하다가 오늘 아침, 일어나니 설산들이 지평선 끄트머리에 반원을 그리고 있고, 봉우리는 초원의 반대편 가장자리에서 해가 떠오르자 분홍빛으로 물들었어. 그다음 우리는 덴버에, 로키산맥 기슭에 도착했고, 아침 식사를 할 시간 즈음에 지체 없이 산을 오르기 시작해 지금은 7천 피트 정도 높이에 와 있어. 아주 아름답고, 아주 적막하며, 해가 뜨겁고, 카우보이도 한 명 봤어. 그래서 나는 무척 행복해. 모든 것이 돌연 미국 같기보다는 묘하게 스페인 풍이야.

앞으로 2박 3일은 더 가야 샌프란시스코에 도달할 거야. 이 빌어먹을 나라가 얼마나 큰지 여기 오기 전까진 전혀 몰랐어. 우리가 도착할 즈음 캘리포니아가 더 이상 흔들리지 않길,* 그래서 당신이 내게 할당한 그 명성, 그게 무엇이건 자연에 경련을 일으킨다는 그 명성에 다시 부응하는 일이 없길 바라.

---

*　　캘리포니아에 경미한 지진이 발생했었다.

후에. 이 편지를 산 정상에서 바로 부칠 수 있단 걸 알았어. 그러니 특별히 만든 게 분명한 이 소인을 꼭 눈여겨봐줘. 풍경이 내 취향에는 지나치게 그림 같아. 끝내주는 협곡과 포효하는 강물, 이런 게 내게 밀실 공포증을 불러일으키고, 예전에 여기가 포장마차들이 다니던 길이라는 걸 알아도 위로되지 않아. 페르시아를 떠올리게 하는, 멀리까지 보이는 탁 트인 고지대가 더 좋아.

솔트레이크시티. 3월 17일. 너무 흔들려서 더 이상 쓸 수가 없어. 그래서 이 편지를 북미 대륙분수계 대신 모르몬교도들의 발상지에서 보내야겠어. 북미 대륙분수계가 완벽하게 작동해서 모든 물줄기가 갑자기 반대쪽으로 흐르기 시작했고, 우리는 용감한 코르테스*가 된 기분이야.

시간대가 자꾸 바뀌어서 아주 혼란스러워. 우리는 '산악표준시'에 있다가 이제는 '태평양표준시'에 들어왔고, 그래서 우리와 당신 사이에는 6시간**의 시차가 있지. 영국에서 캘리포니아가 페르시아보다 두 배 이상 멀다는 사실, 알고 있어?

우리는 여기서 1시간 머물 거라 해럴드가 지금 산책하자고 하네.

당신의 V.

---

*   에르난 코르테스는 에스파냐의 아즈텍왕국 정복자이다.

**   비타가 잘못 계산해 적었다.

1933년 3월 18일

멍크스하우스

저기, 당신 나 기억해? 일전에 당신에게 아주 길고 열정적인 편지를 썼는데, 상자 안에 넣어놓고는 까맣게 잊어서 때늦은 이야기가 되고서야(죄다 지진이며 은행 파산 내용이었어) 발견해서 보낼 수가 없었어…

요전 날 시빌을 봤어. 시빌은 해럴드를 봤고, 해럴드는 당신을 격렬하게 휘몰아치는 성공 그 자체라고 했대. 나는 '그건 비타에게 전혀 문제 되지 않아'라고 말했지. 비타는 몸을 흔들 것이고, 그러면 딱딱한 지방이건 흐르는 기름이건 그녀 몸에서 흘러내릴 거라고. 당신을 크게 칭찬한 거야. 그래서 결국 순이익은 좀 얻었어? (달러가 폭락했는데도?) 그 사람들 표현을 빌리자면 '경력'이 될 거야. 당신이 범한 처녀들과 당신이 마신 차, 방문한 성지들과 당신이 취한 뚱뚱하고 늙은 여자들…

사랑하는 비타, 부디 어서 돌아와. 그렇지 않으면 우리는 차를 타고 이탈리아로 떠날 거야. 플루이드 플라이휠*을 타고 알프스에 오를 생각이야. 어서 와서 우리 집 계단에 코를 킁킁거려줘, 전과 같은 모습으로 붉은 저지 셔츠를 입고. 진주도 걸치

---

*   버지니아는 2월에 자동차를 새로 샀다.

고 와줘. 사라*도 데려오고. 그러고 난 뒤 내게 시싱허스트로 가
자고 해줘. 아아, 당신이 그곳에서의 첫날 밤을, 그리고 분홍색
탑에서 내다본 일출을 얼마나 좋아할까! 내게 편지해.

*   비타의 개.

1933년 3월 28일

사우스 캘리포니아, 스모크트리 목장

몇 날 며칠 동안 당신에게 편지를 쓰려고 애썼지만, 유명 영화배우들 등등으로 삶이 너무 밀도 높게 복작거렸어. 나는 지금 사막 한가운데 방 세 개짜리 시골집에 있는데(여기 사진을 보낼게), 카우보이 몇 명과 불쑥 찾아오는 길 잃은 코요테를 제외하면 아무것도 없어. 아름답기 그지없는 별들이 머리 위에 떠 있고, 주변은 온통 산이야. 사막도 장밋빛 버베나가 카펫처럼 깔려 있어 딱 페르시아 같고, 우리는 종달새처럼 행복해.

당신에게 말해줄 몇 가지 중요한 일이 있어. (1) 패서디나의 헌팅턴 도서관에 다녀왔는데, 조지 무어를 들여놓을 정도로 최신 필사본도 수집하길래 《자기만의 방》을 소장할 의사가 있냐고 물어봤어. 도서관 사람들이 무척 들떠 했으니 당신이

캘리포니아 로스앤젤레스 패서디나

헌팅턴 도서관

자필원고 담당 부서

헤이즐턴 부서장

앞으로 편지를 보내면 구매할 확률이 꽤 높을 것 같아. 그렇지만 당신도 알다시피 미국인들이 지금 몹시 타격이 심하니 너무 낙관하지는 말고. (2) 두 번째로, 당신 친구 브렛을 만났고, 당신의 사랑을 전해줬어. 브렛은 얼굴이 새빨개졌지. 만난 곳은 카멀이라 불리는 정신 나간 집안이었는데, 거기서 그녀는 메이블 도지 루언이랑 살더라고. 메이블 D. 루언은 D. H. 로런스에게 뉴멕시코의 목장을 준 인물이야. 루언이 그 일의 전모에 관해 책을 한 권 썼는데, 《타오스의 로렌조》라는 제목이래. 아메리칸인디언과 결혼했는데, 지금도 그곳의 로빈슨 제퍼스와 사랑에 빠졌어. 잘생긴 남자야. 당신도 그 사람 알지. 메이블 루언이 앉아서 그 남자를 지그시 바라보는데, 그 남자는 모르는 척하고, 나는 그사이 코닥 카메라 비슷한 것에 대고 소리를 질렀어. 브렛은 그 물건을 자기 무릎 위에 놓고 머리에 전화 장치를 쓴 뒤 전선으로 연결했지. 시시때때로 브렛은 내 말을 중단하고 배터리를 갈았는데, 코닥 카메라에 새 필름을 넣는 것과 비슷했어. 아주 애처로운 여자야. 영국과 친구들 소식에 목말라 있더라. 미국에 귀화하려고 하는데, 우선 미국 헌법 시험을 통과해야 해서 공포에 떨고 있어. (문득 이 이야기 전부를 진작에 당신에게 써 보냈던 것 같은 기분이 드네.)

내가 산타크루스의 파사티엠포*라는 곳에서 당신에게 편지를 썼던가. 어느 골프 챔피언에게 끌려 그곳에 갔는데, 오늘 이날까

---

*   원문에는 'Pasatrimpo'라고 되어 있으며 오타로 추정된다.

지도 왜 그랬는지 모르겠어. 그다음에 나는 샌프란시스코로 돌아갔다가 로스앤젤레스로 내려왔어. 윌리엄 랜돌프 허스트 씨가 자기 농장에 머무르라고 간청하면서 (25만 에이커에 안달루시아 언덕 꼭대기에서 송두리째 옮겨온 스페인식 성까지 있지) 우리에게 비행기를 보내주겠다고 제안했지만, 우리는 고고하게 거절했어. 부분적으로 5백 킬로미터나 떨어져 있어서였고, 부분적으로 쇼*가 거기에 있을 거라는데 우리가 그걸 견딜 수 없을 듯해서였어. 샌프란시스코의 차이나타운을 한 바퀴 돌고 교도소를 구경한 뒤, 우리는 로스앤젤레스로 떠났어. 지진을 간발의 차이로 피했지. 거기 있는 동안 작은 지진이 한 번 있었지만, 둘 다 잠들어서 알아채지 못했어. 우리가 영국을 떠난 이후로 자연은 어느 때보다도 맹렬하게 우리를 추격하는 듯해. 대서양에서는 허리케인이, 시카고에서는 눈보라가, 캘리포니아에서는 지진이, 여기서는 모래폭풍이, 유성은 반 시간 동안 다섯 개 주를 밝히고 애리조나에서 잦아들었지. 이 모든 일에도 불구하고 캘리포니아의 기후는 아주 훌륭해. 응달의 평균 온도가 26도고, 늘 햇볕이 내리쬐고, 야생화가 믿을 수 없을 정도로 아름답게 흐드러져 있어. 다른 이유는 없고 레너드를 약 올리고 싶으니 야생화 사진을 동봉할게. 색깔이 있지만, 진짜 사진이야. 무슨 소리냐면, 정말로 그 모습 그대로라고.

로스앤젤레스는 지옥이야. 피스헤이븐을 떠올려봐. 1천 평방

---

* 조지 버나드 쇼.

킬로미터를 곱하고, 프랑스의 리비에라 해안 지방을 죽 따라서 여기저기 배치한 다음, 첼시 플라워쇼*를 그 위로 옮기고, 스페인 전시장 다수를 더하면 로스앤젤레스 해안이 돼. 미국인들은 뭐든지 흉물스럽게 만드는 데 타의 추종을 불허하는 천재야. 그렇지만 할리우드는 재밌어. 환상이 따로 없어. 모퉁이를 돌 때 무엇이 나올지 절대 알 수 없지. 절반짜리 원양정기선이 나올지, 트래펄가 광장이 나올지, 그랜드호텔의 정면이 나올지, 아니면 말레이 미녀들이 걸어가는 스트랫퍼드온에이번 거리에 서 있게 될지. 게리 쿠퍼 씨가 우리를 구경시켜줬어. 그다음 우리는 클레멘스 데인의 파티에 갔지. 하지만 말하기엔 너무 긴 이야기야. 아무튼 거기에 다이애나 윈야드라는 세상에서 가장 아름다운 피조물이 있었지. 영화 〈캐벌케이드〉가 런던에서 상영하면 당신도 꼭 가서 그 영화에 나오는 다이애나 윈야드를 봐야 해.

패서디나에서 한 젊은 숙녀가 내게 부리나케 달려오더니 당신과 나에 관한 책을 쓰고 있다고 하더라. 우리를 위해 잘된 일이지? 심상에 관한 우리의(당신과 나의) 의견을 들려주기 위해 인터뷰에 응해야 했을까? 다행히도 나는 기차 시간을 빠듯하게 맞출 정도밖에 시간이 없다고 말할 수 있었어.

그다음 나는 엘사 맥스웰을 만났고, 수족관에서 가장 사랑스러운 물고기들도 봤지. 그에 비하면 런던에 있는 수족관은 주름도 못 잡겠더라. 전부 다 태평양에 사는 물고기야. 그리고 해변

---

*　세계 최대 정원 및 원예박람회.

에는 물개와 벌새, 흉내지빠귀, 5천 년은 된 나무들, 그리고 선인장이 수 에이커에 걸쳐 남근 상징물이나 다른 선사시내의 파충류처럼 서 있고, 선키스트의 오렌지나무 숲이 몇 킬로미터나 펼쳐져 있어. 너무 더운 겨울을 대비해 작물을 11월에 따서 냉장창고에 넣어야 한다니, 자연의 역전이 정말 신기하지. 이 모든 풍경을 잊고 되돌아갈 수 있을지 잘 모르겠어. 아무튼 이전과 절대로 같을 수 없겠지. 그건 확실해.

우리는 4월 21일에 돌아가. 런던에 있을 거야? 나 꼭 당신을 보러 가야겠는데. 물론 당신은 이 질문에 답할 수 없을 거야. 우리가 배에 오르기 전에 이 편지를 받을 확률은 거의 없으니까. 하지만 시싱허스트에 기별을 줄 수는 있겠지. 오랫동안 영국에서 아무 우편물도 못 받았으니 당신의 편지가 미국 어딘가를 헤매고 있을지도 모르겠네. 그 편지는 결국 내게 닿을 테지만.

우리는 여기서 애리조나로 갔다가 뉴멕시코로, 그다음에는 밀워키로, 그 후 사우스캐롤라이나를 거쳐 뉴욕에 가서 우리를 집으로 데려다줄 고마운 브레멘*을 탈 거야. 지쳐서 꾀죄죄해졌지만 풍요로워졌지. 달러 때문만은 아니야.

신이시여, 당신이 보고 싶어 죽겠어.

당신의

V.

* 독일 여객선.

1933년 4월 1일(만우절)

멍크스하우스

며칠 전 아침에 물줄기가 전부 거꾸로 흐르는 산 정상에서 당신이 보낸 아주 훌륭한 편지를 받았어. 당신이 계곡을 보는 동안 나는 스케이프* 씨를 보고 있었으니, 편지를 받을 자격이 있었지. 아니, 스케이프 씨를 온전히 좋아할 일은 없을 것 같아. 그 사람은 얼룩덜룩한 두꺼비 같은 데다, 자기 개의 재주에 관해 쉴 새 없이 떠들어대더라고. 하지만 당신과 해럴드를 향한 존경심에 불타는 듯했고, 오래 머물지도 않았어. 내가 우리 아버지 인생에 관해 써야 한다고 생각하는 모양이더라. 세상에!

　…이제 저녁 준비를 해야겠다. 아, 당신은 커다란 세탁 바구니 가득 무화과를 채워 넣은 채 불쑥 차를 끌고 와서 문 옆에 서 있지 않는 거야, 언젠가 당신 어머니가 날 사랑했고, 내게 베르무트 한 병을 보내셨던 그때처럼!

---

*　호튼 미플린 출판사의 마케팅 부서 직원이다.

1933년 4월 9일

사우스캐롤라이나, 찰스턴

이 종이 꼭대기에 있는 사진*에도 불구하고, 나는 실제로는
꽤 멀리 떨어진 사우스캐롤라이나에서 쓰고 있어. 우리는 집에
도착할 무렵 얼마큼의 거리를 여행했을까 추정하면서 즐거워하
고 있는데, 53,000킬로미터가 넘겠더라고. 72개의 도시를 방문
하고, 기차에서 63번의 밤을 보냈지. 이 통계가 당신에게 강한
인상을 남기면 좋겠군.

나는 지금 우리를 코넬리아 오티스 스키너**와의 저녁 식사
에 데려가 줄 듀보즈 헤이워드*** 씨를 기다리는 중이야. (《포기
Porgy》**** 본 적 있어?) 그러니까 보다시피 사우스캐롤라이나의 찰
스턴에도 영국 서식스 찰스턴만큼이나 나름의 명사란 게 있어.

시카고에서 당신에게서 온 사랑스러운 편지가 나를 기다리고
있는 걸 발견했어. 난 이 편지가 나보다 이틀 먼저 영국에 도착
하기를 기대하고 있어. 이것을 버나드 쇼 부부 편에 '영국의 여

*   그랜드캐니언 국립공원.

**   미국의 극작가이자 영화배우이다.

***   미국의 소설가이자 극작가이다.

****   듀보즈 헤이워드가 1925년에 쓴 소설로 후에 오페라로도 제작된다.

왕' 호에 태워 보낼 거야. 우리는 15일에 배로 출발해. 흥분해 토할 것 같은 기분이야.

응, 아이비 데이비슨이라면 평생 알고 지냈어. 정말로 착해. 확실히 내가 아는 그 사람이 맞다면, 주말 〈리뷰〉 편집을 아주 효율적으로 해왔어. 하지만 호가스 출판사와 관련해서라면 그 사람 운명은 아주 오래전에 결정되었다고 봐도 좋아. 그녀는 적극적이고 독립적인 성향이 있는 젊은 여성이고, 완벽하게 전통적인 영국 가정에서 태어났지만, 기성 전통이라면 부모가 경악할 정도로 탈탈 털어냈어. 〈새터데이 리뷰〉에서 먹고살 돈을 직접 벌기 위해서였지. 기혼 남성과 불행한 연애를 10년 정도 이어왔는데, 그게 누군지는 몰라. 가족들은 더할 나위 없이 기품 있지. 아버지 쪽이 내 훌륭한 친구이기도 했고. 부부가 다 아주 잘생겼고, 아이비도 그런 편이야. 본인 수입 빼면 재산은 없고. 귀국한 뒤에 스콧 존스턴 씨의 빈자리에 아이비가 고용된 걸 알면 유쾌하겠는데.

아, 우리가 무엇을 보고 어떤 사람들을 만났는지! 세계에 이런 곳이 있나 싶었던 그랜드캐니언에서는 당신에게 편지를 쓰지 않은 것 같아. 우리는 미국에 다시 와 텍사스, 애리조나, 캘리포니아, 그리고 멕시코를 전부 차로 여행할 예정인데, 사막에서 캠핑하려고 텐트도 챙겨 오려고. 버지니아, 당신은 오색사막이 어떤 곳인지 상상도 못 할 거야. 데번셔의 바위 색처럼 거대한 분홍빛 절벽으로 뚝뚝 끊기는 풍경에는 무지개의 일곱 색깔이 모두 있어. 태양은 매일 눈부시게 내리쬐고, 공기는 황야 지대를 펄쩍펄쩍 뛰어다니고 싶은 기분을 불러일으켜. 당신과 레너드도 우리와 함께 오지 않을래? 1월, 2월, 3월이 적기지만, 4월 초도 괜찮아. 당신은 사막 꽃도 마음에 그려지지 않을 거야, 내가 사진을 보냈던 것 같긴 하지만 말이야. 그러면 당신은 시빌과 스케이프 씨(이 사람에 관해서는 말로 표현할 수 있는 것 이상으로 미안한 마음이야)로부터 도망칠 수도 있지. 인디언 몇 명 있는 거 빼면 텅 비어 있을걸. 배로 파나마까지 가서 내린 뒤, 차를 한 대 사서 곧장 몰고 뉴올리언스에서 다시 배를 탈 생각이야. 혹하지? 당신만 좋다면 강연을 두어 개 해서 당신의 여행비를 현실적으로 충당하는 방법도 있어.

그래, 이거 좋은 계획인 것 같다.

찰스턴은 진달래의 원산지야. 야생으로 숲 어디서나 피어. 정원에서는 덤불이 6미터 쯤까지 자라고. 지금은 전부 개화했는데, 벌써 진 곳도 일부 있어. 목련과 동백의 원산지이기도 하고, 거대한 털가시나무도 여기서 자라. 미국 다른 지역들과는 몹시 달라.

이런, 그만 써야겠다. 하지만 생각해봐, 다음 주, 다음 주면 우리는 집에 있을 거야.

당신의

V.

1933년 4월 19일 수요일

멍크스하우스

와, 이거 정말 신난다!

당신이 돌아온다니. 하나님께 감사하게도 내 돌고래가 다시 생선 장수의 가게로 돌아왔어! 하지만 나는 언제 비타를 만날 수 있지? 우리는 일요일 오후까지 여기(루이스 385)에 있을 거야. 그다음에는 열흘 동안 런던에 가. 그다음에는 이탈리아에 가고. 전화해줄 수 있어? 당신 목소리까지 바뀌었다고 말하진 마. 그리고 언제든 어떤 제안이든, 그게 사람을 죽이는 일이라도 승낙이야…

이제 당신은 당신의 세계를 돌봐야겠지. 아, 미국 전역을 보고 분홍 탑으로 돌아오다니, 당신이 어쩌나 부러운지.

1933년 4월 24일 월요일

켄트, 시싱허스트 성, V. 색빌웨스트

그래, 당신의 돌고래가 대리석판 위로 돌아왔어. 하지만 처리할 일이 넉 달 치나 쌓였지. 정말 악몽이야. 이걸 과연 언제 다 정리할 수 있을지 모르겠어. 내 책상 위에 이 편지지를 놓을 20센티미터의 공간도 겨우 찾아내는 지경이야. 앉을 의자도 없어. 모든 의자에 책이며 서류며 카우보이모자 등을 그득 쌓아뒀거든. 나는 주로 바닥에 앉고, 사라가 꼬물꼬물 내 무릎 위로 와서 모든 걸 뒤엎지.

그리고 제안은 모두 아주 훌륭해. 하지만 나는 하루만 가능해, 토요일. 지금으로서는 집에 있을 것 같아. 어제 우리 어머니를 뵈러 다녀왔어. 해럴드를 데리고 갔지. 그이는 시작부터 화가 나서 이성을 잃더니 급기야 어머니에게 총으로 쏘겠다고 말해버렸어. 그래도 마지막에는 해럴드가 어머니 발치에 앉고, 어머니가 손가락으로 해럴드의 곱슬머리를 소공자의 곱슬머리처럼 만들어놨어. 대성공이지. 어머니는 비슷한 정신을 알아보고 즐거워하셨어. 나는 그저 관중처럼 곁에 앉아 완전히 소외당했지.

에디가 방해를 했어. 내일 맹장을 떼어낸대.

그러니까 당신은 이탈리아로 간다고. 좋아, 좋아. 빌어먹을. 당

신이 가기 전에 당신을 만나러 런던에 올라가야겠다. 언제 당신
이 떠나는지 나에게 알려줄 엽서를 같이 보낼게. (미국인들이 일하
는 방식이야.) 주소 잘 봐. 내 이름에 이제 아주 큰 의미를 부여하
게 되었으니 지금부터는 늘 쓸 거야. 다음에 참고하게 잘 봐둬.

목요일에는 못 가, 소득세 징수원이 그때 오거든. 다른 날은
한가해.

당혹하고, 행복하고, 향수병에서 벗어난 당신의

V.

1933년 4월 25일 화요일

타비스톡 광장 52

자, 빅토리아 웨스트, 여기 당신의 무시무시한 작은 엽서가 도착했어.

다음 주 금요일에 와서 식사하면 어떨까 하는데? 그럴 수 있어? 당신만 따로 보고 싶기도 하지만. 일찍 올 수 있을까? 다른 시간이 더 나을까?

…소중한 돌고래 웨스트, 전화해서 언제인지 말해줘.

맙소사, 가게들이 다시 분홍빛으로 물드니 어찌나 좋은지!

1933년 5월 17일

켄트, 시싱허스트 성

그래, 당신은 사라졌어. 내 은신처에서 없어졌어. 이탈리아에서 자취를 감췄어. 아마 지금 이 순간 이리스 오리고*와 몬테풀차노의 밤나무 숲이나 어디든 그 여자가 사는 곳에 있겠지. 그리고 5월의 이탈리아라니 몹시도 아름답겠네. 이곳 블루벨 숲이 중서부 지방의 그 어떤 숲보다 더 좋을 거라는 이야기를 당신에게 할 필요도 없을 정도겠지. 약속할게. 당신에게 시싱허스트의 새 주민인 우리의 숯가마 이야기도 하지 않을 거고, 호수에 기적처럼 나타나 백색의 위풍당당함으로 사랑스러운 긴 목을 물그림자에 드리우며 호수를 헤엄치는 두 마리의 백조 이야기도 하지 않을래. 당신은 나를 버렸고, 내 곁에 남아 나를 위로하는 존재는 핀카뿐이야. 그리고 당신 그거 알아? 핀카는 나에게 신경도 안 써. 내가 타비스톡 광장의 문간에만 나타나도 쿵쿵거리고, 당신도 알다시피 내가 집에 들어서면 오줌을 지리던 핀카는, 막상 내 손님으로 오자 나에게는 아무 관심이 없어. 핀카의 사랑은 전부 루이즈 거야. 한순간도 떠나질 않지. 나는 정말이지 아주 찌그러진 기분이야.

* 미국인 여성 사학자이자 작가로 이탈리아에 거주했다.

벌레들 때문에 핀카에게 약을 잔뜩 먹였다고, 레너드에게 말해줘. 루이즈는 핀카를 핀카 부인이라고 부르는데, 왜인지는 모르겠어.

당신은 아주아주 행복해? 나는 벤을 두 달간 이탈리아에 보낼까 해. 두 달간 혼자 이탈리아에 가는 열여덟 살짜리가 되고 싶지 않아? 나는 되고 싶어. 아주 착해, 벤은. 내가 젊은이들을 얼마나 사랑하는지. 당신이 지금 그 애를 다시 만나면 좋겠다. 벤이 당신을 얼마나 흠모하는지 알잖아. 그러니 당신은 그 애에게 상냥해야 해, 아니면 당신은 흠모받는 게 지긋지긋할까?

시미 모즐리가 죽었어. 너무나 아름답고, 너무나 젊었는데. 안타까워.

자기야, 내가 당신을 다시 보려고 53,000킬로미터를 여행했는데, 그냥 이렇게 사라져버리니 좀 가혹한 것 같아. 하지만 물론 플루이드 플라이휠의 매력과 경쟁하길 바라면 욕심이겠지. 그래도 어서 돌아오는 게 좋을 거야. 아니면 유흥거리를 찾아 런던을 탐험하기 시작할 테니까. 내일 런던에 가려 하는데, 한번 생각해봐, 나는 시빌과 점심을 먹을 거야.

에설은 내가 〈갑판장의 친구〉*를 들으러 길퍼드에 가길 바라지만… 안 갈 생각이야.

잉크가 이상해서 미안해. 히긴스 이터널 잉크라는 건데, 일전에 셰익스피어 생일날 한 친구가 줬어. 멋진 검은색인데, 어떻게

---

* 에설 스미스의 오페라.

다뤄야 하는지 아직 감이 잘 안 잡혀.

내가 당신을 정말로 아주아주 많이 그리워한다는 사실을 알면 당신이 놀랄까? 마음을 달래려고 마를레네 디트리히*와 어울릴까 생각 중이야. 그러니 당신이 늙은 양치기 개의 무척이나 감동적인 충직함을 높이 산다면 몬테풀차노에서 너무 꾸물거리지는 마.

---

* 독일 출신의 미국 여배우.

1933년 5월 20일

이탈리아, 스포토르노

이건 단연코 사업상의 편지야 (다만 어쩌다 보니 내가 술이 약간 취했는데, 오늘 밤은 내가 늘 마시던 반병보다 더 마셨거든)

맞아. 나는 여행하면서 반쯤 눈이 멀었어. 너무 많은 도시를 보고, 냄새 맡았지. 이제 파도가 부서지고 정원에서는 비단향꽃무 향기가 나… 우리는 얼굴이 그을리고, 코는 빨개지고, 전체적으로 먼지투성이에 덥수룩하고 꼬질꼬질해. 내 옷은 또 어떤 상태인지. 나조차 입기를 주저할 수준이야. 우리는 들판에서, 마을에서 멀리 떨어진 올리브 나무 아래에서 점심을 먹었고, 설거지가 내 담당이라 옷이 이 꼴이 되었지…

1933년 6월 5일 성령 강림절 월요일

켄트, 시싱허스트 성

버지니아, 소중한 당신, 당신은 천사야. 내가 천사라고 부르는 이유는 내가 뭔가에 정말 마음 상할 때마다 당신이 어김없이 이해해줘서지. 이를테면 우리 어머니가 벤에게 나나 해럴드의 도덕관 이야기를 하는 일 같은 거. 나나 H의 도덕관이 부끄러워서가 아니야. 단지 벤의 마음에 지독한 각인이 새겨졌을 수도 있잖아. 다행히 그렇지 않은 모양이지만. 우리가 그 애를 키운 방식 덕분이겠지? (자랑하는 거야. 하지만 당신도, 심지어 당신조차도 때로는 뽐내잖아. 당신의 자랑거리는 대부분 퍼트리샤 공주*거나 아니면 어떤 미국 출판인이지. 내 자랑거리는 아들들을 자기 아버지와 어머니 모두가 인류의 추방자가 될 거라는 폭로를 눈 하나 깜짝하지 않고 받아들이게 키웠다는 것 정도야.) 아무튼 내가 마음 상했다는 사실을 알아차린 당신은 정말 다정한 사람이야.

나는 가볍게, 그리고 시간에 걸맞지 않게 취했는데, 여기 사는 내 세입자들의 파티에 금혼식을 축하하러 다녀왔고, 점심에 그들 건강을 위해 술을 마셔야 했기 때문이야. 당신이 좋아했을

---

*   빅토리아 여왕의 손녀로 왕족의 모든 지위를 포기하고 알렉산더 램지 제독과 결혼했다.

법한 파티였어. 이제 막 여든이 된 노부인이 목에 노란 리본을 두르고, 귀 바로 뒤에 몹시 교태 어린 자그마한 나비매듭을 걸고, 50년 전 이날, 자기 남편이 몹시도 행복해 보였다고 내게 되풀이해 장담하는 거야. 집 전체에 영국 국기가 드리워졌지. 이토록 사적인 가족 모임에 대체 왜 애국심이 끼어들어야 한담? 그들 아들은 이 행사에 참석하려고 호주에서 돌아왔어. 전쟁 이래 아들을 처음 본대.

수년간 참석했던 어떤 파티보다 즐거웠어. 다들 내가 읽은 여느 소설 속 사람들보다도 훨씬 더 소설의 등장인물들 같았지. 노부인은 내가 축하한다니까 몹시 으스스하게 말하길, "뭐, 어쨌건 이혼보다는 낫겠지요"라더라.

그리고, 세상에나, 레이디 노샘프턴이 차를 마시러 온대. 새틴 스힐의 인 고스덴 가족이 애슈비 성城인지 뭔지의 레이디 노샘프턴보다 훨씬 좋은데.

그리고 그 둘보다 버지니아가 훨씬 좋은데.

나는 버지니아를 언제 보려나?

성령강림절 시기에는 브라이턴에 간 적이 없어. 갔었다면 바구니 가득 무화과를 담아 멍크스하우스에 갔겠지.

시를 쓰고 있어. 하지만 하우스먼 씨*의 이론들이 나를 속상하게 해. 하우스먼 씨의 글을 읽은 적 있어? 그 사람 이론을 받

---

*   A. E. 하우스먼은 영국의 시인이자 대학교수로 시가 사상을 전달하는 매개
     가 아니라 감정을 불어넣는 것이라고 생각했다.

아들이면 〈서곡〉*이나 〈미의 증거〉**가 뭐가 되겠어?

당신의

V.

1933년 6월 8일 목요일

타비스톡 광장 52

나와 함께, 내 명예를 걸고 정말로 단둘이, 식사하지 않을래? 월요일에, 다음 월요일인 12일에, 어느 때고 당신이 원하는 시간에. 그냥 그때 혼자 있을 것 같아서 그래. 그게 아니라면 런던은 잠깐이라도 올 가치가 없는 것 같아. 천사처럼 전화를 걸어주겠어?…

휘갈겨 써서 미안.

포토가 썼어.

1933년 6월 11일

켄트, 시싱허스트 성

  당신이 아는 세상 모든 사람 중에 하필 에설이 내가 내일 당신과 식사를 못하게 하는 사람이라는 게 진짜 짜증 나지 않아? 하지만 그렇게 됐어. 약속은 몇 주 전에 이미 잡혔고, 우편물이 올 때마다 신이 나서 아주 요란을 떠는 에설의 편지들을 받거든. 거기에 더해서 엽서와 전보까지. 그래서 에설과의 약속을 미루는 건 정말로 불가능하다는 생각이 들어. 그러고 싶은 마음이야 간절하지만 말이야. 다른 사람이라면, 청어를 굽는 사람 누구든, 보낼 수 있었을 거야. 하지만 에설은, 다시 생각해보니, 일흔다섯이고 노인을 막 대할 수는 없잖아.

  에설은 와서 자고 갈 거야… 미국에 관해서 빠짐없이 듣고 싶다더라고. 아, 신이시여.

  다른 날 저녁은 당신이 안 되겠지? 당신이 얼마나 보고 싶은지는 말하지 않을래, 당신은 내 말을 믿지 않을 테니까. 당신은 냉소적인 여자잖아. 사랑의 의미를 모른다니까.

  나는 아주 게으름 피우고 있어. 개쑥갓을 수백 줄기는 뜯었고, 시 한 줄을 (아니, 한 연의 한 줄을) 때때로 썼지만 호가스 출판사에 줄 소설처럼 진지한 문학작품은 조금도 못 썼어. 실은 오늘 하나 시작했어. 시작도 못 했을 때는 내가 미국에서 토해 놓은 아이디어로 돌아가지도 못했지. 당신이 내게 쓰라고 했던 그 소설 말이야. 사막과 허리케인에 관한 온갖 이야기. 그걸로 과연 뭔가를 만들 수 있을지는 모르겠어.

이 편지는 저녁에 당신에게 도착하겠지. 당신은 혼자 있거나 나 대신 식사를 함께할 다른 사람과 있을 테고. 나는 중서부 지방에 대해 에설에게 고래고래 이야기하고 있겠지. 해럴드가 한쪽 귀에 대고 소리 지르고, 나는 반대쪽 귀에 대고 소리 지를 거야. 하지만 나는 당신 발치, 바닥에 앉아 있고 싶어. 은유적으로 말고 물리적으로. 이렇게 돼서 정말 분해.

에설에게 우편환 주는 것 잊지 말아야지.

알렉스(우리의 새 비서)가 방금 들어와서 "소설 한 권 빌려 가도 될까요?" 하고 말했어. "어떤 소설을 원하는데요?" 하고 내가 말했지. "글쎄요, 《올랜도》를 빌려도 될까요?" 하고 알렉스가 수줍어하며 말했지. 그래서 《올랜도》를 들고 갔는데, 그걸 어떻게 생각할지 궁금하네. 스물넷밖에 안 됐고, 지금까지 현대소설은 전혀 못 읽어봤다는데, 유일한 예외가 골즈워디 씨 작품이었고, 공정하게 말하자면, 참을 수가 없었대.

마당 건너편으로 이 아가씨의 침실 창 불빛이 보이는데, 《올랜도》를 가지고 잠자리에 들었나 보군.

알렉스는 물이 끓을 때마다 나이팅게일처럼 휘파람 소리를 내는 주전자를 가지고 있어. 우리 영내 전체에 울려 퍼지지.

우리 영내는 최근에 달과 두 행성이 유난히 커지자 유달리 예뻐. 나는 저 두 행성에 관해 시 한 편을 썼는데, 〈스텔라 소도미Stellar Sodomy〉라고 부를까 생각 중이야. 더 생각해보고 알렉스가 타이핑해도 될 만큼 적절하다고 판단하면 당신에게 보낼게.

레너드에게 해럴드의 새 책을 읽으라고 해줘. 정치 책이니 당신보다 레너드 취향에 더 맞을 거야. 하지만 책 후반부에 있는 해럴드의 일기 몇몇 구절은 당신도 재밌어 할 것 같아. 해럴드에게 크게 감탄했어. 편견을 아주 배제하고 말이야. 해럴드의 명료한 사고, 쉬운 표현이 마음에 들어. 낫을 어떻게 쓰는지 아는 사람 같아. 리드미컬하고, 날카롭고, 확실하지.

아, 빌어먹을 에설! 정말 짜증 나. 아버지, 저들을 용서하소서. 저들은 저들이 하는 일을 알지 못하나이다. 에설은 자기가 내게서 당신과 함께하는 저녁을 강탈했다는 것을 모르겠지.

당신의

V.

1933년 6월 23일

타비스톡 광장 52

포토의 사랑과 포토의 신발을 살 10실링을 보내. 그리고 여자 농부들이 쓰는 모자도 하나 사줘. (하지만 이걸 위해 서두르거나 어려움을 무릅써야 하면 절대, 절대, 절대 사지 마.) 맙소사, 당신을 봐서 얼마나 기뻤는지!

1933년 6월 24일 토요일

켄트, 시싱허스트 성

정말이지, 울프 부인. 부인이 포토를 아주 버릇없게 키우고 있다는 생각이 들어요. 오랜 친구가 신발 한 켤레 사 주는 일에 포토가 10실링이나 보내게 하다니요. 내가 마뜩잖다는 걸 보여주고 싶으니 그걸 현금으로 바꿔 지역 크리켓 클럽에 기부하지요. 하지만 포토를 위한 신발은 잊지 않을게요.

그래서 발레리가 돌아왔다고, 맞아? 마지막으로 소식을 들었을 땐 — 할리우드에서였는데 — 곧 엉덩이를 제거한다고 했었는데(**엉덩이** hips 말이야, **입술** lips 말고), 치아의 에나멜도 제거하고. 할리우드에서 사람들에게 하는 짓이 그런 거야. 거기서 겨울을 한번 보낼까 생각하고 있어.

맞아, 당신을 만나니 좋았어. 하지만 나는 굶주리다가 달랑 빵 껍질만 받은 사람이 된 기분이랄까. 아, 당신에게 할 말이 너무나 많은데, 다 하려면 몇 시간은 걸릴 거야. 내 말은, 당신에게 하고 싶은 이야기란 게 풀어놓기 전에 먼저 좀 친밀함을 나눠야 하는 종류거든. (정말이지 지독하게 에셀이 할 것 같은 말이네.) 부르고뉴에서의 밤 기억해? "여관에서 보낸 밤 기억해, 미란다?"* 뇌

---

*   영국의 시인이자 역사가였던 힐레어 벨록의 《타란텔라》에서 인용.

우가 쏟아질 때 내가 어두운 복도를 지나 당신 방으로 가, 우리가 함께 누워 죽음을 두려워하는지 그렇지 않은지 이야기했던 그때를? 이런 때야말로 내가 당신에게 말하고 싶은, 그리고 오직 당신에게만 말하고 싶은, 그런 이야기가 입 밖으로 나올 법하지.

아무튼, 나는 월요일에 이탈리아로 떠나니, 당신이 여전히 내게 약간의 애정을 품고 있다고 말하고 싶은 마음에 편지를 쓴다면, 그 편지는

페루자, 브루파니 호텔

로 보내면 7월 3일 월요일에 내게 도착할 거야. 내가 아는 유일한 주소가 이거야.

이제 칠험에서 공연하는 〈대지〉를 보러 가야 해.

레너드에게 내 시들을 훑어보고 있다고, 그리고 목록을 뽑고 있다고, 벌써 3백 쪽 넘게 해놨다고 전해줘. 1권을 구성하기에는 제법 충분한 양이지. 레너드가 정말로 이 시시한 글들의 선집을 가을에 내길 바란다면, 받을 수 있을 거라고 알려줘.* 내가 나중에 쓸지도 모를 긴 시를 위한 토양이 되리라는 레너드의 말이 아마도 맞겠지. 그래도 이게 전부 약간은 가식이라는 생각을 떨칠 수 없어. 맨체스터의 문학박사가 되는 것보다 훨씬 더 나쁘

---

* 1933년 호가스 출판사에서 출간했다.

지.* 어쨌든…

당신의

V.

---

*   버지니아가 거절한 명예학위이다.

1933년 8월 16일 수요일

멍크스하우스

가엾은 버지니아는 병상에 누워 있고, 비타를 보면 얼마나 좋을까 생각했어. 이제는 털고 일어나서 이렇게 말하지. 비타를 본다면 얼마나 좋을까! 그러자 L이 말하지 (이건 엄청난 칭찬인데) "나도 비타를 보고 싶군." 다음 주에 하루 자러 오면 어때? 가능할까?

그리고 《에드워디언》에 나오는 레이디 로햄프턴은 누구야? 제발 알려줘…

하지만 올 수 있어?

올 수 있으면 내가 길고 긴 편지를 쓸게. 이건 그냥 포토가 휘갈긴 거야.

1933년 8월 18일 금요일

시싱허스트

친애하는 울프 부인

(이게 적절한 형식인 것 같아.)

부인이 병상에 누워 있는데, 내가 곁에 없었다니(덜 적절한 형식.) 안타까운 마음입니다.

다음 주에 관하여. 로드멜에 오라는 당신의 제안에 말로 표현할 수 있는 것 이상으로 기분이 좋아. 당신이 침범당하는 걸 얼마나 싫어하는지 아니까. 레너드의 지지에는 더더욱 기분이 들뜨고. 그래, 나는 그 말을 정말로 칭찬으로 받아들일게. 하지만 다음 주라면 불가능하지는 않더라도 몹시 어려워. 문제는, 내 시누이가 와서 머물고 있는데, 몸이 안 좋아서 내가 돌봐줘야 하거든. 시골 요양, 뭐 그런 거 말이야. 해럴드는 커즌 경에 관한 책을 쓰고 있지만, 나는 아무 책도 쓰고 있지 않으니 그이의 여동생을 돌볼 만큼 한가하거든. 돌보는 일이 좋기도 한 게, ****** * 시누이가 지금 부모님 조언에 따라 책을 편집하고 있는데, 보니 아주 흥미롭더라고. 내 말은, 이런 어려운 문제를 해결하려고 정말 전문적으로 작업하는 걸 보는 게 좋더라는 거야.

* 　편지의 다섯 단어가 누락되었다.

우리는 탑의 계단에 앉아 왜 어떤 여자들은 신체적 만족을 안쪽으로, 혹은 바깥쪽으로 느끼는지를 논했고, 신경의 안쪽 부분과 바깥쪽 부분 사이에 어떤 연결망이 있는지, 그리고 도착倒錯과 정상 사이에 어떤 연결이 있는지 등등을 이야기하지.

아주 흥미로운 문제야. 이에 관해서 새벽 3시에 당신에게 더 말해주고 싶어. 하지만 무감정하게는 말고. 어쨌거나 새벽 3시에 말하기에는 집사 임금보다 더 좋은 주제잖아.

아무튼, 최종 결론. 로드멜에 8월 29일 화요일에 가도 될까? 자고 가는 걸로?

《에드워디언》. 아, 그놈의 책! 당신이 그걸 읽는다는 생각만 해도 얼굴이 빨개져. 레이디 로햄프턴은 레이디 웨스트모얼랜드야. 내가 여덟 살 때 놀에 왔던 사랑스럽고 호화로운 인물인데, 그 사람이 내가 잘못된 길에 처음 발을 딛게 했다고 생각하지. 하지만 본인은 약물과 너무 많은 애인 때문에 상대적으로 젊은 나이에 죽었어. (아니다, 나를 잘못된 길로 들어서게 한 건 레이디 웨스트모얼랜드가 아니라 언젠가 교실에 나타났던 루마니아 왕비였어.)

우편이 떠난대.

당신의

V.

1933년 8월 30일 수요일

　소식 전하려고 써. 레이먼드와 이야기를 했는데, 사태가 보이는 것만큼 나쁘지는 않다고 말할 수 있어서 기뻐. 프랜시스 비렐이 전문가를 보고 왔고, 그 전문가의 소견으로는 종양이 작고 뇌 바깥에 있는 것 같대. 다음 주에 수술할 건데, 물론 심각한 일이긴 하지만, 완치는 될 거래. 프랜시스는 깨어났고, 지금은 손가락 두 개만 마비된 상태야. 당신이 궁금해할까 봐 급하게 써.

1933년 9월 1일

켄트, 시싱허스트 성

사방에서 총을 쏴. 물론 자고새 사냥이야. 9월 1일이잖아. 나는 일어났을 때 역할에 충실하게 "토끼"라고 말했지. 이제 우리는 자고새와 굴을 먹고 있어. 이렇게 새로운 사냥 시즌이 시작되었지. "아, 올해는 단조로워 감미롭네." 누가 이렇게 깔끔하게 정리했는지 잊었어. 아마 나겠지. 그렇지만 내 기억력이 너무 나빠져서 내가 직접 인용한 것조차 믿을 수 없어.

(내 기억력은 정말로 슬슬 걱정돼. 말도 안 되게 나쁘다니까.)

프랜시스 일로 편지를 준 일은 정말 세심했어. 그 반짝이는 얼굴이 완전히 사라질 위험에 처했다니, 정말로 염려돼. 오늘 아침 레이먼드가 편지를 보냈는데, 종양이 두개골 *바깥*에 있다는 믿을 만한 근거가 있다더라고. 그리고 수술 자체가 아주 위험하지는 않다고. 육체란 잘못되었을 때 얼마나 *끔찍한* 것인지. 내 친구들에게는 이렇게 신경을 많이 쓸 일이 없으면 좋겠어. 프랜시스가 내게 친밀한 친구였던 건 아니니까. 하지만 내가 좋아했던 사람이었고, 그런 사람조차 얼마 없다는 건 신이 잘 아시지.

방해꾼이 나타났어. 한 남자가 짐 나르는 동물들이 다니던 오래된 산길을 물어보겠다고 날 기다리고 있어. 내 숲에 그런 길이 하나 있긴 해서, 가서 저 남자에게 보여줘야 해. 저 사람은 벽돌과 도자기도 굽는데.

언제 엘런 테리의 집에 가는 길에 여기 들를래? 목요일과 금요일만 아니면 다음 주 아무 때나 괜찮아. 회답 바람.

레너드에게 경쟁 출판사가 나를 1천 파운드로 매수하려 했다고 전해줘. 하지만 난 매수당하지 않았고, 그렇게 말했지.

충실한 양치기 개지? 졸졸 잘 따라가도록 훈련도 잘됐고?

당신의

V.

1933년 9월 15일

멍크스하우스

가장 소중한 당신,

편지를 전혀 쓰지 않다니, 나 정말 못됐다. 당신은 신경 쓰지 않겠지만, 내가 신경 써야 할 방문객들이 빗발쳐서 도망칠 수가 없었어. 다음 주는 가망이 없어… 하지만 23일 이후에는 내가 아는 한 고맙게도 아무도 오지 않을 예정이야…

세상에, 당신은 정말 친절한 여자야! 당신이 레너드에게 쓴 편지를 읽으며 나는 딱 이렇게 말했어. 게다가 이 말이 내가 만든 격언을 다시 확인해주지. 레너드는 아주 마음 졸이며 우리가 당신에게 명예, 진실성, 우정, 관대함 등을 강요한다고 생각하지. 나는 '아, 하지만 비타는 원래 그런 사람인걸'이라고 말했어. 그 후에 당신 편지가 와서 그걸 확인해줬지. 하지만 1천 기니를 오리 연못에, 아니면 하수구에 팽개친 건 고귀한 행동이었어. 진실을 말하자면 나는 하트 데이비스*의 실물도, 케이프**의 정신도 좋아하지 않아.

*   루퍼트 하트 데이비스. 영국의 출판업자다.

**   조너선 케이프. 미국의 출판업자다.

1933년 9월 16일 토요일

켄트, 시싱허스트 성

당신이 내 과거의 연인이 된 건지 궁금하던 차였어. 나로서는 왜인지 모르겠고, 양심이 떳떳하지만 말이야. "23일 이후"는 아주 적당한데, 〈모든 정열이 다하다〉*를 크로이던 극장에서 그날 상연하기로 한 모양이고, (레이디 슬래인 역은 장 카델이 맡았어.) 그 사람들이 어처구니없는 실수를 너무 많이 저지르지 않도록 다음 주에 하루는 가서 리허설을 봐야 할 것 같거든. 레너드가 이 일을 아직 모른다면 당신이 좀 말해줄래? 아마도 전에 《에드워디언》 때처럼 책을 극장에서 판매하도록 극장과 조율하고 싶어 할 것 같아서 말이야.

크로이던, 웰즐리가, 크로이던 레퍼토리 극장

이 주소야.

23일 이후 어느 날이든 당신이 여기 와도 괜찮아. 그러니까, 정말 다행히도 아무 약속이 없어. 벤이 옥스퍼드에 가는 10월 4일 전에 올 수 있으면 그렇게 해줘. 그 애가 당신을 좋아하잖아.

*   비타의 동명 소설을 연극으로 공연했다.

이거 신기하지 않아?

아니, 케이프가 내게 1천 기니를 제시한 게 아냐. 카셀이었어. 케이프는 그것과는 별개로 매수하려고 했지. 우리 집에 지금 ****이 와 있는데, 도저히 못 참겠어. 저 사람은 멍청한 미용사 같아. 우쭐대는 속물. 참새 수준의 지성. 그리고 쓸데없이 친한 척해. 아무튼 레너드에게 호가스 출판사를 저버리라는 유혹이라면 그게 무엇이든 전혀 유혹거리도 되지 않는다고 말해도 좋아. ~~이유 중 하나는~~** 내가 아니, 말 안 할래. 악의적인 논평이 될 것 같아. 아니, 정확히 말해서 악의적일 것까진 없지만, 당신 편에서는 억울하겠지.

내게 《플러시》 보낼 거지? 나는 뻔뻔하지만 당신에게 그 약속을 상기시키려고.

아, 내 시들은 너무 얄팍해. 시들을 모아놓고 단숨에 다시 읽으니 크게 충격이고, '내가 반평생 살고 보여줄 게 이거밖에 안 되나?' 하는 생각이 들어. 절반은 내 출판인인 당신이 이런 시에 눈길을 줄 거라는 기대조차 하기 어려우니, 당신이 읽어도 내가 괜찮을 것 같은, 따로 뽑아둔 작품들의 사본만 당신에게 보낼 거고, 당신이 도의상 다른 작품들을 몰래 보지 않을 거라고, 그냥 믿으려고.

어머니가 이 책을 당신께 헌정하겠다는 걸 거절하셔서, 이디

---

*   이름이 누락되었다.

**   편지 원본에도 취소선이 그어져 있다.

스 시트웰에게 헌정할까 생각 중이야.*

　어휴, 가서 패모를 심어야 해.

　당신은 언제 올래?

　　　　　　　　　　　　　　　　　　　　　　　　　　V.

*　　후에 레이디 색빌에게 헌정했다.

1933년 9월 30일 토요일

멍크스하우스

…우리는 메리와 식사를 했는데, 메리네 제레미가 당신의 벤을 만나고 싶대서 메시지를 전해주겠다고 했어.

메리는 나에게 애정을 표현해. 맞아. 다른 사람들은 그렇지 않지. 아마 바로 이 순간 당신은 청어 굽는 한 사람과 짚더미 위에 누워 있겠지. 빌어먹을 당신…

1933년 11월 1일 수요일

타비스톡 광장 52

"오늘 카페 로열에서 비타가 식사하는 걸 봤어"라고 지난 밤 잭 허친슨이 말했어.

아아, 얼마나 맹렬한 분노가 나를 관통했는지! 저녁 식사 내내, 그리고 야식… 당신이 카페 로열에서 점심을 먹으면서도 나를 보러 오지 않을 수 있다는 사실이 내 마음에 그을린 구멍을 만들어놨어.

당신은 얼마나 흡족할까! 당신 일부러 그랬지. 하지만 대체 누구와 있었어? 이 소식이 내 귀에 들어올 줄 알았겠지. 그래, 당신이 점심을 같이 한 사람은 어느 여자였고, 그때 나는 혼자 앉아서, 앉아서, 앉아서…

…가장 소중한 당신, 편지로 카페 로열에서 당신이 누구와 점심을 먹었는지 내게 말해줘. 나는 혼자서 난롯가에 앉아 있는데!…

아, 카페 로열! 잭이 그 이야기를 했을 때, (내게 한 건 아니고 일행 전체에게 한 건데) 내 손은 눈에 보일 만큼 덜덜 떨렸어. 그다음에 우리는 계속 이야기를 나눴지… 그리고 촛불도 밝혔는데, 나는 녹색 초를 골랐고, 그 불꽃이 가장 먼저 죽었어. 사람들 이야기가 그건 거기에 있던 여덟아홉 명들 중에 내가 가장 먼저 수의를 입는다는 뜻이래. 그렇대도 당신은 카페 로열에서 점심이나 먹고 있겠지!

1933년 11월 3일 금요일

켄트, 시싱허스트 성

카페 로열에서의 점심! 그게, 그웬을 요양원에 데려다주는 길이었는데, 먼저 아침 겸 점심을 어디서 먹어야겠더라고. 그때만 해도 우리는 그웬이 머리를 열지 말지 몰랐지. 다행히 안 열어도 된다더라. 하지만 회복하는 데 적어도 1년, 아니면 2년은 걸릴 거래. 그래서 치료를 받고 있는데, 그 치료라는 게 하루에 두 번씩 시뻘겋게 달군 토끼장을 그웬의 머리에 씌워서 기절시키는 거야. 그 사람들은 이게 그웬의 뇌에 있는 상처를 떨쳐줄 것 같은가 봐.

월요일에 웨일스에 갔다가 토요일까지 못 돌아올 예정이야. 돌아오는 길에 벤을 만나기 위해 옥스퍼드에 들러야 하거든. 그리고 그웬도 나와 함께 가서(그 작자들이 그웬을 뜨거운 토끼장에서 꺼내오도록 허락해준다면) 벤과 나이젤이 다녔던 서머필즈에 다니는 자기 아이를 만날 거야. 런던에는 11월 13일 월요일에 돌아올 거고, 당신의 에설과 점심을 먹을지도 몰라. 그리고 5시에 어딘가에서 강연을 해야 하고. 하지만 그날 밤에 함께 식사할 수 있을까? 이 주소로 편지 보내서 알려줘.

당신에게 전화하라고 했던 어제(목요일)는 런던에서 늦게까지 버틸 수가 없었어. 대신 당신이 전화할 경우를 대비해 당신에게 전할 메시지를 그웬에게 남겼지.

(당신이 예상했듯) 내가 카페 로열에서 신원미상의 동행과 있는 걸 알고 당신이 약 올라 해서 내가 얼마나 흐뭇한지 말도 못 해. 하지만 내가 그렇게 암울한 임무를 수행하는 중만 아니었다면 당신에게도 알렸으리란 거, 당신도 알 거야. 아무튼 그래서 나는 종일 의사들이며 전문가들과 함께 있었어. 그리고 그 사람들이랑 함께 있고, 또 진료 일정이 하도 변덕스러워서 감히 다른 약속을 잡을 엄두도 못 냈지.

무척 걱정스러웠는데, 지금은 약간 마음을 놓았어.

아이고! 당신이 내 책을 손에 쥐고 있는데 내가 곁에 없으니 정말 애석한 일이야.

쿠엔틴 일은 정말 유감이야. 그 애가 아프다는 뜻일까 봐 걱정이네. 그 애가 아프면 버네사가 염려할 테고, 버네사가 염려하면 당신이 마음을 쓸 테고, 당신이 마음을 쓰면 내가 신경 쓰이지.

제길. 당신이 로드멜에 있다면 이 편지를 월요일까지 못 받겠구나.

숲이 정말 아름답지. 갈색, 녹색, 붉은색, 그리고 금색으로.

불쌍한 프랜시스. 프랜시스 일이 얼마나 안타까운지 몰라.

13일 저녁 어떻게 할지 알려줘. 카페 로열에서 뼈다귀를 물어뜯는 아주 추레한 양치기 개에게 아직 애정이 조금이라도 남았다면 말이야.

1933년 11월 22일

타비스톡 광장 52

아, 충실하지 못하도다. 왜 나 빼고 다들 책을 한 권씩 가지고 있지? 내가 당신에게 《플러시》와 《올랜도》를 주지 않았나? 내가 비평가이기도 하지 않나? 내가 여자이기도 하지 않나? 내가 하는 말에 신경은 써? 내가 당신에게 육체적으로나 도덕적으로나 지적으로 아무것도 아니야?… 이것 봐, 비타, 당신이 인간을 제쳐두고 개 한 마리를 샛별처럼 떠받들더라도, 인간을 가장한 당신의 마지막 행동으로 《V. 색빌웨스트 시 선집》이라는 책을 날 위해 서명해서 한 권 줄래…

필리스 보텀이라는 여자 알아?

장 카렐이라는 다른 여자는?

1933년 11월 23일

켄트, 시싱허스트 성

당신이 알아차렸을 수도 있는데, 나는 인쇄를 해보고 있고, 내 수고의 첫 성과*를 당신에게 보내. '젠트, 시싱허스트 정'으로 시작했지만 이제 이 문제는 개선했어. 그렇지만, 아이고! 정말이지 복잡한 일이야! 내가 깨끗해질 수 있긴 한 걸까?

당신에게 내 책**을 보내지 못한 건 내 타고난 겸손함 때문이었다는 거 알아? 당신이 책을 정말 원한다고 믿을 수 없거든. 그렇지만, 여기 있어. 지금으로서는 아주 사산한 상태로 보여서, 누구라도 이 책 서평을 써주면 좋겠어.

아니, 필리스 보텀이라면, (생각해봐도) 잡지에 실리는 소설들의 작가 이름이라는 것밖에 모르겠는데. 장 카델은 알지. 요전에 〈모든 정열이 다하다〉에서 레이디 슬레인 역을 했거든. 아주 좋은 배우야. 그 여자가 꽤 마음에 들어. 스코틀랜드 사람이야. 그 사람은 왜 궁금해? 옅은 갈색 머리칼에 평범해.

12월 5일은 어때? 당신이 런던에 있을까? 내가 당신을 만날

---

*   편지 발신지인 '켄트, 시싱허스트 성'이 잉크가 번진 형태로 인쇄되었고, 거기에 화살표를 그려넣다.

** 《V. 색빌웨스트 시 선집》.

수 있을까? 저녁은 말고. 저녁은 찰스 지프만과 먹고, 〈홍당무〉를 보러 가기로 했거든. 하지만 티타임이라면 어때?

여기는 정원 가꾸느라 할 일이 정말 많아. 우리는 세상에서 제일 예쁜 관목들을 심고 있어. 시싱허스트가 다채로워질 거야.

버너스가 바이올렛과 결혼한다는 게 사실이야? 버너스 쪽이든 바이올렛 쪽이든 조롱거리가 될 농담 섞인 소문이지 싶은데. 맙소사, 예전이었으면 내가 얼마나 화를 냈을지 생각해봐!

어제 인쇄를 하려고 애쓸 때 레너드가 참 보고 싶었는데, 내가 그만큼 남자를 그리워한 적이 없었다고 레너드에게 전해줘. 레너드가 우쭐할 테니까.

마이클 세들레어가 레이디 블레싱턴에 관해 쓴 책 읽어봤어? 마음에 들 거야.

에설이 자기 책을 내게 보냈어. …에설과 며칠 전에 점심을 먹었어. 당신은 런던에 없었지.

이제 가서 그것을 더 깨끗하게 할 수 있도록 인쇄를 더 해봐야 해. 잉크가 이렇게나 다양한 곳에 묻을 수 있다는 사실을 처음 알았어.

당신의

V.

1933년 11월 26일 일요일

타비스톡 광장 52

그 책이 왔어. 그리고 새로운 시를 한두 편 읽었어. 마음에 들어. 그래, 이니드 배그널드에 관해 쓴 시가 좋았어. 그리고 당신이 얼마나 다양한 방식으로 전개할 수 있는지 알게 된 것 같아. 시인으로서 당신은 기이하게 뒤섞여 있어. 당신이 '구식'인 점, 그러면서 전혀 신경 쓰지 않는 점이 좋아. 그게 당신이 자유롭게 변신할 수 있는 이유지. 자유롭고 활기차고…

아, 어쩌지, 이 시들의 너머를 읽을 수 있으면 좋겠어.

3부

우정

1934-1941

두 사람의 연애는 끝났지만, 우정은 지속된다. 1939년 영국이 제2차 세계대전에 휘말리면서 불안해진 비타는 버지니아와 더욱 자주 만나며 다시 가까워진다. 로드멜과 시싱허스트는 둘 다 공습 지대에 위치해 그들 집 위에서 공중전이 벌어진다. 1941년 2월 17일, 로드멜에서의 만남이 두 사람의 마지막이었다.

1934년 2월 6일

포르토피노, 카스텔로

바다 위에 자리한 작고 오래된 성의 테라스에서 당신에게 편지를 쓰고 있어. 거대한 잣소나무 두 그루가 지나치다 싶을 만큼 뜨거운 햇볕으로부터 나를 가려주고 있지. 알로에 사이로 도마뱀이 바스락거리는 소리가 들려. 바다는 백 미터 아래서 반짝이지. 저 멀리 설산이 있어. 어마어마한 수염을 기른 프란체스코회 수사 하나가 허리에 로프를 감고 방금 나를 찾아왔어. 황금빛 와인이 담긴 커다란 병이 내 곁에 놓여 있어. 나는 쓰고 쓰고 또 써. 이 이야기를 하다 보니 생각났는데, 레너드에게 5월이나 6월쯤에 내 책을 건넬 수 있을 것 같다고 전해주지 않을래? 가능하다면 출판 전에 이걸 연재하고 싶어. (레너드가 원한다면?) 그래서 가을 연재물로 그가 고려하게끔 말이야. 현재 《어두운 섬》이라는 제목이고, 이런 이름으로 이미 존재하는 책이 하나라도 있는지 어떻게든 확인해준다면 그보다 더 고마울 수는 없을 거야. 혹시 레너드가 출판업자로서 확인할 수 있는 소설 카탈로그 같은 게 있을까? 모르겠네. 근데 이 제목이 벌써 사용되었을 법한 제목처럼 수상하게 들리네?

사업 이야기는 이쯤 하고.

당신도 알겠지만, 내가 성이라면 못 배기잖아. 아랫마을에 있는 작은 호텔에서 출발해 일몰에 분홍빛으로 변하는 이 성을 매일 저녁 보곤 했지. 그래서 조사를 좀 했어. 이 성이 비었고, 세를 준다는 거야. 제노바에 있는 대리인에게 전화를 걸어서 5분 만에 즉시 입주하기로 했지. 여기 올라오는 길이 하나뿐이어서, 이 지역에 사는 주민 절반이 등에 우리 짐을 지고 날라야만 했어. 우리는 문간에서 붓꽃과 수선화로 만든 커다란 다발을 들고 선 정원사와 테레사와 안젤라라는 완벽한 이탈리아인 하인 두 사람에게 환대를 받았지. 이들은 꽤 '인물'인데, '인물'들은 늘 그렇듯 쉽게 지루하게 만들어.

이런 삶이야말로 제대로 사는 방법이라는 데 의심할 여지가 없어.

당신은 내게 편지를 썼겠지. 하지만, 아아, 우리는 일요일에 떠나니 여기로 보내지 마. 모로코 마라케시의 메저스틱 호텔로 보내줘.

당신의

V.

1934년 2월 18일

타비스톡 광장 52

그래, 확실히 정말 좋을 것 같아, 당신의 성은. 하지만 지금쯤은 그곳을 떠났겠지. 프린세스 로열*과 헤어우드 경과 함께 마라케시에 있겠네. 이 소식이 〈선데이〉 표지에서 나를 바라보고 있어…

나는 당신이 떠난 거의 직후부터 가운 차림으로 소파에 드러누워 꼼짝을 못 해. 어찌나 지루한지! 그날 차에서 당신에게도 옮긴 건 아니길 바라. 평소와 같은 가벼운 오한, 그다음엔 예의 빌어먹을 두통이었어… 그리고 만 권의 책에 푹 빠졌지. 이 말 하니 생각나는데, 기뻐서 소리를 지르는 L에게 '어두운 섬'을 알아보라고 전했고, 레너드가 당신에게 편지했다고 하네. 우리는 둘 다 기뻐서 소리를 질렀어. 우리의 목록은 아주 빈약하고 무미건조해 보였는데, 이제 자연의 풍요가 그 위에 강림했지. 이런 축복이!

---

*   영국 왕실에서 군주의 장녀에게 주는 칭호이다.

1934년 2월 27일

모로코, 페스, 팔레자마이

자기야, 자기가 아팠다는 이야기를 들어서 괴로워. 어제 마라
케시로부터 전송된 당신의 편지를 보고, 그리고 뭔가를 바라는
사람이 전부 깡패는 아니라는 지적 사이에 그 이야기를 슬쩍 언
급한 에설의 편지를 보고 알게 되었어. 나는 진심으로, 아, 정말
진심으로 당신이 나아졌길 바라. 당신이 베를린에서 영국으로
돌아갔을 때도 그렇고, 당신은 늘 1년 중 이맘때 그런 것 같네.
탕혜르의 영국 총영사관으로 나에게 엽서라도 한 장 보내서 당
신이 어떤지 알려줘. 그렇지만 정직하게 말해줘야 해.

마라케시가 기대만큼 아주 좋지는 않아서 여기로 왔어. 그러
길 아주 잘했다는 생각이 드는 게, 페스는 내가 가본 곳 중 가
장 고혹적인 장소야. 우리는 오래된 무어인의 궁전에 머무르는
데, 온통 파랗고 초록인 타일에, 분수들과 테라스, 수양버들, 거
기에다 물도 흘러. 곧장 내다보이는 곳에는 오래된 도시가, 좁
은 길들이 만들어내는 비밀스럽고 신비로운 미궁이 있는데, 바
퀴 달린 탈것은 들어간 적도 없을 듯하고, 위풍당당한 무어인
들이 선홍색 안장을 얹은 키 큰 노새를 타거나 아랍인들이 말
을 타고 다녀. 동틀 녘이면 십수 곳의 사원 첨탑에서 기도 시각

을 알리는 종소리가 울려 사람들이 깨고, 누군가 노래 한 소절을 뽑아내면 헤아릴 수 없이 많은 새가 지저귀기 시작하며, 황새가 캐스터네츠처럼 지붕 꼭대기를 부리로 쪼아 박수를 치지. 그건 그렇고 우리는 왕가 일행이 우리 행로를 따라오지 못하게 따돌렸고, 그래서 책을 쓰려고 여기 와 있는 에벌린 워만 제외하면 여기서 우리를 알 만한 사람을 만날 위험이 지금까진 내가 아는 한 없어. 내 책*은 의도만큼 잘 진행되진 않아. 모로코의 공기에는 사람을 멍청하게 만드는 뭔가가 있나 봐. 늘 활력 넘치는 해럴드조차 같은 불평을 늘어놓아서 상당히 안심이야. 다시는 한 줄도 못 쓰는 거 아닌가 생각한 참이었거든. 대개는 확실한 해결책이었던 '카터의 작은 간장약'**도 잔뜩 복용했지만 도움이 안 돼. 미칠 노릇이야. 관광을 종일 다닐 수 없으니 시간이 상당히 남거든. 그렇지만 당신이 글쓰기를 멈추고 아프고 비참한 기분으로 소파에 누워 있을 때 이런 불평을 늘어놓다니, 나 정말 정떨어진다.

모로코에는 당신 책들이, 프랑스어판과 영어판 모두가 사방에 깔렸어. 후자는 타우흐니츠 판이야. 마라케시에서 《올랜도》를 만나고, 라바트에서 《등대로》를 만나니 신기해. 당신도 분명 좋아하겠지!

마르세유부터 집까지는 차로 갈 거라고 이야기했었나? 당신

---

*   《어두운 섬》.

**   19세기 후반 영국에서 판매한 두통약이다.

과 레너드가 반대 방향으로 온다면 어쩌면 이동 중에, 아비뇽이나 생레미에서 만날 수도 있겠다. 차가 와서 우리를 태우도록 연락을 해뒀어.

이런, 가서 오찬에 참석해야 해. 하지만 당신 회복을 위해 무어리시 와인(아주 좋아)을 단숨에 들이켤게. 나의 소중한 버지니아, 나의 가엾고도 소중한 버지니아, 당신이 런던의 안개 속에서 앓고 있다고 생각하니 정말 불행이 깊어져.

당신의 V.

1934년 3월 5일

타비스톡 광장 52

응, 전보다 아주 많이 좋아졌어. 평소처럼 열이 좀 있었을 뿐 인데, 그래서 두통이 좀 오래 갔지. 하지만 다시 내 방에 돌아와 글을 쓰고 있어…

그나저나 안개가 걷혔어… 천만다행으로 에설의 미사곡이 연주됐어. 하지만 왕실 사람들이 다 모인 가운데 귀빈석의 여왕 옆에서 삼각형 모자를 쓰고 앉은 에설을 보자니 우스꽝스럽기 그지없었지. 끝난 뒤 에설이 라이언스에서 티파티를 열었는데, 당신은 상상도 못 할, 한층 지저분한 6펜스짜리 파티였지. 대리석 상판을 댄 탁자, 버터를 바른 두툼한 빵, 크림빵을 우적우적 먹는 서민들… 그리고 에설은 태양처럼 붉게, 완전히 의기양양하고, 자신에게 만족하며 자신만만해서, 우렁차게 고함을 쳤지…

몹시 매력적인 사람을 가볍게 만나고 있어. 아아, 이게 페스에서 안락함을 맛보고 있는 당신에게 질투심을 불러일으키진 못하겠지.

1935년 2월 15일 금요일

타비스톡 광장 52

…소중한 당신, 나는 모험을 갈망해. 하지만 적어도 8과 1/2분만이라도 당신과 단둘이 있어야 한다는 조건을 넣고 싶어. 특별히 무슨 이야기를 하려는 건 아니고. 단지 애정으로, 분홍빛 유리 안 돌고래의 추억 말이야.

난 먼지와 쓰레기더미에 푹 파묻혀 있었어. 하지만 이제 봄이 왔지…

내 마음은 낭만적인 만남들의 꿈으로 가득해. 보랏빛 폭풍이 칠 때 큐*에 앉았던 일을 기억해?…

그러니 내게 알려줘. 그리고 더, 더 나를 사랑해줘. 사다리에 다른 가로대를 대서 내가 올라가게 해줘. 당신에게 내 새로운 사랑 이야기를 했던가?

* 영국의 왕립식물원.

1935년 3월 28일

켄트, 시싱허스트 성

소중한 버지니아,

당신을 귀찮게 하긴 싫지만, 에설이 내게(게다가 그웬에게도) 아주 놀라운 편지를 썼는데, 당신에게 경고도 할 겸 에설의 태도를 좀 설명해줄 수 있을지 물어봐야겠어. 당신도 알다시피, 바로 얼마 전에 에설이 그웬의 집에서 저녁 식사를 했어. 더 정확히 말하면 이번 달 8일이야. 그때는 흠잡을 데 없이 다정했고, 평소와 다름없는 모습이었어. 잠깐 에설과 단둘이 있었고, 에설은 아무런 비판적인 언급도 하지 않았지. 다음 날 그웬이 에설에게 굴을 선물로 보냈고, 나는 와인 한 상자를 보냈는데, 우리 둘 다 에설이 당면한 문제들을 안타깝게 여겼기 때문이야. 에설은 평소대로 다정하게 이 선물들이 고맙다고 편지를 보냈어. 그러고 나서 완전히 청천벽력으로 우리 둘 다 전혀 다른 어투로 쓰인 편지를 받았는데, 그웬이 나를 '망치고' 있다고 비난하면서 우리가 '썩어빠진' 삶을 살고 있고, 잔다르크의 생애를 쓰기에 부적절하다는 거야(내가 에설에게 그웬이 실상 연구 작업을 도와줬다고 말했거든). 우리는 둘 다 에설의 편지에 가능한 한 차분하게 답장을 써 보냈지만, 오늘 또 다른 편지가 왔는데, "네 편지에 답장하려고 애썼지만, 너무 끔찍한 말을 해야겠기에 좋을 게 뭐가 있겠나 싶구나. 우리는 도덕적으로 완전히 다른 세계에 살고, 분별, 진실, 정직함, 건강한 삶, 의무, 종교, 친절 등의 주제를 판이한 방식으로 이해하고 있어. …그래서 우리 사이에는 공통의 언어가 존재하지 않아"로 시작해서 계속 이런 식이야.

이게 다 무슨 소리야? 그 저녁과 현재 사이에 무슨 일이 생겨서 에설이 이런 기분이 된 거야?

물론 언제나 생각하는 바를 말하는, 그것도 잔혹하게 말하는 솔직한 사람인 거 알아. 그리고 자기가 뼈아픈 진실이라고 생각하는 소리를 굳이 이야기해서 당신을 정말 화나게 한 편지를 쓴 전적도 알지. 에설이 그런 소리를 내게 할 거라고 생각했으면 이렇게 신경을 곤두세우지도 않았을 거야. 하지만 에설이 떠들고 다니거나 나와 내 문제를 온갖 사람과 논하고 다닐까 봐 걱정이야. 에설이 당신에게는 말해도 괜찮아. 당신은 나도 알고, 에설도 아니까. 그러니 판단은 기꺼이 당신에게 맡길게. 하지만 나와 그웬을 모르는 다른 사람들에게는 에설이 아주 위험한 인상을 줄 수도 있잖아. 당신 귀에 흘러 들어간 뭔가 이런 종류의 풍문이 있어? 당신이라면 그런 경우 내게 알리고, 에설을 만났을 때 이 주제가 나오면 이런 종류의 가십이 우정의 아주 열등한 형태라고 단호하게 이야기도 하겠지. 에설은 아직 나에게 진심 어린 애정을 갖고 있다고 아직 주장하고 있거든. 이게 그런 애정을 보여주기에는 너무 이상한 방식이라는 이야기를 안 할 수가 없어!

에설이 나와 내내 반대 의견이었던 유일한 주제는 크리스토
퍼 세인트 존*에 관한 오래된 이야기뿐이야. 하지만 그 주제라
면 한참 전에 결론이 났어. 에설은 내 관점을 절대 이해할 수 없
었고, 따라서 우리는 그 이야기를 더 이상 하지 말자고 합의했
지. 그러니 최근 에설의 행보에 저 문제가 관련 있을 것 같지는
않아.

다음 주(목요일)에 그리스에 가니까, 부디 그 전에 내게 한 줄
써서 보내주길 부탁해.

아주 근심하는 당신의

V.

---

* 크리스토퍼 세인트 존은 에설의 친구이자 전기작가로 비타를 사랑했다. 비
   타는 그녀의 애정에 화답했지만, 사랑에는 그렇지 않았다. 에설과 비타의
   우정은 곧 회복되었다.

1935년 3월 29일 금요일

타비스톡 광장 52

세상에, 늙다리 에설 일은 정말 골칫거리겠다!

안타깝지만 그 문제라면 나 자신도 이해가 안 가니 전혀 설명해줄 수가 없어.

…확실하게 말하는데, 나는 어떤 이야기도 듣지 못했어. 그런 소리가 내 귀에 들어오면 내가 에설에게 따질 거야. 아니면 내가 에설에게 편지라도 보낼까? 부활절 지나야 만날 것 같거든. 하지만 공정하게 말하자면, 에설이 적이나 그저 알고 지내는 정도의 사람들에게 누구 욕을 하고 다니진 않아. 그런 말을 듣고 넘기리라고 믿을 만한 오랜 친구들에게나 그러지. 하지만 이런 일이 늘 걱정이 된단 건 나도 알아…

1937년 3월 2일

사하라; 그랑테르그에서

　텐트 문가에 앉아서 당신에게 편지를 써. 우리 주변은 온통 모래 언덕이야. 하지만 어떤 감정을 당신에게 전해야 할까? 혹은 어떻게 그걸 당신에게 전달할 수 있을까? 이건 다른 무엇과도 달라. 계곡, 야트막한 산맥, 산마루, 봉우리, 눈처럼 순수한 비탈이 모두 황금빛 모래로 만들어진 낯선 지형뿐이야. 황금빛, 맞아, 태양 아래서는 그래. 하지만 그늘이 지면 분홍빛이나 보랏빛으로 변하고, 시시각각 모양과 색깔이 바뀌기도 하지. 우리는 아랍인(유목민) 일곱 명, 낙타 두 마리, 노새 한 마리, 양 한 마리(먹으려고), 가젤을 사냥하는 데 필요한 슬루기* 한 마리와 함께 있어. 때때로 아랍인 중 하나가 플루트나 음울한 노래의 짧은 소절을 부르곤 하지.

　우리는 이 탐험을 어제 시작할 계획이었고 실제로 출발도 했지만, 갑자기 모래 폭풍이 부는 바람에 풍경 전체가 흰 안개만큼 두터운 모래 구름에 지워져서 돌아올 수밖에 없었지. 모래 폭풍은 낮 내내, 그리고 밤이 거의 다 가도록 불어댔어. 텐트와 식량은 미리 보내놨는데, 밤새 텐트 중 하나가 날아갔고, 그 덕

---

*　살루키.

분에 닭들도 산 채로 날아가서 다시는 볼 수 없었지. 사하라를 가로질러 떠내려가는 걸 본 게 마지막이었어.

아랍인 한 사람과 작은 분홍색 도롱뇽 사냥도 했어. 도롱뇽들이 모래를 파고 들어가면 그 흔적을 따라 추적해. 그러다 갑자기 모래를 파서 덮치는 거야. 레너드라면 이 게임을 좋아할 텐데. 집에 있는 온실에서 키우게 양철통 하나 가득 채워서 돌아갈 거야. 안타깝게도 아랍인들이 프랑스어를 여섯 단어밖에 몰라서 우리는 미소와 몸짓으로 의사소통할 수밖에 없어.

오늘 밤 우리는 양 통구이로 잔치를 벌여. 우리 음료를 모래에 깊이 묻어놨더니 당신의 전기 냉장고만큼 시원해졌어. 빵도 모래 안에서 구워지니, 보다시피 모래로 뭐든지 할 수 있지.

여기서 우리는 사막의 아주 깊숙이 들어간 신기한 지역으로 넘어갈 건데, 고대 카르타고인의 후손들이 사는 곳이야.

13일에 영국에 돌아가.

편지라고는 쓸 줄 모르는 사람이 된 기분이네. 하지만 영국에 있던 때보다도 사람다운 듯해. 그러니까, 먹고, 자고, 태양 아래 누워 있고, 시간과 그 외의 모든 것을 잊은 존재에 불과한 느낌.

다음 날. 지난밤 (최대한 좋게 이야기해봐야 금방이라도 무너질 듯한) 저녁 식탁 위에 갈색 종이 한 장에 싸인 채 양 전체가 아무렇게나 차려졌어. 종이를 풀었더니 머리, 뿔, 생식기 등등이 눈앞에 드러났지. 우리는 그걸 손으로 찢어 먹어야 했어. 저녁을 먹

고 아랍인들이 모래에 불을 피웠고, 우리는 둥글게 앉아 그들이 플루트 연주에 맞춰 춤추고 노래하는 모습을 봤어. 사막은 우리 위로 눈부시게 빛나고, 잠시 뒤 달이 떴지.

데르비시* 파티에도 초대받았어. 맨살인 배에 단도를 찌르거나 못을 박더라고. 훌륭한 파티였어. 그 사람들은 가슴이며 얼굴을 향해 타오르는 횃불을 든 채 춤을 췄지. 그러고 나서 로마 진영이 있던 폐허에서 한 주를 보냈어. 아, 외국에 나와 있으면 정말 재밌어! 나와서 보면 우리의 섬나라란 얼마나 잘난 척을 하는지. 여기는 3년간 비가 오지 않았대. 3월 중순쯤 돌아갈 거야.

어디를 가나 당신이 그려진 타우흐니츠 문고본이 풍요로워. 나는《파도》를 가지고 와서 다시 읽으며 감동하지. 후반부가 가장 좋아. 사랑스럽고도 사랑스러운 구절들이야.

그래서 말인데, 벤이 (내가 '그래서 말인데'라고 한 이유는 벤이 《파도》를 너무나 좋아하기 때문이야.) 런던 글로스터플레이스 72번지에 살고 있어. 혹시 당신이 저녁 식사 이후 사람들이 찾아가도 괜찮다면, 벤을 가게 해도 될까? 정말 좋아할 거야. 벤이 쇼라에 관한 책을 쓴다네! 대단한 야심이라고 생각하지만, 젊은 애들은 씹을 수 없는 것도 깨물어봐야지.

돌아가면 당신을 만날 수 있을까?

당신의 V.

* 극도의 금욕 생활을 서약하는 이슬람교 집단으로 예배 때 춤을 춘다.

1937년 6월 14일

켄트, 시싱허스트 성

7월 1일에 당신은 런던에 있을까? 목요일이야. 만약에 그렇다면 내가 점심 먹으러 가도 돼? 이 계획에서 가장 나쁜 부분은 내가 3시 15분에 방송을 해야 해서, 시간에 맞춰 당신을 두고 일어나야 한다는 거야. 그래도 안 보는 것보다야 낫지. 가도 돼?

내가 커티스 브라운 씨 앞으로 내 책을 시리즈로 만들겠다는 확실한 제안을 열흘 안에 하지 않는다면, 시리즈가 완전히 좌절된 것으로 생각하겠다는 취지로 최후통첩을 보내려 한다고 레너드에게 말해줄래? 그렇게 될 경우 계약에 따라 레너드가 6월 30일까지 타자본을 받아볼 수 있을 테니 가을에는 출판이 가능할 거야. 난 커티스 브라운이라면 지긋지긋해졌어.

당신에게 조르주 상드 엽서를 받고 좋았어.

나는 《올랜도》를 위해서 우리가 찾았던 그 어떤 사진보다도 훨씬 더 나와 닮은 내 조상의 초상화를 찾아냈어! 깜짝 놀라게 닮았다니까. 7월 1일에 내가 **바라는** 대로 당신을 보러 가도 된다면 안 잊고 가져가도록 할게.

레너드에게 독일 셰퍼드 강아지 여덟 마리를 얻었다고 말해줘. 생후 5주 됐어. 레너드가 한 마리 원하려나, 아니면 샐리의

강아지들이 태어날 날이 너무 임박해서 다른 강아지를 생각할
여유가 없으려나?

당신의 다정한

V.

맞아, 안 보는 것보다야 낫겠지. 7월 1일 점심. 최대한 오래 보게 1시에 보자.

아하! (커티스 브라운 관련해서.) 하지만 이 사업 문제는 당신과 L이 알아서 해. 셰퍼드 강아지들 일은, 안 돼, 안 돼. 우리가 최근 며칠을 뭘 하며 보냈는지 알아? L의 서재에 누울 자리를 급조했지. 그 행사*는 이번 주 일요일에 치를 거야. 그래서 우리는 로드멜에 못 가. 개라면 충분해. 개들이 거기 있다면 말이야. 샐리가 아직 경험이 없다는 말들도 있더라. 조르주는 (S가 아니라) 확실히 경험이 있었지. 상드의 회고록 읽어봤어? 읽어봐. 하지만 지금은 말고.

---

*   버지니아의 반려견 샐리의 출산.

1937년 7월 21일 수요일
타비스톡 광장 52

가장 소중한 당신에게

줄리언*이 어제 스페인에서 피살돼 당신에게 전보를 쳐. 언니가 나와 함께 있길 원해서 대체로 거기 가 있어야 할 것 같아. 너무 끔찍해. 당신이라면 이해해주겠지.

*   버네사의 아들.

1937년 7월 22일

켄트, 시싱허스트 성

나의 소중한 버지니아에게

정말이지 너무나 유감이야. 유감스럽다는 말을 얼마나 자주 하는지, 그리고 그게 얼마나 진심인지도 당신은 알겠지만, 아주 유감인 것과 정말로 중히 여겨서 유감스러운 것 사이에는 차이가 있어. 줄리언 일은 정말로 중히 여겨서 유감스러워. 그렇게나 매력적이고 생기가 넘치는 애였는데. 당신이 차를 마시자고 나를 데리고 케임브리지의 줄리언 방에 갔던 때 기억해? 줄리언은 아주 많은 일을 해내고 삶을 충만하게 즐길 수도 있었을 거야, 하지만 이제는!… 그리고 줄리언을 떠나서 나는 당신이 걱정돼. 당신이 그 애를 예뻐한 걸 아니까. 그리고 버네사도 걱정되는데, 당신을 향한 걱정이기도 해. 버네사가 괴로워하는 걸 보면서 당신 역시 괴로울 테니까. 클라이브도 걱정이고. 내가 얼마나 염려하는지 당신에게 이야기할 수 있다면 좋으련만.

레너드를 만나러 못 갔는데, 아무래도 이런 상황에서는 내가 방해가 될 수밖에 없을 테니까.

사랑하는 버지니아, 내가 뭐라도 해줄 수 있길, 최소한 무슨 말이라도 할 수 있으면 좋겠어. 당신은 내게 몹시 소중한 사람이고, 당신은 불행하지. 그리고 난 아무것도 못 하고.

　다만 당신을 어느 때보다도 사랑할 뿐인

　　　　　　　　　　　　　　　　　　　V.

1937년 7월 26일

타비스톡 광장 52

소중한 당신,

당신 편지를 받고 매우 기뻤어. 편지를 쓸 수 없었던 이유는 종일 언니 옆에 있었기 때문이야. 믿을 수 없는 악몽이야. 우리 둘 다 그 애가 살해됐다고 확신했었기 때문에, 언니는 그 생각의 무게 때문에 이제는, 어쩌면 자비롭게도, 침대에 누울 수밖에 없을 정도로 진이 다 빠졌어…

아아, 대체 왜 이런 일들이 일어날까? 머릿속이 맑지 않아서 이런저런 무딘 분노와 절망을 느끼는 것 외에는 아무 생각도 들지 않아…

1937년 9월 21일

켄트, 시싱허스트 성

내 하나뿐인 버지니아,

첫째, 지적인 여성으로서 (내가 펼쳐 본 모든 미국 잡지가 당신이 그런 존재임을 확인해주는데) 당신이 자신을 '방해가 되고 따분한 방문객'으로 묘사한 건 보기 드물게 평범한 이성조차 결여된 보기 드문 상태임을 드러내는 게 분명해. 당신을 만나는 일이 내게 늘 얼마나 좋은지 몰라? 당신이 여기 올 때의 그 특별한 기쁨은 어떻고? 당신이 와서 내게 수여하는, 그 영속적인 보물은 또 어떻고?

둘째, 그 편지*를 보여줘서 고마워. 돌려보냈어. 미치광이가 한 소리라는 레너드 의견에 동의해. 그게 아니라면 그 딱한 남자가 뭐 하러 자기 아내의 과거사를 파고들겠어. 당신이 이 남자의 충고를 따르지 않기를 바라지만, 그래도 "V. S-W.와의 연애사"가 당신이 그 글을 쓸 때 권위를 부여해줄 거라고 생각하니 남몰래 자부심 같은 게 생기네. 그럴까? 그 주제로 할 말이야 많겠지만, 아마도 불 끄는 걸 깜빡한 어느 겨울 저녁의 난롯가에서 말하는 편이 낫겠지.

*   어느 미국인이 버지니아에게 비타에 관한 글을 써달라는 편지를 보냈다.

당신이 진짜로 10월에 파리에 있을 예정이라면, 나도 14일, 15일, 16일에 파리에 있을 것 같아. 왜 '같다'라고 하냐면, 차로 가는 경우에 정해진 일정이 얼마나 쉽게 어그러지는지 당신도 알잖아. 하지만 이 날짜는 제법 확실해. 그때 콩코르드광장 크리용 호텔에서 날 찾을 수 있을 테니, 어쩌면 당신이 남긴 쪽지를 발견할 수도 있으려나?… 어쨌든, 그웬이 나와 함께 있을 거야. 당신이 신경 쓸 것 같지는 않은데, 그래도 말하는 편이 나을 듯해서. 박람회에서 식사하면 재밌겠지? 해럴드가 내일까지 파리에 있을 예정이니, 그이가 돌아오면 최고로 재밌는 장소들 이야기를 속속들이 들으려고.

놀에서 낚시하러 이곳에 온 한 사냥터지기와 멋진 하루를 보냈어. 나이젤과 나는 과수원에서 고성의 토대를 발굴하기도 했지.

당신의 다정한

V.

이 추신은 당신만 알고 있어. 버네사에게 이런 구절로 끝나는 편지를 받았어. "버지니아가 내게 얼마나 도움이 되었는지 절대 말할 수 없겠지. 언젠가, 하지만 지금은 말고, 당신이 그 사실을 버지니아에게 말해줄 수도 있을 거야."

어쩌면 이 구절을 당신에게 인용하면 안 되는지도 모르겠지만, 안 될 게 또 뭐 있나 싶어서. 아무튼 혼자만 알고 있어줘.

1937년 10월 1일

멍크스하우스

　방문객이 끊이질 않아서 편지 쓸 짬을 도무지 낼 수가 없었어. 실은 당신 편지에 너무 감동해서 못 쓰겠더라. 이상한 일이지? 그러니까, 네사 언니가 당신에게 그런 말을 한 게, 그러니까, 내게는 말로 표현 못 할 의미를 지녀. 언니를 바라보는 일이 내게 얼마나 끔찍했는지 누구에게도 말 못 해. (그렇지만 당신은 헤아려주리라고 생각해.) 때로는 희망이 없는 기분이었어. 하지만 그 메시지는 내게 붙잡을 뭔가를 주네…

1937년 11월 13일
켄트, 시싱허스트 성

(한때) 나의 버지니아,

당신은 내게 내 펜이 꼼지락거릴 때도 편지를 쓰지 않는다고 바보라 했지.

자, 펜이 지금 꼼지락거리네. 당신이 좋아하는 분홍 탑에서 쓰고 있어.

당신의 메아리가 들려. 예를 들면 당신과 차를 마시러 오가는 에디에게서. 질투가 났지. 에디보다 내가 당신과 훨씬 더 친밀하게 차를 마시러 다닐 수도 있었는데. 왜 못 간담? 단지 내가 런던에 있지 않아서잖아. 그리고 에디는 런던에 자주 가지. 지리적 거리가 이런 차이를 만든다니 너무 애석하지 않아?

아무튼 우리는 1월에 취향에 딱 맞는 짧은 여행을 갈 거잖아, 그렇지? 어디를 갈까? 큐? 내 생각을 하긴 하지?

내 생각을 한다면 정원 가꾸기 같은 분주한 활동이 진행 중이라 아주 진창인 시싱허스트를 마음속에 그려줘. (레너드에게 원예가가 뭐 하는 사람이냐고 물어봐. 그러면 레너드가 모든 원예가는 한 해 이맘때면 미친 듯이 심고 다시 옮겨 심는 짓을 하는 사람이라고 답할 거야. 레너드와 퍼시가 그러느라 바쁜 거 당신도 본 적 있을걸.)

아주 불쾌한 일행이 여기 왔었어. 음주나 약물 복용으로 손이 떨리던데, 어느 쪽인지 모르겠더군. 그 사람들이 너무 싫었어. 절대 못 잊을 인상이 남았지.

이 편지가 당신 벽난로 장식 위, 답장을 미뤄두고 문진으로 눌러 둘 편지 중 하나에 불과할까? 그렇다면 아예 답장하지 않는 편이 낫겠어. 아니면 에설의 편지들 사이에 놓일까? 이 무슨 끔찍한 생각이람!

아냐, 버지니아, 제발 답장하지 마. 이 편지가 도착하리란 걸, 그리고 당신이 이 편지를 당신의 올랜도에게서 온 사랑의 마음임을 알아보리란 걸 내가 알 테니.

하인들이 가이 포크스의 날*을 위해 아주 멋진 장작불을 만들었어. 나는 치솟는 불길을 보며 당신 생각을 했지. 하인들이 불꽃놀이도 했는데, 시싱허스트 전면 전체가 얼굴을 붉히기라도 하듯 분홍빛으로 변했어. 폭죽을 쓰레기통에 넣어서 뚜껑을 하늘로 쏘아 올리기도 했지.

이 난리굿 이면에는 스페인의 공포**가 있어. 스페인 일에 정말 신경이 많이 쓰여. 세계의 다른 곳도 신경 쓰이지. 다만 지금 이 순간은 스페인이 전경에 있어.

너무 일관성 없는 편지가 됐을까 봐 걱정이네(방금 다시 훑어

---

* 영국에서 11월 5일은 '가이 포크스의 날', '음모의 밤' 등으로 불린다. 횃불을 피우는 관습에 불꽃놀이도 곁들였다.

** 스페인 내전.

봤어. 내가 한 페이지를 채우고 맨 아랫줄에서 어떻게 하는지 당신도 알지.) 하지만 어째서인지 나는 안에 폭약이 든 쓰레기통이 된 듯한 기분이 들 때면 늘 당신을 찾아.

당신의

V.

1937년 11월 15일

타비스톡 광장 52

왜 '한때' 버지니아야? 왜 당신 편지에 내가 답장을 안 해? 물론 내가 당장 앉아서 답장을 쓰게 만들려는 수작이겠지? 당신이 왜 쓰레기통이야? 그리고 우리가 왜 짧은 여행을 못 가? 왜, 왜, 왜?

왜냐하면 당신은 켄트의 진흙에 주저앉아 있기를, 나는 런던의 깃발들 위에 있기를 택했기 때문이지. 하지만 이게 사랑이 사그라들 이유는 아니잖아, 안 그래? 진주와 돌고래가 왜 사라져야 한다는 거야…

그러니 그만. 하지만 당신 펜이 다시 들썩이기 시작하면, 그러게 돼.

왜냐하면, 나의 소중한 비타, '한때의 버지니아'라고 말하는 일이 내가 살아 있는 현시점에 무슨 효력이 있겠어? 덧붙이면 포토 또한 마찬가지지.

1937년 12월 26일
로드멜, 멍크스하우스

오늘 내가 활력이 넘치는 건 당신 덕분이 아니야. 혼자서 파이 한 판을 다 먹었어!

맹세컨대, 그 파이에 들어간 죽은 거위들을 정말 영원히 기려야 해. 소리쟁이잎처럼 신선했고, 버섯처럼 분홍색이었으며, 첫사랑처럼 순수했지. (하지만 첫사랑은 마음이 굳고 손상된 자들에게 아무 의미도 없지. 이건 방백으로 넣은 거야.) 너무나 훌륭해서 어떤 배신이라도 용서할 수 있겠더라고. 세상에, 얼마나 훌륭한 파이였는지! 파이가 온 그 밤에 톰 엘리엇이 우리와 식사를 하고 있었어. 완전한 정적으로 뒤덮였지. 시인은 먹었어. 소설가는 먹었지. 냉담한 마음을 지닌 레너드조차 먹었어. 사소한 정보도 전혀 안 적혀 있던데, 대체 어디서 온 거야? 카드를 보내면 원할 때 받을 수 있나? 정말 믿기지 않을 정도였어… 아, 내가 훈장을 받게 됐다고 말했던가? 잊고 있었어. 그들은 내가 버킹엄 궁전 출신이라고 생각하더라. 메리트 훈장과 비슷한 거래.

하지만 올랜도, 분홍 돌고래야, 이런 걸 하는 게 우리의 약속에 반하지 않을까? 생선 장수 시절에 새커리 와인 쿨러나 재떨이나 뭐 그런 걸 주겠다고 말했던 일, 그리고 내가 뭐라고 대꾸

했는지 기억해? '이봐, 날 놔줘'라고 한 거?

　…에설이 머리 꼭대기까지 황홀경에 빠졌어. 《페피타》*가 1만 2천 부 팔렸어.

　나는 모피 코트를 한 벌 살까 봐.

**　*　　** 비타의 자전적 소설이다.

1937년 12월 28일

켄트, 시싱허스트 성

그럼, 엽서 한 장으로 파테[*]를 원하는 대로 구할 수 있고말고. 어디로 보내냐면,

스트라스부르(바랭)

프레르거리 7번지

로베르 제르스트 씨

당신 신용 보증에 필요하면 (제르스트 씨가 독서가는 아니어서) 내 이름을 대. 그 사람은 우리 어머니와 나를 오래 알고 지냈으니 당연히 내 이름을 신뢰할 거야. 제르스트 씨는 넋이 나갈 만한 카탈로그를 갖고 있으니까 요청하면 당신에게 보내줄 거야. 하지만 일단 그 사람 손아귀에 들어가면 헤어나올 수 없을걸. 당신의 인생은 거대한 송로버섯이 될 거고, 당신 요리는 푸아그라 파테를 기본으로 삼게 될 거니까.

훈장을 받는다니 그게 무슨 소리야? 제발 더 말해줘. 에설의 지위에 맞먹는 귀부인이 된 거야? 아니면 뭐야? 진짜 궁금하니

---

*   고기나 생선을 곱게 다져 양념해 만든 파이.

까 더 쓸 시간이 없다면 엽서라도 한 장 보내주면 좋겠어.

《페피타》가 당신에게 모피 코트를 한 벌 마련해준다니 기뻐.
《페피타》에 관해서 정말 이상하거나 친절한 편지들이 끊이질 않
고 와. 휴가 가장 최근에 《페피타》 추종자 무리에 가담했어. 그
나저나 누가 자유형 레슬러를 경기장 로프 바깥으로 던져서 휴
가 크게 다쳤다는 게 사실이야?

당신은 나의 전임 임시 비서를 훌륭하게 평가했었지. 내가 당
신과 식사할 때 개들 일로 전화했던 사람 말이야. 다음 날 내가
여기 돌아오자마자 ＊＊＊* 현장에서 그 사람을 해고할 수밖에
없었어. 내 탓은 아냐. (주의. 이 이야기는 어디 가서 하면 안 돼. 내가
명예훼손으로 고소당할 수도 있으니까.)

시빌이 오늘 오찬에 올 예정이었는데, 거리에서 사고를 당했
대. 차에 치였다나 봐. 그러니 당신도 런던에서 산책할 때 조심
해. 런던은 안전하지 않고, 내가 거기 살지 않을 만큼 지혜로워
서 다행스러워. 그래도 내가 사랑하는 버지니아와 더 가까이 있
지 못한 건 안타깝지. 아아, 요전 밤 검은색과 선홍색 옷을 걸친
당신 모습이 얼마나 사랑스럽던지!

당신의 분홍 돌고래
올랜도.

* 누락되었다.

1938년 4월 1일
켄트, 시싱허스트 성

버지니아, 당신에게 편지를 쓰는 건 옴에 걸린 양치기 개야. 하지만 당신이 내 재난에 대해 잘못된 설명을 듣고 실제보다 더 심하다고 생각할지도 모르니까 쓰는 편이 낫겠다고 생각했어. 〈상복이 어울리는 일렉트라〉를 함께 봐야 한다는 솔깃한 제안을, 마음은 굴뚝같지만 실행하지 못했으니, 당신에게 설명할 의무가 있을 것 같기도 하고.

그러니까… 내가 1월에 황달과 체내 염증이라고 여겨졌던 뭔가를 앓았던 거 알지? 그게, 계속 그 발작이 일어나서 통증이 심해진 나머지 앓아누웠고, 몸무게도 약 13킬로그램쯤 줄고, 몸이 너무 안 좋은 거야. 그러고는 담석증이라고 진단을 내리더니, 열흘 전 일어난 지난 발작 때는 엑스레이를 찍겠다고 나를 구급차로 런던까지 부리나케 데리고 갔어. 그다음에 나를 요양원에 넣어놓고 팔에서 피를 몇 리터씩 빼가더니 애초에 담석증이 아니라 납중독이었다는 걸 밝혀냈지. 어쩌다 중독됐는지는 아직 불분명해. 사과 압착기가 수상한데, 거기에 납이라고는 한 조각도 들어가지 않았는데 어쩌다 이런 일이 생겼는지 이해가 안 가. 아무튼 납이 있었다 하고, 이제는 내 몸에 가득 쌓였대. 아말리아

이모가 보르자 가문의 핏줄을 이었으니 혹시 관련이 있지 않으려나.

어제 요양원에서 벗어났고, 이제 정말 괜찮아. 좀 휘청거리는 것만 빼면. 다리가 후들거리는 게 마치 갓 태어난 새끼 양 같아. 그것만 제외하면 나는 평소처럼 건강하고 증상은 짧은 시일 안에 내 전신에서 완전히 사라질 거야. 그때까지는 요정처럼 사랑스러운 체형일 테고, 옷이 흘러내리지 않으려면 옷핀으로 고정해야겠지.

내가 런던에 있었단 걸 당신에게 알리고 싶었지만 (1) 당신을 귀찮게 하고 싶지 않았고 (2) 겨우 닷새 머물렀고 (3) 전문가들, 엑스레이 등등이 줄이어 있어서 잠시도 하고 싶은 일을 할 짬이 없었어.

이게 내 초라한 해명이야. 그리고 편지에 온통 내 이야기만 써서 미안해. 에디나 에설도 넘어설 수 없을 지경이네. 나도 잘 알고 있어.

당신이 이 길로 지나갈 가능성은 없을까? 정원이 미쳤어. 꽃이 전부 피었거든.

당신의

V.

1938년 4월 5일

타비스톡 광장 52

…당신이 얼마나 안 좋았을지 생각하니 마음이 아파. 결과를 기다리는 그 고문과도 같은 시간은 또 어떻고. 이번에는 정확하게 진단한 게 확실하대? 압착기에서 왜 납이 검출돼? 온실 페인팅 때문은 아니고? 하지만 당신에게 짬이 있다면 한마디만 할게. 우리 두 사람 모두 애원하는 개들처럼 앉아서 앞발을 올리고, 변변치 않지만, 우리의 진심 어린 연민을 보내. 그리고 그 사람들은 당신을 어떻게 해독하겠대?…

1938년 5월 30일

켄트, 시싱허스트 성

벤이 방금 런던에서 돌아와 내게 클라이브와 함께 점심을 먹
는 당신을 봤다고, 그리고 당신이 내 안부를 물었다고 하네. 벌
써 며칠째 당신에게 편지를 써야지 하고 있던 참이라 이 이야기
를 들으니 몹시 죄책감이 들어. 지금 당장은 괜찮아졌어. 새로
운 발작이 경고 없이 일어날 수 있다고는 하는데, 그럴 것 같지
는 않아. 유별나게 건강한 내 체질이 의사들의 이 암울한 예언
을 물리쳐주겠지. 더 이상 발작이 일어나지 않고 병에서 벗어난
다면 내가 이겼다고 생각할 거야.

당신이 헤브리디스제도에 간다고! 나도 갈 건데, 8월 전에는
못 가. 나이젤과 그의 섬에서 점심을 먹으러 가려고. 폭풍우가
자주 몰아치고 고깃배가 작아서 실현이 될까 싶은 약속이긴 해.
그러면 우리는 며칠이고 붙들려 있겠지. 하지만 날씨 운을 믿어
보려고.

여기서 당신을 만날 기회가 혹시 있을까? 아니, 없겠지. 바라
기에는 좀 지나친 소망이야. 하지만 그렇게 되면 얼마나 기쁠까!
9월 언젠가 로드멜에서 딱 하루(에설과 시빌 사이에서) 머물기를
기대해야 할 것 같아. 그래도 당신과 미치*와 샐리**와 레너드를

여기서 보면 좋겠다.

그나저나, 제이컵의 양이 쌍둥이를 각각 낳았고, 소중하고 다정한 스테이플 부인***은 이틀 전에 딸을 낳았어.《페피타》를 따라 이름을 조세핀이라고 지었어. 전부 잘된 일이지?

당신은 벤을 어떻게 생각해? 그 애가 기차를 놓치는 바람에 내가 몹시 짜증이 나서 지금 객관적으로 볼 수가 없어. 평소에야 벤을 좋아하고 심지어 사랑하기도 하지. 블룸즈버리에 벤이 안 가면 좋겠어.

당신의 다정한

V.

* 레너드의 마모셋 원숭이이다.

** 버지니아의 반려견이다.

*** 비타의 요리사이다.

1938년 6월 1일

타비스톡 광장 52

그 책*이 내일 나와. 단조롭고 읽기 힘든 글이고, 당신이, 마땅히도, 안 좋아했던, 바로 그 진지한 산문《세월》의 주제를 훨씬 더 진지하게 반복해서, 당신에게 보낼 생각을 못 했어. 하지만 감사의 뜻으로 보낼 테니 읽을 필요도 없고 읽었다고 편지를 쓰거나 말해줄 필요도 없어. 후련하게도, 그 책 두 권 모두 이제 내 마음에서 떠났어. 그 책들을 왜 꼭 써야 한다고 생각했을까? 하늘만 아시겠지.

---

* 《3기니》.

1938년 6월 15일
켄트, 시싱허스트 성

내가 당신의 《3기니》에 감사 편지를 아직 쓰지 않았다면, 그 것은 다만 당신이 스카이 섬으로 떠났음을 알고 있기 때문일 뿐, 내가 그 책을 음미하지 않아서가 아니야. 당신은 밀고 당기 기를 잘하는 작가야. 한순간 당신의 사랑스러운 산문으로 사람을 매료시키다가도 다음 순간 사람을 현혹하는 주장으로 화를 돋우니까. 있지, 이 책은 너무 도발적이어서 편지 한 장 따위로 는 감사를 표할 수가 없어. 책만큼 긴 답장이 필요할 텐데, 그럼 호가스 출판사가 출판할 거리가 생기겠지. 당신과 공식적으로 싸울 생각은 없어. 주먹다짐이라면 내가 당신을 때려눕힐 수도 있겠지만, 펜싱이라면 늘 내가 점수를 잃을 테니까. 당신이 신사의 게임을, 신사의 기술로 하는 한 당신이 이기겠지. 나는 내 생각을 썩 잘 설명하지 못해. 실은 아주 요령 없고 혼란스럽게 설명하지. 그러니 우리가 만날 때까지 이 문제는 미뤄도 될까? 그 전에, 내가 당신 책을 아주 즐겁게 읽었다는 건 말해둘게. 비록 책 절반을 넘기며 "아, 버지니아, **그렇지만**…" 하고 외치고 싶었 어도 말이야.

제레미는 정말 짓궂은 말썽꾸러기야. 벤은 이제 소호에 공동

주택을 얻었어. 주소는 소호 딘 거리 47번지야. 당신이 오라고 말만 하면 뛰어갈 거야.

스카이 섬은 좋았어? 슬리가찬도 갔어? 올드맨오브스토르와 쿨린 구릉지도 봤어?

당신의

V.

친필 서명본을 엄청나게 많이 보내줘서 고마워. 나의 프랑스 공주님께 하나 보냈어.

1938년 6월 19일

노섬벌랜드, 콜러포드, 조지 인

…당연히 당신이 《3기니》를 싫어할 줄 알았어. 그래서 당신이 그 문제를 언급한 엽서를 보내기 전까지 당신에게 줄 생각을 못 했던 거야. 그래도 역시 잘 이해가 안 돼. 당신은 그 책의 50퍼센트에 동의할 수 없다며. 그럼, 당연히 동의 못 하겠지. 하지만 당신이 나의 "현혹하는 주장"에 화가 돋는다고 말하니 묻는 건데, 그게 무슨 뜻이야? 당신이 잔다르크의 성격을 이해하는 방식에 동의하지 않는다고 말할 수야 있지만, 내가 잔다르크에 관해 당신의 주장이 "사람을 현혹한다"라고 하면, 어떤 효과를 위해서 진실하지 못한 것을 스스로도 아는 사실을 부정직하게 왜곡했다고 말하는 셈 아냐? 그게 당신이 말한 "현혹한다"의 의미라면 칼이 됐건 주먹다짐이 됐건 이 문제를 확실히 해결해야겠어. 그리고 우리가 뭘 *사용하든지* 당신이 말했던 것처럼 날 때려눕히진 못할 거야. 이게 바보 같은 책일 수 있어. 난 이게 잘 쓴 책이라는 말에 동의하지도 않아. 하지만 분명히 정직한 책이긴 해. 사실들을 수집하고 쉬운 말로 표현하려고 내 인생 어떤 일에 쏟은 것보다도 많은 노력을 들였다고…

1938년 7월 22일

타비스톡 광장 52

레너드가 당신이 시 한 편을 보냈다면서 내 감상을 알고 싶어 하더라. 읽고 싶은 마음도 있고 평소였다면 늘 그렇듯 대담하게 속사포처럼 의견을 내놓았겠지만 이렇게 설명해야겠어. 지금 내 상태에서는 (내가 이러는 게 옳다는 게 아니라), 당신 편지에 분명 존재하지만 굳이 인용은 안 할, 내게 제기된 혐의가 아직 입증되지 않은 상황에서 당신 시를 객관적으로 읽을 수 있을 것 같지 않아. 그러니까, 나는 당신이 《3기니》를 부정직하다고 생각한다고 여겨져. 그 책이 "현혹한다"는 둥 하는 소리를 하면서, 당신이 어처구니 없을 정도로 요령 없이 정직한 사람이 아니었다면, 또 그렇게 머리가 나쁜 사람이 아니었다면 겉보기만 그럴싸한 내 거짓 주장을 무너뜨릴 수 있었을 거란 뉘앙스를 풍겼지. 당신의 정직하고 훌륭한 영국인 주먹으로 나를 쓰러뜨리든지 말든지 마음대로 해봐. 그래놓고 당신은 매력과 재치를 칭찬해 나를 역겹게 했어.

1938년 7월 23일

켄트, 시싱허스트 성

　하지만 사랑하는 버지니아, 내 인생에서 한 번도 당신이 거
짓 주장을 펼친다거나 부정직하다고 의심한 적 없는걸! 오늘 아
침 당신 편지를 받고 완전히 충격받았어. 당신이 떠나 있는 동
안 내가 쓴, 아마도 바보같이 스카이 섬으로 부친 편지를 당신
이 못 받은 게 분명해. 거기에 내 감정을 어떻게 표현했는지 정
확하게 기억이 안 나지만, 《3기니》에 당신이 적은 사실이나 그
정확성은 한순간도 의심한 적 없고, 다만 그로부터 당신이 도출
한 결론 몇 군데에 동의할 수 없다는 내용이었어. 그리고, 결국,
이건 견해의 문제지, 사실의 문제가 아니야. 내 부적절한 표현으
로 당신의 우아한 문체에 관해 전달하고자 했던 것은 내가 다
른 견해를 갖고 있음에도, 읽고 나서 머리를 좀 식혀 냉정하게
숙고하기 전까지 당신 글이 거의 나를 설득시킬 뻔했다는 거야.
예를 들어 영국 여성이 외국인과 결혼하면 국적을 잃어서 영국
을 자기 나라가 아니라고 느낀다는 구절에는 대단히 의구심이
들어(196쪽). 또 194쪽에서 당신은 "싸움은 여성이 공유할 수 없
는 성별적 자질이다"라고 했는데, 많은 여성이 극도로 호전적이
고 자기 남자들에게 싸우라고 설득하는 것도 사실이잖아? 지난

전쟁의 흰 깃털 캠페인*은 어떻고? 그 사람들이 그렇게 하지 말았어야 한다는 당신 의견에는 완전히 동의하지만, 또한 사람들이 빈번히 그런다는 사실은 여전히 남아. 보통의 여성은 본인의 남성적 기질에 자부심이 있어.

그러나 예를 계속 늘어놔봤자 지루하겠지. 그래도 당신의 정직함, 진실성, 그리고 선한 신념을 찰나라도 의심한 적 없다는 걸 입증할 만큼 충분했길 바라. 지난 몇 주 동안 당신이 이런 생각을 키웠다고 생각하니 진심으로 속상하고, 부디 내가 슬리가찬으로 보낸 편지를 당신이 받기를 기도해. 이 세상에 당신만큼 상처 주기 싫은 사람은 내게 몇 없다는 거, 당신만큼 진실성을 존중하고 신뢰하는 사람도 별로 없다는 거 알잖아. 우리 사이에 어떤 장벽이 생겨 당신이 내 시를 읽을 수 없는 기분이라는 것을 보니 내가 분명 당신에게 상처를 줬네. 내게 그럴 의도는 전혀 없었으며, 내 마음에 당신을 불쾌하게 만들 어떤 이유도 없었다는 걸 신은 아실 거야. 내 생각을 요령 없이 표현했나 봐. 어쨌거나 당신은 내 말을 분명 믿어주겠지.

깊이 뉘우치며 마음 가득 애정뿐인

당신의 V.

---

*   제1차 세계대전이 발발하자 찰스 피츠제럴드 제독이 창설한 단체다. 입대하지 않은 남성들에게 여성들이 흰 깃털(겁쟁이의 상징)을 보여주게 해 수치심을 느껴 입대하게끔 했다.

1938년 7월 23일 토요일

타비스톡 광장 52

내가 대체 무슨 말을 했길래 당신이 전보를 보낼까? 감도 전혀 안 와. 5분 만에 휘갈겨 쓴 후 다시 읽어보지도 않고 보낸 탓에, 분명 유머러스하고 엉뚱한 말을 하고 싶은 기분이었고, 촉박해서 서두르며 썼다는 것만 기억이 나…

하지만 내가 말했듯, 그 문제는 제쳐두자. 그리고 미안해. 다시는 그렇게 부주의한 편지를 보내지 않을게. 그리고 난 아무 불만도 없어. 당신도 더 말할 필요 없어. 당신 편지를 다시 읽어보니 당신은 내게 부정직하다는 뜻으로 한 말이 아니었다는 게 아주 확실했거든. 그리고 난 그 외에는 신경 안 써. 그러니 용서하고 잊어줘.

1938년 10월 25일

켄트, 시싱허스트 성

자, 뭐가 예의에 맞을까? 책을 내준 출판인에게 책을 주는 쪽이 맞아? 아, 잊었다. 당신은 더 이상 호가스 출판사의 동업자[*]가 아니구나. 그러니까 상관없겠네.

아무튼 니컬스 씨[**]에게 내 이름으로 당신에게 《고독》[***] 한 권 전해달라고 부탁할게. 니컬스 씨가 내가 원하는 만큼 여러 권 보내주지 않았고, 내 생각에 아마도 지금쯤이면 당신이 런던에 돌아와 있을 테니, 니컬스 씨가 바로 건네줄 수 있겠지. 당신이 그 책을 어떻게 생각할지 정말 궁금해. 어쩌면 아닐 수도 있고.

커다란 장미 다발이 와 있어서 가서 심어야 해. 당신이 런던에 있다면 좀 안 됐네, 최근에는 깜짝 놀라게 아름다운 나날이 이어지고 있거든.

11월 17일에도 거기 있을 거야? 그렇다면 우리 만날 수 있을

[*] 1938년 4월 버지니아는 호가스 출판사 운영에서 물러났고, 버지니아의 몫은 존 레만이 사들였다. 존 레만은 레너드와 동등한 권리를 지닌 동업자로 1946년까지 호가스 출판사를 공동 운영했다.

[**] 니컬스는 호가스 출판사의 편집자였다.

[***] 비타의 시집이다.

까? 그러면 좋겠어.

당신의 다정한

V.

1938년 10월 27일

서식스, 루이스 인근, 로드멜, 멍크스하우스

응, 니컬스 씨가 내게 당신 책 한 권을 건네더라. 나는 헌정사까지 곁들여서 당연히 한 권 받아야 한다고 생각했지. 내가 그 책을 어떻게 생각하는지 당신이 눈곱만큼이라도 신경 쓴다는 말은 믿을 수 없어. 하지만 당신이 궁금하다면 읽고 나서 말해줄게… 우리는 여기로 영원히 물러나기로 했어. 그렇게 되면 당신조차도 그러고 싶을 만큼 고독 속에 깊이 빠져봐야지…

1938년 12월 19일

켄트, 시싱허스트 성

나의 버지니아. 이 편지는 내 사랑을 당신에게 가져다줄 거야. 더불어 크리스마스에 당신에게 줄 파테를 주문했다고도 전해주겠지. 그리고 우리가 오찬 때 지루하지 않았으면 좋겠다고 말하려고 쓰는 것이기도 해. 내가 다시 d'Arcy 신부님과 프레야 스타크가 아라비아에서 데리고 돌아온 도마뱀을 구경하러 갔을 때 당신이 없어서 얼마나 아쉽던지. 레너드 울리가 발굴한 우르의 유적에 둘러싸인 채 전구 아래 온수병 위에 누워 평생을 영국에서 보낸 거대한 동물이야. '프로이트와의 저녁'은 성공적이었어?

오찬 후에 당신과 단둘이 시간을 좀 보내고 싶었어. 하지만 스타크 양이 당신을 칭찬하는 말이나 듣다 왔지. 당신이 정말 아름답다고 생각하더라… 이런 말을 당신에게 해도 된다면, 나도 그렇게 생각해. 당신이 그 갈색 퍼 캡을 쓰고 있을 때 모습이나 절묘하고 천상의 것 같은 그 여리여린 몸은 실제로 아주 아름답지.

자, 자…… 여느 나이 든 주부처럼 행복한 성탄절을 기원하면서 매듭을 짓는 게 낫겠군. 그리고 롱반의 천장이 우리 위로 흔들리던 모습을 떠올려야지!… 덧붙여 대리석판 위에서 장난치던 돌고래들도.

당신의

V.

1938년 크리스마스 날
로드멜, 멍크스하우스

아, 그건 후한princely 아이디어였어. 파테 말이야. 아이디어 이상이었다고 할 수 있는데, 그게 우리를 정말 먹여 살렸어. 수도관은 얼었지, 전깃불은 끊겼지, 먹을 건 없지, 있어도 조리할 수 없지. 그런데 그때 보란 듯이 스트라스부르에서 그 소포가 왔어! 그래서 우리는 파테로 저녁을 먹은 뒤 점심을 먹고, 그리고는 또 저녁을 먹었지. 영원히 먹을 수 있겠던데. 그런 거위 간을 영원히 먹을 수 있다면 추위도 만족스러울 것만 같아. 하지만 당신이란 사람은 어쩌나 호사스러운 공후prince 인지! 검은 보석이 박힌 이 분홍 크림이 분홍빛과 진주와 생선 장수 돌고래를 어쩌나 간절하게 되살리던지. 아니, 되살렸던지…

…그리고 미치*는 크리스마스이브 밤에 죽었어. 아주 절절했어. 미치의 눈이 감겼고, 얼굴은 아주 늙은 여자처럼 새하앴지. 레너드는 미치가 잘 수 있도록 자기 방으로 데려갔고, 미치는 죽기 전 마지막으로 레너드의 발에 기어올랐어.

하지만 이쯤 할게. 죽지 마.

---

*   레너드의 마모셋 원숭이이다.

1939년 1월 13일 금요일
서식스, 루이스 인근, 로드멜, 멍크스하우스

부에노스아이레스의 시빌인 빅토리아 오캄포*라는 여자가 자기 계간지 《수르》에 당신이 쓴 뭔가를 출판하고 싶다는 편지를 보냈어. 이 사람은 파리에 있고, 당신이 파리에 강연하러 간다는 이야기를 들었대. 당신을 만나고 싶은가 봐. 당신에게 편지를 쓰라고 했어. 하지만 설명을 좀 덧붙일게. 그 여자는 엄청나게 부자고 바람둥이야. 콕토, 무솔리니의 정부였대. 잘은 모르지만, 히틀러의 정부이기도 했다나 봐. 올더스 헉슬리를 통해서 내게 왔지. 나비 표본 상자를 주더라. 그리고 가끔 불시에 우리 집에 찾아와. 대구 알처럼 희번덕이는 눈을 하고서. 그 아래 뭐가 있는지 나로선 알 수가 없네…

---

*   아르헨티나 작가이자 문예지 〈SUR〉 발행인이다. 버지니아 울프의 책을 아르헨티나에 첫 소개했다. 오캄포가 준 나비 표본은 멍크스하우스에서 볼 수 있다.

1939년 1월 14일

켄트, 시싱허스트 성

당신 글을 다시 보니 좋다. 그리고 물론 부에노스아이레스의 시빌에게 기꺼이 도움이 되고 싶어. 다시 말해 레너드만 개의치 않는다면 내 글 중 뭐를 그 사람이 출판하든 환영이야. (뭔가를 다시 찍겠다는 소리겠지?) 당신이 전에 그 사람이 당신 팬이라든지, 아니면 그 비슷한 다른 뭐라고 하면서 그 사람에 관해서 말한 적 있다는 기억이 떠올랐어. 그리고 그 나비 표본 상자도 알아. 그러니 그 사람에게 소식이 오면 당신 친구답게 정중하게 답변할게. 그 사람이 파리에 나타날지는 모르겠지만, 내가 딱 하루만 머물 예정이라 몹시 기민하게 움직여야 할 거야.

당신에게 할 이야기가 몇 가지 있어. 첫 번째로 미치가 죽었다는 이야기를 들으니 레너드가 어떨지 마음 깊이 걱정이야. 부디 레너드에게 내 진심 어린 지지를 전해주고, 가능한 한 빨리 여우원숭이 한 마리를 얻는 게 좋겠다고도 말해줘. 여우원숭이는 몹시 마음을 사로잡는 반려동물이고, 다른 어떤 동물보다도 인간과 결속력이 강하대. 여우원숭이의 외양을 생각하면 믿기 어려운 소리지만, 생물학자들은 그렇다고 단언하더라. 그나저나 줄리언 헉슬리가 녹음한 동물 소리 레코드를 레너드가 가지고 있을까? 없다면 꼭 구하라고 해. 더블 레코드 두 장에 사랑스러운 사진이 가득한 책 한 권을 1기니에 살 수 있어.

두 번째는 내가 며칠 전 당신 친구 마저리 프라이에게 마음을 뺏겼다는 거야. 언제 당신에게 마저리에 관해 꼭 좀 듣고 싶어. 얼굴도 참 사랑스럽고 유머 감각도 정말 훌륭해.

1939년 2월 19일 일요일

서식스, 루이스 인근, 로드멜, 멍크스하우스

커다랗고 초라한 양치기 **개**가 최근 피카딜리에서 목격되었다는 이야기가 들려오던데. 심문하니 고것이 V. 색빌웨스트라는 이름을 댔다고.

이 사실을 당신에게 말해줘야겠다는 생각이 왜 머릿속에 떠올랐는지 모르겠어. 다만 V. 색빌웨스트가 자기 이름으로 불릴 때가 되었단 생각이 들어. 파리에서는 무슨 일이 있었어? 전혀 못 들었어. 오캄포는 만났어? 뭐라고 해야 하나, 오캄포와 친밀해졌어?…

당신의 사다리에서 나는 몇 번째 계단에 있지?

정말 재밌어. 밤사이 이런 생각을 막 했거든. "버지니아에게 무슨 소식을 들은 지 오래됐네. 내일 편지를 써야겠다." 그러자 당신 편지가 온 거 있지.

우리는 생각이 통하나 봐.

초라한 양치기 개가 최근에 피카딜리에서 목격되었다는 소리는 사실일 리가 없는데. 왜냐하면 그 녀석은 2월 2일 이래 런던 근처에는 얼씬하지 않았거든. 그러니까 고 녀석이 당신에게 토끼 고기와 개 비스킷을 먹자고 제안했던 그때 말이야. 그런데 당신이 그날 로드멜에 간다고 답장해서 그 약속은 없던 일이 되었지.

하지만 양치기 개는 파리에 갔고, 거기서 빅토리아 오캄포를 만났어. 오캄포에게 엄청나게 비싼 거대한 난초 다발을 선물받고 몹시 호화로운 자동차를 얻어 탔지. 그다음에 그 사람에게 편지 한 통을 받았는데, 자기 나라며 광활하고 탁 트인 팜파스가 얼마나 사무치게 그리운지 등등의 내용이었어. 나는, '음, 왜 거기 안 가지? 뭐가 이 사람을 막는데? 정말로 자기 말처럼 애타게 그리우면 파리와 런던에서 시간을 보내는 이유가 대체 뭐람?' 하고 생각했지.

난 그런 거짓말에는 참을성이 도통 없어서.

그나저나 들어봐, 나의 버지니아. 3월 31일 금요일에 런던에 있을 거야? 그렇다면 당신과 저녁을 먹으려고. 아니면 당신이 나와 저녁을 먹어줄래? 당신이 동의하면 나는 그날 밤을 런던에서 지새우려고.

해럴드가 4월 4일에 비행기를 타고 이집트로 가. 그래서 어울리지 않게도 너무 걱정이 돼. 이 이야기를 왜 당신에게 하냐면, 당신은 이해할 수 있잖아. 젠장, 젠장, 젠장. 비행기 따위는 발명되지 않았으면 좋았으련만. 그이가 돌아오기 전까지 한순간도 마음이 편치 못하겠지. 레너드였다면 당신도 그랬을 거야.

당신은 1년간 새로운 시를 한 편도 안 읽을 거면서도 누군가가 긴 시를 써주길 바라고 있지. 그래서, 내가 새로운 시*를 쓰고 있어. 《대지》의 자매편 같은 거야. 하지만 당신에게 읽어달라고 하진 않을게. 다만 당신이 내 출판인인 레너드 울프 씨에게 말해주면 혹시 그 사람이 1940년 언젠가 새로운 시 한 편을 보여줄지도 모르지.

그리고 레너드 씨에게 (레너드가 훨씬 이쪽에 관심이 있을) 내가 2백 에이커 넓이의 이웃 농장 구입 절차를 밟는 중이라고도 전해줘.

아아, 제대로 살기만 하면 삶이란 얼마나 풍요로운지! 방대한

* 《정원》.

농지, 커다란 이절대판지 판형 책으로 출판되는 새로운 시, 누가 삶에서 이보다 더 많이 바라겠어?

"이제 그 어느 때보다도 죽기에 풍요롭지 않은가…"*

이 구절을 나라면 이렇게 고치겠어.

"이제 그 어느 때보다도 살기에 풍요롭지 않은가…"

하지만 만약 해럴드가 임페리얼 에어웨이 때문에 이집트로 날아가다가 죽는다면 모든 일이 캄캄해지겠지.

당신의 다정한

V.

3월 31일 저녁 어떻게 할지 알려줘.

---

*   영국의 시인 존 키츠의 〈나이팅게일에게 부치는 노래〉의 한 구절이다.

1939년 4월 23일

켄트, 시싱허스트 성

여기는 시싱허스트 250번입니다. 박물관 2621번인가요? 버지니아예요? 비타인데요. 네, 비타요. 한때 당신이 친구로 생각했던 사람이요. 아, 잊으셨다고요? 글쎄, 기억을 더 들춰보면 대리석판 위의 돌고래 한 마리가 떠오를지도 몰라요. 맞아요, 바이타가 아니라 비타라고 발음해요. 이제 기억이 나셨죠? 베즐레의 폭풍우와 여기저기 부드럽게 흔들리던 롱반의 천장을 기억하나요?

이 메시지의 목적은 여러 가지죠. 당신과 단절된 상태가 못마땅해 접촉 시도를 하는 게 가장 중요한 목적이고요. 레너드와 로드멜 가는 길에 들러줄래요? 레너드가 제 정원을 꼭 봤으면 좋겠는데. 당신은 원예가가 아닌 건 알고 있으니, 이 욕심은 레너드에게로 한정할게요. 정말로 당신들 둘 다 와주면 좋겠어요.

서명

시빌 콜팩스[*]

---

[*] 비타는 두 사람의 지인이자 사교계 명사인 시빌의 우아한 말투를 흉내 내며 장난치고 있다.

두 번째. 나는 여우가 사냥개 무리에게 당하듯 다양한 출판업자들에게 기습 공격을 받고 있어. 레너드에게 내가 어떤 뇌물에도 넘어가지 않았고, 지금까지는 갈가리 찢기는 일도 면했다고 전해줘. 레오나르도 다빈치는 확실히 잘못 짚었어. 다빈치의 새 전기가 최근에 영어로 번역되었으니까. 제인 칼라일은 어때? 제인 칼라일은 내 주제가 **아닌** 것 같네. 다른 아이디어도 제안받았어. 내 먼 조상인 토머스 색빌의 전기야. 아주 좋은 생각이고, 내가 할 수 있을 것 같아. 하지만 다른 출판업자가 제안한 아이디어를 가져다 쓰고 그 결과물로 나온 책을 호가스 출판사에 주는 게 공평할까? 특히 이 아이디어를 제안한 사람이 T. 색빌에 관한 기록을 모은 커다란 서류철을 갖고 있어서 나한테 빌려주겠다고 했는데, 그건 물론 내가 쓸 전기에 귀중한 자료가 될 테지만, 같은 이유 때문에 당연히도 내가 결과물을 그 사람 회사에 줄 생각이 아닌 이상 받아들일 수 없는 제안이지.

상황이 전체적으로 아주 곤란해.

봐봐, 나는 내가 T. 색빌의 전기를 꽤 잘 쓸 수 있을 것 같거든. 놀을 손에 넣고 뭐 그런 이야기 말이야. 하지만 멍청하게도 스스로 이 생각을 못 떠올리다가 다른 사람에게 제안을 받았으니, 이 건을 제안한 다른 출판사와 관련된 그 사람에게 내가 나쁜 짓을 하는 걸까?

스스로 이 생각을 못 하다니 난 정말 바보야. 레너드도 이 생각을 못 한 게 유감일 거야. 당연히 이건 완벽하게 날 위한 주제인데.

(1) 가문의 전통

(2) 시

(3) 놀

(4) 엘리자베스 1세 시대의 화려함

빌어먹을. 빌어먹을. 레너드도 나도 이 아이디어를 떠올린 적이 없다니.

이 일 때문에 걱정이라 레너드와 이야기를 간절히 하고 싶어. 이 책 진짜 하고 싶은데(제인 칼라일보다 훨씬 내 취향이잖아), 다른 데 말고 호가스 출판사가 이 책을 내면 좋겠어.

아, 넘어가자.

세 번째. 벤이 미국에서 돌아왔고 직장을 구했어. 이제 벤은 왕실 회화 담당 부감독이래. 윈저, 버킹엄궁, 햄프턴코트, 밸모럴성, 홀리루드하우스궁, 샌드링엄, 오즈번에 있는 모든 회화를 책임져야 한다는 소리지. 벤은 이 막중한 임무에 좀 질린 것 같아. 세인트제임스궁에 사무실이 있어. 확실히 상류사회의 생활이지. 벤의 업무 중 하나가 왕비께 회화에 관해 뭐라도 가르쳐드리는 거라는데, 왕비께서는 아무것도 모르시지만 배우고 싶어 하신대. 나는 그저 벤이 자리에 적합함을 보이고, 그 애가 벌써부터 그 어떤 여자보다 매력적이라고 묘사한 왕비와 사랑에 빠지지만 않았으면 좋겠어.

당신의 다정한

V.

1939년 4월 25일 화요일

타비스톡 광장 52

거참, 시빌 콜팩스라, 이거 이상한 일이군. 나는 조상이 하나 있고, 그 조상에 관해 책을 한 권 쓰고 싶은 귀부인 앞으로 편지를 보낼 건데. 이상한 일은 3주쯤 전에 바로 그 아이디어가 내 머릿속에도 스쳐 지나갔다는 거지. 그리고 그 이야기를 레너드와 존에게 점심을 먹으며 했거든. 보니까 그 생각이 L의 머리에도 스쳐 지나갔더라고. 하지만 레너드는 당신에게 이 건의 도의적인 측면에 관해서 편지를 쓰겠지. 난 안 그래. 당신이 말한 대로 당신과 접촉하려고 할 뿐이지. 다른 당신 말이야, 양치기 개 비타.

…그럼, 베즐레에서 아침으로 먹을 빵을 샀던 일이라면 아주 잘 기억하지.

1939년 8월 19일

서식스, 루이스 인근, 로드멜, 멍크스하우스

때로는 쓸 필요가 없는 편지를 쓰는 일, 참 좋지 않아? 이게 그런 거야. 습지를 걷다가 색슨족 무덤에 앉아 있는 백조 한 마리를 발견했어. 그러자 당신 생각이 나더라고. 그다음에 돌아와서 레오나르도에 관한 케네스 클라크의 책을 읽었어. 좋은 것 같아. 그래서 또 당신 생각이 났어. 그리고 당장은 마카로니를 좀 요리해야 해.

…먼 조상과 씨름하는 중이야? 그 조상 이름이 뭐더라? 요즘 나는 필요와 무관한 글을 쓰는 게 즐거워. 당신이 독서를 즐긴다고 말한 만큼까지는 아니더라도. 그나저나 우리는 사다리 몇 번째 계단에 있어? 우리 불쌍한 포토와 V는?

1939년 8월 25일 금요일

켄트, 시싱허스트 성

사랑하는 버지니아, 당신은 사다리의 아주 높은 계단에 있지. 늘.

해럴드가 또 배를 타러 나가서, 내가 뉴헤이븐 근처에 간 것 같으면 전보를 쳐달라고 부탁해놨어. 해럴드가 뉴헤이븐 근처로 자기를 데리러 와주길 바라거든. 차를 갖고 말이야. 그러니 그전에(월요일이나 화요일) 전쟁이 나지 않으면 당신에게 전화해서 하룻밤 자도 될지 물어볼게.

전쟁 중 사람의 심리는 아주 이상하단 생각이 들어. 당신은 안 그래? 낮 12시까지 나는 공습, 폭탄, 가스 등등을 두려워하는 지독한 겁쟁이야. 그러다 낮 12시가 지나면 다시 완전히 용감하고 영국적인 사람으로 변하지. 그리고 다음 날 아침까지 용감한 상태로 있다가 공포심, 두려움, 움츠러드는 비겁함의 무서운 순환이 전부 다시 시작돼.

당신은 나보다 훨씬 용감한 것 같아. 더 철학적이라고 해야 할까? 당신이 뭘 느끼는지는 몰라. 요즘 감정은 얼마나 이상한 단계들을 거치는지! 이에 관해서는, 당신만큼 사랑하는 사람이 아니라면 그 누구에게도 편지로 쓸 수 없었어. 너무 사적이고 비밀스러운 이야기잖아.

에디가 주말을 보내러 이곳에 와. 여러 이유로 에디가 기분이 몹시 안 좋을까 봐 걱정이야.

공습 동안 런던에서 구급차나 차를 운전하겠다고 자원한 에디를 대단히 존경해. 그 일이 내게는 정말 용감해 보였어. 에디 같은 유형의 사람이라면 더욱 그렇지. 그렇게나 섬세한데. 에디를 더 높이 평하게 됐어.

당신의 다정한

V.

월요일에 전화할게, 혹시…

1939년 8월 29일 화요일
서식스, 루이스 인근, 로드멜, 멍크스하우스

하지만 나는 내가 철학적이라고 생각하지 않아. 그보다는 무덤덤하지. 우리의 작은 섬은 너무 무덥고 해가 쨍해. L은 정원을 가꾸고, 볼링을 하고, 우리가 먹을 저녁 식사를 만들어. 바깥은 쓸데없이 몹시 암울하지. 물론 나는 전혀 애국적이지 않고, 어쩌면 이게 도움이 되는지도 몰라. 그리고 두렵지도 않아. 그러니까, 내 몸뚱이에 관해선 그래. 그러나 이건 늙은 몸뚱이지. 그래도 10년은 더 살고 싶어. 내 친구들도 좋고, 젊은이들도 좋아하지…

…그리고 실로, 사랑하는 당신, 내가 몇 번째 계단에 있든 그 사다리는 모든 현실이 중단된 이런 못 견딜 상황에서 큰 위안이 돼. 현실감을 부여하니까.

1939년 9월 1일 자고새 사냥이 시작됨

시싱허스트

사랑하는 버지니아,

해럴드가 돌아왔어. 그래서 내 뉴헤이븐 계획은 실현되지 못했지. 당신에게 전화해 나이젤과 내가 내일 오찬을 먹으러 가도 되는지 물어볼 생각이었는데, 내가 세운 최상의 계획은 어그러졌고, 다가올 수년간 더더욱 어그러지고 어그러지기만 할 것 같아. 그러니 내가 무슨 말을 할 수 있겠어? 당신도 나와, 그리고 수백만의 다른 사람들과 같은 감정을 전부 느끼고 있겠지. 쿠엔틴은 아직 젊고, 줄리언을 먼저 떠나보낸 버네사 생각이 자꾸나. 어쩌면 버네사는 줄리언의 빼앗긴 삶을 아주 억울하게 여기지는 않을지도 모르겠어. 최소한 줄리언은 자신이 믿는 대의를 위해 자진해 희생한 것이고, 그게 의사에 반해서 징집당하는 것보다 더 고귀하니까.

타비스톡 광장에서 메클린버그 광장으로 옮겨 가야 하는 사소하지만, 그래도 아주 짜증스러울 당신의 걱정거리에 나도 정말 공감해.

그럼, 이게 다야. 이제 가서 우리 집 창문을 검게 칠하는 일을 처리해야 해. 다행히도 늘 숨 돌릴 만한 일이 조금씩 있어. 게다가 나는 터무니없는 일이 벌어져도 여전히 웃을 줄 알더라고. 이 걸 〈데일리 스케치〉는 "용감한 영국인의 미소를 유시하기"라고 부르던데, 나는 그런 순간에 의식적으로 노력하지 않아도 그렇게 되더라고. 우리가 얼마나 더 오래 이런 자질을 보존할 수 있을까?

당신의

V.

2차 독일 전쟁을 포토가 너무 신경 쓰지 않길 간절히 바라.

당신은 로드멜에 머물 거야? 꼭 필요하지 않은데도 런던에 간다면 바보 같은 짓이 될 거야.

1939년 9월 2일

서식스, 로드멜, 멍크스하우스

그럼, 소중한 당신, 당신이 원할 때 아무 때고 와서 우리 음식을 나눠 먹자. 오늘은 나 혼자고, 그래서 얼마나 고마운지!

당신 편지는 정말 좋았어. 그리고 내가 무덤덤하고 쌀쌀맞다고 해도 당신 생각을 계속하지 않는다는 뜻은 아냐. 늘 떠나지 않는 정말 몇 안 되는 생각 중 하나가 당신 생각이고, 그러니… 더 말 안 할게. 맞아, 나는 화가 나서 말도 안 나오는 상태로 앉아 있어. 서로 사랑을 나눠야 할 이 아이들이 나가 싸워야 하는 상황에.

그러니 와줘. 그리고 짧게라도 시간이 나면 다른 사람은 몰라도 당신에게는 편지를 쓸게. 사랑하는 당신, 고통스러울 때마다 당신이 어쩌나 아른거리는지.

1939년 9월 16일

켄트, 시싱허스트 성

당신 편지를 받으면 얼마나 좋은지 몰라. 때때로 서로에게 편지 쓰자. 요즘에는 제대로 연락을 주고받는다는 느낌을 주는 사람이 거의 없음을 깨달았지만, 당신이라면 확실하게 그런 느낌을 줘. 개인의 슬픔은 타인을 배척하게 만드나 봐. 당신이 내 감정이 어떤지 물었지. **당신이라면** 말할 수 있어. 나는 가장 표면에서 끝없이 이어지는 사소한 일거리들이 귀찮아서 언짢아. 물리적으로 혼자 있을 때가 전혀 없고, 사람들이 끝없이 이 장소를 오가지. 질문, 처리해야 할 일들, 목소리들. 식사마다 다섯, 여섯, 일곱, 여덟 사람이 참석해. 시어머니를 기약 없이 여기 머물게 해야 하고. 누가 오고 누가 가는지도 전혀 모르겠어. 집 안에는 온통 소파 위에서 자는 사람들로 난리야. 이 모든 일이 외적으로 매우 힘들고, 나란 사람이 사적이고 개인적인 삶에서는 늘 언제나 엄청나게 이기적이라는 사실을 깨닫게 해. 더 이상 나 자신의 유난한 성격대로 살 수 없으니, 이 일이 의외로 유익하려나?

그리고 그 아래, 두 번째 층위에는 불안이 있어. 내가 염려하는 젊은 애들, 삶이 엉망이 되었고, 아마도 끔찍한 방식으로 삶을 잃게 될 그 아이들, 벤은 대공포대에서 비행기가 급강하해 기관총을 쏠 때를 대비해 낮게, 6백 피트 높이로 조준 발포하는 법을 배우고 있어. 나이젤은 왕실 근위대에 소집되기를 기다리고 또 기다리고 있어. (열여덟 살인) 피어스는 벌써 H.A.C.*에 입대했어. 내 조카 존은 스무 살인데 당장이라도 징집되기를 기다리는 중이야. 해럴드는 아직 아무 업무도 배정받지 않아서 조바심 내고 있어. 더군다나 그이가 정말 취직이 된다면 거의 런던에서 지내야 한다는 소리잖아. 공습이며 온갖 것을 다 감당하고.

그리고 가장 깊은 곳에 있는 세 번째 층위에는 이 모든 사악하고 어리석은 짓거리를 보며 느끼는 슬픔과 절망이 있지.

나란 사람은 아주 불행하고 내내 몹시 지쳐 있는데, 당신은 안 그래? 나는 살면서 육체적으로건 정신적으로건 이렇게 피로를 느낀 적이 없어. 이게 지금까지 2차 독일 전쟁에서 내가 받은 주된 인상인 것 같아. 완전한 기진맥진함과 피로. 공포는 나중에야 오는 게 틀림없어. 2주일이나 뒤 그 정도 안에 저들이 폴란드를 끝장내면 그제야 찾아오겠지.

당신을 보면 좋겠어. 아침에 전화해서 점심을 먹으러 가도 되는지 물어봐도 될까? 휘발유가 아직 있어. 아니면 직원들에게서 좀 벗어나게 당신이 여기 오는 게 더 좋으려나?

포토 데리고 와.

* 포병대.

"지난날 눈은 다 어디로 사라졌지?"*

당신의

V.

   어쨌든 쿠엔틴은 안전할 거라니 기쁘네. 버네사와 당신 두 사람 모두를 생각해서 기뻐.

*   15세기 프랑스 시인 프랑수아 비용의 시 구절로 이미 죽은 과거의 아름다운 여인들을 애도하는 의미이다.

1939년 12월 3일

서식스, 루이스 인근, 로드멜, 멍크스하우스

당신 책[*]을 보내주다니, 당신은 정말 착해. 정말 감동했어. 아직 못 읽었는데(게다가 당신은 내가 그걸 예술 작품으로 생각해주기만 한다면 의견이야 어떻든 눈곱만치도 신경 쓰지 않을 것 같고. 신경 쓸까?) 살짝 들춰 봤는데, 솔리유^{**}와 장터와 녹색 유리병에 관해서 읽었어. …침대 옆에 두고 밤에 깨어 있을 때 계속 읽을게. 아니, 수면제로 쓰겠다는 게 아니라 안정제로 쓰겠다고. 할퀴고, 후벼 파고, 시린 이 우주에서 치료약이 될 분별과 양치기 개 한 스푼…

---

* 《시골 수기》.

** 브루고뉴.

1940년 3월 12일

멍크스하우스

당신 편지를 받아서 정말 기뻐! 그리고 정말 신기했어! L.은 우리가 연락이 뜸해졌다고 생각할 것 같지만, 나는 **단 한 번도** 비타와 뜸해졌다고 느낀 적이 없다고 말했거든. 이상하지만 진짜야…

내게 이번 주는 유행성감기의 주야. 나아지지 않는데, 이번 주말쯤에는 일어설 수 있길 바라고 있어. 아, 목이 빌***아파.

그리고 이 종이 쪼가리가 내가 발견할 수 있는 전부였어.

하지만 내 사랑, 당신 편지를 받아 어찌나 좋은지! 이 편지가 얼마나 기운을 북돋아주는지! 내가 당신 입술에서, 무엇이 당신을 걱정하게 만드는지 직접 듣기를 얼마나 애타게 바랐는지 알아? 당신이 날 따돌릴 리는 절대 없으니까, 그렇고말고. 단 한순간도 마음이 덜 했던 적은 없어. 이상하지 않아? 그리고 그게 내가 편지를 안 쓰고 기다린 이유야. 그럼, 꼭, 꼭 와 줘. 당신이 오면 얼마나 재밌을까, 얼마나 기쁠까.

1940년 3월 19일

서식스, 루이스 인근, 로드멜, 멍크스하우스

가장 소중한 사람,

당신이 편지를 쓰지 않아서 좀 많이 겁이 나. 내가 편지에 요전 날 뭔가 바보 같은 소리를 썼을까 봐. 그 편지는 당신 편지를 받고 너무 기뻐서, 열이 오르는 와중에 급하게 쓴 거야. 그래서 아마도 뭔가 당신을 상처 입히는 말을 했겠지. 그게 **무엇**인지는 모르겠어. 단 한 줄만이라도 보내줘, 왜냐하면 침대에 누워 있을 때 걱정이 얼마나 치솟는지 당신은 알잖아. 그리고 나는 내가 뭘 썼는지 기억을 못 하겠어.

그게 뭐든 독감 때문이었을 테니 용서해줘. … 이 편지는 내가 왜 바보 같고 까다로웠는지를 설명하려고 쓰는 것 같아. 내가 얼마나 당신에게 기대고 있는지를 보여주기도 하고. 당신을 짜증 나게 했거나 상처받게 한 단어가 뭐든 내게 일깨워줘. 카드 한 장에 한 줄, 그게 내가 부탁하는 전부야.

1940년 4월 24일

내가 당신 집에 가서 함께 지내도록 해줘서, 그리고 내내 다정하게 대해줘서 고마워.

당신의 우정은 내게 정말 많은 걸 의미해. 실상 내 삶에 가장 중요한 것 중 하나야.

레너드에게 내가 가져간 식물을 실수로 잘못 알려줬다고 전해줄래? 레비시아 **트위디**가 아니라 레비시아 **헤크네리**일 거야.

당신을 위해 찾아낸 이 편지지, 괜찮지 않아?*

나는 당신에게 정말 감사해. 내가 꼭 소설을 계속 써야겠다는 기분으로 집에 돌아갈 수 있게 해줬잖아. 당신에게 가기 전에는 소설 때문에 의기소침해 있었거든.**

그런데 당신에게 소설에 관해서, 다른 누구에게도 절대 하지 않을 이야기를 하자 당신이 몹시 적절한 말을 해줬어.

덕분에 좌절하지 않고, 오늘 저녁에는 원고에서 도망치려 애

---

* 편지지에는 비타가 1933년 3월과 4월에 방문했던 그랜드캐니언 국립공원의 로고가 인쇄되어 있다.

** 버지니아 사망 후 호가스 출판사는 비타의 소설 《그랜드캐니언》 출판을 거절했다. 이후 비타는 호가스 출판사에서 더 이상 책을 출간하지 않았다.

쓰는 대신 원고를 다시 꺼냈지.

아침 식사 테이블에 내가 금색 상자를 놓고 오진 않았어? 보내지 말고, 우리가 펜스허스트에서 만날 날을 대비해 간직해줘. 미안해. 뭔가를 놓고 가는 손님처럼 귀찮은 게 없는데. 그래도 당신에게 그 작은 상자를 나를 위해 간직해달라고 부탁해야겠어. 그게 제법 보물이거든. 언젠가 그리스에서 돌아오는 길에 로마에서 아이린 레번즈데일이 준 거야.

펜스허스트, 그리고 우리의 소풍 잊지 마.

당신의 올랜도

1940년 4월 28일 일요일

서식스, 루이스 인근, 로드멜, 멍크스하우스

아, 포토는 다시 당신 차의 바큇살과 뒤엉켜 놀 수 있어 너무 좋아해. 그래, 당신이 와줘서 대단히 기뻤어. 사실 이렇게 얼어붙은 시기에는 가능한 한 자주 만나는 게 의무나 다름없잖아? 추운 밤을 지새우며, 뼈 마디마디가 달달 부딪쳐도, 우리가 서로를 따뜻하게 데울 수 있도록? …

소중한 비타, 부디 다시 와줘. 당신은 휘발유도 탱크에 가득 채웠잖아.

1940년 8월 1일

켄트, 시싱허스트 성

사랑하는 버지니아, 당신 책*을 보내주다니 천사가 따로 없어. 책은 방금 도착했어. 벤에게 소포를 보낼 거야. 벤도 읽게 한 권 보내주려고. 이걸 주다니 당신은 정말 너무 후해. 벤이 얼마나 좋아할지 말 안 해줘도 알지. 이 책은 때맞춘 선물처럼 그 애 생일에 도착할 거야. 책을 다 읽으면 당신에게 다시 편지 쓸게.

하룻밤 놀러 가겠다고 편지를 보내기엔 모든 상황이 너무 불확실해 보여(침공에 관해 말하는 거야). 하지만 지금처럼 상황이 질질 끌면서 변하지 않으면, 이번 달에 하루 가도 될까?

발이 묶여서 집에 못 돌아오는 건 싫어! 전쟁 기간 내내 당신이 원치 않게 날 떠맡는다고 생각해봐.

휘발유 배급표를 충분히 보내주면 여기에 올래? 당신이 짧은 여행을 좋아하기도 하고, 이제 책에 신경 쓰지 않아도 되니까. 생각해봐.

당신의

V.

* 《로저 프라이 전기》.

1940년 8월 6일

서식스, 루이스 인근, 로드멜, 멍크스하우스

···너무 시간에 쫓기는 중이라 이보다 빨리 쓸 수는 없었어. 이제 별 의미 없이, 힘주어 제안을 해보자면, **16일 금요일에**··· 밤을 보내고 가. 이게 토요일 종일을 의미하는 건 알겠지. 점심을 못 먹고 간다거나 시싱허스트에서 누가 기다린다든가 하기는 없기.

아주 큰 화물 트럭들이 강을 따라 모래주머니를 나르고 있어. 둑을 따라 총이 설치되는 중이고. 그러니 모두 불길에 휩싸이기 전에 와···

1940년 8월 9일

켄트, 시싱허스트 성

있지, 16일에는 못 가. 왜냐하면 지붕이기 시연(여성농촌부대)에 가겠다고 약속했거든. 대신 26일 이후에 가도 될까? 그날이 내가 확실하게 갈 수 있는 가장 빠른 날짜야. 예정에 없이 사람들이 내 예비 탱크를 비우는 바람에 이제 휘발유가 달리는데, 당신을 보는 기쁨을 위해서라면 쿠폰을 모아놓을게. 참 정중하지? 하지만 가장 정중한 말보다도 더 진심을 담고 있어.

당신 책*은 정말 마음에 들어. "좋은 책"이라고 포스터 씨가 평했듯이 말이야. 이렇게 좋은 책을 쓰다니 똑똑한 포토. 여러 가지 중에서도 날 즐겁게 하는 건 갑자기 정색하고 포토가 진지할 때야. 이걸 정말 자기가 썼다고 일깨우려 때때로 꼬리를 흔드는 건 빼고 말이지. 이러면 이건 착각할 수가 없지.

아직 다 읽진 못했어. 마을에서 정원 바자회가 있었거든. 그래서야. 부분적으로는.

해야 할 이야기가 두 가지 더 있어. 하나는 레너드가 기뻐할 만한 선물을 보냈다는 거야. 4펜스나 들인 물건이니 울프의 자부심에 금이 가진 않을 거야. 그리고 도구 욕심이 있어서라도

* 《로저 프라이 전기》.

손이 근질거릴걸. 레너드가 벌써 그걸 알고 있으면 실망스러울 거야. 두 번째는 내가 '시골 노트'를 잔뜩 가지고 있다는 거지. 마이클 조셉이 삽화를 더해 비슷한 책을 출판한 이후로 모아뒀어. 이번 가을에 당신네 출판사에서 아직 출판된 적 없는 이 노트를 저렴하고 삽화도 없는 작은 소책자로 출판할 의향이 있을지? 가령 크리스마스카드 판매 시기에 맞춰 1실링에 판다든지? 귀하께서 사양한다고 말해도 전혀 마음 상하지 않을게. 담배 만들기용 옷은 뇌물로 주는 건 아냐.

이제 당신이 여기 와야만 한다고, 다시 한 번 긴급하게 초대할게. 다만, 제길, 이제 나는 더 이상 당신 휘발유 통을 채워줄 수 있는 입장이 아냐. 지난주에는 휘발유 자부심이 아주 넘쳤는데, 이제는 내 사랑스러운 휘발유가 다 사라졌어. 그럴 줄 몰랐던 건 아니지만, 최선의 상황이길 빌었거든. 아무튼 그래도 여전히 당신을 위해 1갤런은 만들 수 있을 것 같아, 당신이 오기만 한다면.

당신의 다정한

V.

내가 요전에 보석들과 유언장을 더 안전한 장소로 보냈다고 말했던가? 그 외에 같이 보낸 유일한 보물이 《올랜도》의 필사본이라는 것도?

1940년 8월 12일

서식스, 루이스 인근, 로드멜, 멍크스하우스

1. 30일은 어때? 조건은 같아. 토요일 점심.

2. 레너드가 이 도구를 이미 **갖고** 있다고 말하지 않을 수 없지만, 그래도 고맙대.

3. '시골 노트' 아이디어는 열의를 갖고 받아들일게. 벌써 존에게 알렸어. 이 사람이 공식적으로 연락할 거야…

1940년 8월 30일 금요일

서식스, 루이스 인근, 로드멜, 멍크스하우스

조금 전까지 당신과 이야기를 했어. 너무 이상한 기분이다. 여기는 완벽하게 평화롭고, 사람들은 볼링을 치고 있어, 나는 방금 당신 방에 꽃을 놓고 왔어. 그리고 당신은 주변에 폭탄이 떨어지는 그곳에 있지.

내가 무슨 말을 할 수 있겠어. 당신을 사랑한다는 것과 이 이상하게 조용한 저녁을 거기 홀로 앉아 있는 당신을 생각하면서 견디지 않으면 안 된다는 말 외에.

세상에서 가장 사랑스러운 사람, 단 한 줄만이라도 보내줘.

당신은 내게 정말로 큰 행복을 줬어…

1940년 9월 1일

켄트, 시싱허스트 성

아, 소중한 사람. 오늘 아침 당신 편지에 내가 얼마나 감동했
는지. 수란에 눈물을 떨굴 뻔했어. 당신의 드문 애정 표현은 늘
나를 엄청나게 감동시키는 힘을 지녔지. 내가 약간 긴장하면(거
의 무의식적으로), 그 애정 표현은 지붕에 떨어진 총알처럼 탕 하
고 내 심장에 날아와. 나도 당신을 사랑해, 당신도 알지.

지난 금요일에는 집을 비우고 싶지 않았어. 마을 구급차를 운
전할 사람이 나밖에 없었거든. 전투는 종일 계속되고, 멀리서는,
아주 멀리도 아니었지만, 불길하게 쿵쿵 소리가 나는데 말이야.
하지만 봉사해줄 부인을 구해서, 필요하면 그 사람이 나 대신 구
급차를 몰면 돼. 그 사람 인생사는 정말 낭만적이어서 당신이 들
으면 좋아할 거야. 그중엔 코르시카의 포도밭 이야기도 있어. 5
년을 경영했는데 산적들이 못살게 굴어서 그만두었대. 하지만 이
건 그 사람이 결혼 생활에서 겪은 비극에 비하면 아무것도 아냐.

아무튼, 이제 벗어날 수 있단 뜻이야. 그러니 언젠가 아침에
전화를 걸어 내가 가도 되겠냐고 물어도 될까?

레너드에게 내가 '시골 노트'를 출판사로 보냈다고 말해줄래?
내가 서명한 우리 계약서 사본도 보냈어.

당신의 다정한, 아주 그리고 영원히 다정한

V.

1940년 10월 4일

서식스, 루이스 인근, 로드멜, 멍크스하우스

"아, 기쁘군." 이건 내가 비타가 온다고 하자 레너드의 표현 그 대로야. 사람들이 온다고 했을 때 울프 부부가 대개 뭐라고 하 는지 당신이 들었다면…

그러니 와. 우리가 제안하는 건 **수요일**이야. 당신이 목요일 점 심까지 먹고 가는 조건으로…

공습이 꽤 지속되네. 두 개의 폭탄이 내가 저녁 식사로 주문한 듯 2킬로미터 떨어진 습지에…

1940년 10월 10일 목요일

켄트, 시싱허스트 성

당신과 함께 있어서 참 좋았어. 당신 집에 놀러 가서 정말 즐거웠어. 내가 말로 표현할 수 있는 것보다 더 당신과 함께 있는 게 좋아. 내가 **당신**을 사랑하는 거 알지, 그리고 레너드도 좋아하고. 사랑하는 것과 좋아하는 것 사이엔 차이가 있지. 그러니 당신은 내가 사랑하는 사람이고, 레너드는 내가 좋아하는 사람이야. 나는 정말 레너드가 몹시 좋아.

이 말 하니까 생각나는데, 레너드가 빌려준 15실링을 보내. 그리고 레너드에게 내가 더블데이 출판사에 편지를 쓰고 있다고 재차 전해줘. 내가 호가스 출판사에 부도덕한 짓을 저지르려 했다고 레너드가 생각하지 않았으면 좋겠어. 내가 그런 짓을 절대할 리 없다는 걸, 적어도 의도적으로 그럴 리 없다는 걸 레너드가 알 거라고 생각해.

아무튼 내가 실수를 즉시 바로잡겠다고 그 사람에게 말해줘.

내 사랑, 당신과 보낸 행복한 시간에 감사해. 당신이 아는 것보다 더, 당신은 내게 중요해.

당신의 V.

1940년 11월 29일

멍크스하우스

내가 빅토리아 여왕이라면 좋았을 텐데. 그러면 당신에게 감사를 표할 수 있었겠지. **남편을 잃고 상처받은 내** 마음 깊은 곳으로부터. **절대**, 절대, **절대** 우리는 이렇게 **열광적으로 믿기 어렵고 영예로운…** 아냐,[*] 이 문체로는 못 쓰겠다. 내가 말해줄 수 있는 건, 집에 놓여 있던 포장된 상자 안에서 버터를 발견했다는 것(루이가 찾았어), 그걸 보자마자 내가 "버터가 1파운드는 족히 되겠네" 하고 말하면서, 그 덩어리를 잘라 다른 것 없이 입에 넣었다는 거야. 영광이 내 마음을 채워 우리의 일주일치 배급량 전체를, 엄지손톱만 한 양이지만, 루이에게 주었지. 불멸의 감사를 받을 자격이 있으니까. 그러고 나서 앉아서 빵에 버터를 발라 먹었어. 잼을 더했다면 신성모독이었을 거야.

…폭탄이 가까이에 떨어져. 괜찮아. 비행기 한 대가 습지에 격추됐어. 괜찮아. 넘치는 물을 둑으로 막았어. 괜찮아, 무엇도 당신의 버터가 놓인 받침대에 걸맞은 화환은 못 돼.

[*]   원본에는 볼드체가 여러 번의 밑줄로 강조되어 있다.

1940년 박싱데이

멍크스하우스

　당신을 향한 흠모를 더 키울 수 있다면, 당신의 거룩한 버터가 크리스마스 아침에 도착했다는 바로 그 사실 때문일 거야. 다른 사람이라면, 그러니까 나라면, 그걸 아무 때고 다른 날 보냈을 거야. 올해는 그냥 되는 대로 오리 한 마리로 인색하게 명절을 쇠려던 레너드와 나는 칠면조 열 마리 가치는 있을 버터를 먹으면서 진탕 잔치를 벌였지. 아, 정말 훌륭한 선물이야!

　아, 비타, 당신은 정말이지 아름다움의 보고야!…

　신선한 버터 1킬로그램이라니.

　나는 당신에게 뭐 하나 준 적 없건만. 왜 그런지 몰라. 거기에 당신 책으로 벌어들인 2천 파운드 정도의 수입도 더해야 할 테고, 그 책들의 의미야 말할 필요도 없지.

　《하드윅 베스의 생애》와 《레이디 클리포드의 생애》 구했어? 구했으면 당신이 올 때 가져와서 빌려줘. 또 한 번 아낌없이 베풀어줘… 그리고 내가 이디스 존스에게 점심 먹자고 권하면 어떨까? 그러면 당신은 과할 게 분명한 여정을 줄일 수 있겠지. 그 다음에 내가 정원에 슬쩍 나와서 당신을 두고 가면 되잖아. 그러고 싶어서는 아니지만. 아아, 아니고말고…

1941년 1월 2일

켄트, 시싱허스트 성

내가 방금 벤에게 받은 편지에서 발췌한 이 구절을 당신이 좋아할지도 모른다고 생각했어. 어쩌면 버터보다 더 마음에 들지도 몰라.

"사람들이 버지니아 아주머니가 시간을 초월한다고 말할 때, 저는 동의해요. 시릴 코널리의 손글씨로 쓴 '우아한 1922년 추상주의자. 현실 감각 없음. 낭만주의의 상아탑' 같이 말끔한 이름표를 아주머니의 목에 달려는 시도는 아직 이뤄진 적이 없죠. 가장 순수한* 정신들만이 그의 꼬리표를 피할 수 있어요. 포스터는 피했지만, 헉슬리는 그러지 못했죠. 하디는 피했지만, 하우스만은 못 피했고요. 프루스트는 피했고, 바레스는 그러지 못했어요. 문학 비평의 새로운 학파를 대하는 어머니의 삐딱한 시선은 알지만, 거인들, 그러니까 프루스트, 지드, 버지니아, 포스터, 예이츠, 조이스는 늘 합당한 존경을 받는다는 걸 인정하셔야 할 겁니다."

응, 《레이디 클리포드의 생애》는 가지고 있는데 《하드윅 베스의 생애》는 없어.

응, 나는 이니드(**이디스가 아니라**)에게 오찬을 들자고 했어(그 사람 주소는 로팅딘 엘름스가야). 그 일이 많은 문제를 해결해줄 텐데, 내가 바라는 것보다 당신이 일찍 자리를 뜰 필요가 없는 것은 물론이고 레이디 존스를 몹시 우쭐하게 만들겠지. 당신이 자리를 비켜줄 필요는 없어. 숨길 게 없거든. 우리 우정은 순전히 플라토닉하고 늘 그랬어.

이니드는 1880년에 만들어진 사륜마차를 가지고 있는데 그걸 직접 몰고 돌아다녀. 그러니 로팅딘에서 태워 올 수 있을 거야. 마차에 매고 다니는 말은 전에는 사냥에 타고 나갔던 녀석이어서 길에서 표지판만 봐도 펄쩍 뛰어.

힐다에 관해서 여섯 줄 정도 써줄 수는 없겠지, 그렇지? 당신 친구 아이린 베이커와 내가 엮을 작은 책에 싣게. 당신이 좋아한 적이 없단 거 알아.*

＊ 이 단어는 '가장 순수한purest'일 수도 있고 '가장 격렬한fiercest'일 수도 있는데, 이 녀석 필체를 못 읽겠어.

＊   편지의 나머지 부분은 유실되었다.

1941년 1월 14일

켄트, 시싱허스트 성

일 먼저. 당신이 에피사이키디언[*]인지 뭔지라고 부르는 그걸 봤는데, 내 슬라이드가 적절할지 모르겠어. 그러니 하나 보내볼게. 실수로 복사해서 남는 거니까, 혹시 망가질까 봐 걱정하지 않아도 돼.

그리고 아이린 노엘 베이커는 무슨 일로 와서 머무냐고? 제일 중요한 이유라면 힐다 일로 나를 만나고 싶어서고(아이고, 난 당신이 불쌍한 힐다를 그렇게 맹렬히 싫어하는 줄 전혀 몰랐어. 그냥 좀 부정적인 감정 정도라고 생각했지.) 요새는 점심만 먹고 가라고 누구를 부르려면 상대가 차가 있어야 하는데, 아이린에게는 차가 없고, 나도 일부러 런던까지 다녀올 생각은 없어서 자고 가라고 하는 방법 외에는 대안이 없었어. 대체 뒤에서 무슨 일이 있었는지 더 말해줘. 아이린은 입이 무거워서, 무슨 일이 있었는지 모르겠지만, 입을 안 열더라. 당신 형제랑 관련된 일이었을까?

앞서 말한 언급은 뭐 하나 우정을 회복하는 데 도움이 되지 않을 듯하네. 그게 정말로 회복할 필요가 있다면 말이야. 맞지?

---

[*] 비타는 버지니아가 '에피디아스코프'라고 말한 것을 혼동하고 있다. '에피사이키디언'은 퍼시 셸리가 1821년에 출판한 시 제목이다.

개인적으로는 불안정한 기분 때문에 뭘 어째야 할지 모르겠어. 아무튼 무슨 이야기를 해야 당신이 친밀감을 다시 느끼려나? 눈이 와서 나의 폐허에 완전히 갇혔기 때문에 사건이랄 게 거의 없어. 해럴드는 잉글랜드와 스코틀랜드를 돌아다니느라 멀리 떠났고, 나는 크리스마스 당일 이후 차가 없어서(벤이 갖고 나갔다가 밤새 바깥에 방치해서 차가 얼어붙었고, 그 이후 아직 돌아오지 못했어) 바깥세상은 거의 존재하지 않다시피 해. 하지만 상황이 이렇게 되기 전에 되살아난 과거는 거의 10년이나 본 적 없는 바이올렛(트레퓨시스)이라는 사람의 얼굴로 나를 대면하러 왔지. 우리는 중립지대인 시골 여관에서 '잃어버린 시간을 찾아서'식의 아주 이상한 오찬을 했어. 바이올렛은 프랑스에서 모든 것을 잃었고, 원고는 파터노스터로*에서 불에 탔대. 바이올렛은 내가 사는 곳 근처에 집을 구하겠다는 위협적인 소리를 하더니 다행히도 서머싯으로 떠났지만, 편지는 주고받으려고. 진짜 안됐더라. 아주 쓸쓸해 보였어. 집과 재산이 전부 사라지고 나니 말이야.

아, 2월의 셋째 화요일을 얼마나 기대하고 있는지 몰라.

당신의 V.

바이올렛이 당신과 나에 관해 말로만 듣던 유도 심문이란 걸 하더라.

* 출판사가 모여 있는 런던 지역.

1941년 1월 19일

로드멜, 멍크스하우스

연보라색이나 분홍색, 보라색 같은 음영용 잉크를 좀 사야 해. 중요한 말뜻에 그림자를 넣으려고. 검은 잉크만 쓰니까 당신에게 여러 번 말뜻이 잘못 전해지더라고. 농담이었어. 우리 사이가 멀어졌단 거. 당신이 글을 쓰길 바란다는 말은 진지하게 한 이야기고. 내가 힐다를 싫어한다니, 오해야. 나는 그냥, 뭐랄까? 힐다의 생각을 이해하기가 좀 어렵고, 조목조목 반박하고 싶은 기분이 들었을 뿐이야. 힐다만큼이나 내 쪽에도 잘못이 있지. 그리고 타이밍 안 좋게 시빌네 집에서 저녁을 먹다가 사나운 질투가 폭발해 나를 사로잡았기 때문이야. 그래, 그래서야. 색깔 잉크를 꼭 사야겠어…

바이올렛 트레퓨시스가 유도 심문을 했단 건 무슨 소리야? 바이올렛이라면 아직도 기억해, 새끼 여우처럼 온통 향기를 내뿜고 유혹하던… 당신은 그 여자를 왜 사랑한 거야? 그리고 힐다는 왜 사랑했어? 이 이야기들 다 짚어봐야 하는데. 나는 새로운 연인이 생긴 것 같아. 의사인데, 윌버포스 가문 사람이고, 친척이야. 아! 이 이야기를 들으면 당신 마음이 아프려나! 나, 아직도 위에서 세 번째 계단에 있어?

1941년 2월 27일

켄트, 시싱허스트 성

부끄러워라. 당신에게 감사 편지도 안 쓰고 약속한 난로 불쏘시개도 안 보내다니. 하지만 여기 두 가지가 함께 도착했어. 이 불쏘시개는 미국에서 '리틀 원더'로 알려졌는데, 이름값을 해. 불이 붙을 수 있는 파라핀 잼 단지는 무슨 일이 있어도 절대 불 근처에 두지 마. 불꽃이 튀어서 파라핀에 들어갈 수 있어. 그러니까 늘 난로 한 켠에 세워두고 리틀 원더가 아직 뜨거울 때는 절대 거꾸로 잼 단지에 넣지 마. 그러면 확 타오르기 쉬워. 제 일을 하도 열정적으로 해서 말이지.

이니드가 자기 희곡 〈로티 던다스〉는 보냈어? 내게도 보냈는데, 큰돈이 될 작품인 것 같아서, 존스 경이 로이터를 사임한 게 가족 재정에 문제가 되진 않겠더라.

여기까지 썼는데 내 탑에 기어오르려는 경관이 있어서 방해를 받았어. 경계심에 왜 그러시냐고 했지. 경관의 답변이 너무 엘리자베스 시대 사람다웠어. "저희가 새벽부터 황혼까지 경계 중이거든요. 황혼부터 새벽까지는 국방 시민군을 맞이하실 겁니다."

V.

1941년 3월 4일

멍크스하우스

아, 세상에서 가장 소중한 사람, 이제 당신의 적선으로 쌓은 언덕에 불쏘시개를 하나 더 얹었었네. 우편환, 버터, 양모, 책들, 그 위에는 불쏘시개. 거기서 멈춰줘. 불 위에는 아무것도 얹을 수 없는 법이야. 거기서 끝내야 시적으로 적절하단 거 알겠지. 당신이 지닌 삶이란 개념은 어쩌나 아름다운지. 아, 빌어먹을 법. 레너드 말이 우리가 당신 휘발유 티켓을 쓸 수 없다네. 또 다른 선물이었건만…

혹시 당신이 건초를 팔 수는 없겠지? 우리에게 버터를 공급하는 헨필드에 사는 옥타비아 윌버포스의 소들이 굶고 있어. 그래서 물어보겠다고 했거든.

답이 없으면 없는 줄 알게.

1941년 3월 6일

켄트, 시싱허스트 성

건초! 야단났네, 건초라고! 내가 건초를 구하러 켄트 지역의 월드 전체를 구석구석 다니지 않았겠어? 건초가 없어. 우유도 귀해. 그래서 당신에게 버터도 더 못 보냈어. 그리고 그런 까닭에 올해는 시싱허스트의 잔디도 전혀 베지 않고 자라게 됐지. 건초! 아이고, 맙소사!

휘발유 쿠폰에 관해서는 레너드가 이번에 잘못 알았어. 나도 레너드만큼이나 불법적인 일은 전혀 안 해. 하지만 버스로 오는 걸 정말 견딜 수 있다면 호크허스트까진 쉽게 마중 나갈 수 있어. 오후에 당신을 엘런 테리에게 데려갔다가 호크허스트로 다시 태워줄게. 당신은 내게 알려주기만 하면 돼. 3월 19일과 20일만 빼면 아무 때나 괜찮아. 19일에는 위원회가 있고, 20일에는, 뭐가 있게? 지역 여성 학교가 있어.

사랑을 담아

V.

1941년 3월 22일[*] 토요일

멍크스하우스

〈뉴스테이츠먼〉에서 온, '버지니아 울프 양' 앞으로 된 이 편지 좀 봐. 정말 이상한 텔레파시지! 아니, 난 당신이 아냐. 작은 앵무새들은 키우지 않아.

루이는 살아남았어. 음식 부스러기를 먹으며 살고 있지. 하층 계급의 소박한 새들인 것 같아. 우리가 가게 되면, 혹시 살아남으면 한 쌍 데리고 갈까? 전부 금방 죽으려나? 우리가 언제 가게 될까? 신은 아시겠지…

---

[*] 멍크스하우스에서 쓴 이 편지를 마지막으로 버지니아 울프는 1941년 3월 28일 우즈 강에서 자살했다. 비타는 소식을 접한 뒤 3월 31일 남편 해럴드에게 편지를 썼다. "방금 엄청난 충격을 받았어. 버지니아가 스스로 목숨을 끊었대. 보도는 안 됐지만 레너드와 버네사가 편지를 보냈어. 레너드 말로는 버지니아가 최근 몇 주 동안 안 좋았고, 다시 미칠까 봐 무서워했대. 나는 어떻게 받아들여야 할지 모르겠어. 그렇게 사랑스러운 정신, 사랑스러운 영혼을 지닌 사람이 더군다나 내가 마지막으로 만났을 때는 정말 잘 지내고 있는 것처럼 보였거든. (…) 여전히, 나는 거기 가서 버지니아가 어떤 심리 상태인지 알았다면 그녀를 구할 수도 있지 않았을까 생각해."

옮긴이의 글

단단한 자신으로 쌓아 올린 견고한 관계,
버지니아와 비타

버지니아 스티븐은 1882년 런던에서 태어났다. 아버지 레슬리 스티븐은 영국 인명사전을 편찬한 성공한 문인이었다. 아름다운 외모의 어머니 줄리아 스티븐은 라파엘 전파 화가들과 이모인 사진작가 줄리아 마거릿 캐머런의 모델이었다. 두 사람 사이에서 버네사, 토비, 버지니아, 에이드리언 네 아이가 태어났다. 양친의 풍부한 문화적 자산은 버지니아의 형제들이 글과 그림의 영역에서 일궈낼 성취의 토양이 되었다.

1904년 아버지가 대장암으로 죽고 난 뒤 네 남매는 런던 블룸즈버리로 이사했다. 자매는 빅토리아 문화에 젖은 가정의 속박에서 벗어나 창조적이고 지적인 삶으로 이행할 기회를 얻었다. 토비의 케임브리지 친구들이 집에 드나들기 시작했고, 이 모임은 두 자매를 포함해 차차 '블룸즈버리그룹'이라고 불리는 진보적인 지적 공동체로 발전했다.

버지니아는 블룸즈버리 집에 드나들던 레너드 울프와 1912년에 결혼했다. 두 사람의 결혼은 낭만과 열정보다는 신뢰로 맺어진 결합이었다. 이복형제들에게 추행당한 후 자신의 몸에 수치심을 느낀 버지니아는 육체적 관계에 열의가 없었다. 레너드는 이를 수용했고, 버지니아의 문학적 열정을 존중했다.

버지니아보다 10년 늦게, 비타 색빌웨스트(빅토리아 메리 색빌웨스트)는 1892년 남작 가문의 외동딸로 태어나 켄트 지방에 있는 놀의 대저택에서 성장했다. 어머니 빅토리아 색빌웨스트는 2대 색빌웨스트 남작과 스페인 무용수 페피타(조세파 듀란) 사이에서 태어난 사생아로, 10대 시절 영국으로 이주한 이후 낭만적인 배경과 이국적이고 아름다운 외모로 숱한 남성에게 구애를 받은 사교계의 유명 인사였다. 그녀와 열애 끝에 결혼한 비타의 아버지 라이어널은 빅토리아 여왕과 사촌지간으로 후에 3대 색빌웨스트 남작이 되었다. 그러나 두 사람의 열정은 비타가 태어난 후 시들해졌고, 부부가 각기 연인을 두며 멀어졌다. 귀족 가문의 비사와 연애담이 뒤얽힌 낭만적인 이야기는 후에 버지니아가 비타를 모델로 쓴 전기소설《올랜도》와 비타가 외조모와 어머니, 자신에 이르는 삼대를 그린 자전소설《페피타》에 담겼다.

비타의 어머니 빅토리아는 외동딸에게 애정을 퍼부었다. 그러나 비타가 여성스럽고 사교적인 귀부인으로 크길 바라는 기대에 못 미칠 때면 참지 못했다. 남자아이처럼 입고 짓궂은 장난을 일삼았던 말괄량이 비타에게는 종종 부담스러운 기대였다.

비타의 크로스드레싱은 바이올렛 튜레퓨시스와의 연애로 유명하다. 줄리언이라는 남자 이름을 쓰고 바지 차림으로 돌아다니면서, 비타는 자신의 남성적인 측면을 표출했다. 버지니아가 올랜도를 위화감 없이 남성과 여성의 삶을 오가는 인물로 그린 것은 비타가 실제로 그러했기 때문일 것이다.

《올랜도》를 유명하게 만든 다른 요소는 구체적으로 묘사된 놀의 대저택이다. 블룸즈버리가 버지니아에게 예술적 실험의 양분을 제공했다면, 비타에게는 놀이 근원적 장소였다. 비타가 성장한 이 드넓고 고풍스러운 집에는 방이 365개나 되었고, 구석구석에 왕족이 가문에 하사한 물건들이며 색채 유리를 통과한 알록달록한 빛, 출처를 명확하게 알 수 없는 다양한 소리로 차 있었다. 놀에 대한 애정은 어머니 빅토리아에게서 물려받은 것이었지만, 당시 법에 따르면 딸인 비타가 저택을 상속할 수 없었다. 가질 수 없는 이 장소에 대한 슬픔과 그리움은 오랫동안 비타를 괴롭혔다. 《올랜도》에서 가상으로나마 이 저택을 비타의 분신에게 쥐여준 것은 버지니아의 위로 어린 선물이었다.

그러나 실제 삶에서 비타는 1913년 외교관인 해럴드 니컬슨과 결혼해 시싱허스트에 새로운 집을 꾸몄다(비타와 해럴드가 이곳에 꾸민 정원은 오늘날 대단히 유명해졌다). 상류 사교계에 속한 부모는 탐탁지 않아 했던 구혼자였지만, 비타와 해럴드는 버지니아와 레너드가 그랬듯 상호 신뢰와 대화, 존중으로 단단한 부부 관계를 쌓았다. 그러나 비타와 해럴드의 결혼 생활은 성적으로는 버지니아 부부보다 파격적이었다. 비타는 지적이거나 감정적으로 매력적인 여러 남녀와 연애를 이어갔고, 해럴드도 동성

연인들을 두었다.

　사실 이런 자유로운 교제 방식은 블룸즈버리그룹의 생활 방식에 더 가까운 것이었다. 블룸즈버리 고든 하우스에서 새로운 삶을 시작하며 버지니아는 이곳을 "모든 것이 새로워질 곳, 모든 것을 다르게 해볼 곳, 모든 것을 시험대에 올릴 곳"이라고 묘사했다. 그 말처럼 블룸즈버리의 분위기는 개인을 속박하는 다양한 사회적 관습에 도전했다. 연애와 결혼은 성상 파괴의 주요 대상이었다. 당시 영국에서 동성애는 불법이었지만, 블룸즈버리의 젊은이들은 성적인 주제를 자유로이 입에 올렸고, 정신적으로나 육체적인 친밀감을 느끼는 데 다른 장애물을 두지 않았다.

　관습에 대한 비판적 태도와 도전은 블룸즈버리 안팎의 모더니스트들이 공유한 것이었다. 버지니아와 비타 역시 그러했다. 대학 대부분이 여학생을 받아들이지 않고, 여성이 가문의 재산을 상속할 수 없는 시대였으나, 두 사람은 창조자의 뮤즈나 조력자가 되는 대신 스스로 창조하는 길을 개척했다.

　버지니아와 비타는 역할이 아니라 자신에게 충실했다. 서로의 충실한 독자였고 지지자였으며, 연인이자 친구였다. 두 사람에게도 분명 열정과 독점욕의 시기가 있었지만, 이 관계는 두 사람이 결혼을 그렇게 꾸렸듯 길고 견고한 파트너십으로 발전했다.

　손으로 쓴 편지를 우편으로 받는 즐거움은 이제 드문 것이 되었지만, 오매불망 기다리던 물건을 받아 상자를 열 때의 희열을 아는 사람은 많을 것이다. 한 세기가 지나 매체가 변화하는 동안, 우리가 상대를 생각하는 마음을, 애정을, 공유하고 싶은 경험과 생각을, 기다림과 그리움의 마음을 전하는 방법도 달라졌다. 하지만 그럼에도 여전히, 쓰고 읽는 시간의 차이가 빚어내는 고유한 긴장과 기대, 길게 전개된 글 나름의 리듬과 쓴 사람의 마음을 더 깊이 들여다본 것 같은 만족감, 긴 편지가 으레 극복해야 하는 먼 거리의 애틋함을 독자도 공유할 수 있으리라고 믿는다.

작가의 일기를 읽을 때 그렇듯 작가의 편지를 읽을 때도 특별한 사람에 대한 호기심, 명민한 정신에 대한 선망, 유려한 언어의 즐거움과 일상적 친근함을 기대하게 된다. 그러나 편지에는 그 이상의 무엇이 있다. 두 사람의 상호 작용을 담은 기록이기 때문이다. 버지니아와 비타가 주고받은 편지를 엿보며 그 관계의 긴장과 달콤함, 명민함과 위트를 상상하는 일은 즐겁다. 문장의 생동감과 표현의 기민함에서 읽을거리로서 손색이 없는 이 사적인 기록들은 그 자체로 문학적이다.

비타와 버지니아가 주고받은 편지는 시와 소설의 형태로 두 사람이 완결해 내놓은 산물들보다 구조적으로 더 날것에 가깝고 형태적으로 느슨하다. 그러나 바로 그 때문에 더 보편적이라는 인상을 주기도 한다. 결혼에 함몰되지 않고 우정과 사랑, 사교와 전문적인 일을 아우르는 삶. 사적인 편지가 보여주는 격의 없는 말투와 개인적인 면모는 동시대 여자들이 공유하는 연대와 관계의 질감과 비교해 낯설지 않다. 두 사람의 다정한 수다는 오늘의 우리가 주고받는 귀여운 동물과 아름다운 풍경, 애정 어린 농담이나 사랑싸움과 크게 다르지 않다. 나아가 많은 여성이 독자적이고 전문적인 영역을 구축하고 일의 영역에서 믿음직한 동료와 선배를 찾는 오늘날, 비타와 버지니아가 서로의 작품에 관해, 문학관에 대해, 당대의 사회적, 문학적 이슈에 대해 나눈 깊이 있는 이야기가 지루하다기보다는 위안과 격려, 공감을 불러일으킨다. '여자'로서 쓴 글이 아니라 여성임을 포함하는 '자신'으로 소통하고 있어서 시차가 크게 느껴지지 않았는지도 모르겠다.

책에 실린 편지는 두 사람이 주고받은 서신의 전부가 아니다. 서별한 서신들은 두 사람의 직업적 흠모에 기반한 사교에서 불붙은 사랑으로, 열기는 덜하지만 한층 단단해져 서로를 깊이 지지하는 우정으로 관계가 변화하는 드라마를 전달한다.

이 책은 책을 발견하고, 기획하고, 번역하고, 편집하고, 물리적 형태를 부여하는 여러 단계의 작업을 세 여자가 나눠 들어 세상에 나올 수 있었다. 일에 애정을 품은 여자들과 협업하는 일은 늘 배울 점이 많고 든든하다. 최성경 선생님과 김보미 선생님께 감사의 마음을 전한다.

2022년 여름

박하연

버지니아 울프(Virginia Woolf, 1882~1941)

본명은 애들린 버지니아 스티븐으로 1882년 런던에서 태어났다. 20세기 초 의식의 흐름 기법으로 문학적 혁신을 이룬 작가다. 블룸즈버리그룹의 중심 인물이었으며 장·단편 소설과 에세이, 문학 비평을 다수 남겼다. 1917년 남편 레너드 울프와 호가스 출판사를 운영하며 당대 실험적 작가들의 작품을 출판하기도 했다. 대표적인 작품으로는 《댈러웨이 부인》, 《등대로》 등의 소설과 선구적인 페미니스트 에세이로 평가받는 《자기만의 방》 등이 있다. 버지니아는 전통적인 여성의 역할에 만족하지 않았고, 성별에 따른 삶의 양식에 지속적으로 의구심을 품은 작가였다. 버지니아는 젠더 역할을 벗어난 여성들에게 종종 애정을 품었는데, 이들과의 관계는 남성을 성적으로 편하게 여기지 않았던 버지니아에게 친밀감과 안정감, 영감을 주었다. 버지니아가 10대 후반에서 20대 시절에 우정을 나눴던 바이올렛 디킨슨은 버지니아의 문학적 재능을 알아보고 〈가디언〉에 기고할 수 있게끔 도와줬다. 버지니아가 인생 후반부에 만난 비타 색빌웨스트는 가장 중요한 여성으로 20년 동안 연인이자 동료로 그 곁을 지킨다. 《올랜도》는 버지니아가 비타의 삶을 문학적으로 재구성한 소설로 비타의 아들 나이젤 니컬슨은 "문학사상 가장 길고 매혹적인 러브레터"라는 평을 남겼다.

비타 색빌웨스트(Vita Sackville-West, 1892~1962)

본명은 빅토리아 메리 색빌웨스트로 1892년 영국의 귀족 가문에서 태어났다. 당대 영국의 풍경과 사교계의 모습을 그린 다양한 장르의 글을 썼고, 원예가로 유명하다. 1926년에 장편 시 《대지》로, 1933년에 《시 선집》으로 두 차례 호손든상을 받았다. 소설로는 《에드워디언》과 《모든 정열이 다하다》 등이 유명하다. 버지니아와 만났을 때 이미 '사포이스트'로 유명했던 비타는 학창 시절 친구인 로저먼드 그로스브너와 《올랜도》에서 러시아 공주 샤샤의 모델이었던 바이올렛 케펠(트레퓨시스)을 비롯해 많은 여자와 연애했고, 남성 옷을 입거나 직접 차를 운전하는 등 당시로서는 파격적으로 성별에 구애받지 않는 행동으로 유명했다. 1913년 비타는 외교관 해럴드 니컬슨과 결혼한 이후에도 각자의 성적 취향을 받아들이고 개방된 결혼 생활을 한다. "어떤 인간이건 한 성에서 다른 성으로 전환하고, 남성이나 여성의 모습을 유지해주는 것은 단지 의상"이라며 성 정체성의 유동성을 지적한 《올랜도》의 구절은 작가 버지니아의 성에 관한 생각을 보여주는 동시에 비타의 퀴어적인 삶의 부분을 드러낸다. 1946년 문학에 대한 공로를 인정받아 명예 훈장을 받았으며, 1962년 70세에 암으로 사망했다. 영국의 관광 명소로 유명한 시싱허스트의 비타의 집필실 책상에는 남편 해럴드 니컬슨과 버지니아의 사진이 함께 놓여 있다.

옮긴이 박하연

러시아 문학과 문화 이론을 공부했다. 제2차 세계대전 시기 러시아 여성작가의 자전소설을 주제로 박사 논문을 쓰고 있다. 러시아어와 영어로 된 영상 작품과 문학 작품을 옮기고 다듬는 일을 한다.

나의 비타, 나의 버지니아

2022년 8월 20일 초판 1쇄 발행 | 2023년 12월 11일 초판 2쇄 발행

지은이 버지니아 울프·비타 색빌웨스트 | 옮긴이 박하연 | 펴낸곳 큐큐 | 편집 김보미 | 출판등록 제2018-000043호 2018년 6월 18일 | 팩스 0303-3441-0628 | 이메일 qqpublishers@gmail.com | ISBN 979-11-91910-01-8 03840

책값은 뒤표지에 있습니다. 잘못된 책은 구입하신 서점에서 바꾸어드립니다.

이 책은 2023년 세종도서 교양부문에 선정되었습니다.